황정견시집주 8
黃庭堅詩集注

Anotations of Hwang Jeong-gyeon's Poems

옮긴이

박종훈 朴鍾勳 Park Chong-hoon
지곡서당(芝谷書堂)에서 한학(漢學)을 연수했으며, 조선대학교 국어국문학부(고전번역전공)에 재직 중이다.

박민정 朴玟貞 Park Min-jung
고려대학교에서 중국고전시 박사학위를, 중국저장대학(浙江大學)에서 대외한어교학 박사학위를 취득했다. 현재 세종사이버대학교 국제학과 교수로 재직 중이다.

이관성 李灌成 Lee Kwan-sung
곡부서당에서 서암 김희진 선생에게 한문을 배웠다. 현재 퇴계학연구원에 재직 중이다.

황정견시집주 8

초판발행 2024년 8월 15일

지은이 황정견
옮긴이 박종훈・박민정・이관성

펴낸이 박성모
펴낸곳 소명출판
출판등록 제1998-000017호
주소 06641 서울시 서초구 사임당로14길 15 서광빌딩 2층
전화 02-585-7840
팩스 02-585-7848
이메일 somyungbooks@daum.net
홈페이지 www.somyong.co.kr

ISBN 979-11-5905-922-3 94820
       979-11-5905-914-8 (전14권)
정가 38,000원

이 저서는 2019년 대한민국 교육부와 한국연구재단의 지원을 받아 수행된 연구임 (NRF-2019S1A5A7069036).
This work was supported by the Ministry of Education of the Republic of Korea and the National Research Foundation of Korea (NRF-2019S1A5A7069036).

한 국 연 구 재 단
학술명저번역총서

황정견시집주 8

黃庭堅詩集注

Anotations of Hwang Jeong-gyeon's Poems

황정견 저

박종훈 · 박민정 · 이관성 역

일러두기

1. 본 번역은 『黃庭堅詩集注』(전5책)(北京 : 中華書局, 2007)를 저본으로 삼았다.
2. 위 저본에 있는 '교감기'는 해당 구절의 원문에 각주로 붙였고 [교감기]'라고 표시해 두어, 번역자가 붙인 각주와 구별했다.
3. 서명과 작품명이 동시에 나올 때는 '『 』'로 모았고, 작품명만 나올 때는 '「 」'로 처리했다.
4. 번역문과 원문 중에 나오는 소자(小字)는 '【 】'로 표시해 묶어 두었다.
5. 번역문과 원문 중에 나오는 '○'는 저본에 있는 것을 그대로 옮겨온 것으로, 주석 부분에 추가로 주석을 붙인 부분이다.
6. 번역문에는 1차 인용, 2차 인용, 3차 인용까지 된 경우가 있는데, 모두 큰따옴표("")로 처리했다.

1. 황정견은 누구인가?

황정견黃庭堅, 1045~1105은 북송北宋의 대표 시인으로, 자는 노직魯直, 호는 산곡山谷 또는 부옹涪翁이며 홍주洪州 분녕分寧, 지금의 장시江西성 슈수이修水 사람이다. 소식蘇軾, 1036~1101의 문하생 중 가장 핵심적인 인물로, 장뢰張耒 · 조보지晁補之 · 진관秦觀 등과 함께 '소문사학사蘇門四學士'로 불린다. 어릴 때부터 총명했던 황정견은 23세에 진사에 급제하여 국사편수관까지 역임했으나 이후 여러 지방관과 유배지를 전전하는 등 벼슬길이 순탄치 않았다. 두보杜甫, 712~770를 존경했고 소식의 시학詩學을 계승했으며, 소식과 함께 소 · 황蘇·黃으로 불린다.

중국시가의 최고 전성기라 할 수 있는 당대唐代를 뒤이어 등장한 북송의 시인들에게는 당시에서 벗어난 송시만의 특징을 만들어 내야 하는 일종의 숙명이 있었다. 이러한 숙명은 북송 초 서곤체에 의해 시도되었으며 북송 중기에 이르러 비로소 송시다운 시가 시대를 풍미하기에 이르렀다. 황정견이 그 중심에 있었으며 그를 중심으로 진사도陳師道 등 25명의 시인이 황정견의 문학을 계승하며 하나의 유파로 활동했다. 이들을 일컬어 '강서시파江西詩派'라 했는데, 이 명칭은 남송 여본중呂本中, 1084~1145의 『강서시사종파도江西詩社宗派圖』에서 비롯되었다. 25인 모두 강서江西 출신은 아니지만, 여본중은 유파의 시조인 황정견이 강서

출신이라는 점에서 강서시파로 붙인 것이다. 시파의 성원들은 모두 두보를 배웠기에 송대 방회方回, 1227~1305는 두보와 황정견, 진사도, 진여의陳與義를 강서시파의 일조삼종一朝三宗이라 칭하였다.

여본중이『강서종파시집江西宗派詩集』115권을 편찬했으며, 뒤이어 증굉曾紘, 1022~1068이『강서속종파시江西續宗派詩』2권을 편찬했다. 송대 시단에 있어서 황정견의 영향력은 남송南宋에까지도 미쳤는데, 우무尤袤, 양만리楊萬里, 범성대范成大, 육유陸游, 소덕조蕭德藻 같은 남송의 대가들도 모두 그 풍조에 영향을 받았다. 황정견강서시파의 시풍詩風은 송대 뿐만 아니라 원대元代 및 조선의 시단에도 적지 않은 영향을 미쳤다.

2. 북송의 시대 배경과 문학풍조

송나라는 개국開國 왕조인 태조부터 인종조仁宗朝를 거치면서 만당晚唐·오대五代의 장기간 혼란했던 국면이 어느 정도 정리되어 나라가 안정되고 백성들의 생활환경 또한 비교적 안정을 찾게 되었다. 전대前代의 가혹했던 정세가 완화됨에 따라 농업이 급속도로 발달하였고 안정된 농업의 경제적 기초 위에서 상공업이 번창하고 번화한 도시가 등장하는 등 사회 전반에 걸쳐 전대에 비해 상당한 풍요를 구가하게 되었다. 이처럼 사회 전체가 안정되고 발전함에 따라 일반 백성들은 점차 단조로운 것보다는 복잡하고 화려한 것을 추구하게 되었다. 시대적·사회적 환경은 곧 문학 출현의 배경이고, 문학은 사회생활이 반영된 예술이라고 할 만큼 불가분의 관계에 있다. 유협劉勰이 "문학의 변천은 사회 정황에 따르다文變染乎世情, 興廢繫乎時序"고 한 것처럼, 사회의 각종 요인은 문학적 현상을 결정하기 때문에 이러한 요소의 변화는 필연적으로 문학 풍조의 변혁을 동반한다. 송초 시체詩體의 변천은 이러한 사실을 보여주는 객관적인 증거이다. 특히 송대에는 일찍부터 학문이 중시되었다. 이는 주로 군주들의 독서열과 학문 제창으로 하나의 사회적 풍조로 자리잡게 되어 송대의 중문중학重文重學적 분위기가 마련되었다.

중국 시가의 전성기라 할 수 있는 당대唐代가 마무리되고 뒤이어 등장한 북송 초는 중국시가발전사 측면에서 보면 일종의 '답습의 시기'이면서 '개혁의 시기'였다고 할 수 있다. 이 시기 시단에서는 백체白體, 만당체晚唐體, 서곤체西崑體 등 세 시풍이 크게 유행했다. 이중 개국 초 성세기상盛世氣象 및 시대 분위기와 사람들이 추구하던 심미취향에 매우 적합했던 서곤체가 시간상 가장 늦게, 가장 긴 기간 동안 성행했고 결과적으로 이러한 시대적 문학적 요구는 황정견 시를 통해 꽃을 피우며 북송 시단 및 송대 시단을 대표하게 되었다.

3. 황정견 시의 특징과 시사적 위상

황정견은 시를 지을 때 힘써 시의 표현을 다지고 시법을 엄격히 지켜 한 마디 한 글자도 가벼이 쓰지 않았다. 황정견은 수많은 대가들을 본받으려고 했지만, 그중에서도 두보杜甫를 가장 존중했다. 황정견은 두보 시의 예술적인 성취나 사회시社會詩 같은 내용 측면에서의 계승보다는, 엄정한 시율과 교묘巧妙한 표현 등 시의 형식적 측면을 본받으려 했다. 『창랑시화滄浪詩話』·『시인옥설詩人玉屑』·『허언주시화許彦周詩話』·『후산시화后山詩話』·『왕직방시화王直方詩話』·『초계어은총화苕溪漁隱叢話』 등에 보이는 황정견 시론의 요점을 정리하면 대략 다음과 같다.

첫째, 시의 조구법造句法으로서의 환골법換骨法과 탈태법奪胎法이다. 이에 대해 황정견은 "시의 의미는 무궁한데 사람의 재주는 한계가 있다. 한계가 있는 재주로 무궁한 의미를 좇으려고 하니, 비록 도잠과 두보라고 하더라도 공교롭기 어렵다. 원시의 의미를 바꾸지 않고 그 시어를 짓는 것을 환골법이라고 하고, 원시의 의미를 본떠서 형용하는 것을 탈태법이라고 한다[詩意無窮, 而人才有限. 以有限之才, 追無窮之意, 雖淵明少陵, 不得工也. 不易其意而造其語, 謂之換骨法. 規摹其意而形容之, 謂之奪胎法]"라고 한 바 있다『시인옥설(詩人玉屑)』에 보인다. 이로 보건대, 황정견이 언급한 환골법은 의경을 유사하게 하면서 어휘만 조금 바꾼 것을 일컫고, 탈태법은 의경을 변형하여 사용하는 방법이라고 할 수 있다.

예를 들면, 당대唐代 유우석劉禹錫의 "멀리 동정호의 수면을 바라보니, 흰 은쟁반 속에 하나의 푸른 고동 있는 듯[遙望洞庭湖水面, 白銀盤里一靑螺]"를 근거로 황정견이 "아쉬워라, 호수의 수면에 가지 못해, 은빛 물결 속에서 푸른 산을 보지 못한 것[可惜不當湖水面, 銀山堆裏看靑山]"이라 읊은 것은 환골법이고 백거이白居易의 "사람의 한평생 밤이 절반이고, 한 해의 봄철은 많지 않다오[百年夜分半, 一歲春無多]"라 한 것을 기반으로 황정견이 "한평생 절반은 밤으로 나눠 흘러가고, 한 해에도 많지 않노니 봄 잠시 오네[百年中去夜分半, 一歲無多春再來]"라고 읊은 것은 탈태법이다. 황정견이 환골법과 탈태법을 활용한 작품에 대해서는『시인옥설詩人玉屑』에서 언급한 바 있다.

둘째, 요체拗體의 추구이다. 요체란 근체시의 평측平仄 격식을 반드시 엄정하게 따르지는 않은 것을 말한다. 이를테면, 평성이 들어가야 할 자리에 측성을 두거나 측성의 위치에 평성을 두어 율격적 참신성을 획득하는 방식으로 두보와 한유韓愈도 추구했던 것이다. 황정견은 더욱 특이한 표현을 추구하기 위해 시율에 어긋나는 기자奇字를 자주 사용하면서 강서시파 특징 중 하나가 되었다. 이와 관련하여, 송대 위경지魏慶之가 찬술한『시인옥설詩人玉屑』에 '촉구환운법促句換韻法'과 '환자대구법換字對句法' 등을 소개하면서, "기세를 떨쳐 평범하지 않으려는 의도에서 비롯되었다. 이전에는 이러한 체제로 시를 지은 사람은 없었는데, 오직 황정견이 그것을 바꾸었다[欲其氣挺然不群, 前此未有人作此體 , 獨魯直變之]"라는 평어가 보인다.

  셋째, 진부한 표현이나 속된 말을 배척하고 특이한 말과 기이한 표현을 추구했다. 구체적으로는 술어를 중심으로 평이한 글자를 기이하게 단련鍛鍊시켰고 조자助字의 사용에 힘을 특히 기울였으며, 매우 궁벽하고 어려운 글자를 사용했고 기이한 풍격을 형성하기 위해 전대前代 시에서 잘 쓰지 않던 비속非俗한 표현을 시어로 구사하여 참신한 의경을 만들어내곤 했다. 이와 관련해 황정견은 "차라리 음률이 조화롭지 않을지언정 구句를 약하게 만들지 말아야 하며, 차라리 글자 구사가 공교롭지 않을지언정 시어를 속되게 만들어서는 안 된다[寧律不諧, 而不使句弱. 寧用字不工, 不使語俗]"라고 했으며『시인옥설(詩人玉屑)』, 황정견의 시구 중에는 "다른 사람을 따라 계획을 세우는 것은 결국 사람에게 뒤지게 된다[隨人作計終後人]"라는 구절과 "문장에게 가장 피해야 할 것은 다른 사람을 따라 짓는 것이다[文章最忌隨人後]"라는 구절도 있다.

  또한 엄우嚴尤는『창랑시화滄浪詩話』에서 "소식과 황정견에 이르러 비로소 자신의 기법에서 나온 것을 시로 여기며, 당대 시인들의 시풍에서 벗어난 것이다. 황정견은 공교로운 말을 쓰는 것이 더욱 심해졌고, 그 후로 시를 짓는 자리에서 황정견의 시풍이 성행했는데 세상에서는 '강서종파'라 불렀다[至東坡山谷始自出己法以爲詩, 唐人之風變矣. 山谷用工尤深刻, 其後法席盛行,海內稱爲江西宗派]"라고 했다. 송대 허의許顗의『허언주시화許彦周詩話』에 "시를 지을 때 평이하고 비루한 기운을 제거하지 않으면 매우 잘못된 작품이 된다. 객이 묻기를 "어떻게 하면 그런 것을 제거할 수 있습니까" 라 하였다. 이에 내가 "당의 의산 이상은의 시와 본조 황정견의 시를 숙독하여 깊이 생각하면 제거할 수 있다"라고 대답했다作詩淺易鄙陋之氣不除, 大可惡. 客問, 何從去之. 僕曰, 熟讀唐李義山詩與本朝黃魯直詩而深思之, 則去也"라는 구절이 보인다. 이밖에 『후산시화后山詩話』이나 『왕직방시화王直方詩話』 및 『초계어은총화苕溪漁隱叢話』 등에도 황정견이 시어 사용에 있어서의 기이한 측면에 대한 언급이 보인다.

넷째, 전고典故의 정밀한 사용을 추구했다. 이는 황정견 시론의 "한 글자도 유래가 없는 것은 없다[無一字無來處]"와 연관된다. 강서시파는 독서를 중시했는데, 이것은 구법의 차원에서 전대 시의 장점을 수용하기 위한 것이지만, 이는 전고의 교묘巧妙한 활용이라는 결과로 표현되기도 했다. 그러면서 전인의 전고를 그대로 답습하지 않고 자신의 의도에 맞게 변용했다.

이와 같은 황정견의 환골탈태법과 요체와 기이한 표현 및 전고의 활용이라는 창작법에 대해 부정적 평가도 적지 않다. 『예원치언』에서는 "시격이 소식과 황정견으로부터 변했다고 한 논의는 옳다. 황정견의 뜻은 소식이 불만스러워 곧바로 능가하려 했는데도 소식보다 못하다. 어째서인가? 교묘하게 하려고 하면 할수록 졸렬해지고 새롭게 하려고 하면 할수록 진부해지며, 가까워지려고 하면 할수록 멀어지기 때문이다[詩格變自蘇黃, 固也. 黃意不滿蘇, 直欲凌其上, 然故不如蘇也. 何者. 愈巧愈拙, 愈新愈陳, 愈近愈遠]", "노직 황정견은 소승이 되기에는 부족하고 다만 외도일 따름이며, 이미 방생 가운데 빠져 있었다[魯直不足小乘, 直是外道耳, 已墮傍生趣中]", "노직 황정견은 생경生硬한 기법을 구사했는데 어떤 경우는 졸렬하고 어떤 경우는 공교로우니, 두보의 가행체에서 본받았다[魯直用生拗句法, 或拙或巧, 從老杜歌行中來]"라고 평가했다. 이러한 부정적 평가는 황정견 시의 파급력에 대한 반증이기도 하다. 황정견을 중심으로 한 강서시파가 당대當代는 물론 후대 및 조선의 문인들에도 적지 않은 영향을 미쳤다.

한국 한시는 중종中宗 연간에 큰 성과를 이루어 이행李荇, 1478~1534, 박상朴祥, 1474~1530, 신광한申光漢, 1484~1555, 김정金淨, 1486~1521, 정사룡鄭士龍, 1491~1570, 박은朴誾, 1479~1504 등의 시인을 배출했고 선조宣祖 연간에는 이를 이어 노수신盧守愼, 1515~1590, 황정욱黃廷彧, 1532~1607, 최경창崔慶昌, 1539~1583, 백광훈白光勳, 1537~1582, 이달李達, 1539~1612 등 걸출한 시인을 배출했다. 이때 우리 한시의 흐름은 고려 이래 지속되어 온 소식을 위주로 한 송시풍宋詩風의 연장선상에 있다가, 황정견과 진사도를 배우게 되었으며, 다시 변해 당시唐詩를 배우게 되었다. 이에 따라 이 시기 시인은 송시를 모범으로 삼는 부류와 당시를 모범으로 삼는 경우로 대별된다. 또한 송시를 모범으로 삼는 경우도 다시 소식을 배우고자 했던 인물과 황정견이나 진사도를 배우고자 했던 인물로 나눌 수 있다. 그만큼 황정견의 영향력이 컸다는 것을 알 수 있다.

황정견과 진사도를 배웠다고 언급되는 시인으로는 박은, 이행, 박상, 정사룡, 노수신, 황정욱 등을 들 수 있다. 이들은 각기 한 시대를 대표하는 시인으로, 우리 한시사韓詩史에서 심도 있게 다루어지고 있다. 이들 시인을 '해동강서시파海東江西詩派'라고 규정하고 있는데, 그 이유는 황정견과 진사도로 대표되는 '강서시파'의 영향력 아래에서 찾아볼 수 있다.

이인로李仁老, 1152~1220는 『보한집補閑集』에서 "소식과 황정견의 문집을 읽는 것이 좋은 시를 짓는 방법이다"라고 했으니, 고려 중기에 황정견의 문집이 유통되고 있었음을 확인할 수 있다. 이후 공민왕恭愍王 때에는 『산곡시집주山谷詩集註』가 간행되었고 조선조에는 황정견을 중심으로 한 강서시파 시인의 작품을 뽑은 시선집이나 문집이 여러 차례 간행되었다. 안평대군安平大君도 황정견 등을 포함한 『팔가시선八家詩選』을 엮었고 황정견 시를 가려 뽑아 『산곡정수山谷精粹』를 엮은 바 있다. 성종成宗 때에도 한 차례 황정견 시집을 간행했고 성종의 명으로 언해諺解를 시도했지만 실행되지는 못했다. 이후 유호인俞好仁, 1445~1494이 『황산곡집黃山谷集』을 발간하였고 중종에서 명종 연간에 황정견의 문집이 인간印刊되었다. 황정견 시문집에 대한 잇닿은 간행은 고려와 조선의 시인들이 지속적으로 강서시파를 배우고자 했다는 당대當代 시단의 흐름을 반영한 것이다.

고려시대부터 조선 초기까지 강서시파의 영향을 확인할 수 있는 시인으로 이인로李仁老, 임춘林椿,?~?, 이담李湛,?~?, 이색李穡, 1328~1396, 신숙주申叔舟, 1417~1475, 성삼문成三問, 1418~1456, 조수趙須, ?~?, 김종직金宗直,

1431~1492, 홍귀달洪貴達, 1438~1504, 권오복權五福, 1467~1498, 김극성金克成, 1474~1540, 조신曺伸, 1454~1529 등 셀 수 없을 정도이다. 이러한 흐름은 두보의 시를 배우고자 한 것으로 파악되는데, 앞서 보았듯이 황정견이 두시杜詩를 가장 잘 배웠다고 칭송되고 있었기에, 황정견을 통해 두보의 시에 접근해 보려는 노력도 깔려있었다고 할 수 있다. 정사룡도 이달에게 두시를 가르쳤고 노수신은 그의 시가 두시의 법도를 얻은 것으로 평가되고 있으며, 황정욱도 두보의 시를 엿보고 있다는 지적을 받고 있다. 그 밖에 박은, 이행, 박상의 시가 두시의 숙독에서 나온 것을 작품의 도처에서 확인할 수 있다. 이러한 경향으로 볼 때, 두보의 시를 배우는 한 일환으로 강서시파의 핵심인 황정견에 관심을 기울인 것으로 보인다. 이 밖에도 조선 초 화려한 대각臺閣의 시풍에 대한 반발도 강서시파의 작품을 배우고자 하는 한 배경으로 작용했다.

지속적인 강서시파 관련 서적의 수입과 인간印刊을 바탕으로 강서시파에 대한 학습이 고려에서부터 조선 초까지 지속되었고 이를 배경으로 강서시파를 배우고자하는 움직임이 성종 연간에 집중적으로 나타났으며, 한시사에게 거론되는 주요 시인들이 등장하게 되었다. 이러한 연장선상에서 소위 '해동강서시파'가 출현하게 된다.

해동강서시파는 강서시파의 영향을 받고 이에 따라 유사한 시풍을 견지했던 일군의 시인을 지칭하는 개념이다. 이 점에서 해동강서시파는 강서시파의 시풍이나 창작방법론을 대거 수용하고 이에서 한 걸음 더 나아가 자신만의 변용을 꾀한 시인들이라 평가할 수 있다. 황정견을 위주로 한 강서시파를 배웠다고 언급되는 해동강서시파의 시인으로는 박은, 이행, 박상, 정사룡, 노수신, 황정욱 등을 들 수 있다. 이들 시인들이 강서시파의 배웠다는 구체적인 기록도 남아 있다.

해동강서시파의 시가 중국 강서시파의 작법을 수용했다는 것은 단순히 자구를 모방하는 차원의 것이 아니라, 시를 쓰는 법을 배워 우리의 정서와 실정에 맞는 시를 쓰기 위해 노력한 것이다. 결국 해동강서시파의 작품에 대한 올바른 접근은 강서시파에 대한 접근에서부터 비롯되어야 한다. 시작법을 어떻게 수용하고 있는지, 또 어떠한 변용이 이루어진 것인지에 대한 입체적인 접근이 있어야만 해동강서시파에 대한 올바른 평가를 내릴 수 있다. 그 출발점이 바로 해동강서시파에 지대한 영향을 미쳤던 황정견 문집에 대한 완역이다.

4. 『황정견시집주黃庭堅詩集注』는?

『황정견시집주』는 북경北京 중화서국中華書局에서 2007년에 출간한 책이다. 전5책으로『산곡시집주山谷詩集注』권1~20,『산곡외집시주山谷外集詩注』권1~17,『산곡별집시주山谷別集詩注』상·하,『산곡시외집보山谷詩外集補』권1~4,『산곡시별집보山谷集別集補』권1로 구성되어 있다.

『산곡시집주』권1~20은 송宋 임연任淵이,『산곡외집시주』권1~17

은 송宋 사용史容이, 『산곡별집시주』 상·하는 송宋 사계온史季溫이 각각 주석을 붙여놓은 것이다. 『산곡시외집보』 권1~4와 『산곡시별집보』 권1은 청淸 사계곤謝啓崑이 엮은 것이다.

『황정견시집주』의 체계와 구성을 정리하면 다음 표와 같다.

책	권	비고
제1책	집주(集注) 권1~9	임연(任淵) 주(注)
제2책	집주(集注) 권10~20	
제3책	외집시주(外集詩注) 권1~8	사용(史容) 주(注)
제4책	외집시주(外集詩注) 권9~17	사용(史容) 주(注)
제5책	별집시주(別集詩注) 上·下	사계온(史季溫) 주(注)
	외보유(外補遺) 권1~4	사계곤(謝啓崑) 주(注)
	별집보(別集補)	

각 권에 수록된 시작품 수를 일람하면 다음 표와 같다.

권 수	수록 작품 수	권 수	수록 작품 수
山谷詩集注卷第一	22제(題) 30수(首)	山谷外集詩注卷第三	23제(題) 61수(首)
山谷詩集注卷第二	14제(題) 18수(首)	山谷外集詩注卷第四	18제(題) 31수(首)
山谷詩集注卷第三	19제(題) 30수(首)	山谷外集詩注卷第五	13제(題) 43수(首)
山谷詩集注卷第四	8제(題) 30수(首)	山谷外集詩注卷第六	20제(題) 25수(首)
山谷詩集注卷第五	9제(題) 29수(首)	山谷外集詩注卷第七	27제(題) 31수(首)
山谷詩集注卷第六	28제(題) 29수(首)	山谷外集詩注卷第八	27제(題) 40수(首)
山谷詩集注卷第七	25제(題) 40수(首)	山谷外集詩注卷第九	35제(題) 39수(首)
山谷詩集注卷第八	21제(題) 28수(首)	山谷外集詩注卷第十	30제(題) 33수(首)
山谷詩集注卷第九	28제(題) 44수(首)	山谷外集詩注卷第十一	29제(題) 45수(首)
山谷詩集注卷第十	17제(題) 23수(首)	山谷外集詩注卷第十二	28제(題) 50수(首)
山谷詩集注卷第十一	23제(題) 47수(首)	山谷外集詩注卷第十三	34제(題) 48수(首)
山谷詩集注卷第十二	28제(題) 50수(首)	山谷外集詩注卷第十四	23제(題) 46수(首)
山谷詩集注卷第十三	27제(題) 41수(首)	山谷外集詩注卷第十五	34제(題) 40수(首)

권 수	수록 작품 수	권 수	수록 작품 수
山谷詩集注卷第十四	14제(題) 43수(首)	山谷外集詩注卷第十六	35제(題) 47수(首)
山谷詩集注卷第十五	29제(題) 54수(首)	山谷外集詩注卷第十七	27제(題) 44수(首)
山谷詩集注卷第十六	18제(題) 42수(首)	山谷別集詩注卷上	36제(題) 37수(首)
山谷詩集注卷第十七	25제(題) 29수(首)	山谷別集詩注卷下	25제(題) 46수(首)
山谷詩集注卷第十八	17제(題) 27수(首)	山谷詩外集補卷第一	50제(題) 58수(首)
山谷詩集注卷第十九	28제(題) 45수(首)	山谷詩外集補卷第二	70제(題) 93수(首)
山谷詩集注卷第二十	19제(題) 27수(首)	山谷詩外集補卷第三	91제(題) 138수(首)
山谷外集詩注卷第一	24제(題) 29수(首)	山谷詩外集補卷第四	95제(題) 128수(首)
山谷外集詩注卷第二	22제(題) 30수(首)	山谷詩別集補	25제(題) 28수(首)
총 1,260제(題) 1,916수(首)			

　『황정견시집주』에는 총 1,260제題 1,916수首의 시작품이 수록되어 있다. 이 거질의 서적에 임연任淵·사용史容·사계온史季溫·사계곤謝啓崑이 주석을 부기했는데, 이를 통해서도 황정견의 박학다식함을 재삼 확인할 수도 있다.

　임연·사용·사계온·사계곤은 주석에서 시구의 전체적인 표현이나 단어 및 고사와 관련해『시경』·『논어』·『장자』·『초사』·『문선』·『한서』·『사기』·『이아』·『좌전』·『세설신어』·『본초강목』·『회남자』·『포박자』·『국어』·『서경잡기』·『전국책』·『법언』·『옥대신영』·『풍토기』·『초학기』·『한시외전』·『모시정의』·『원각경』·『노자』·『명황잡록』·『이원』·『진서』·『제민요술』·『오초춘추』·『신서』·『이문집』·『촉지』·『통전』·『남사』·『전등록』·『초목소』·『당본초』·『왕자년습유기』·『도경본초』·『유마경』·『춘추고이우』·『초일경』·『전심법요』·『여

씨춘추』·『부자』·『수훤록』·『박물지』·『당서』·『신어』·『적곡자』·『순자』·『삼보결록』·『담원』·『한서음의』·『공자가어』·『당척언』·『극담록』·『유양잡조』·『운서』·『묘법연화경』·『지도론』·『육도삼략』·『금강경』·『양양기』·『관자』·『보적경』등의 용례를 들어 자세하게 구절의 의미를 부연 설명했다. 또한 두보를 필두로 ·도잠·소식·한유·백거이·유종원·이백·유몽득·소무·이하·좌사·안연년·송옥·장적·맹교·유신·왕안석·구양수·반악·전기·하손·송기·범중엄·혜강·예형·왕직방·사령운·권덕여·사마상여·매요신·유우석·노동·구준·조하·강엄·장졸 등의 작품에 보이는 구절을 주석으로 부연하여 작품의 전례前例와 전체적인 의미를 상세하게 서술했다. 이밖에도 여타의 시화집에 보이는 황정견의 작품과 관련된 시화를 주석으로 부기하여, 작품의 창작배경이나 자신의 상황 및 의미를 자세하게 설명한 있다.

이처럼『황정견시집주』전5책은 황정견 작품의 구절 및 시어詩語 하나하나가 갖는 전례와 창작배경 그리고 구절의 의미 및 전체적인 의미를 상세하게 주석을 통해 소개해 주어, 황정견 작품의 세밀한 이해를 돕고 있다.

5. 향후 연구 전망

황정견과 강서시파에 대한 연구는 지금까지 꾸준히 진행되어 왔다. 그러나 아직까지 황정견 시작품에 대한 전체적인 번역이 이루어지지 않았기에, 구체적인 실상의 일면만을 위주로 하거나 혹은 피상적으로 연구가 진행되었다는 점에서 아쉬움이 남는다. 이에 상세한 주석을 통해 작품에 대한 이해를 돕는『황정견시집주』에 대한 완역은, 부족하나마 후학들에게 실질적으로 황정견 시를 이해하기 위한 토대 내지는 발판의 역할 정도는 할 수 있을 것으로 판단되며, 이를 계기로 유관 연구가 활발하게 진행되기를 기대하는 바이다.

첫째, 중국 문학 연구의 측면에서도 황정견을 중심으로 한 강서시파에 대한 연구가 활발하게 진행 될 것으로 기대한다. 강서시파 시론의 핵심이라고 할 수 있는 시의 조구법造句法으로서의 환골법換骨法과 탈태법奪胎法, 요체拗體의 추구, 진부한 표현이나 속된 말을 배척하고 특이한 말과 기이한 표현을 추구, 전고의 정밀한 사용 등에 대한 실제적인 접근이 이루어질 수 있는 계기가 될 것이며, 이로 인해 황정견뿐만 아니라 강서시파, 그리고 강서시파의 영향을 받았던 원대 시인에 대한 연구가 활발하게 진행 될 것이다.

둘째, 조선 문단에 대한 연구도 활발해질 것으로 기대한다. 고려 이후 지속적인 강서시파 관련 서적의 수입과 인간印刊을 바탕으로 강서시파에 대한 학습이 고려에서부터 조선 초까지 지속되었고 이를 배경으로 강서시파를 배우고자하는 움직임이 성종 연간에 집중적으로 나타났으며, 한시사에게 거론되는 주요 시인들이 등장하게 되었다. 이러한 연장선상에서 소위 '해동강서시파'가 출현했다.

해동강서시파로 지목된 박은朴誾, 이행李荇, 박상朴祥, 정사룡鄭士龍, 노수신盧守愼, 황정욱黃廷彧 등 이외에도 이인로李仁老, 임춘林椿, 이담李湛, 이색李穡, 신숙주申叔舟, 성삼문成三問, 조수趙須, 김종직金宗直, 홍귀달洪貴達, 권오복權五福, 김극성金克成, 조신曺伸 등도 모두 황정견이 주축이 된 강서시파의 영향 하에 있다는 연구 성과도 보고된 바 있다.

이로 보건대, 『황정견시집주』 전5권의 완역은 강서시파의 영향을 받았던, 소위 해동강서시파의 실체를 밝히는데 적지 않은 도움이 될 것으로 보인다. 또한 어떠한 부분에서 적극적으로 수용하려고 했는지, 그 목적이 무엇이었는지에 대한 연구의 초석이 될 것이다. 더불어, 강서시파의 영향 하에서 해동강서시파는 어떠한 변용을 통해, 각 개인의 특장을 살려 나갔는지에 대한 연구도 활발하게 진행될 것이다. 시인 개개인에 대한 접근을 통해, 해동강서시파의 특장을 밝히는데 있어 출발점이 될 것으로 기대한다.

황정견시집의 완역은 황정견 시작품과 중국 강서시파의 실체를 밝힐 수 있는 계기가 될 것이며, 동시에 지속적인 관심을 쏟았던 조선의 해동강서시파의 영향 관계 및 변용에 대한 연구가 본격적으로 진행될 수 있는 초석이 되리라 기대한다.

대저 시로써 세상에 이름을 날린 자는 한 글자 한 구절을 반드시 달로 분기로 단련하여 일찍이 함부로 드러내지 않고서 반드시 심사숙고한 바가 있다. 옛날 중산中山 의 유우석劉禹錫이 일찍이 말하기를 '시에 벽자僻字를 사용할 때는 반드시 근거한 바가 있어야 한다'라고 했다. 공고功考 송지문宋之問의 「도중한식塗中寒食」에서 "말 위에서 한식을 맞으니, 봄이 와도 당락을 보지 못하네[馬上逢寒食, 春來不見餳]"라고 하였다. 일찍이 '당餳'이란 글자가 벽자임을 의아하게 생각하였는데, 이윽고 『모시毛詩』의 고주䜴注를 읽고 나서 이에 육경 가운데 오직 이 주에서 이 '당餳'자에 대한 설명이 있는 것을 알게 되었다. 경문공景文公 송기宋祁 또한 이르기를 "몽득夢得 유우석이 일찍이 「구일九日」이란 시를 지으면서 '고䭔'자를 쓰려고 하였는데 생각해보니 육경에 이 글자가 없어서 결국 쓰지 못하였다"라고 했다. 그러므로 경문공 송기의 「구일식고九日食䭔」에서 "유랑은 기꺼이 '고䭔'자를 쓰지 않았으니, 세상 당대의 호걸을 헛되이 저버렸어라[劉郞不肯題䭔字, 虛負人間一世豪]"라고 했다. 이처럼 전배들의 글자 사용은 엄밀하였으니 이 시주詩注를 짓게 된 까닭이다.

본조 산곡山谷 노인의 시는 『이소離騷』와 『시경·이아雅』의 변체變體를 다하였으며 후산後山 진사도陳師道가 그 뒤를 이어 더욱 그 결정을 맺었다. 그러므로 두 사람의 시는 한 구절 한 글자가 고인古人 예닐곱 명을 합쳐 놓은 것과 같다. 대개 그 학문은 유儒, 불佛, 노老, 장莊의 깊은 이치를 통달하였으며, 아래로 의서醫術, 복서卜筮, 백가百家의 학설에 이르기까지 그 정수를 모두 캐어내어 시로 발하지 않음이 없다.

처음 산곡이 우리 고을에 와서 암곡 사이를 소요할 때 나는 경전經典을 배웠다. 한가한 날에는 인하여 두 사람의 시를 가지고 조금씩 주를 달았는데, 과문하여 그 깊은 의미를 자세히 파악하기 어려운 것이 한스러웠다. 일단 집에 보관하고서 훗날 나와 기호가 같은 군자를 기다려 서로 그 의미를 넓혀 나갔으면 한다.

정화政和 신묘년辛卯年, 1111 중양절重陽節에 쓰다.

大凡以詩名世者, 一字一句, 必月鍛季鍊, 未嘗輕發, 必有所考. 昔中山劉禹錫嘗云, 詩用僻字, 須要有來去處. 宋考功詩云, 馬上逢寒食, 春來不見餳. 嘗疑此字僻, 因讀毛詩有瞽注, 乃知六經中唯此注有此餳字, 而宋景文公亦云, 夢得嘗作九日詩, 欲用餻字. 思六經中無此字, 不復爲. 故景文九日食餻詩云, 劉郎不肯題餻字, 虛負人間一世豪. 前輩用字嚴密如此, 此詩注之所以作也. 本朝山谷老人之詩, 盡極騷雅之變, 後山從其游, 將寒冰焉. 故二家之詩, 一句一字有歷古人六七作者. 蓋其學該通乎儒釋老莊之奧, 下至於醫卜百家之説, 莫不盡摘其英華, 以發之於詩. 始山谷來吾鄉, 徜徉於巖谷之間, 余得以執經焉. 暇日因取二家之詩, 略注其一二. 第恨寡陋, 弗詳其祕. 姑藏於家, 以待後之君子有同好者, 相與廣之. 政和辛卯重陽日書.[1]

---

1 [교감기] 근래 사람 모회신(冒懷辛)이 상단의 문자를 고정(考訂)하면서 "이 편의 서문은 광서(光緖) 26년(1900)에 의녕(義寧) 진씨(陳氏)가 복각(復刻)한 『산곡시집주(山谷詩集注)』의 권 머리에 실려 있다. 원문(原文)과 파양(鄱陽) 허윤(許尹)의 서문은 함께 이어져 허윤 서문의 제1단락이 되어버렸다. 현재는 내용에

육경六經은 도道를 실어서 후세에 전해주는 것인데, 『시경』은 예의禮義에 멈추니 도가 존재하는 바이다. 『주시周詩』305편 가운데 그 뜻은 남아 있지만 그 가사가 없어진 것은 6편이다. 크게는 천지와 해와 별의 변화에서부터 작게는 충조초목蟲鳥草木의 변화까지, 엄한 군신과 부자, 분별이 있는 부부와 남녀, 온순한 형제, 무리의 붕우, 기뻐도 더러움에 이르지 않고 원망하여도 어지러움에 이르지 않으며 간하여도 고자질에 이르지 않고 화를 내어도 사람을 끊지 않으니, 이것이 『시경』의 대략이다. 옛날 청묘淸廟에 올라 노래하며 제후들과 회맹할 때, 계자季子가 본 것과 정인鄭人이 노래한 것, 사대부들이 서로 상대할 때 이것을 제쳐두고 서로 마음을 통할 것이 없다. 공자孔子가 "이 시를 지은 자는 그 도를 아는구나"라고 했으며, 또한 "시를 배우지 말았으면 말을 할 수 없다"라고 했으니, 대개 세상에서 시를 사용하는 것이 이와 같다. 周나라가 쇠하여 관원이 제 임무를 못하고 학교가 폐하여 대아大雅가 지어지지 못한 지 오래되었다. 한나라 이후로 시도詩道가 침체되고 무너져서 진晉, 송宋, 제齊, 양에 이르러서는 음란한 소리가 극심해졌다. 조식, 유정劉楨, 심전기沈佺期, 사령운謝靈運의 시는 공교롭지 않은 것은 아니지만 화려한 비단에 아름답게 장식한 것 같아 귀공자에게 베풀 수는 있지만 백성들에게 쓸 수는 없다. 연명淵明 도잠陶潛과 소주蘇州 위응

---

* 근거하여 이것이 임연(任淵)이 손수 쓴 서문임을 확정하고서 인하여 허윤의 서문에서 뽑아내어 기록한다"라고 하였으니 이 말을 『후산시주보전(後山詩注補箋)·부록(附錄)』과 참고하여 볼 것이다.

물위물韋應物의 시는 적막하고 고고枯槁하여 마치 깊은 계수나무 아래 난초 떨기 같아 산림에는 어울리지만 조정에 놓을 수는 없다. 태백太白 이백李白과 마힐摩詰 왕유王維의 시는 어지러운 구름이 허공에 펼쳐지고 차가운 달이 물에 비친 것 같아 비록 천만으로 변화하지만 사물에 미치는 곳은 또한 적었다. 맹교孟郊와 가도賈島의 시는 산한酸寒하고 험루儉陋하여 새우와 조개를 한 번 먹으면 곧 마치니 비록 하루 종일 씹어도 배가 부르지 않는 것과 같다. 다만 두보杜甫의 시는 고금을 드나들어 천하에 두루 퍼져 충의忠義의 기기氣가 성대하니 이를 능가하는 후대의 작자는 없다.

송宋나라가 일어나고 이백 년이 흘러 문장의 성대함은 삼대三代를 뒤좇을만한데, 시로 세상에 이름을 날린 자로 예장豫章의 노직魯直 황정견黃庭堅이 있으며 그 후로는 황정견을 배웠으나 그에 약간 미치지 못한 자로 후산後山 무기無己 진사도陳師道가 있다. 두 공의 시는 모두 노두老杜에서 근본 하였으나 그를 직접적으로 따라 하진 않았다. 용사用事는 대단히 치밀한데다 유가와 불가를 두루 섭렵하였으며, 우초虞初의 패관소설稗官小說과 『준영隽永』・『홍보鴻寶』 등의 책에다가 일상생활의 수렵까지 모두 망라하였다. 후대의 학자들이 이 시의 비밀을 보지 못하여 이따금 알기 어려움에 어려움을 느낀다. 삼강三江의 군자 임연任淵은 군서群書에 박학하고 옛사람을 거슬러 올라가 벗하였는데, 한가한 날에 드디어 두 사람의 시에 주해를 내었으며 또한 시를 지은 본의의 시말에 대해 깊이 따져 학자들에게 알려주었다. 그러나 세상의 전주箋注와 같지 않고 다만 출처만을 드러내었을 뿐이다. 이윽고 완성되자 나에게 주면서 그 서문을 지어달라고 하였다.

내가 일찍이 두 시인의 시흥詩興이 고원高遠함에 의탁하여 읽어도 무슨 의미인지 알 수 없는 것을 걱정하였다. 임연 군의 풀이를 얻고서 여러 날에 걸쳐 음미해 보니 마치 꿈에서 깬 것 같고 술에 취했다가 깬 것 같으며, 앉은뱅이가 일어서게 된 것과 같으니 어찌 통쾌하지 않으랴. 비록 그러나 그림을 논하는 자는 형체는 비슷하게 할 수는 있지만 그림을 그려낸 심정을 포착하여 말로 표현하기 어렵고, 거문고 소리를 들은 자는 몇 번째 줄인 줄은 알지만 그 음은 설명하기 어렵다. 천하의 이치 가운데 형명도수形名度數에 관련된 것은 전할 수 있지만, 형명도수를 넘어서는 것은 전할 수 없다. 옛날 후산 진사도가 소장少章 진구秦覯에게 답하기를 "나의 시는 예장豫章의 시이다. 그러나 내가 예장에게 들은 것은 그 자상한 것을 말하고 싶지만, 예장이 나에게 말해주지 않았고 나 또한 그대를 위해 말하고 싶어도 못한다"라고 했다. 오호라, 후산의 말은 아마도 이를 가리킬 것이다. 지금 자연子淵 임연이 이미 두 공에게서 얻은 것을 글로 드러내었다. 정미하여 오묘한 이치는 옛말에 이른바 '맛 너머의 맛'이란 것에 해당한다. 비록 황정견과 진사도가 다시 태어난다 해도 서로 전할 수 없으니, 자연이 어찌 말해줄 수 있으랴. 학자들은 마땅히 스스로 얻는 것이 옳을 것이다.

자연子淵의 이름은 연淵으로 일찍이 문예류시유사文藝類試有司로써 사천四川의 제일이 되었다. 대개 금일의 국중의 선비이며 천하의 선비이다.

소흥紹興 을해년乙亥年,1155 12월 파양鄱陽 허윤許尹은 삼가 서문을 쓰다.

六經所以載道而之後世,[2] 而詩者, 止乎禮義, 道之所存也. 周詩三百五篇, 有其義而亡其辭者, 六篇而已. 大而天地日星之變, 小而蟲鳥草木之化, 嚴而君臣父子, 別而夫婦男女, 順而兄弟, 羣而朋友, 喜不至瀆, 怨不至亂, 諫不至訐, 怒不至絶, 此詩之大略也. 古者登歌淸廟, 會盟諸侯, 季子之所觀, 鄭人之所賦, 與夫士大夫交接之際, 未有舍此而能達者. 孔子曰, 爲此詩者, 其知道乎! 又曰, 不學詩, 無以言. 蓋詩之用於世如此.

周衰, 官失學廢, 大雅不作久矣. 由漢以來, 詩道浸微陵夷, 至於晉宋齊梁之間, 哇淫甚矣. 曹劉沈謝之詩, 非不工也, 如刻繪染縠, 可施之貴介公子, 而不可用之黎庶. 陶淵明韋蘇州之詩, 寂寞枯槁, 如叢蘭幽桂, 可宜於山林, 而不可置於朝廷之上. 李太白王摩詰之詩, 如亂雲敷空, 寒月照水, 雖千變萬化, 而及物之功亦少. 孟郊賈島之詩, 酸寒儉陋, 如蝦蠏蜆蛤, 一啖便了, 雖咀嚼終日, 而不能飽人. 唯杜少陵之詩, 出入今古, 衣被天下, 藹然有忠義之氣, 後之作者, 未有加焉.

宋興二百年, 文章之盛, 追還三代. 而以詩名世者, 豫章黃庭堅魯直, 其後學黃而不至者, 後山陳師道無已. 二公之詩皆本於老杜而不爲者也. 其用事深密, 雜以儒佛. 虞初稗官之説, 雋永鴻寶之書, 牢籠漁獵, 取諸左右. 後生晚學, 此祕未覩者, 往往苦其難知. 三江任君子淵, 博極羣書, 尚友古人. 暇日遂以二家詩爲之注解, 且爲原本立意始末, 以曉學者. 非若世之箋訓, 但能標題出處而已也. 旣成, 以授僕, 欲以言冠其首.

予嘗患二家詩興寄高遠, 讀之有不可曉者. 得君之解, 玩味累日, 如夢而窹,

---

2   [교감기] '而'는 전본에는 '傳'으로 되어 있는데, 의미가 더 분명하다.

如醉而醒, 如瘁人之獲起也, 豈不快哉. 雖然論畫者可以形似, 而捧心者難言, 聞絃者可以數知, 而至音者難説. 天下之理涉於形名度數者可傳也, 其出於刑名度數之表者, 不可得而傳也. 昔後山答秦少章云, 僕之詩, 豫章之詩也. 然僕所聞於豫章, 願言其詳, 豫章不以語僕, 僕亦不能爲足下道也. 嗚乎, 後山之言, 殆謂是耶, 今子淵旣以所得於二公者筆之乎. 若乃精微要妙, 如古所謂味外味者, 雖使黃陳復生, 不能以相授, 子淵相得而言乎. 學者宜自得之可也.

子淵名淵, 嘗以文藝類試有司, 爲四川第一, 蓋今日之國士天下士也.

紹興乙亥冬十二月, 鄱陽許尹謹叙.

【다음 작품인 「효방변주」와 같은 때에 지은 작품이다.
황의 이름은 기복이다】汴岸置酒贈黃十七【與後篇曉放汴舟同時
作. 黃名幾復】

황정견시집주 전체 차례

1. 임위지가 붓을 보냈기에 장난삼아 시를 지어 주다
林爲之送筆戲贈

閻生作三副	염생이 삼부를 만드는데
規摹宣城葛[1]	선성 제갈씨의 붓을 본떴네.
外貌雖銑澤	외모는 비록 광택이 나지만
毫心或麤糲	털 심은 간혹 거칠어 조잡하네.
功將希栗尾[2]	노력하여 율미 붓을 닮고자 하는데
拙乃成棗核	약간 부족하여 조핵이 되었네.
李慶一散卓	이경일의 산탁 붓은
含墨能不洩	먹물 머금어 능히 세지 않네.
病在惜白毫	병은 흰털을 아낀 것이니
往往牟巧拙	이따금 공교로움이 반감되네.
小字亦周旋	작은 글씨는 잘 써지지만
大字難曲折	큰 글씨는 휘돌리기가 어렵네.
時時一毛亂	때때로 한 터럭이 삐져나오면
乃似逆梳髮	곧 가지런한 털을 거스르네.

---

1 [교감기] '規摹'는 영원본에는 '規畫'으로 되어 있다.
2 [교감기] '功'은 고본에는 '巧'로 되어 있다.

張鼎徒有表	장정은 하릴없이 표를 짓는데
徐偃元無骨	서언은 원래 뼈가 없다네.
模畫記姓名³	그림을 모사하고 성명을 적는데
亦可應倉卒	또한 곧바로 부응하네.
爲之街南居	위지는 가남에 거처하는데
時通鈴下謁	때로 근무지로 찾아가 만나네.
晴軒坐風涼	시원한 바람 부는 맑은 난간에 앉았다가
怪我把枯筆	내가 말라비틀어진 붓을 든 것
	괴이하게 여기네.
開囊撲蠹魚	주머니 열어 좀 벌레 털어내고
遣奴送一束	노비 시켜 붓 한 묶음 보내네.
洗硯磨松煤	벼루를 씻고 송매를 갈아
揮灑至日没	날이 저물 때까지 글씨 써보네.
蚤年學屠龍	젊었을 때는 용 잡는 걸 배웠는데
適用固疎闊	쓸 곳이 참으로 적었네.
廣文困虀鹽	광문은 부추와 소금에 힘들어하니
烹茶對秋月	차를 끓여서 가을 달을 바라보네.
略無人問字	사람들의 안부도 전혀 없는데
況有客投轄	더구나 찾아오는 객이 있겠는가.

---

3 [교감기] '模'는 전본에는 '橅'로 되어 있다. 살펴보건대 '橅'는 '模'와 통용하니,
이후로 다시 나오면 교정하지 않는다.

文章寄呻吟	문장 짓느라 괴롭게 신음하고
講授費煩舌	강학 하느라 입으로 떠드네.
閑無用心處	한가로울 때 마음 쓸 곳 없어
雌黃到筆墨	필묵으로 글을 써보네.
時不與人遊[4]	때는 사람을 기다려주지 않으니
孔子尙愛日	공자는 더욱 날을 아꼈네.
作詩當鳴鼓	시를 지어 마땅히 널리 알리니
聊自攻短闕	에오라지 스스로 단점을 고치네.

【주석】

閣生作三副 規摹宣城葛 : 삼부三副는 율미, 조핵, 산탁인데 모두 붓 이름이다. 선주의 제갈씨는 붓을 잘 만드는데 유공권이 그 붓을 얻었지만 제대로 사용하지 못하였다. 오직 왕희지만이 제대로 사용하였기에 세상에서 "우군이 아니면 제갈의 붓을 제대로 사용할 수 없다"라고 했다. 동파가 "선성의 제갈씨의 붓은 천하에 제일인데 그 사이에 비록 그다지 좋지 않은 것이 있더라도 끝내 집안에 전해 내려오는 법이 있었다. 예를 들면 북원의 차, 내탕고의 술, 교방의 음악처럼 비록 정신을 다 쏟아서 억지로 배우고자 하여도 초야의 기운은 끝내 벗어나지 못하는 것과 같다"라고 했다. 산곡이 일찍이 "선성 제갈의 세 붓은 붓끝이 비록 다 닳아도 안의 심은 그대로 둥그렇다"라고 했다.

---

4   [교감기] '遊'는 고본에는 '逝'로 되어 있다.

三副, 栗尾棗核散卓, 皆筆名. 宣州諸葛氏能作筆, 柳公權求之不能用, 惟王右軍能用之, 故世有曰, 非右軍, 不能用諸葛筆也. 東坡云, 宣城諸葛氏筆擅天下, 其間不甚佳者, 終有家法. 如北苑茶內庫酒敎坊樂, 雖弊精神, 欲强學之, 而草野氣終不可脫. 山谷嘗言, 宣城諸葛三副, 筆鋒雖盡, 而心故圓.

外貌雖銑澤 毫心或麤糲 : 『이아』에서 "매우 빛나는 것을 선銑이라 이른다"라고 했는데, 주에서 "아름다운 금의 광택이다"라고 했다. 『촉지·장예전』에서 "옹개가 "장부군張府君, 장예는 표주박 같아서 겉은 비록 윤기가 흐르지만 안은 사실 거칠어 죽이기에도 부족하다""라고 했다. 두보의 「빈지賓至」에서 "오래 묵은 거친 밥으로 식사 대접하네"라고 했다.

爾雅, 絶澤謂之銑. 注云, 美金光澤也. 蜀志張裔傳, 張府君知瓠壺, 外雖澤而內實麤. 杜詩, 百年麤糲腐儒餐.

功將希栗尾 拙乃成棗核 李慶一散卓 : 동파가 말하기를 "산탁 붓은 오직 제갈만이 잘 만든다. 다른 사람이 그것을 배우려고 해도 모두 그 모양은 그럴듯하지만 그 법은 없으니, 도리어 일반적인 붓보다 못하다"라고 했다.

東坡云, 散卓筆, 惟諸葛能之. 他人學者, 皆得其形似而無其法, 反不如常筆.

含墨能不洩 : 한유의 「모영전」에서 "모영은 사람됨이 기억을 잘하여 사랑을 받아 소중하게 여겨졌다"라고 했다. 또한 "사람의 뜻을 잘 따라

후에 비록 버림을 받아도 끝내 침묵하고 발설하지 않았다"라고 했다.

退之毛穎傳, 穎爲人強記, 無不愛重, 又善隨人意, 後雖見廢棄, 終黙不洩.

病在惜白毫 往往牛巧拙 小字亦周旋 大字難曲折 時時一毛亂 乃似逆梳髮
張鼎徒有表 : 『명황잡록』에서 "주상이 소정을 재상으로 삼고 싶어서 밤
이 깊었을 때 숙직을 담당하던 사인 소숭을 불러 조서를 짓게 하였다.
이윽고 완성되었는데 그 문장에서 "나라의 괴보瓌寶"라고 했다. 주상이
"소정은 소괴의 아들이다. 그 부친의 이름을 드러내고 싶지 않으니, 마
땅히 지워라"라고 했다. 한참 뒤에 다시 조서를 올렸는데, 다만 "나라
의 진보珍寶"라고 고쳐져 있었다. 주상이 그 초고를 내던지며 "겉만 번
지르르하다""라고 했다. 이것을 차용하여 비유하였다.

明皇雜錄, 上欲相蘇頲, 夜艾, 召直宿舍人蕭嵩草詔. 旣成, 其詞曰, 國之瓌
寶. 上曰, 頲, 瓌之子, 不欲斥其父名, 當爲刊削. 久之復進, 惟改曰, 國之珍
寶. 上擲其草曰, 虛有其表耳. 此借喻也.

徐偃元無骨 : 『후한서 · 동이전』의 주에서 "서나라 임금의 궁녀가 임
신하여 알을 낳으니, 내다 버렸다. 곡창이라는 개가 알을 물고 집으로
돌아가서 마침내 작은 아이가 태어났다. 태어나면서부터 한쪽으로 기
우는 까닭에 이름을 언偃이라고 지었다"라고 했다. 『시자』에서 "언왕
은 근육은 있지만 뼈가 없었다. 그러므로 언이라고 불리었다"라고 했
다. 동파가 이르기를 "노직이 여러 뛰어난 붓을 꺼내놓고 나에게 써보

게 하였다. 붓끝이 소금에 절인 구불구불한 지렁이 같은데 종이 위에서 자유자재로 휘었다. 노직이 "이는 서언의 붓입니다"라고 했다. 근육은 있지만 뼈는 없으니 명성은 헛되이 얻어지는 것이 아님을 알았다"라고 했으니, 동파의 말대로라면 서언은 근육은 있지만 뼈는 없다고 한 것이 다만 산곡만 차용하여 비유한 것이 아니니, 또한 당시에 이런 말이 있었던 듯하다.

後漢東夷傳注云, 徐君宮人, 娠而生卵, 棄之. 有犬名鵠倉, 銜卵以歸, 遂生小兒. 生而偃, 因以爲名. 尸子曰, 偃王有筋而無骨, 故曰偃. 東坡云, 魯直出衆工筆, 使僕歷試. 筆鋒如著鹽曲蟮, 詰曲紙上. 魯直曰, 此徐偃筆也. 有筋無骨, 可謂名不虛得. 如東坡之言, 則徐偃有筋無骨, 非獨山谷借喩, 亦當時固有此語耶.

模畫記姓名 : 『항서·항적전』에서 "글은 성명을 쓸 줄 알면 충분하다"라고 했다.

項籍傳, 書足記姓名而已.

亦可應倉卒 爲之街南居 時通鈴下謁 : 『진서·양호전』에서 "근무하는 곳에는 모시며 호위하는 사람이 몇 사람에 불과했다"라고 했다. 『진서·양방전』에서 "처음에 군령하위의가 되었다"라고 했다.

晉羊祜傳, 鈴閣之下, 侍衛不過數人. 楊方傳, 初爲郡鈴下威儀.

晴軒坐風凉 怪我把枯筆 開囊撲蠹魚 遣奴送一束 洗硯磨松煤 揮灑至日没

蚤年學屠龍 : 『장자』에서 "주평만은 용을 죽이는 방법을 지리익에게 배우는데 천금의 가산을 탕진하고 나서야 재주를 이뤘지만 그것을 써먹을 곳이 없었다"라고 했다. 온정균의 「병중서회病中書懷」에서 "호랑이 그림 졸렬하니 그림에 대해 말하지 말고, 용은 드무니 용을 죽임을 배우지 말라"라고 했다.

莊子, 朱泙漫學屠龍於支離益, 殫千金之家, 技成, 無所用其巧. 溫庭筠詩, 虎拙休言畫, 龍稀莫學屠.

適用固疎闊 : 자신이 배운 것은 유속과 다르니 용을 도살하는 기술과 같아서 쓸 곳이 없음을 말한다. 이는 한유의 「답두수재서答竇秀才書」에서 "그 방법을 고생하면서 겨우 익혔지만 모두 빈말과 같아서 실제 쓰임에 적당하지 않았다. 그러므로 학문이 이뤄졌지만 도는 더욱 곤궁하였고 나이는 늙어가면서 몸은 더욱 괴로웠다"라고 했다.

自言所學不同流俗, 若屠龍之技, 無所用之. 如退之書云, 凡所辛苦而僅有之者, 皆符於空言, 而不適於實用. 故學成而道益窮, 年老而身愈困也.

廣文困虀鹽 : 당나라는 국자학을 넓히고 광문관을 설치하여 정건을 박사로 삼았다. 산곡은 당시에 대명부 국자감 교수로 있었기에 스스로 정건에 비유한 것이다. 한유의 「송궁문」에서 "4년 동안 태학에 있으면서 아침에 부추요 저녁은 소금이었다"라고 했다.

唐增國子學, 置廣文館, 以鄭虔爲博士. 山谷時爲大名府國子監教授, 故以自況. 退之送窮文云, 太學四年, 朝齏暮鹽.

烹茶對秋月 略無人問字 況有客投轄 : 『한서·양웅전』에서 "유분이 일찍이 양웅에게 배워 기이한 글자를 만들었다"라고 했다. 『한서·진준전』에서 "진준은 술을 즐겼다. 매번 술을 많이 마실 때마다 손님들이 당에 가득하면 곧바로 문을 닫아걸고서 손님의 수레 굴대를 우물에 던져버렸다. 비록 급한 일이 있더라도 돌아가지 못하였다"라고 했다. 두보의 「만추장사晚秋長沙」에서 "기꺼이 굴대 던지고서 술 마시고, 어찌 편지나 전하는 역말이 되겠는가"라고 했다.

揚雄傳, 劉棻常從雄學作奇字. 陳遵傳, 遵嗜酒, 每大飮, 賓客滿堂, 輒關門, 取客車轄, 投井中. 雖有急不得去. 杜詩, 甘從投轄飮, 肯作置書郵.

文章寄呻吟 講授費頬舌 : 『주역·함괘』 상육에서 "혀와 입에서 감응하도다"라고 했는데, 상에서 "입으로만 떠들 뿐임을 말한다"라고 했다. 『한서·장량전』에서 "세자를 세우는 일은 구설로 다툴 수 없습니다"라고 했다.

頬舌, 見上注.

閒無用心處 雌黃到筆墨 : 『진서·왕연전』에서 "당시 사람들은 왕연을 "입에서 나오는 대로 비평하는 자황""이라고 했다.

晉王衍傳, 世號口中雌黃.

時不與人遊 : 곧 세월은 나를 기다리지 않는다는 의미이다.
卽歲不我與也

孔子尙愛日 : 『양자법언』에서 "어떤 이가 "공자의 도는 형편에 맞게
작게 할 수 없는가"라고 물으니 "작게 하면 성덕에 상처를 입히니 어찌
그렇게 할 수 있는가"라 대답한다. 다시 "이와 같다면 공자는 어찌하여
부모의 나라를 떠났는가"라 물으니, "시간을 헛되이 낭비하는 것을 아
까워한 것이다"라 대답한다. "시간이 아까우면서 부모의 나라를 떠난
것은 어째서인가"라 물으니, "제나라에서 보낸 여자 악사들을 노나라
군주가 받아들였기 때문이다"라 대답한다"라고 했다.

　揚子法言, 或曰孔子之道, 不可小與. 曰, 小則敗聖, 如何. 曰若是則何爲去
乎. 曰愛日. 曰愛日而去, 何也. 曰由羣婢之故也.

作詩當鳴鼓 聊自攻短闕 : 『논어』의 "염구의 행동을 비판하면서 "그런
자는 우리 무리가 아니다. 소자들아, 북을 쳐서 그의 죄를 성토하도록
하라""라고 한 말을 인용하여 자신의 단점을 바로잡으려 한 것이다. 한
유의 「송진사유사복送進士劉師服」에서 "집에 돌아가면 비록 병이 나더라
도, 곧바로 친히 새벽밥을 해 먹을 걸세"라고 했는데, 여기서 단궐短闕
이란 글자를 따왔다.

用論語鳴鼓而攻之, 自攻其短也. 退之詩, 還家雖闕短, 指日親晨餐. 此摘
其字.

2. 위지에게 다시 화답하다

再和答爲之

君勿嘲廣文[5]	그대는 광문을 조롱하지 말라
沍寒被絺葛	추위에 갈옷 입었다고.
君勿嘲廣文	그대는 광문을 조롱하지 말라
窮年飯粱糲	평생 거친 기장밥 먹는다고.
常恐俎豆予	항상 두려운 건, 나를 제기처럼 떠받들어
與世充肴核	세상 사람들이 나물과 과일로 채우는 것.
凡木不願材	평범한 나무는 재목되길 바라지 않으니
大折小枝洩	큰 가지 꺾이고 작은 가지 찢겨지네.
櫟依曲轅社	상수리나무 곡원 사당에 의지하는데
聊用神其拙	에오라지 그 졸렬함을 신이하게 쓰네.
吾家本江南	우리 집은 본래 강남으로
一邱藏曲折	언덕에 길이 구불구불 나 있네.
瀕溪蔭蒼筤	시냇가에 푸른 대가 우거져서
蕭洒可散髮	머리 풀어헤친 듯 쓸쓸하네.
旣無使鬼錢	이미 귀신 부릴 돈이 없으며
又無封侯骨	또한 제후 봉할 골상도 아니네.
薄祿庇閑曹	박한 녹봉의 한가로운 직무에 있으니

---

5   [교감기] '勿'은 영원본에는 '莫'으로 되어 있다.

且免受逼卒	또한 끝내 압박 받을 일도 없네.
爲此懶出門	문을 나섬이 게으르기 때문에
徒弊懷中謁	부질없이 품속의 명함만 헤지네.
直齋賓客退	숙직하니 손님은 물러가고
風物供落筆	경치는 붓을 들게 만드네.
詩成著牀頭	지은 시가 책상머리에 있는데
不知今幾束	몇 묶음인지 알 수 없네.
若何向予勤	어찌하여 나보고 부지런하다 하는가
見詩歎埋没	그대 시를 보니 드러나지 못할까 탄식하네.
嗣宗須洒澆	사종은 번뇌를 술로 씻어내었다고 하니
未信胸懷闊	흉금이 드넓다함을 믿을 수 없네.
自狀一片心	스스로 그려내건대, 한 조각 이 마음
碧潭浸寒月	푸른 연못에 차가운 달이 잠긴 듯하네.
令德感來教	아름다운 덕으로 가르침 주니 고마워
爲君賦車轄	그대 위해 「거할」을 지어보네.
君思揚雄吒	그대는 양웅의 말더듬을 생각할 텐데
何似張儀舌	어찌 장의처럼 혀가 길단 말인가.
此意恐太狂	이 생각이 지나친 광태 같으니
願爲引繩墨	원컨대 먹줄을 맞으려 하네.
政使此道非	만약 나의 도가 잘못되었다면
改過從今日	허물 고침은 오늘부터 시작해야지.

報章望瓊琚　　　　패옥으로 보답하길 바라노니

勿使音塵闕　　　　소식이 끊기게 하지 마시라.

【주석】

君勿嘲廣文 冱寒被絺葛 : 『좌전』에서 "얼음을 보관하는 곳은 깊은 산
궁벽한 골짜기이니, 이런 곳은 진실로 늘 그늘지고 얼음이 얼 정도로
추운 곳이기 때문이다"라고 했는데, 주에서 "호冱는 닫다는 의미이다"
라고 했다. 『북사·원충전』에서 "원충의 나이 10여 세 무렵에 아버지
친구가 집에 찾아왔다. 당시 초겨울인데 원충은 아직도 갈옷을 입고 있
었다. 손님이 희롱하며 "고운 갈포와 거친 갈포여, 쌀쌀한 바람이 불어
오도다"라 하니, 원충이 그 소리가 떨어지자마자 "가늘고 굵은 갈옷을
지어서, 싫증 내지 않고 입도다"라고 했다. 두보의 「견흥遣興」에서 "어
찌 헤아리랴 남쪽 고을 나그네가, 구월에도 갈옷 입은 것을"라고 했다.

左傳, 其藏氷也, 深山窮谷, 固陰冱寒. 注, 冱, 閉也. 北史袁充傳, 年十餘
歲, 父黨至門. 時冬初, 充尙衣葛衫. 客戲曰, 絺兮綌兮, 凄其以風. 充應聲曰,
惟絺與綌, 服之無斁. 杜詩, 焉知南鄰客, 九月猶絺綌.

君勿嘲廣文 窮年飯粢糲 : 『열자』에서 "내가 먹는 것은 거친 잡곡이며
사는 곳은 쑥대로 지은 집이다"라고 했다.

列子云, 食則粢糲, 居則蓬室.

常恐俎豆予 與世充肴核 : 『장자』에서 "노자의 제자인 경상초라는 자가 북녘의 외루라는 산에 살았다. 3년이 지나서 외루의 땅에 큰 풍년이 들었다. 외루 사람들이 서로 말하기를 "경상초를 이 고을의 주인으로 삼아 받들어 모시지 않는 것이오"라고 했다. 경상초가 이 말을 듣고서 "외루의 천민들까지도 수군거리며 나를 현인의 부류에다 넣어 떠받들려고 한다""라고 했다. 『시경·소아·빈지초연』에서 "변두가 나란히 놓이고 나물과 과일이 진열되어 있으며"라고 했는데, 주에서 "효殽는 목기木器에 담긴 것이며, 핵核은 대그릇에 담긴 것이다"라고 했으며, 전에서 "목기에 담긴 것은 채소를 절인 것과 젓갈 등이며 대그릇에 담긴 것은 복숭아, 매실 등의 종류이다"라고 했다.

莊子云, 老聃之役, 有庚桑楚者, 居畏壘之山. 三年而畏壘大穰. 畏壘之民相與言曰, 胡不尸而祝之, 社而稷之. 庚桑子聞之曰, 畏壘之細民, 而竊竊然欲俎豆予於賢人之間. 小雅賓之初筵云, 籩豆有楚, 殽核維旅. 注, 殽, 豆實也. 核, 加籩也. 箋云, 豆實, 菹醢也, 籩實有桃梅之屬.

凡木不願材 : 한유의 「제자후문」에서 "세상에 있는 모든 사물은 쓸모 있는 재목이 되길 원치 않는다"라고 했다.

退之祭子厚文, 凡木之生, 不願爲材.

大折小枝洩 櫟依曲轅社 聊用神其拙 : 『장자』에서 "장석이 제나라로 가다가 곡원에 이르러 신사神社의 상징으로 심은 상수리나무를 보았다.

그 크기는 수천 마리의 소를 가릴 정도였다. 옆에서 구경하는 사람이 시장처럼 많았으나 장석은 돌아보지 않더니 말하기를 "쓸모없는 나무이다. 아무 소용도 없기 때문에 이처럼 오래 살 수 있었던 것이다"라고 했다. 장석이 집에 돌아오자, 상수리나무 사당의 나무가 꿈에 나타나서 "너는 나를 무엇에다 비교하려느냐. 너는 나를 쓸모 있는 나무에 비교에 비교하려는 거냐. 대체 아가위, 배, 귤, 유자 등의 종류는 열매가 익으면 잡아 뜯기고, 뜯기면 가지가 부러진다. 큰 가지는 꺾이고 작은 가지는 찢겨진다'"라고 했다.

莊子云, 匠石之齊, 至于曲轅, 見櫟社樹, 其大蔽牛, 觀者如市. 匠石不顧曰, 散木也, 無所可用, 故能若是之壽. 匠石歸, 櫟社見夢曰, 汝將烏乎比予哉, 若將此予于文木耶. 夫柤梨橘柚果蓏之屬, 實熟則剝, 剝則辱,[6] 大枝折, 小枝洩.

吾家本江南 一邱藏曲折 : 두보의 「조기早起」에서 "언덕에 난 구불구불한 길을, 천천히 걸어 부여잡고 올랐더니"라고 했다.

杜詩, 一丘藏曲折, 緩步有躋攀.

瀨溪蔭蒼筤 : 『주역·계사전』에서 "진은 짙푸른 대가 된다"라고 했다.

易繫辭, 震爲蒼筤竹.

6　[교감기] '實熟則剝 剝則辱'에서 원래 두 개인 '剝'자 중에 한 자가 빠져 있었는데, 문장의 의미가 통하지 않는다. 『장자·인간세(人間世)』에 의거하여 보충하였다.

蕭洒可散髮 : 『문선』에 실린 혜강의 「유정幽情」에서 "바위산에서 산발
하노라"라고 했다.

文選稽叔夜詩, 散髮巖岫.

既無使鬼錢 : 서진西晉 노포의 「전신론」에서 "돈은 귀가 없지만 귀신
을 부릴 수 있다"라고 했다.

見上.[7]

又無封侯骨 : 『한서·이광전』에서 "이광이 점술가와 이야기를 하면
서 "어찌하여 나의 관상이 제후로 봉해지기에 합당하지 않는가"라고
했다. 『후한서·반초전』에서 "관상쟁이를 찾아가니 관상쟁이가 "제비
의 턱에 호랑이 머리니 날아다니며 고기를 먹을 것이니 만리후가 될
상이다""라고 했다. 『한서·적방진전』에서 "적방진이 채보를 찾아가
관상을 물으니, 채보가 그의 모습을 보고 대단히 뛰어나다고 여겼다.
이에 "소사는 제후로 봉해질 골상을 지녔습니다. 마땅히 경술로서 벼
슬에 나아갈 것입니다""라고 했다.

見上.[8]

---

7 [교감기] 이 구의 영원본의 주는 "晉魯褒錢神論云, 錢無耳, 可使鬼"로 되어 있다.
8 [교감기] 이 구의 영원본의 주는 "翟方進傳, 從蔡父相問 蔡父大奇其形貌 謂曰 小史
有封侯骨 當以經術進"으로 되어 있다.

薄祿庇閑曹　且免受逼卒　爲此懶出門　徒弊懷中謁：『한서・고조기』에서 "명함에다가 거짓으로 "축하금 1만 전"이라고 썼다"라고 했는데, 안사 고는 "위알爲謁은 명함에 쓴 것으로, 스스로 명함에 벼슬과 사는 마을을 적는다. 지금 사람들이 만날 때 이름을 대는 것과 같다"라고 했다. 『후 한서・예형전』에서 "남몰래 명함 한 통을 품고 다녔는데, 그러나 명함 을 줄 만한 사람을 만나지 못하여 명함이 품속에서 닳고 닳아서 글자 가 보이지 않게 되었다"라고 했다.

漢高祖紀, 乃給爲謁曰, 賀錢萬. 師古曰, 爲謁者書刺, 自言爵里, 若今參見 通名也. 後漢禰衡傳, 陰懷一刺, 旣無所之, 至於刺字漫滅.

直齋賓客退　風物供落筆　詩成著牀頭：『진서・왕담전』에서 "형의 아들 인 왕제王濟가 일찍이 왕담을 찾았는데, 책상머리에 『주역』이 있었다" 라고 했다.

晉王湛傳, 牀頭有周易.

不知今幾束　若何向予勤　見詩歎埋没　嗣宗須洒澆：『세설신어』에서 "왕 손이 왕침에게 묻기를 "완적의 주량은 사마상여와 비교하여 어떤가" 라 묻자 왕침이 "완적의 가슴에는 커다란 돌무더기가 있기 때문에 모 름지기 술로 씻어내야 한다""라고 했다.

嗣宗, 見上.

未信胸懷闊 自狀一片心 : 당나라 배도의 「화상자찬畵像自贊」에서 "한 조각 영대를 단청丹靑, 그림으로 그려낼 수 없네"라고 했다.

唐裴度自贊曰, 一片靈臺, 丹靑莫狀.

碧潭浸寒月 : 한산자의 시에서 "나의 마음은 가을 달과 같은데, 푸른 연못에 밝은 달빛이 맑네"라고 했다.

寒山子詩, 我心似秋月, 碧潭淸皎潔.

令德感來教 爲君賦車轄 : 『시경·소아·거할』에서 "덜컹 굴대의 빗장을 단단히 채우고"라고 했다. 이 편에서 또한 "아름다운 덕으로 나를 도우면"이라고 했다. 『좌전·소공25년』에서 "송공이 노나라 소자에게 연회를 베풀어 「신궁」⁹을 읊자 소자는 「거할」¹⁰을 읊었다"라고 했다.

小雅, 間關車之轄兮. 此篇又云, 令德來教. 左傳昭二十五年, 宋公享昭子, 賦新宮, 昭子賦車轄.

君思揚雄吒 : 吒는 마땅히 吃로 지어져야 한다. 『한서·양웅전』에서 "말더듬이어서 말을 잘하지 못하였다"라고 했다.

吒當爲吃. 本傳, 口吃不能劇談.

---

9   신궁 : 『시경』의 「소아·사간(斯干)」을 이른다.
10   「거할」 : 이 편은 원래 신부를 맞이하는 노래인데, 여기서는 임위지가 찾아와 줬으면 하는 바람을 나타내고 있다.

何似張儀舌:『사기·장의전』에서 "장의가 "나의 혀가 아직 붙어 있는지 보라""라고 했다.

史記張儀傳, 儀云, 視吾舌尙在否.

此意恐太狂 願爲引繩墨: 이 말은 대개 임위지의 화답한 시에 답하는 내용으로, 나무가 먹줄을 맞는 것처럼 그의 충고를 바란다는 의미이다.

此語盖答其和章之意, 望其規正, 如木從繩也.

政使此道非 改過從今日 報章望瓊琚:『시경·대동大東』에서 "나에게 줄 무늬를 이루지 못하였네"라고 했다. 또한『시경·목과木瓜』에서 "경거瓊琚로 보답하네"라고 했다.

詩, 不成報章. 又云, 報之以瓊琚.

勿使音塵闕:『문선』에 실린 사장謝莊의 「월부」에서 "노래하기를 "미인이 멀리 떠나 소식이 끊겼지만""이라고 했다. 사령운의 「인리상송지방산鄰里相送至方山」에서 "각자 날로 힘써 뜻을 새롭게 할지니, 소식이 고요한 나를 위로할 지라"라고 했다.

文選月賦, 美人邁兮音塵闕. 謝靈運詩, 各勉日新志, 音塵慰寂滅.

3. 다시 운자를 써서 위지에게 화답하다

再和答爲之

林君維閩英	임군은 민 땅의 영재로
數面成瓜葛	자주 대하여 매우 가까워졌네.
鄰居接杖藜	이웃에 살면서 지팡이 짚고 만나는데
過飯厭疏糲	거친 쌀로 지은 밥 질리도록 대접하네.
讀書飽工夫	책을 읽어 공부는 넘치고
論事極精核	일을 논함에 대단히 정밀하네.
奮身君子場	군자의 모임에 몸을 떨쳐 일으켜
勇若怒未洩	용맹함이 노기를 풀어내지 못한 듯하네.
窮年棲旅巢	평생 떠돌며 지내는데
由命非由拙	운명 때문이지 졸렬해서가 아니네.
王良驅八駿	왕량이 팔준마를 몰 때
方駕度九折	멍에 매고 구절판을 내달리네.
學堂疏雨餘	학당은 부슬비가 내린 뒤
石砌長苔髮	돌계단에 이끼가 자랐네.
弟子肥如瓠	제자는 박처럼 살졌는데
先生瘦惟骨	선생은 뼈만 앙상하네.
北門一都會	북문은 큰 도회지로
塵埃人卒卒	사람들 분주하니 먼지가 날리네.

高蓋如秋荷	수레의 높은 일산은 가을 연꽃 같은데
勢利相奔謁	세력과 이익을 분주하게 찾아다니네.
惟君尙寂寞	다만 그대는 적막을 숭상하니
來觀草玄筆	『태현경』을 보내 읽게 하네.
斯文未易陳	이 책은 쉽게 펼칠 수 없으니
正當高閣束	참으로 마땅히 고각에 묶어 놓네.
金馬事陸沈	금마문에선 숨어 지냄을 일삼는데
市門逐乾沒	저잣거리에선 이익을 추구하네.
未須相賢愚	누가 잘나고 못난지 따지지 말고
聊自嘲迂濶	에오라지 자신의 우활함을 조소하세.
憶昨戱贈詩	이전 장난스레 시를 줄 때 생각하니
迺辱報明月	이에 보내준 명월주를 욕되게 하였네.
極知推挽意	충고해준 뜻을 깊이 알겠으니
我車君欲轄	나의 수레를 그대 붙잡아 두고 싶어 했네.
屠龍眞强言[11]	용을 잡는다 함은 참으로 억지로 한 말로
奔馬不及古	내달리는 말로도 이전으로 돌이킬 수 없네.
賜書盈五車	하사 받은 책은 다섯 수레 가득하니
直舍方二墨	직소直所에서 줄을 치며 책을 읽네.
會意便欣然	뜻에 맞으면 곧 기뻐하는데

---

11 [교감기] '强'은 영원본과 고본에는 '狂'으로 되어 있다. 건륭본의 원교에서 "'强'은 달리 '狂'으로 된 본도 있다"라고 했다.

餘事過窓日	나머지 일은 창가 해 지나듯 하네.
尙恐素餐錢	하늘 일 없이 밥값 받을까 두려운데
諸生在城闉	제생들은 성안에 있네.

【주석】

林君維閩英 數面成瓜葛 : 연명 도잠의 「답방참군시서答龐參軍詩序」에서 "속담에 "자주 만나면 친구가 된다"라고 했는데, 정이 이보다 더한 것은 말해 무엇 하겠는가"라고 했다. 『진서·왕도전王導傳』에서 "왕도와 그 자식 왕열王悅이 바둑을 두었다. 왕도가 웃으며 "서로 사이가 과갈瓜葛인데, 어찌 이렇게까지 하느냐?"라 했다"라고 했다.

數面成親, 瓜葛, 並見上.[12]

隣居接杖藜 過飯厭疏糲 : 『한서·포선전』에서 "신흥辛興과 허김許紺이 포선의 집에 들러 한 끼를 먹었는데, 후에 이들이 반역하자 포선은 자살하였다"라고 했다. 『후한서·제오륜전』에서 "종형의 밥을 그대 것보다 많이 주지 않았다고 하던데"라고 했다. 『장자』에서 "원헌이 명아주 지팡이를 짚고 외출하였다"라고 했다. 『시경·소민』에서 "저것은 성긴 쌀이고 이것이 고운 쌀이거늘"이라고 했는데, 전에서 "소疏는 거친 것

---

12 [교감기] '數面'구의 영원본에는 주의 내용이 보태져 있으니, "陶淵明答龐參軍詩序云, 俗諺曰, 數面成親親. 況情過此者乎. 晉王導傳, 導與其子悅, 奕棋爭道. 導笑曰, 相與有瓜葛, 那得爲爾耶"로 되어 있다.

이니 거친 쌀을 이른다"라고 했다. 한유의 「산석山石」에서 "거친 밥이
지만 주린 나의 배를 채우기 충분하네"라고 했다.

漢鮑宣傳, 俱過宣一飯去. 後漢第五倫傳, 不過從兄飯. 杖藜, 見上. 大雅召
旻篇, 彼疏斯粺. 箋云, 疏, 麤也, 謂糲米也. 退之詩, 疏糲亦足飽我饑.

讀書飽工夫 論事極精核 : 『남사·왕승건전』에서 "송 문제의 글은 천연
함은 양흔보다 낫지만 공부는 양흔보다 적다"라고 했다. 『한서』에서
"효선제의 정치는 명분과 실제를 종합하고 따졌으니, 정사와 문학과
법리를 다루는 선비들이 그 능력을 정밀하게 만들었다"라고 했다. 여
기서 정핵精核이란 글자를 따왔다.

南史王僧虔傳, 宋文帝書, 天然勝羊欣, 工夫少於欣. 漢書, 孝宣之治, 綜核
名實, 政事文學法理之士, 咸精其能. 此摘其字.

奮身君子場 勇若怒未洩 : 반고의 「동도부」에서 "말이 발을 구르며, 선
비의 분노가 풀어지지 않았네"라고 했다.

東都賦云, 馬踠餘足, 士怒未渫.

窮年棲旅巢 : 『주역·여괘』의 상구上九에서 "새가 둥지를 불태우니"라
고 했다.

易旅卦, 鳥焚其巢.

由命非由拙 王良驅八駿 : 『좌전·애공 2년』에서 "우무휼이 조간자의 병거를 몰고"라고 했는데, 주에서 "우무휼은 왕량이다"라고 했다. 『좌전』에서 또 자량이라 칭하기도 하고 우량이라 칭하기도 하였다. 『목천자전』에서 "팔준마로는 적기, 도양, 백의, 유륜, 산자, 거황, 화류, 녹이 등이 있다"라고 했다.

左傳哀二年, 郵無郵御簡子. 注, 王良也. 左傳又稱子良, 又曰郵良. 穆天子傳云, 八駿之乘, 赤驥盜驪白義踰輪山子渠黃驊騮綠耳[13]

方駕度九折 : 두보의 「희위육절구戲爲六絶句」에서 "굴원과 송옥을 잡아당겨 나란히 내달린다 하지만"이라고 했다. 또한 「봉기고상시奉寄高常侍」에서 "조식과 유정보다 한참이나 문장이 뛰어나네"라고 했다. 구절판은 한촉군 엄도현에 있으니, 왕준이 마부에게 내달리라고 소리치던 곳이다.[14]

杜詩, 切攀屈宋宜方駕. 又方駕曹劉不啻過. 九折坂在漢蜀郡嚴道縣, 王尊叱馭處.

---

13 [교감기] 원주에서는 '赤驥'와 '盜驪'가 순서가 바뀌어 있었으며 또한 '踰輪山子' 네 글자가 빠져 있었다. 지금 『목천자전』 권1에 의거하여 교정하고 보충한다.

14 왕준이 (…중략…) 곳이다 : 한(漢)나라 때 왕양(王陽)이 일찍이 익주 자사(益州刺史)가 되어 관할 지방을 순행하다가 공래산(邛郲山) 구절판(九折阪)에 이르렀을 때 탄식하며 말하기를, "선인(先人)의 유체(遺體)를 받들고 어떻게 이런 험한 곳을 자주 다닐 수 있겠는가" 하였는데, 뒤에 왕준(王尊)이 익주 자사가 되어서는 이 곳을 지나면서 아전에게 묻기를, "이 곳이 바로 왕양이 두려워하던 길이 아니냐?" 하고는, 그의 마부에게 말을 몰도록 질책하면서 말하기를, "왕양은 효자가 되었으니, 왕준은 충신이 될 것이다"고 한데서 온 말이다.

學堂疎雨餘 : 한유의 「추회」에서 "학당엔 날마다 일이 없어"라고 했다.
退之秋懷詩, 學堂日無事.

石砠長苔髮 : 『이아』에서 "담薝은 돌이끼이다"라고 했는데, 주에서
"물이끼이다. 달리 석발이라고도 한다"라고 했다.
爾雅, 薝, 石衣. 注云, 水苔也. 一名石髮.

弟子肥如瓠 : 『한서·장창전』에서 "살이 찌고 피부가 하얀 표주박처
럼 희었다"라고 했다.
漢張蒼傳, 肥白如瓠.

先生瘦惟骨 : 원래의 주에서 "임군은 주 씨 집에 있으면서 강학을 하
는데 주 씨의 아이들은 모두 얼굴이 하얗고 살이 쪘는데, 임군은 비쩍
말랐다"라고 했다.
元注云, 林君在朱氏講授, 朱氏兒皆面白豊肥, 林君如刻削.

北門一都會 : "큰 도회지다"라는 말은 『사기·화식전』에 많이 보인다.
一都會也, 史記貨殖傳, 多有此語.

塵埃人卒卒 : 사마천의 「보임소경서報任少卿書」에서 "너무 바빠서 조금
의 틈도 나지 않았습니다"라고 했다. 『한서·곽광전』에서 "곽운 집안

사람들의 초췌한 모습을 보고서"라고 했다.

司馬遷書, 卒卒無須臾之間. 霍光傳, 見雲家卒卒.

高蓋如秋荷 勢利相奔謅 :『한서·장이전』에서 "세력과 이익의 사귐을 옛사람은 부끄러워하였다"라고 했다.

漢張耳傳, 勢利之交, 古人羞之.

惟君尙寂寞 來觀草玄筆 :『한서·양웅전』에서 "양웅이『태현경』을 짓고서 스스로 말하기를 "허무를 주재로 삼고 적막을 원칙으로 삼았다""라고 했다.

揚雄傳, 雄作太玄, 自言寂寞爲尸.

斯文未易陳 正當高閣束 : 한유의「기노동寄盧仝」에서 "『춘추삼전』은 다 읽어 고각에 묶어두고"라고 했는데, 고각高閣이란 글자는 본래『진서·유익전』에 나온다.[15]

退之詩, 春秋三傳束高閣. 字本出庾翼傳.

金馬事陸沈 :『장자』에서 "바야흐로 세상과 멀리 떨어진 채 사는데

---

15 고각이란 (…중략…) 나온다 : 유익은 장수로 전공을 많이 세웠는데, 선비인 임의 (林義)와 은호(殷浩) 등은 쓸데없는 이야기만 늘어놓으며 나라의 안위에 대해 관심을 가지지 않았다. 이에 유익은 "이 무리들을 묶어서 높은 누각에 올려두었 다가 태평한 시절이 오면 그들의 임무를 논의해야 한다"라고 했다.

마음 또한 세속과 함께 사는 것을 달갑게 여기지 않으니, 이는 땅속에 잠기어 있듯이 숨어 지내는 사람이다"라고 했다. 『사기·골계전』에서 "저선생이 "동방생의 이름은 삭이다. 술이 얼큰해지면 땅을 두드리면서 "세속에 묻혀 살며, 금마문 안에서 세상을 피한다"라고 노래하였다""라고 했다.

陸沈, 見上.

市門逐乾没 : 『사기·화식전』에서 "가난에서 벗어나 부자가 되는 것에는 비단에 수를 놓은 것이 저잣거리에서 장사하는 것만 못하다"라고 했다. 『사기·혹리열전酷吏列傳·장탕전張湯傳』에서 "처음 낮은 관리가 되어서는 법으로 저촉된 물건은 몰수하여 몰래 취하였다"라고 했다.

貨殖傳, 刺文繡不如倚市門. 張湯傳, 始爲小吏乾没.

未須相賢愚 : 한유의 「별조자別趙子」에서 "마땅히 각자 힘쓸 바를 좇아서, 누가 어질고 어리석다 따지지 마세"라고 했다.

退之別趙子云, 宜各從所務, 未用相賢愚.

聊自嘲迂闊 : 『맹자제사』에서 "당시 임금들이 모두 맹자는 현실에 우활하다고 하였다"라고 했다.

孟子題辭, 時君咸謂之迂闊於事.

憶昨戲贈詩 酒辱報明月 : 『한서·추양전』에서 "명월주와 야광벽"이라
고 했다.

鄒陽傳, 明月之珠, 夜光之璧.

極知推挽意 : 『좌전』에서 "두 사람이 혹은 당기고 혹은 미니 들어가
고 싶지 않아도 그럴 수 있겠는가"라고 했다.

左傳, 或挽之, 或推之.

我車君欲轄 : 『한서·진준전』에서 "진준은 술을 즐겼다. 매번 술을 많
이 마실 때마다 손님들이 당에 가득하면 곧바로 문을 닫아걸고서 손님
의 수레 굴대를 우물에 던져버렸다. 비록 급한 일이 있더라도 돌아가
지 못하였다"라고 했다.

見前篇車轄注.

屠龍眞強言 : 『장자』에서 "주평만은 용을 죽이는 방법을 지리익에게
배우는데 천금의 가산을 탕진하고 나서야 재주를 이뤘지만 그것을 써
먹을 곳이 없었다"라고 했다. 온정균의 「병중서회病中書懷」에서 "호랑이
그림 졸렬하니 그림에 대해 말하지 말고, 용은 드무니 용을 죽임을 배
우지 말라"라고 했다.

屠龍, 見前篇.

奔馬不及古 : 『논어』에서 "네 마리 말이 혀를 따라가지 못한다"라고
했다. 용을 잡는다고 한 말을 스스로 후회하고 있으니, 바로 앞의 작품
에서 "이 생각이 지나친 광태 같으니, 원컨대 먹줄을 맞으려 하네"라고
했다. 등석의 「전사轉辭」에서 "말 한마디가 그르면 네 마리 말도 뒤쫓을
수 없다"라고 했다.

論語, 駟不及舌. 自悔出屠龍之語也. 第二篇固云, 此意恐太狂, 願爲引繩
墨. 鄧析書曰, 一言而非, 駟馬不及追.

賜書盈五車 : 『장자』에서 "혜시의 저술은 다방면에 걸쳐 다섯 수레나
된다"라고 했다.

莊子曰, 惠施多方, 其書五車.

直舍方二墨 : 이묵二墨은 위에 보인다.

二墨, 見上.

會意便欣然 : 『도연명집·오류선생전』에서 "책 읽기를 좋아하되 깊
은 해석을 구하지 않았다. 매번 마음에 맞는 대목이 있으면 곧 기뻐하
여 밥 먹는 것도 잊었다"라고 했다.

淵明集五柳先生傳云, 好讀書, 不求甚解. 每有會意, 便欣然忘食.

餘事過窶日 尙恐素餐錢 諸生在城闉 : 『시경』에서 "군자는 공밥을 먹지

않네"라고 했으며, 또한 "왔다갔다 서성이며 마음 못 잡고, 성문 위에
올라서서 바라보네"라고 한 「정풍·자금」은 학교가 폐지된 것을 풍자
한 시다. 『한서·고제기』에서 "열후들은 다행스럽게 식사비용의 돈과
식읍을 하사받았다"라고 했다.

　詩, 不素餐兮. 又云, 子衿刺學校廢也. 挑兮達兮, 在城闕兮. 漢高后紀, 賜
餐錢奉邑.

4. 조에게 주는 말

贈趙言

饒陽趙方士	요양의 조 방사는
眼如九秋鷹	눈이 9월 가을 매와 같네.
學書不成不學劍	글을 배웠지만 이루지 못하고
	검술도 배우지 않았지만
心術妙解通神明	심술은 오묘함을 이해하여 신명과 통하였네.
醫如俯身拾地芥	의술은 몸을 굽혀 지푸라기 줍는 듯하고
相如仰面觀天星	관상은 얼굴 들어 하늘의 별을 보는 듯하네.
自言方術雜鬼怪	스스로 방술은 괴이한 잡귀라고 말하는데
萬種一貫皆天成	하나로 관통하는 모든 일은
	다 하늘이 만든 것이라네.
大梁小肆傾賓客	대량의 작은 가게는 손님으로 넘쳐나니
二十餘年聲籍籍	이십여 년 동안 명성이 자자했네.
得錢滿屋不經營	집안 가득 돈이 쌓여도 관리하지 않아
散與世人還寄食¹⁶	세상 사람들에게 나눠주고 도리어 얻어먹네.
北門塵土滿衣襟	북문의 먼지가 옷에 가득 쌓였는데
廣文直舍官槐陰	광문의 직소直所엔 화나무가 그늘졌네.
白雲勸酒終日醉	하얀 구름 떠가는데 술을 권하며 종일 취하고

16　[교감기] '世人'은 영원본에는 '市人'으로 되어 있다.

紅燭圍棋淸夜深 붉은 촛불 밑에서 바둑 두니
맑은 밤은 깊어가네.

大車駟馬不回首 네 마리 말의 큰 수레에
고개도 돌리지 않는데

強項老翁來見尋 목이 뻣뻣한 노인이 찾아와 보자고 하네.

向人忠信去表襮 사람에게 충과 믿음으로
대해 겉으로만 온순하지 않으니

可喜正在無機心 참으로 기심이 없어서 기쁘구나.

輕談禍福邀重糈[17] 화복에 경솔하게 이야기하며
무거운 복채 요구하니

所在多於竹葦林 복채가 대, 갈대, 숲보다 많네.

翁言此輩無足聽 노인이 말하길 이런 무리들은
들을 가치도 없으니

見葉知根論才性 잎을 보면 뿌리를 알 듯 본질을 논해야 하네.

飛騰九天沈九泉[18] 구천에 날아오르고 구천으로 잠겼는데

自種自收皆在行 스스로 씨를 뿌리고
스스로 거둠이 모두 행실에 달렸네.

先期出語駭傳聞 먼저 한 말을 전해 들으니 놀라웠는데

事至十九中時病 일은 열에 아홉은 시류의 병통에 들어맞네.

---

17 [교감기] '糈'는 전본에는 '稰'로 되어 있다.
18 [교감기] '泉'은 전본과 건륭본에는 '淵'으로 되어 있다.

輪囷離奇惜老大	오래된 큰 나무 구불구불 휘어져서 아쉬운데
成器本可十萬乘	그릇을 이뤘다면 본래 십만 승의 천자도 되었으리.
自歎輕霜白髮新	가벼운 서리에 백발이 늘어감을 스스로 탄식하는데
又去驚動都城人	또한 도성 사람들을 놀래서 들썩거리게 만드네.
都城達官老於事	일에 익숙한 도성의 달관들은
嫌翁出言不妩媚	노인이 한 말이 아첨을 떨지 않아 싫어하네.
有手莫炙權門火	권세가들의 불에 손을 데이지 말지니
有口莫辯荆山玉	입이 있더라도 형산의 옥을 분별하지 마시라.
吳宮火起燕焚巢	오나라 궁궐에 불이 일자 제비 둥지 탔는데
當時卞和斮兩足	당시 변화는 양발이 잘렸네.
千里辭家却入門	천리 집을 떠나 문득 도성문에 들어왔는데
三春榮木會歸根	삼춘 나무의 꽃은 뿌리로 돌아갈 줄 아네.
我有江南黃篾舫	나에게는 강남의 황멸선이 있으니
與翁長入白鷗羣[19]	옹과 함께 흰 갈매기 무리로 길이 들어가리라.

【주석】

饒陽趙方士 眼如九秋鷹 : 불가의 책에서 "사리불을 여기에서 추로자

---

19 [교감기] '翁'은 영원본에는 '公'으로 되어 있다.

의 아들이라 하니, 그의 어머니 눈이 추로와 같았기 때문이다"라고 했는데, 이 뜻을 차용하였다.

釋氏書云舍利佛, 此言鶖鷺子, 以其母眼如鶖鷺也. 此用其意.

學書不成不學劍 : 『한서・항적전』에서 "글을 배웠는데 이루지 못하고 그만두고서 검술을 배웠는데 또 이루지 못하고 그만두었다"라고 했다.

項籍傳, 學書不成, 去, 學劍, 又不成, 去.

心術妙解通神明 醫如俯身拾地芥 : 『한서・하후승전』에서 "경학만 밝힌다면 청색, 자색의 인끈을 차는 고위 관리는 몸을 구부려 지푸라기를 줍는 것과 같을 것이다"라고 했다.

夏侯勝傳, 取靑紫如俛拾地芥耳.

相如仰面觀天星 : 『한서・유향전』에서 "밤이면 별자리를 관찰하였다"라고 했다.

劉向傳, 夜觀星宿.

自言方術雜鬼怪 萬種一貫皆天成 : 『논어』에서 "우리 도는 하나로써 꿰뚫는다"라고 했다.

論語, 吾道一以貫之.

大梁小肆傾賓客 : 이백의 「증왕판관贈王判官」에서 "재주는 형주의 굴원과 송옥을 압도할 만하고, 양원의 추양과 매승도 쓰러트릴 만하였지"라고 했다.

李白詩, 荊門倒屈宋, 梁苑傾鄒枚.

二十餘年聲籍籍 : 『전한서·강도역왕비자건전』에서 "도성에 말들이 자자하다"라고 했다. 이백의 「증위자춘贈韋子春」에서 "높은 명성은 장안에 떠들썩하여, 천하 명성이 자자하였네"라고 했다.

前漢江都易王非子建傳, 國中口語籍籍. 李白詩, 高名動京師, 天下皆籍籍.

得錢滿屋不經營 : 『시경』에서 "영대를 경영하니"라고 했다. 한산자의 시에서 "대장부여 곤궁함 고수하지 말고, 돈이 없어도 큰 뜻을 갖게"라고 했다.

詩, 經之營之. 寒山子詩, 丈夫莫守困, 無錢卽經紀.

散與世人還寄食 : 『한서·한신전』에서 "빨래하는 여자에게 밥을 얻어 먹었다"라고 했다.

韓信傳, 寄食於漂母.

北門塵土滿衣襟 廣文直舍官槐陰 : 두보의 「희간정광문戲簡鄭廣文」에서 "광문이 관사에 이르러"라고 했다.

杜詩, 廣文到官舍.

白雲勸酒終日醉 紅燭圍棋淸夜深 大車駟馬不回首：『사기·범저전』에서 "수
가가 "네 마리 말이 끄는 수레가 아니면 나는 나갈 수 없네"'라고 했다.
史記范雎傳, 須賈曰, 非大車駟馬, 吾不出.

强項老翁來見尋：『후한서·동선전董宣傳』에서 "동선이 낙양의 수령이
되었다. 이때 호양공주湖陽公主의 종이 대낮에 사람을 죽여 공주의 집에
숨겨놓았다. 옥리獄吏가 그를 체포하지 못했는데, 뒤에 공주가 외출할
때 그 종을 옆에 태웠다. 동선이 공주의 잘못을 큰소리로 따져 나열하
고 그 종을 꾸짖어 수레에서 끌어내려 때려죽였다. 공주가 임금에게
그 사실을 하소연했다. 임금이 동선을 불러다 놓고 억지로 머리를 조
아리게 하자 동선은 두 손으로 땅을 힘껏 버티고서 끝내 머리를 숙이
지 않았다. 그러자 임금이 웃으면서 "목이 뻣뻣한 수령은 나가라"라고
하면서 돈 30만 전을 하사했다"라고 했다.
强項, 見上.

向人忠信去表襮：『시경·양지수』에서 "흰옷에 붉은 수놓은 깃 매어"
라고 했다. 『이아』에서 "수놓은 옷깃을 박襮이라 한다"라고 했다. 한유
의 「독고부군묘지명獨孤府君墓誌銘」에서 "겉으로는 온순하였으나 속은
방정하였다"라고 했다.

詩揚之水云, 素衣朱襮. 爾雅, 黼領謂之襮. 退之云, 襮順而裏方.

可喜正在無機心 : 『장자』에서 "자공이 한수 남쪽을 지나다가 한 노인이 마침 밭일을 하는 것을 보았다. 굴을 뚫고 우물에 들어가 항아리를 안아 내다가는 밭에 물을 주고 있었다. 자공이 "여기에 기계가 있습니다. 나무에 구멍을 뚫어 기계를 만들고 뒤쪽은 무겁게 앞쪽은 가볍게 하면 흐르듯이 물을 떠낼 수 있습니다. 그 기계 이름은 두레박이라고 합니다. 해보실 의향이 있습니까"라 하자, 밭일을 하던 자가 "내 들으니, 기계란 것은 반드시 기계에 의한 일이 생겨나고 그런 일이 생기면 반드시 기계에 사로잡히는 마음이 생겨나오. 내가 두레박을 모르는 것이 아니오. 부끄러워서 하지 않는 것이오""라고 했다.

機心, 見上.

輕談禍福邀重糈 : 『사기·화식전』에서 "여러 기술로 먹고 사는 사람들은 수입을 중시한다"라고 했다. 『사기·사마계주전』에서 "점을 쳐서 확실하지 않은 일이 있어도 복채를 빼앗기는 일은 없지만"이라고 했는데, 주에서 "『이소경』에서 "산초와 쌀알을 품고서 점을 요구하네""라고 했다. 왕일은 "서糈는 도정한 쌀이니 귀신에게 바치는 것이다"라고 했다. 왕안석의 「송장힐중送張頡仲」에서 "늙은 아전 문을 닫아걸어 양식이 없네"라고 했다. 『운략』에는 '糈'자는 있지만 '糈'는 없으니, 아마도 '糈'자인 듯하다. 『집운』에서 "糈의 음은 胥이다"라고 했다. 『설문해

자』에서 "糈는 식량이니, 또 다른 음은 所이다"라고 했다. 『광운』에서 "糈의 음은 私와 呂의 반절법이다"라고 했다. 홍경 손적孫覿의 「기제양원광寄題楊元光」에서 "기러기의 행렬 쓸쓸한데, 식량이 집에 이르지 않네"라고 했다.

史記貨殖傳, 諸食技術之人, 爲重糈也. 司馬季主傳, 卜而有不審, 不見奪糈. 注云, 離騷經曰, 懷椒糈以要之. 王逸云, 糈, 精米, 所以享神. 王荆公詩, 老吏閉門無重糈. 韻畧有糈字, 無稰字, 疑卽糈也. 集韻, 音胥. 說文, 糧也. 又音所. 廣韻, 私呂切. 孫鴻慶詩, 蕭蕭臯鶩行, 重糈不到門.[20]

所在多於竹葦林:『유마경』에서 "삼천대천세계에 여래가 가득하여, 마치 사탕수수, 대, 갈대, 벼, 삼, 숲과 같이 많다면"이라고 했다.

維摩經云, 譬如甘蔗竹葦稻麻叢林.

翁言此輩無足聽 見葉知根論才性 飛騰九天沈九泉:『한서‧교사지』에서 "구천의 무당은 구천에 제사 지내는 일을 맡았다"라고 했는데, 안사고는 "구천은 중앙균천, 동방창천, 동북민천, 북방현천, 서북유천, 서방호천, 서남주천, 남방염천, 동남양천을 가리킨다"라고 했다. 이 말은 『회남자』에 보인다. 연못에도 아홉 개의 이름이 있으니, 『장자‧응제왕』에 보인다. 『진서‧호분전』에서 "호분이 딸이 귀인이 되었다는 소식을 듣고 통곡하며 "늙은 내가 죽지 않았는데, 다만 두 아이가 있었

20 [교감기] 영원본에는 '王荆公詩'부터 '不到門'까지 53글자가 없다.

네. 아들은 구천九泉의 지하로 들어가고 딸은 구천九天의 위로 올라갔네"라고 했다.

漢郊祀志, 九天巫, 祠九天. 師古曰, 九天謂中央鈞天, 東方蒼天, 東北旻天, 北方玄天, 西北幽天, 西方浩天, 西南朱天, 南方炎天, 東南陽天. 其說見淮南子. 淵有九名, 見莊子應帝王篇. 晉胡奮傳, 聞女爲貴人哭曰, 老奴不死, 惟有二兒, 男入九地之下, 女上九天之上.

自種自收皆在行 : 반고의 「혁지」에서 "도박은 던지는 것에 달렸지 행실에 달리지 않는다"라고 했다.

班固奕旨曰, 博懸於投, 不必在行.

先期出語駭傳聞 事至十九中時病 輪囷離奇惜老大 成器本可十萬乘 : 『한서·추양전』에서 "뿌리와 가지가 구불구불 휘어진 나무도 만승 천자의 그릇이 될 수 있다"라고 했다.

鄒陽傳, 蟠木根柢, 輪囷離奇, 而爲萬乘器.

自歎輕霜白髮新 又去驚動都城人 都城達官老於事 : 한유의 「석고가石鼓歌」에서 "조정의 대관들은 모든 일에 익숙할 터인데"라고 했다. 두보의 「애왕손哀王孫」에서 "큰 집의 고관은 오랑캐 피해 달아나네"라고 했다.

退之詩, 中朝大官老於事. 老杜, 屋底達官走避胡.[21]

---

21 [교감기] 영원본과 전본에는 두시에 관한 조목의 주가 없다. 전번에는 따로 주가

嫌翁出言不斌媚：『당서·위징전』에서 "태종이 "사람들은 위징의 거동이 거만하다고 하는데, 나는 그저 애교스럽게 보일 따름이다"라고 했다.『전집·원사차군헌』에서 "신인이 책을 전해 인명에 대해 말했으니, 사생과 귀천은 거울 보는 것과 같다네. 늦게서야 곧은 말이 증오 일으킴을 알아서, 그윽한 사찰에 깊이 숨어 경쇠 소리 듣누나"라고 했는데, 이 구절의 의미와 같다.

唐魏徵傳, 帝曰, 人言徵擧止疎慢, 我但見其斌媚耳. 前集元師此君軒詩云, 神人傳書道人命, 死生禍福如看鏡. 晚知直語觸憎嫌, 深藏幽寺鐘鼓磬. 與此同意.

有手莫炙權門火：두보의 「여인행麗人行」에서 "손을 데일 정도의 대단한 권세이니"라고 했다.『당서·최현전』에서 "정노鄭魯, 양소복楊紹復, 단괴段瓌, 설몽薛蒙 등은 손을 데일 정도의 권세였다"라고 했다.

杜詩, 炙手可熱勢絶倫. 唐崔鉉傳曰, 鄭楊段薛, 炙手可熱.

有口莫辯荊山玉：『한비자』에서 "초楚나라 사람 변화卞和가 초산에서 옥박玉璞을 얻어 여왕厲王에게 받쳤다. 여왕은 옥 다듬는 사람에게 시켜 살펴보게 했는데 "돌이다"라고 했다. 이에 여왕은 변화가 자신을 속였다고 생각하고서 변화의 오른쪽 발꿈치를 베어버렸다. 무왕武王이 즉위

있으니 "『예기·단궁』의 소에서 "달관은 나라의 경, 사, 대부로 임금의 명을 받은 자이다[禮檀弓疏達官謂國之卿士大夫被君命者也]""라고 했다.

함에 미쳐 또 옥박을 받쳤다. 무왕이 다시 옥을 다듬는 사람에게 살펴보게 했는데 "돌이다"라고 했다. 이에 무왕은 변화의 왼쪽 발꿈치를 베어버렸다. 문왕文王이 즉위함에 미쳐, 변화는 그 옥박을 안고 초산에서 곡을 하며 사흘 밤낮을 울었는데, 눈물이 다하고 이어 피가 흘렀다. 이에 문왕이 옥을 다듬는 사람을 시켜 그 옥박을 다듬게 하여 보옥寶玉을 얻었다. 공왕이 사람을 시켜 물으니, 대답하기를 "보옥인데 돌이라고 부르며 올바른 선비인데 기만하였다고 처벌하니, 이것이 신이 슬퍼하는 바입니다"라고 대답하였다. 왕이 이에 사람을 시켜 그 박옥을 다듬어 보옥을 얻고서 '화씨벽和氏璧'이라 명명하였다"라고 했다.

新序曰, 荊人卞和得玉璞, 而獻之荊厲王. 王使玉尹相之, 曰石也. 以和爲謾, 而斷其左足. 武王卽位, 和復奉璞而獻之. 武王使玉尹相之, 曰石也. 又斷其右足. 共王卽位, 和乃奉璞而哭於荊山, 三日三夜, 泣盡繼之以血. 共王使人問之, 對曰, 寶玉而名之曰石, 貞士而戮之以謾, 此臣之所以悲也. 王乃使人理其璞, 而得寶玉焉, 名之曰和氏之璧.

吳宮火起燕焚巢 : 이 말은 위구의 손을 데일 정도의 권문을 이른다. 『월절서』에서 "오나라 서궁은 장추문 안에 있었다. 진시황 11년에 궁을 지키던 자가 연회에 불을 밝히다가 실화하여 전소하였다"라고 했다. 포조의 「공성작」에서 "오히려 오나라 궁의 연회보다 나으니, 둥지 태운 것은 죄가 없네"라고 했다. 이백의 「야전황작행」에서 "날아다녀도 염주의 물총새는 쫓지 말고, 깃들어도 오나라 궁궐 제비집에는 가

까이 가지 말라. 오나라 궁궐 불이 나면 너의 둥지 태우고, 염주 물총새 쫓다가 새그물에 걸리니까"라고 했다

此語謂上句權門火. 越絶書, 吳西宮在長秋門, 秦始皇十一年, 守宮者照燕失火燒也. 鮑照空城雀云, 猶勝吳宮燕, 無罪得焚巢. 李白野田黃雀行, 遊莫逐炎洲翠, 棲莫近吳宮燕. 吳宮火起焚爾窠, 炎洲逐翠遭網羅.

當時卞和斲兩足 : 이 말은 위구의 형산옥을 이른다.
此語謂上句荊山玉.

千里辭家却入門 : 한유의 「단경가短檠歌」에서 "태학의 유생들 동쪽 노나라 나그네로, 스무 살에 집 떠나 과거 보러 왔다네"라고 했다.
韓詩, 二十辭家來射策.

三春榮木會歸根 : 도연명의 「귀거래사」에서 "물오른 나무들은 무성하게 자라고"라고 했다. 『노자』에서 "만물은 나란하게 줄지어 있지만, 모두 텅 빈 없는 근본으로 돌아간다. 근본으로 돌아간 것을 정이라 하고, 정은 본성을 돌이킨 것이라 이른다"라고 했다.
歸去來辭, 木欣欣以向榮. 老子云, 夫物芸芸, 各復歸其根, 歸根曰靜.

我有江南黃簑舫 : 『수서·양제기』에서 "황상이 용주를 타고 강도로 행차하였다. 5품 이상의 문무관은 누선을, 그 밑으로 9품까지는 황멸

선에 배정되었다"라고 했다.

隋書煬帝紀, 上御龍舟幸江都, 文武官五品以上給樓艦, 九品以上給黃篾.

與翁長入白鷗羣 :『장자』에서 "공자가 대택에 들어갔는데, 짐승들 속에 들어가면 짐승들 무리가 놀라 어지러워지지 않고 새들 속에 들어가면 새들 행렬이 놀라 어지러워지지 않는다"라고 했다. 이백의 「증왕판관贈王判官」에서 "내일 옷깃을 떨치고 떠나서, 길이 흰갈매기와 무리지어 사시오"라고 했다.

莊子曰, 入獸不亂羣, 入鳥不亂行. 李白詩, 明朝拂衣去, 永與白鷗羣.

5. 수노객정에 적힌 시에 차운하여 원시 뒤에 쓰다

次韻題粹老客亭詩後

客亭長短路南北　　남북 길 가 나그네의 장정과 단정
袞袞行人那得知　　끊임없이 오가는 나그네 어찌 서로 알까.
惟有相逢卽相別　　서로 만나면 곧 다시 이별인데
一杯成喜只成悲　　한 잔 술에 기뻐했다가 곧 다시 슬퍼하는구나.

【주석】

客亭長短路南北 : 장정과 단정은 유신의 「애강남부」에 보인다. 정은
길가에 있는 역말과 비슷한데 5리에 단정이 있고 10리에 장정이 있다.

長亭短亭見哀江南賦

袞袞行人那得知 惟有相逢卽相別 一杯成喜只成悲 : 『고악부』에 실린 위
원보韋元甫의 「목란가」에서 "부모가 목란[22]을 보더니, 너무 기쁜 나머지
슬퍼 애통해하더라"라고 했다. 위응물의 「연이녹사燕李綠事」에서 "오늘
만남은 옛날 만날 때와 다르니, 한 잔 술에 기뻐했다가 다시 슬퍼하는
구나"라고 했다.

古樂府木蘭歌, 父母見木蘭, 喜極成悲傷. 韋應物詩, 此日相逢非舊日, 一
杯成喜亦成悲.

22　목란 : 주 씨의 딸로 남장을 하고 아버지 대신 서쪽 군역을 다녀온 인물이다.

6. 장중모에게 주다

　贈張仲謀

車如雞栖馬如狗	수레는 닭은 둥지 같고 말은 개와 같은데
閉門常多出門少	문을 닫아걸 때는 많고 문을 나설 때는 적네.
去天尺五張公子	하늘을 찌를 듯한 위세의 장공자
官居城南池館好	관소官所는 성남의 연못가의
	아름다운 관각이라네.
健兒快馬紫游韁	젊은이들 튼튼한 말에 보라색 고삐 잡고
迎我不知沙路長	나를 맞이하니 모래 길이 먼지 모르겠네.
高楡老柳媚寒日²³	높다란 느릅나무 늙은 버드나무
	싸늘한 날에 살랑대고
枯荷小鴨凍野航	메마른 연의 작은 기러기는
	들판 배에 얼어 있네.
津人刺船起應客	뱃사공은 배를 저어 손님 부름 응하니
遙知故人一水隔	멀리서도 알겠네, 벗이 강 너머 있는 것을.
下馬索酒呼三遲	말에서 내려 술을 찾아 세 잔 연달아 따르니
騎奴笑言客竟癡	말몰이꾼이 웃으며
	'객이 끝내 미쳤구나'라 하네.
向來情義比瓜葛	이전부터 정의가 대단히 친밀하니

23　[교감기] '高楡老柳'는 고본에 '江楡溪柳'로 되어 있다.

萬事畧不置町畦 온갖 일에 절도를 두지 않았네.

追數存亡異憂樂 산 자와 죽은 자 헤아려보매

슬프고 기쁨이 갈리는데

燭如白虹貫酒巵 촛불은 흰 무지개 같아 술잔을 꿰뚫네.

開軒臨水弄長笛 창문을 열고 물가에 임하여 긴 피리 희롱하며

吹落殘月風凄凄 지는 달 불어 떨어뜨리니 바람은 쓸쓸하네.

城頭漏下四十刻 성 꼭대기 물시계는 사십 각[24]을 가리키는데

破魔驚睡聽新詩 수마를 물리치고서 새 시를 들어보네.

君詩淸壯悲節物 그대 시는 청장하여 계절 사물을 슬프게 하니

正與秋蟲同一律 참으로 가을벌레와 같은 음률이로다.

爾來更覺苦語工 이러므로 더욱 괴로운 말

공교로움을 깨달으니

思婦霜碪擣寒月 남편 그리는 아낙 서리 내린

차가운 달밤에 다듬이질하듯.

朱顔綠髮深誤人 붉은 얼굴 검푸른 머리에

사람을 잘못 보게 하지만

不似草木長靑春 초목이 오랫동안 푸른 봄날인 것과는 다르네.

潔身好賢君自有 그대 절로 몸을 깨끗이 하여

어진 이를 좋아함은

今日相看進於舊 지금 보니 옛날보다 발전하였네.

---

24 사십 각 : 밤 열 시를 가리키는 듯하다.

以兹敢傾一盃酒   이에 감히 한 잔 술 기울이며

爲太夫人千萬壽   태부인 위해 장수를 기원하네.

【주석】

車如雞栖馬如狗 : 『후한서 · 진번전』에서 "진류의 주진의 자는 백후이
다. 삼부의 노래에 "수레는 닭의 둥지 같고 말은 개와 같은데, 바람처
럼 용맹하게 악을 미워하는 주백후라네""라고 했다.

見上.[25]

閉門常多出門少　去天尺五張公子 : 두보의 「증위칠찬선」에서 "시론은
권세가 하늘을 찌른다고 다들 그러네"라고 했는데, 자주에서 "세속에
서 하는 말에 "성남의 위 씨와 두 씨는 하늘과의 거리가 오 척에 불과
할 정도로 권세가 대단하다""라고 했다. 『전한서 · 외척전』에서 "동요
에서 "제비 꼬리는 반지르르한데, 장공자와 (미행하는 황제가) 때때로 만
나네""라고 했다. 두보의 「증한림장기贈翰林張垍」에서 "하늘의 장공자이
며"라고 했다.

老杜贈韋七贊善詩, 時論同歸尺五天. 自注曰, 俚語云, 城南韋杜, 去天尺
五. 前漢外戚傳云, 童謠曰, 燕燕, 尾涎涎, 張公子, 時相見. 杜詩, 天上張公子.

25　[교감기] 영원본은 이 구 아래에 "後漢陳蕃傳, 陳留朱震字伯厚, 三府諺曰, 車如雞栖
馬如狗, 疾惡如風朱伯厚"라는 주가 있다.

官居城南池館好 : 두보의 「과송지문구장過宋之問舊莊」에서 "못가 송공의 옛 별장"이라고 했다.

杜詩, 宋公舊池館.

健兒快馬紫游韁 : 두보의 「애왕손哀王孫」에서 "삭방의 풍채 좋은 젊은 이들"이라고 했다. 『낙양가람기』에서 "튼튼한 말과 건장한 젊은이가 늙은 여종이 피리 부는 것만 못하다"[26]라고 했다. 두보의 「송중표질왕 빙평사送重表侄王砯評事」에서 "오른쪽 허리춤에 칼을 차고, 왼쪽에 보라색 고삐를 잡았네"라고 했는데, 자주에서 "옛날 업하의 동요에 "푸르고 푸른 황제 길의 버들, 보라색 고삐의 백마""라고 했다.

杜詩, 朔方健兒好身手. 洛陽伽藍記, 快馬健兒, 不如老婢吹篪. 杜詩, 右持腰間刀, 左牽紫游韁. 自注云, 昔鄴下童謠曰, 靑靑御路楊, 白馬紫游韁.

迎我不知沙路長 高楡老柳媚寒日 枯荷小鴨凍野航 津人刺船起應客 : 『장 자』에서 "어부가 "나는 그대를 떠나겠소"라고 하고는 배를 저어서 떠났다"라고 했다. 『한서·진평전』에서 "진평을 죽이려고 하니, 진평이 두려워 옷을 벗고 벌거숭이가 되어 노 젓는 것을 도왔다"라고 했다. 두 보의 「배정광문陪鄭廣文」에서 "배를 조종할 영의 나그네 생각하고, 물길

---

26 튼튼한 (…중략…) 못하다 : 후위(後魏) 때 강족이 반란을 일으켜 쳐들어왔는데 진주자사인 원심(元琛)이 토벌하여도 항복하지 않았다. 늙은 종이 강족의 음악을 피리로 연주하자 강족이 고향을 그리워하여 돌아갔다.

아는 오의 젊은이 찾아보네"라고 했다.

莊子, 漁父言, 吾去子矣. 乃刺船而去. 陳平傳, 解衣羸而佐刺船. 杜詩, 刺
船思郢客, 解水乞吳兒.

遙知故人一水隔 下馬索酒呼三遲 : 두보의「소년행少年行」에서 "말 탄 이
뉘 집 백면서생인가, 계단에 내려 사람 둘러싼 걸상에 앉네. 이름도 나
누지 않고 너무도 무례하게, 은 술병 가리키며 술 맛 보는구나"라고 했
다. 노동의「잡흥雜興」에서 "한가로이 술을 마주하며 삼달을 부르고, 양
과 소를 잡는 것도 모두 자재롭네"라고 했다.

杜詩, 馬上誰家白面郎, 當階下馬生人㤮. 不通姓字麤豪甚, 指點銀瓶索酒
嘗. 盧仝詩, 等閑對酒呼三達, 屠羊殺牛皆自在.

騎奴笑言客竟癡 :『진서・왕술전』에서 "왕탄이 환온의 장사長史가 되
었다. 환온이 아들을 위해 혼인을 요청하였다. 이에 왕탄이 집에 돌아
와 왕술에게 환온의 뜻을 말하자, 왕술이 크게 노하여 "네가 마침내 바
보가 되었구나""라고 했다.

晉王述傳, 桓溫欲爲子求婚. 子坦之言溫意, 述大怒曰, 汝竟癡耶.

向來情義比瓜葛 萬事畧不置町畦 :『사기・전인임안전』에서 "평양공주
의 집에서는 전인과 임안을 집안의 말을 모는 노비들과 같은 자리에서
먹게 하였다"라고 했다.『진서・왕열전王悅傳』에서 "왕열은 왕도王導의

아들이다. 왕도와 왕열이 함께 바둑을 두었는데 왕도가 수를 무르려고
했다. (왕열이 물려주지 않자) 왕도가 웃으며 "서로 사이가 과갈瓜葛[27]인데,
어찌 이렇게까지 하느냐"라 했다"라고 했다. 『장자』에서 "그가 절도
없이 멋대로 행동하면 그대도 그와 함께 절도 없이 멋대로 행동하라"
라고 했다.

騎奴, 瓜葛, 町畦, 竝見上.

追數存亡異憂樂 燭如白虹貫酒巵 : 『한서·추양전』에서 "추양이 옥중
에서 양왕에게 올린 글에서 "옛날에 형가는 연나라 태자 단의 의리를
존모하였는데, 흰 무지개가 해를 뚫자 태자는 성공하지 못할까 두려워
하였습니다. 위 선생이 진나라를 위해 장평의 계책을 세울 때 태백성
이 묘성을 삼키자 소왕이 의심하였습니다""라고 했다.

白虹貫日, 見鄒陽傳.

開軒臨水弄長笛 : 『진서·환이전桓伊傳』에서 "수레에서 내려 호상에
걸터앉아 세 곡조를 부른 뒤에 연주를 마치고 떠났다"라고 했다.

笛稱弄, 用晉桓伊傳三調弄也.

吹落殘月風凄凄 城頭漏下四十刻 破魔驚睡聽新詩 : 『능엄경』에서 "우바
리[28]가 "또한 직접 여래께서 온갖 마군을 항복시키고 모든 외도를 제
압하는 것을 보았습니다'"라고 했는데, 마군은 지금의 수미睡魔이다.
만경 석연년石延年의 시구에서 "이미 경치를 시로 읊어 파리한데, 다시
시원한 그늘 밑에 있어 졸음이 몰려오네"라고 했다.

楞嚴經云, 親見如來降伏諸魔. 今言睡魔也. 石曼卿詩, 已爲物象添詩瘦,
更被陰晴長睡魔.

君詩清壯悲節物 正與秋蟲同一律 : 한유의 「번종사묘지명樊宗師墓誌銘」에
서 "한에서부터 지금까지 한 법을 사용하였다"라고 했다.

韓文, 由漢至今用一律.

爾來更覺苦語工 思婦霜砧擣寒月 : 조식의 「칠애」에서 "밝은 달이 높은
누대를 비추는데, 흐르는 달빛에 이리저리 거니네. 위에 근심에 젖은
아낙, 깊은 슬픔에 비탄하네"라고 했다. 심약의 「영월詠月」에서 "높은
누대의 깊이 그리워하는 아낙"이라고 한 것은 조식의 시어를 사용하였
다. 사조는 「도의」란 시를 지었다. 백거이의 「문야침聞夜砧」에서 "뉘집
아낙 남편 그리며 옷을 다듬이질하는가, 달은 쓸쓸하고 바람은 처량하
여 다듬이질 슬프도다"라고 했다.

曹子建七哀詩曰, 明月照高樓, 流光正徘徊. 上有愁思婦, 悲歎有餘哀. 沈

---

28 우바리 : 석가의 10대 제자 가운데 한 사람이다.

休文云, 高樓切思婦, 蓋用子建語也. 謝朓有擣衣詩. 白樂天詩, 誰家思婦秋擣帛, 月苦風凄碪杵悲.²⁹

朱顔綠髮深誤人 : 맹교의 「제원한식濟元寒食」에서 "술 마시는 사람 봄날이라 머리 검은데, 병든 늙은이만 홀로 가을날 백발이로다"라고 했다.

　　孟郊詩, 酒人皆倚春髮綠, 病叟獨藏秋髮白.

不似草木長靑春 : 『문선』에 실린 반니의 「송육기送陸機」에서 "나는 하얀 가을에 들어섰는데, 그대는 푸른 봄에 올라섰네"라고 했는데, 주에서 "소추素秋는 늙은이를 말하고 청춘靑春은 젊은이를 이른다"라고 했다.

　　文選潘尼詩, 予涉素秋, 子登靑春. 注云, 素秋謂老, 靑春謂少.

潔身好賢君自有　今日相看進於舊　以玆敢傾一盃酒　爲太夫人千萬壽 : 『진서·장한전』에서 "죽은 뒤에 명성을 얻기보다는 생전에 마시는 한 잔의 술이 낫다"라고 했다. 『후한서·잠팽전』에서 "대장추³⁰는 초하루와 보름에 태부인의 안부를 물었다"라고 했는데, 주에서 "한나라 법에 열후의 모친은 바야흐로 태부인이라 칭하였다"라고 했다.

　　張翰曰, 使我有身後名, 不如卽時一盃酒.³¹ 後漢岑彭傳, 以朔望問太夫人

29　[교감기] 영원본에는 '白居易'부터 끝까지가 실려 있지 않다.
30　대장추 : 관직명이다. 황후(皇后)의 근신(近臣)으로서 대부분 환관이 담당했는데, 황후의 명을 전달하고 궁중의 일을 관리하는 것이 그 직무였다.
31　[교감기] 영원본에는 '張翰'부터 '盃酒'까지가 실려 있지 않다.

起居. 注云, 漢法, 列侯之母方稱太夫人.

7. 고양이를 요청하다【산곡이 손수 이 시를 썼는데,「종수주부걸묘」라고 제목하였다】

乞貓【山谷手書此詩, 題云從隨主簿乞貓】

秋來鼠輩欺貓死
窺甕翻盤攪夜眠

가을 오니 쥐 떼가 고양이 죽은 것을 알고서
항아리를 넘겨보고 소반을 뒤집으며
밤잠을 깨우네.

聞道貍奴將數子
買魚穿柳聘銜蟬

고양이가 새끼 두어 마리 낳는다고 들었으니
생선 사다가 버들에 꿰어놓고
고양이 모여와야지.

【주석】

秋來鼠輩欺貓死 :『위지』에서 "순욱이 화타의 의술이 뛰어나니 용서하자고 요청하였는데, 조조가 "걱정하지 말라, 천하에 어찌 이런 쥐새끼 같은 놈이 없겠느냐""라고 했다. 한유의 「기노동寄盧仝」에서 "당장 형조와 곤장 치는 이를 불러, 쥐새끼 같은 자들 잡아다 저자에서 육시戮屍하였노라"라고 했다.

魏志, 曹公曰, 不憂, 天下無此鼠輩耶. 退之詩, 立召賊曹與五伯, 盡取鼠輩尸諸市.

窺甕翻盤攪夜眠 聞道貍奴將數子 :『전등록』 10권에서 "고양이와 흰

염소는 어찌하여 있는 줄 압니까"라고 했다. 『남사』에서 "하승천이
"봉황은 아홉 마리 새끼를 거느린다""라고 했다.

傳燈錄第十卷, 僧曰, 貍奴白牯, 爲什麽却有知. 南史, 何承天云, 鳳皇將九
子, 此摘其字.

買魚穿柳聘銜蟬 : 함선銜蟬은 고양이를 가리키는 속어를 사용하였다.
『후산시화』에서 "「걸묘」는 비록 골계에 해당하지만 천 년 뒤에도 독자
들이 새롭다고 여길 것이기에 즐겨 읽을 만하다'라 하였다.

銜蟬, 用俗語也. 后山詩話云, 乞貓詩雖滑稽, 而可喜千歲之下讀者如新.

8. 주문지가 새끼 고양이를 보낸 것에 사례하다

謝周文之送貓兒

養得狸奴立戰功	고양이 길러 전공을 세우니
將軍細柳有家風	세류영 장군의 가풍이 있도다.
一簞未厭魚餐薄	광주리 생선 반찬 박하다고 싫어하지 말고
四壁當令鼠穴空³²	사방 벽에 뚫린 쥐구멍을 맡아라.

【주석】

養得狸奴立戰功 : '이노狸奴'는 바로 앞 시에 보인다.

見上.

將軍細柳有家風 : 주아부의 세류영 고사³³를 인용하였다.

用周亞夫細柳營事.

---

32 [교감기] '當令'은 고본에는 '能令'으로 되어 있다.
33 주아부의 세류영 고사 : 『사기·주발세가(周勃世家)』에서 "한 문제(漢文帝) 때에 주아부(周亞夫)가 장군이 되어 군사를 세류에 주둔해 놓고 흉노(匈奴)를 방비하였다. 문제가 직접 가서 군사를 위로하려고 군문(軍門)에 이르렀으나, 위에서 명령한 바가 없다는 이유로 문을 열어주지 않았다. 문제가 사자(使者)에게 병부(兵符)를 주어 장군에게 명을 내리자, 주아부가 명을 내려 문을 열고 군례(軍禮)로 뵙기를 요청하였다. 문제가 군영으로 들어가 돌아보고는 "정말 장군다운 장군이다. 엊그제 패상(覇上) 극문(棘門)의 군대는 어린아이 장난하는 것 같았다"고 말하였다"라고 했다.

9. 장태백이 노란 참새 젓갈을 보내준 것에 사례하다

謝張泰伯惠黃雀鮓

去家十二年	집을 떠난 지 12년
黃雀慳下筯	참새 젓갈 아까워 젓가락질 할 수 없네.
笑開張侯盤	웃으며 장후의 소반을 열고나니
湯餅始有助	국수에 비로소 반찬이 있네.
蜀王煎酥法	촉왕이 수유를 달인 법으로
醢以羊彘兔³⁴	양과 돼지와 토끼로 젓갈을 담았네.
麥餅薄於紙	보리떡은 종이보다 얇은데
含漿和鹹酢	장을 머금고서 소금과 초를 섞었네.
秋霜落場穀	가을 서리가 채마 밭에 내리니
一一挾繭絮	모든 참새가 누에고치처럼
	하얀 곡물 물고 있네.
飛飛蒿艾間³⁵	쑥대 사이를 날아오르더니
入網輒萬數	그물에 걸린 게 문득 수만 마리구나.
烹煎宜老稚	끓이고 데침은 늙고 어린 것에 적당한데
罌缶煩愛護	독에 넣어 번거롭게 아껴두네.
南包解京師	남쪽에서 보낸 포장을 서울에서 풀어보니

---

34 [교감기] '醢'는 고본에는 '醯'로 되어 있다.
35 [교감기] '飛飛'는 고본에 '殘殘'으로 되어 있다.

至尊所珍御	지존이 음식으로 먹던 것이네.
玉盤登百十	옥소반에 백 마리 올려놓으니
睥睨輕桂蠹	계두를 가볍게 무시하네.
五侯饜豢豹	다섯 제후가 기른 범 고기처럼 기가 막히니
見謂美無度	맛이 더하기 한량없다고 이르네.
瀕河飯食漿	하수 길러 밥과 미음 해 먹으며
瓜菹已佳茹	오이 김치도 충분히 맛이 있다네.
誰言風沙中	누가 말했던가, 모래바람 가운데
鄕味入供具	고을 진미가 상에 올라오는 것을.
坐令親饌甘	어버이에게 맛난 음식으로 올리고
更使客得與	다시 손에게도 나눠 주네.
蒲陰雖窮僻	포음이 비록 궁벽하지만
勉作三年住	힘써 삼년 동안 지내시게.
願公且安樂	원컨대 공 편안하고 즐거운 마음으로
分寄尙能屢	더욱 자주 참새 젓갈 보내주시오.

【주석】

去家十二年 黃雀慳下筯 : 『진서 · 하증전』에서 "날마다 만 전의 음식을 차려놓고 먹으면서도 오히려 "젓가락을 놓을 곳이 없다""라고 했다.

晉何曾傳, 日食萬錢, 猶曰無下筯處.

笑開張侯盤 湯餠始有助 : 속석의 「병부」에서 "국수가 제일이다"라고
했다.

束晳餠賦云, 湯餠爲最.

蜀王煎藙法 醢以羊豕兔 : 자주에서 "세속에서 "계묘일에는 혼돈자[36]
를 먹지 않는다""라고 했다. 「내측」에서 "삼생에는 수유를 사용한다"
라고 했는데, 주에서 "의藙는 수유를 달인 것이다"라고 했다. 『정의』에
서 "하씨가 말하기를 "지금 촉군에서 만든다""라고 했다. 삼생三牲은 소
와 양과 돼지를 이른다.

自注云, 俗謂亥卯未餛飩. 內則曰, 三牲用藙. 注云, 藙, 煎茱萸也. 正義曰,
賀氏云, 今蜀郡作之, 三牲謂牛羊豕.

麥餠薄於紙 含漿和鹹酢 秋霜落場穀 : 『시경·백구白駒』에서 "깨끗한 흰
망아지가 채소밭 망친다는 구실을 붙여"라고 했다.

詩云, 食我場穀.

一一挾繭絮 : 소식의 「송우미리送牛尾貍」에서 "참새 갈라보니 부질없
이 살이 많네"라고 했다.

東坡詩, 披綿黃雀漫多脂.

---

36 혼돈자 : 밀가루나 쌀가루를 반죽하여 둥글게 빚고 속에 소를 넣어 찐 떡이다.

飛飛蒿艾間 入網輒萬數 烹煎宜老稚 罌缶煩愛護 南包解京師 : 두보의
「북정」에서 "보따리 안의 화장품 풀어"라고 했다.

老杜北征詩, 粉黛亦解包.

至尊所珍御 : 『문선』에 실린 장형의 「서경부」에서 "사치가 지존보다
더하다"라고 했다. 한유의 「이화」에서 "얼음 쟁반에 익어 무른 푸른 열
매 여름에 올리고, 그 꽃은 참담하게 내버리고 쓰지 않네"라고 했는데,
이 시의 어御자의 뜻과 같다.

文選西京賦, 侈靡踰乎至尊. 退之李花詩, 冰盤夏薦碧實脆, 斥去不御慙其
花. 此御字之意.

玉盤登百十 睥睨輕桂蠹 : 『한서 · 육가전』에서 "남월왕 위타가 계두 두
그릇을 올렸다"라고 했는데, 주에서 "계두는 계수나무의 두충이다"라
고 했다. 안사고는 "이 벌레는 계수를 먹기 때문에 신맛이 나니 꿀에
적셔 먹는다"라고 했다.

漢陸賈傳, 尉佗獻桂蠹二器.[37] 注, 桂蠹, 桂樹蠹蟲. 師古曰, 此蟲食桂, 故
味辛, 而漬之以蜜食之也.

---

37 [교감기] '獻桂蠹二器'에 대해 살펴보니 이 일은『한서』95권「남월왕조타전(南
越王趙佗傳)」에 보인다. '二'는 원래 '一'로 되어 있었다. 아래에 인용한 주의 문
장도 또한 「조타전」에 보이며 「육가전」에는 보이지 않는다. 사용(史容)이 출처
를 잘못 기록하였다.

五侯嘰豢豹 : 서한의 누호가 다섯 제후들이 보내준 음식을 섞어서 잡탕을 해서 먹었다. 이에 세상에서 누호를 "오후탕"이라고 불렀다는 이야기가 『서경잡기』에 보인다. 『문선』에 실린 매승의 「칠발」에서 "산꿩의 고기와 사육한 범의 태반"이라고 했다. 한유의 「남산」에서 "회상해보면 매우 목이 메인다"라고 했다.

西漢婁護合五侯間奇膳以爲鯖, 世稱五侯鯖. 見西京雜記. 文選枚叔七發云, 山梁之餐, 豢豹之胎. 退之南山詩, 思想甚含嘰.

見謂美無度 : 『시경 · 위풍』에서 "저 아가씨여, 아름답기 한량없네"라고 했다.

美無度, 見上.

瀕河飯食漿 瓜疽已佳茹 : 『한서 · 식화지』에서 "나물 심는 텃밭에는 두둑이 있다"라고 했다.

漢食貨志, 菜茹有畦.

誰言風沙中 鄕味入供具 : 『한서 · 형왕유택전』에서 "전생의 아들이 장경에게 왕림을 요청하고 친히 주연을 준비하였다"라고 했는데, 주에서 "구具는 물품을 장만하다"라고 했다. 또한 『한서 · 서전』에서 "맞이한 손님이 당에 가득한데 날마다 음식을 이바지하였다"라고 했다.

漢荊王劉澤傳, 請張卿臨親修具. 注曰, 具, 供具也. 又叙傳云, 迎延滿堂,日爲供具.

坐令親饌甘 更使客得與 :『후한서 · 곽림종전』에서 "모용이 닭을 잡아
음식을 만들자 곽림종은 속으로 자신을 위해 준비하나라고 여겼다. 이
윽고 그것으로 자신의 어머니에게 올리고 자신은 나물로 손님과 함께
식사하였다"라고 했다. 산곡은 이 고사를 인용하였는데, 그 말을 반대
로 구사하였다.

郭林宗傳, 茅容殺雞爲饌, 林宗謂爲己設, 旣而以供其母, 自以草蔬與客同
飯. 山谷用此意, 而反其詞.

蒲陰雖窮僻 : 포주는 기주의 관한 현이다. 장태백이 이곳에서 벼슬살
이를 하였다.

蒲陰, 祁州所治縣也. 張泰伯官於此.

勉作三年住 願公且安樂 分寄尙能屢 :『시경 · 의풍毅風』에서 "편안하고
즐거워지니 너는 도리어 나를 버리는가"라고 했다.

詩云, 將安將樂.

10. 조차응에게 답하여 주다

贈答晁次膺

次膺豪健如霜鶻	차응의 호건함은 서릿발 같은 송골매인데
空拳誤掛田犬牙	빈주먹에 잘못 밭두둑 개의 이빨 걸렸네.
果輓司空城旦作	끝내 사공의 성을 짓는 부역을 받았다가
付與步兵厨人家	보병의 주방장을 부여받았네.
野馬橫郊作凝水	아지랑이 교외에 아른거리고 물은 얼었는데
牽牛引竹上寒花	소를 끌고 대밭 위 차가운 꽃으로 끌고 가네.
無酒醉公不甚惜	술 없이도 취하는 공은 애석하지 않는데
誦公五字使人嗟	공의 오언시 읊조리니 탄식이 이네.

【주석】

次膺豪健如霜鶻　空拳誤掛田犬牙 : 『한서‧이릉전』에서 "전사가 화살 없는 빈 활을 당겼다"라고 했는데, '拳'의 음은 '縱'이다. 두보의 「기가 사마寄賈司馬」에서 "서릿발 같은 송골매는 빈주먹이 아니라네"라고 했다. 산곡은 두릉의 시어를 차용했으니, 마땅히 음은 '權'이다. 『한서‧문제기』에서 "지형이 개의 이빨이 서로 맞물려 있는 것과 같았다"라고 했다.

漢李陵傳, 士張空拳. 拳音縱. 杜詩, 霜鶻不空拳. 山谷用少陵語, 當音權. 漢文紀, 地形如犬牙.

果輸司空城旦作 : 『한서 · 원고전』에서 "태후가 화를 내며 "어찌 사공의 성단서[38]가 될 수 있단 말이냐""라고 했다. 살펴보건대 『한서 · 형법지』에서 "남자는 성을 쌓고 여자는 쌀을 빻은 형벌에 처한다"라고 했다. 『문선』에 실린 임방任昉의 「책수재문」에서 "원한을 가지고 죄를 어기면 좌교에게 그 죄를 따져 부역에 처하게 한다"라고 했는데, 주에서 "수輸는 역역이다"라고 했다.

漢轅固傳, 太后怒曰, 安得司空城旦書乎. 按刑法志云, 完爲城旦舂. 文選 任彦昇策秀才文, 睚眦有違, 論輸左校. 注, 輸, 役也.

付與步兵厨人家 : 『진서 · 완적전』에서 "완적은 보병 주방장이 술을 잘 빚는다는 소식을 듣고 힘써 보병교위가 되었다"라고 했다.

晉阮籍傳, 籍聞步兵厨營人善釀酒.

野馬橫郊作凝水 : 『장자』에서 "아지랑이가 일고 티끌과 먼지가 날려"라고 했다. 『문선』에 실린 육기의 「연주」에서 "심한 추위에 강물이 얼어 바람을 일으키지 못한다"라고 했다.

莊子, 野馬也, 塵埃也. 文選連珠, 沈寒凝水, 不能結風.

---

38 사공의 성단서 : 사공(司空)은 옥관(獄官)이고 성단(城旦)은 형벌의 일종으로, 즉 율령(律令)을 기록한 형관(刑官)의 법전(法典)이란 말인데, 도가(道家)에서 볼 때 유가(儒家)의 법도가 너무 급박하다고 하여 풍자하는 뜻으로 붙인 이름이다. 한(漢)나라 경제(景帝) 때 원고생(轅固生)이 노자(老子)의 『도덕경(道德經)』을 평민들의 말이라고 비판하자, 두태후(竇太后)가 유가의 책을 사공성단서라고 비평하며 격노했다.

牽牛引竹上寒花 無酒醉公不甚惜 誦公五字使人嗟 : 소식의 「화공주한和
孔周翰」에서 "낙천의 장구 단구 시는 삼천 수나 되지만, 도리어 위랑의
오언시를 사랑했었네"라고 했다. 백거이가 일찍이 이르기를 "위응물
이 소주 자사가 되었을 때 시를 매우 많이 지었다. 그 가운데 「군연」이
란 시가 있으니, "화려한 창 든 병사들의 호위 삼엄한데, 연회 열린 방
에 맑은 향이 어렸네"라고 했는데, 이 시가 가장 뛰어나다"라고 했다.
시의 의미는 차응은 마땅히 이조의 추천에 올라야 하는데 주관으로 좌
천된 것을 탄식하고 있다.

東坡詩, 樂天長短三千首, 却愛韋郎五字詩. 樂天嘗云, 韋應物爲蘇州牧,
詩甚多, 有郡宴詩, 兵衛森畫戟, 燕寢凝淸香. 最爲警策. 詩意歎次膺掛吏議而
左遷酒官.

11. 양박의 묘

楊朴墓

三尺孤墳一布衣	세 척의 외로운 포의의 봉분 있는데
人言無復似當時	사람들은 다시는 당시와 같지 않다고 하네.
千秋萬歲還來此	천추만세에 이곳으로 돌아왔는데
月笛煙莎世不知	달빛 아래 잔디밭 이내 필 때
	피리소리 세상은 모르리라.

【주석】

三尺孤墳一布衣 人言無復似當時 千秋萬歲還來此 : 도연명의 「의만가사擬挽歌辭」에서 "천 년 만 년 뒤에, 그 누가 나의 영화나 모욕을 알리오"라고 했다. 두보의 「몽이백夢李白」에서 "천추만세에 이름 남긴다 해도, 죽은 뒤엔 적막하기만 한 것을"이라고 했다.

千秋萬歲, 見上注.

月笛煙莎世不知 : 원주에서 "양박의 피리 불기를 즐겨하였다. 일찍이 「평시」을 지었는데 대단히 공교로웠다"라고 했다. 살펴보건대 범문정공의 『시화』에서 "양박의 자는 계현으로 정주 사람이다. 시를 잘 지었는데 벼슬하지 않았다. 젊어서 필상과 함께 공부하였는데, 필상이 천거하였다. 태종이 그를 불러서 보았는데, 면전에서 지은 「사의」에서

"주막에서 봄날 취하여 광태 부리고, 저물녘 갤 때 어물전에 널부러져 있네"라고 했다. 벼슬을 내렸으나 받지 않고 산으로 돌아갈 것을 허락 받았다. 그의 아들을 벼슬에 임명하여 장수위로 삼았다"라고 했다. 동파가 이르기를 "옛날 낙양을 지날 때 이공간을 보았는데, 이공간이 말하기를 "진종이 동쪽으로 산천에 제사 지내러 갈 때 천하의 은자들을 찾았다. 정주 사람 양박이 시를 잘 짓는다는 것을 듣고 불러보았는데, 양박은 시를 잘 짓지 못한다고 말하였다. 황상이 묻기를 "길을 떠나는 사람이 있어서 시를 지어 보낸 일이 있느냐"라고 하자, 양박이 "신의 아내가 한 수를 지었으니, "낙심하여 술잔을 빠지지 마시며, 또한 시 지어 읊조리는 일에 미치지 마십시오. 오늘 관청에 잡혀갔다가, 늙은 목 잘리어서 돌려보내리라"라 하였다. 황상이 크게 웃고는 산으로 돌아가게 하였다"라고 했다.

元注云, 楊朴喜吹笛, 嘗作莎詩極工. 按范文正公詩話云, 楊朴字契玄, 鄭州人, 善爲詩, 不仕. 少與畢相同學, 畢薦之, 太宗召見, 面賦莎衣詩云, 狂脫酒家春醉後, 亂堆漁舍晚晴時. 除官不受, 聽歸山, 以其子從政爲長水尉. 東坡云, 昔年過洛, 見李公簡, 言眞宗東封, 訪天下隱者. 聞鄭人楊朴能爲詩, 召對, 自言不能. 上問, 臨行有人作詩送行否. 朴曰, 惟臣妻有一首云, 更休落魄耽盃酒, 且莫猖狂愛詠詩. 今日捉將官裏去, 這回斷送老頭皮. 上大笑, 放回山.

12. 공 저작랑의 「조행」에 차운하다

次韻孔著作早行

棄置鋤犁就車馬	농사를 그만두고 벼슬에 나아감은
從來計出古人下	이전부터 옛사람보다 못한 계책이네.
塵埃好在三尺桐	먼지는 삼 척의 오동 거문고에
	있는 것이 좋은데
不疑萬世期子野	만대에 자야를 만날 것이 분명하네.
明經使者著書郞	명경과의 사자 저작랑은
風雨乘馹忘夙夜³⁹	비바람에 역말 타고 밤낮없이 내달리네.
回車過門問無恙	수레 돌려 문을 지나면서 안부를 물어보니
何意深巷勤長者	무슨 뜻으로 깊은 골목의 어른을 찾는가.
聖師之後盖多賢	성사의 후손에 어진이가 많으니
領畧世故有餘暇	세상일을 통솔함에 여가가 있네.
白而長身雖不見⁴⁰	흰 얼굴 큰 키를 비록 보지 못했지만
好古發憤尙類也	옛날 좋아하여 발분함은 서로 비슷하네.
自然身如警露鶴⁴¹	자연히 몸은 이슬에 놀라는 학과 같아
每先鳴雞整初駕	닭이 울기 전에 수레를 꾸려 나서네.

---

39 [교감기] '馹'은 고본에는 '驛'으로 되어 있다.
40 [교감기] '白而'는 전본에는 '白面'으로 되어 있다.
41 [교감기] '警'은 원래 '驚'으로 되어 있었는데, 지금 영원본과 고본, 전본과 건륭본을 따라 '警'으로 고친다. 아래의 주의 문장도 또한 따라 고친다.

北行河決所至郡	북쪽 황하 터진 곳으로 행차하여 이르는 고을에
蕭蕭王命哀鰥寡	엄숙한 왕명을 받들어 홀아비, 과부 불쌍히 여기네.
力排滹沱避城郭	힘써 호타하를 밀쳐 성곽을 피하게 하니
深澤疲民且田舍	궁핍한 백성에 끼친 은혜 전사까지 미치네.
賈生三策藏胷中	가생의 세 계책 흉중에 담고서
羿矢百中不虛捨	예의 화살 백발백중이라 헛되이 날리지 않네.
行歸定拜關內侯	돌아가면 참으로 관내후에 봉해지리니
但賜黃金恐非價	다만 황금 하사는 공적에 맞지 않을 것이네.

【주석】

棄置鋤犂就車馬 : 『문선』에 실린 유곤劉琨의 「부풍가扶風歌」에서 "제쳐
두고 다시는 노래하지 말라"라고 했다. 한유의 「권학문勸學文」에서 "보
지 못하였는가 공경과 재상이, 농사짓는 평범한 사람에게서 나오는 것
을"라고 했다.

選詩, 棄置勿重陳. 退之詩, 起身自犂鋤.

從來計出古人下 : 한유의 「초양지부招揚之罘」에서 "지부가 나와 작별하
고 떠났으니, 계책이 잣나무와 말보다 못하구나"라고 했다.

退之詩, 之罘別我去, 計出柏馬下.

塵埃好在三尺桐 不疑萬世期子野 : 백거이의 「이도지상작履道池上作」에서 "집안 연못에서 떠나 몇 년이 지났는데, 소나무 대나무, 새와 물고기는 잘 있는가"라고 했다. 채옹의 「금조」에서 "거문고 길이 3척 6촌 6푼이니, 366일을 상징하네"라고 했다. 『좌전 · 소공 8년』에서 "진나라 위유에서 돌이 말을 하였다. 진후가 사광에게 물으니, 사광이 대답하기를 "백성들의 원망과 비방이 움직여 돌이 대신 말한 것입니다"라 하였다. 숙향이 "자야의 말이 군자답다""라고 했다. 주에서 "자야는 사광의 자이다"라고 했다. 진나라 성공 수의 「금부」에서 "백아가 연주하자 수레를 모는 네 말리 말이 목을 빼고 들으며, 자야가 연주하면 현학이 날아올라 운다"라고 했다.

白樂天詩, 家池動作經年別, 松竹禽魚好在無. 琴操曰, 琴長三尺六寸六分, 象三百六十六日. 左傳昭八年, 石言于晉魏楡. 晉侯問於師曠, 對曰, 云云. 叔向曰, 子野之言, 君子哉. 注云, 子野, 師曠字. 晉成公綏琴賦云, 伯牙彈而駟馬仰秣, 子野揮而玄鶴翔鳴.

明經使者著書郎 風雨乘馹忘夙夜 : 『좌전 · 소공 5년』에서 "초자가 역말을 타고 나예에 이르렀다"라고 했는데, 주에서 "일馹은 역말이다"라고 했다.

左傳昭五年, 楚子以馹至於羅汭. 注, 馹. 傳也.

回車過門問無恙 : 한유의 「이절동서與李浙東書」에서 "아픈 곳이 없는지

안부를 묻는 이외에는 한마디 말을 꺼낼 겨를이 없었습니다"라고 했다.

退之書云, 問無恙外, 不暇出一言.

何意深巷勤長者 : 『한서·진평전』에서 "집은 성곽을 등지고 가난한
마을에 있었으며 짚자리로 문을 만들었으나, 문밖에는 장자의 수레가
많이 찾아왔다"라고 했다.

陳平傳, 家乃負郭窮巷, 以席爲門. 然門外多長者車轍.

聖師之後盖多賢 : 『좌전·소공 7년』에서 "내가 들으니 통달한 자로
공구란 자가 있다고 하는데 성인의 후손이라고 한다"라고 했다. 또한
"성인 중에 밝은 덕을 가진 자가 있으면 만약 당대에 임금이 되지 않는
다면 후손 가운데 반드시 통달한 사람이 있게 된다고 하는데, 아마도
공구일 것이다"라고 했다.

左傳昭七年, 吾聞將有達者曰孔丘, 聖人之後也. 又云, 聖人有明德者, 若
不當世, 其後必有達人. 其在孔丘乎.

領畧世故有餘暇 : 『문선』에 실린 정숙 반니潘尼의 「영대가」에서 "거느
려서 하나로 돌아가게 하고"라고 했으며, 또한 "세상일이 아직 다스려
지지 않아"라고 했다.

選詩, 領略歸一致. 又云, 世故尙未夷.

白而長身雖不見 好古發憤尙類也 : 한유의 「공규묘지명」에서 "공자의 38대의 후손을 내가 보았는데, 얼굴이 하얗고 키가 컸다. 웃음과 말수가 적었으니 공자와 비슷하다"라고 했다. 『논어』에서 "공자가 말하기를 "기술하고 짓지 않으며 옛것을 믿고 좋아하는 것을 우리 노팽에게 비교한다""라고 했다. 또한 "섭공이 자로에게 공자에 대해 묻자 자로가 대답하지 않았다. 공자가 "너는 어찌하여 "그 사람됨이 분을 내어 먹는 것을 잊으며 즐기면서 근심을 잊는 사람이다"라고 대답하지 않았느냐""라고 했다. 동파의 「화공군량」에서 "엄과 승이 풍류가 있음을 아니, 또한 큰 키로 십세 손이네"라고 했는데, 그 시의 주에서 "공규의 자는 군엄이요 공감의 자는 군승이다"라고 했다. "지금 군량은 48세 손이다."[42]

韓文孔戣墓誌曰, 孔世三十八, 吾見其孫, 白而長身, 寡笑與言, 其尙類也. 論語, 子曰述而不作, 信而好古, 竊比於我老彭. 又云, 葉公問孔子於子路, 子路不對, 子曰女奚不曰其爲人也, 發憤忘食, 樂以忘憂. 東坡和孔君亮詩, 固知嚴勝風流在, 又在長身十世孫. 孔戣字君嚴, 孔戡字君勝, 今君亮四十八世.[43]

自然身如警露鶴 : 주처의 『풍토기』에서 "백학은 본성이 잘 놀라니, 8월이 되어 이슬이 초목에 내려 방울방울 소리가 나면 운다"라고 했다.

---

42 지금 (…중략…) 손이다 : 이 말은 한유의 「공규묘지명」에 보이는 말이다.
43 [교감기] 영원본에는 '論語'부터 '四十八世'까지 86글자의 주가 없다. 다만 "語 信 而好古 又 發憤忘食"으로 되어 있다. 또한 '又云' 두 글자가 없었는데, 문의에 맞춰 보충하였다.

낙빈왕의 「등왕사마누연서」에서 "학이 그늘에서 울다가 중천으로 날아올라 이슬에 놀라네"라고 했다. 이상은의 「야사夜思」에서 "학은 이슬 내린 소리를 듣고 놀라며, 벌은 꽃 때문에 바쁘네"라고 했다.

周處風土記, 白鶴性警, 至八月, 露降於草木, 滴滴有聲, 則鳴. 駱賓王登王司馬樓宴序, 鶴鳴在陰, 上中天而警露. 李義山詩, 鶴應聞露警, 蜂亦爲花忙.

每先鳴雞整初駕 : 『문선』에 실린 경진 조지趙至의 「답혜무제서答嵇茂齊書」에서 "닭이 운다고 아침에 경계하였으니[44] 속히 그대 새벽에 먼 길을 떠나야 한다"라고 했다. 또한 육기의 「맹호행猛虎行」에서 "수레를 정비하여 조정의 명령을 엄숙히 따르고"라고 했다.

文選, 雞鳴戒具,[45] 則飄爾晨征. 又選詩, 整駕肅時命.

北行河決所至郡 : 이 시는 앞에서는 명경과의 사신을 말하고 또한 북쪽으로 황하가 터진 곳을 간다고 말하였으니, 대개 한나라 평당에 비유한 것이다. 『한서 · 평당전』에서 "명경으로 박사가 되었다"고 하였고, 또한 "「우공」의 경전에 밝아 황하에 사신을 갔다"라고 했다. '行'의 음은 '下'와 '更'의 반절법이다.

---

44 닭이 (…중략…) 경계하였으니 : 『시경 · 제풍(齊風) · 계명(鷄鳴)』에 "닭이 울었으니 조정에 대신들이 모였겠다[鷄旣鳴矣 朝旣盈矣]"라면서 "나 때문에 당신이 미움 사면 안 된다[無庶予子憎]"고 경계시키는 대목이 나온다.
45 [교감기] 이 부분에 대해 전본에서는 "晉書趙至傳 雞鳴戒旦"으로 되어 있다. 살펴보건대 『문선』 43권 조경진의 「여혜무제서」에 '雞鳴戒旦'으로 되어 있다. 영원본에는 이 조목의 주가 없다.

此詩先言明經使者, 又言北行河決, 盖比之漢平當也. 平當傳云, 以明經爲博士. 又云, 以明經禹貢使行河. 行, 下更反.

蕭蕭王命哀鰥寡 : 『시경·증민烝民』에서 "엄숙한 왕명을 중산보가 받들어 행하며"라고 했다. 또한 「모릉侮陵」에서 "홀아비 과부를 업신여기지 않고"라고 했다.

詩, 蕭蕭王命, 仲山甫將之. 又曰, 不侮鰥寡.

力排滹沱避城郭 : 『후한서·왕패전』에서 "광무가 남쪽으로 내달려 하곡양에 이르러 왕랑의 군대가 뒤에 있다는 말을 듣고 수행하던 자들이 모두 두려워하였다. 호타하에 이르러 왕패에게 가서 보게 하니, 왕패가 속여서 "얼음이 단단하여 건널 수가 있습니다""라고 했다. 하곡양은 한나라 때는 거록군에 속하였고 지금은 기주 고성현에 속한다. 호타가 있는 곳을 이에서 알 수 있다.

後漢王霸傳, 光武南馳至下曲陽, 傳聞王郎兵在後, 及至滹沱河, 令霸往視之, 霸詭曰, 氷堅可渡. 下曲陽, 漢屬鉅鹿郡, 今入祁州鼓城縣. 滹沱所在, 於此可見.

深澤疲民且田舍 賈生三策藏胷中 : 『한서·구혁지』에서 "가양이 상소하여 아뢰기를 "황하를 다스리는 데는 상, 중, 하책이 있습니다""라고 했다.

漢溝洫志, 賈讓奏言, 治河有上中下策.

羿矢百中不虛捨 : 예는 활 쏘는 관리이다. 남궁괄이 이르기를 "예는 활을 잘 쏜다"라고 했다. 『맹자』에서 "방몽이 예에게 활쏘기를 배웠다"라고 했는데, 이는 요 이전의 예이다. 우예는 정사를 돌보지 않고 사냥을 즐겼는데, 한착이 그의 집안사람들을 꼬득여 그를 죽여 솥에 삶았다. 이는 유궁씨의 군주인 예이다. 『시경』에서 "화살 쏘기를 깨트리는 듯하니"라고 했다. 『주기』에서 "양유기는 버들잎을 날렸는데, 백보 떨어진 곳에서 쏘아도 백 번 쏘아 다 맞췄다"라고 했다.

羿, 射官也. 南宮适云, 羿善射. 孟子云, 逢蒙學射於羿. 此堯以前羿也. 寒浞虞羿于田, 殺而烹之. 此有窮后羿也. 詩云, 舍矢如破. 周紀, 養由基去柳葉, 百步而射之, 百發而百中.

行歸定拜關內侯　但賜黃金恐非價 : 『한서 · 평당전』에서 또 이르기를 "승상에 이르렀는데, 겨울이기에 우선 작위를 주어 관내후에 봉하였다"라고 했는데, 주에서 "겨울에는 제후를 봉할 때가 아니기에 우선 작위를 하사한 것이다"라고 했다. '비가非價'는 공은 큰데 상은 작으니, 마치 시장의 물건이 마땅한 가격을 받지 못하는 것과 같음을 이른다.

平當傳又云, 至丞相, 以冬月賜爵關內侯. 注云, 以冬月非封侯時, 且先賜爵也. 非價, 謂功大賞輕, 如市物之不當價也.

13. 공 저작랑의 「북행호타」에 차운하다

次韻孔四著作北行滹沱

駝褐蒙風霜	낙타 털옷에 풍상이 뒤덮였는데
雞聲眇墟里[46]	닭 울음은 마을에 아득히 울리네.
靑燈進豆粥	푸른 등불에 팥죽을 내오고
落月踏氷水	지는 달에 얼음을 밟고 가네.
平生不龜藥	평소 트지 않는 약을 발라
纔可衛十指	열 손가락 거우 지켜왔네.
持比千戶封	이를 가지고 천호후에 봉해지니
誰能優劣此	누가 능히 우열을 따지랴.

【주석】

駝褐蒙風霜 : 구양수의 「하직下直」에서 "가벼운 추위가 싸늘하게 낙타 옷으로 들어오네"라고 했다. 『좌전』에서 "범선자가 "너의 조상 오리는 가시나무를 쓰고""라고 했는데, 주에서 "몽蒙은 쓰다는 의미이다"라고 했다.

歐陽文忠詩, 輕寒漠漠侵駝褐. 左傳, 范宣子曰, 蒙荊棘. 注, 蒙, 冒也.

雞聲眇墟里 : 도연명의 「귀원전거歸園田居」에서 "어슴푸레한 촌락은

먼데, 하늘거리며 연기 피어오르네"라고 했다.

淵明詩, 曖曖遠人村, 依依墟里煙.

靑燈進豆粥:『후한서・풍이전』에서 "광무가 계에서 동남쪽으로 내달렸다. 당시 날이 추웠는데 풍이가 팥죽을 올렸다. 그리고 다시 호타하를 건넜다"라고 했다. 이상은의 「양본승설우아곤楊本勝說于阿衮」에서 "말이 마치자 변방의 호각도 그치고, 푸른 등이 귀밑머리 비추네"라고 했다.

後漢馮異傳, 光武自薊東南馳, 時天寒, 異上豆粥, 因復渡滹沱. 李商隱詩, 語罷休邊角, 靑燈雙鬢絲.[47]

落月踏氷水 平生不龜藥 纔可衛十指 持比千戶封 誰能優劣此:『장자・소요유』에서 "송나라 사람 중에 손이 트지 않는 약을 만들어 대대로 솜옷 세탁하는 것을 일로 삼는 사람이 있었다. 객 이를 듣고, 그 처방을 백금百金에 사서 오왕에게 유세하였다. 오왕이 그를 장수로 삼아 겨울에 월나라 사람들과 수전을 벌여 월나라 사람들을 대패시켰다. 오왕은 땅을 갈라 그를 봉해주었다. 손을 트게 하지 않는 것은 마찬가지인데 한 사람은 봉지를 받고 한 사람은 솜옷 세탁을 면지 못하니 쓰는 것이

---

47 **[교감기]** '李商隱詩'는 원래 '杜詩'로 되어 있었다. 살펴보건대 인용한 시구는『두보시집』에 보이지 않고 이상은의 「양본승설어장안견소남아곤(楊本勝說於長安見小男阿衮)」에 보인다. 지금 전본을 따르고 아울러『이의산시집』에 의거하여 바로잡는다.

다르기 때문이다"라고 했다.

莊子逍遙篇, 宋人有善爲不龜手之藥者, 世世以洴澼絖爲事. 客聞之, 買其方百金, 以說吳王. 吳王使之將, 冬與越人水戰, 大敗越人. 裂地而封之. 能不龜手, 一也. 或以封, 或不免於洴澼絖, 則所用之異也.

14. 진군의가 「태진외전」을 읽고 쓴 시에 화운하다. 5수

和陳君儀讀太眞外傳. 五首

첫 번째 수其一

朝廷無事君臣樂	조정에 일이 없어 군신이 즐거운데
花柳多情殿閣春	화류는 다정하여 궁궐에 봄이로구나.
不覺胡雛心暗動	오랑캐 놈 마음이 몰래 동한 줄 몰랐는데
綺羅飜作墜樓人[48]	누대에서 뛰어내릴 때 비단옷이 펄럭이네.

【주석】

朝廷無事君臣樂 花柳多情殿閣春 : 유공권의 「연구」에서 "훈풍이 남쪽에서 불어오는데, 궁궐에는 싸늘한 기운이 일어나네"라고 했다.

柳公權聯句, 薰風自南來, 殿閣生微凉.

不覺胡雛心暗動 : 달리 "산하를 부여하여 충의를 사고"라 된 본도 있다. 이백의 「맹호행」에서 "푸른 눈의 오랑캐는 옥피리를 불고"라고 했다.

一作付與山河買忠義. 李白猛虎行, 胡雛綠眼吹玉笛.

綺羅飜作墜樓人 : 『양태진외전楊太眞外傳』에서 "애초에 안록산이 황상 앞에서 응대할 때 해학을 섞어서 아뢰었는데, 태진이 항상 그 자리에

---

48 [교감기] '飜'은 고본의 원교에서 "달리 '更'으로 된 본도 있다"라고 했다.

있었다. 이에 안록산은 마음이 흔들렸다. 마외파에서 태진이 죽었다는 소식을 듣고 며칠을 탄식하며 슬퍼하였다"라고 했다. 『진서·석숭전』에서 "석숭에게는 기생 녹주가 있었는데, 손수가 달라고 요청하였으나 주지 않았다. 손수가 조왕 륜에게 권하여 석숭을 죽이라고 하였는데, 갑사가 문에 이르자 녹주는 누대에서 뛰어내려 자살하였다"라고 했다. 두목지의 「제도화부인題桃花夫人」에서 "가련하다 금곡의 누대에서 뛰어내린 부인이여"라고 했다.

外傳云, 初, 祿山於上前應對, 雜以諧謔, 而妃常在坐. 祿山心動. 及聞馬嵬之死, 數日歎惋. 晉石崇傳, 崇有妓綠珠, 孫秀求之, 不與. 秀勸趙王倫誅崇. 介士到門, 綠珠自投於樓下而死. 杜牧之詩, 可憐金谷墜樓人.

두 번째 수其二

扶風喬木夏陰合	부풍의 높은 나무는 여름 그늘이 좋고
斜谷鈴聲秋夜深	사곡의 종소리에 가을밤은 깊어가네.
人到愁來無處會	사람이 근심에 젖으면 좋은 것이 없고
不關情處總傷心	마음에 드는 곳이 없으면 모든 것에 상심하네.

扶風喬木夏陰合 斜谷鈴聲秋夜深 : 『외전』에서 "황상이 사곡에 이르자 열흘 동안 장마비가 내렸다. 빗속에 잔도에 행차하는 종소리가 들리니 인하여 그 소리를 따서 「우림령곡」을 만들었다"라고 했다. 사서와 여

러 책을 고찰해보니, 명황은 진창에서 산곡으로 들어가 하지로 나왔으니 애초에 사곡을 경유하지 않았다. 지금 재동에 상정역이 있는데, 고금에 새겨놓은 시에서 모두 이곳이 명황이 종소리 들은 곳이라고 하였으니, 마땅히 거짓되지 않는다.

外傳云, 上至斜谷, 霖雨涉旬, 棧道雨中聞鈴, 因採其聲爲雨霖鈴曲. 攷之史及諸書, 明皇自陳倉入散關, 出河池, 初不由斜谷. 今梓潼有上亭驛, 古今詩刻, 皆以爲明皇聞鈴之地, 當不妄也.

人到愁來無處會 不關情處總傷心 : 이백의 「양반아楊叛兒」에서 "어느 부분이 가장 마음에 들던가요"라고 했다.

太白詩, 何許最關情.

세 번째 수其三

梁州一曲當時事	양주곡은 당시의 일을 노래하는데
記得曾拈玉笛吹	기억하기론, 일찍이 옥피리 집어 불었지.
端正樓空春晝永	단정루엔 부질없이 봄 낮이 긴데
小桃猶學淡燕支	작은 복사꽃은 연한 연지를 배우는구나.

【주석】

梁州一曲當時事 : '당시사當時事'는 달리 '개원몽開元夢'으로 된 본도 있

다. 살펴보건대 『개원전신기』에서 "서량주에서 바친 새 곡을 "양주"라고 칭하였다. 영왕이 듣고서 파천하는 재앙이 있을까 두려워하였다"라고 했다. 『악부시집·양주가서』에서 또한 「양주곡」이라고 칭하였다고 하였으니, 애초에는 서로 구별이 없었다.

當時事, 一作開元夢. 按開元傳信記, 西涼州獻新曲曰涼州. 寧王聞之, 以爲恐有播越之禍. 樂府詩集涼州歌序, 亦稱涼州曲云云, 初無區別.

記得曾拈玉笛吹 : 『외전』에서 "양귀비가 영왕의 옥피리를 훔쳐 불었다"라고 했다. 그러므로 장호의 「빈왕소관邠王小管」에서 "금수레 돌아와도 보는 사람 없어, 영왕의 작은 피리 훔쳐서 부네"라고 했다.

外傳云, 妃子竊寧王玉笛吹, 故張祜詩云, 金輿還幸無人見, 偷把寧王小管吹.

端正樓空春晝永 小桃猶學淡燕支 : 청화궁에 단정루가 있는데, 양귀비가 머리 빗고 씻는 곳이다. 두보의 「곡강대우曲江對雨」에서 "숲속 꽃들은 비 맞아 연지처럼 선명하고"라고 했다.

華淸宮有端正樓, 貴妃梳洗之所. 杜詩, 林花著雨燕脂落.

네 번째 수其四

| 高麗條脫琱紅玉 | 고려의 팔찌는 홍옥을 다듬었으며 |
| 邏沙琵琶撚綠絲 | 나사의 비파는 푸른 실을 꼬았네. |

蛛網屋煤昏故物　　거미줄과 그을음이 옛 물건에 어지러우니

此生惟有夢來時　　이러한 삶은 오직 꿈에서나 있으리.

【주석】

　高麗條脫瑚紅玉 : 조탈은 팔찌로, 고려에서 생산된 것이 귀하다. 『진고』에서 "악록화[49]가 양관의 집에 내려와서 금팔찌 하나를 주었다"라고 했다. 이상은의 「중원작中元作」에서 "양권은 비록 금팔찌를 얻었지만, 온교의 옥경대[50]는 끝내 비었네"라고 했다.

　條脫, 釧也, 高麗所貴. 眞誥, 蕚綠華降羊權家, 遺以金條脫一. 李義山詩, 羊權雖得金條脫, 溫嶠終虛玉鏡臺.

　邏沙琵琶撚綠絲 : 달리 "한 쌍의 유리옥 팔찌, 세 척의 푸른 견사 비파"라고 된 본도 있다. 양귀비의 비파는 나사단[51]으로 만들었다. 내시 백수진이 촉에 사신 갔다가 돌아와서 나무를 바쳤는데 옥처럼 윤기가 나며 거울처럼 반짝거렸다. 금실의 붉은 문양이 있어서 그것을 이용해 두 마리 봉황을 만들었다. 줄은 말가미라국에서 바친 녹수잠사이다.

　一作一雙條脫玻瓈玉, 三尺琵琶綠蠒絲. 妃子琵琶邏沙檀也. 寺人白秀眞使蜀, 還, 獻木, 潤如玉, 光可鑒, 有金縷紅文, 麽成雙鳳. 絃乃末訶彌羅國所貢,

---

49　악록화 : 고대 전설 속의 여자 신선이다.
50　온교의 옥경대 : 진나라 온교가 유총(劉聰)을 정벌하고 얻은 물건으로 결혼할 때 예물로 삼았다고 한다.
51　나사단 : 티벳에서 나는 박달나무이다.

綠水蠶絲也.

蛛網屋煤昏故物 : '혼고물昏故物'은 달리 '지택헐脂澤歇'로 된 본도 있다.
昏故物, 一作脂澤歇.

다섯 번째 수其五

上皇曾御昭儀傳	황상이 일찍이 소의의 전을 보았으니
鏡裏觀形只眼前	거울 속의 모습 봄이 마친 눈앞에 있는 듯하네.
養得祿兒傾四海	안록산을 아들처럼 길러 누구보다 사랑했는데
千秋更有一伶玄	천추에 다시 영현이 있구나.

【주석】

上皇曾御昭儀傳 鏡裏觀形只眼前 : 황상이 『한성제내전』을 읽다가 조비연의 몸이 가벼워 바람을 이기지 못하기에 성제가 칠보피풍대를 만든 것을 보았다. 황상이 약간 살이 있는 양귀비를 놀리려고 "너는 바람에 맡기면 어떨까"라 하자, 양귀비가 "「예상우의곡」 한 곡조면 천고를 덮을 수 있습니다"라고 했다. 두보의 「역력歷歷」에서 "또렷한 개원의 일, 분명히 눈앞에 있는 듯하네"라고 했다. 한유의 「송영사送靈師」에서 "양경의 일을 들으니, 분명히 눈앞에 있는 듯하네"라고 했다.

上覽漢成帝內傳, 見飛燕身輕, 欲不勝風, 帝爲製七寶避風臺. 上曰, 爾則

任吹多少, 妃曰, 霓裳一曲, 可掩千古. 杜詩, 歷歷開元事, 分明在目前. 退之
詩, 聽說兩京事, 分明皆眼前.

養得祿兒傾四海 : 안녹산에 대하여 은혜로이 대우함은 남에 비해 가
장 깊었다. 황상과 양귀비는 모두 우리 아이라고 불렀다.

祿山恩遇最深, 上及貴妃皆呼以爲兒.

千秋更有一伶玄 : 『조비연외전』은 한나라 강동위 영현이 지었다. 영
연의 자서에서 "영현의 자는 가우이다. 여러 주와 군의 수령을 역임하
였으며 회남의 승상이 되었다. 애제 때 늙어서 은퇴하였다. 첩 번통덕
을 샀는데, 재주와 미색을 겸비하였다. 책을 읽을 줄 알아 조비연 자매
의 일에 대해 잘 말하였다. 통덕이 "이 사람들은 모두 재가 되었습니
다. 당시에 온 힘을 기울여 임금을 고혹에 빠트렸는데, 끝내 황폐한 들
판의 풀로 돌아갈 줄 어찌 알았겠습니까"라고 하면서, 촛불을 돌아보
며 손으로 머리를 감싸 쥐면서 처연하게 눈물을 흘렸다. 이에 조후별
전을 지었다"라고 했다. 시의 의미는 옛날로 거울을 삼는다면 흥망이
눈앞에 있는 것처럼 환할 텐데 명황은 경계로 삼지 않았으니 탄식이
인다는 것이다.

趙飛燕外傳, 漢江東尉伶玄所撰也. 伶自叙云, 伶玄字子于, 歷刺守州郡,
爲淮南相. 哀帝時老休, 買妾樊通德, 有才色, 知書, 能言飛燕姊弟事. 通德曰,
斯人俱灰滅矣, 當時疲精力, 馳騖蠱惑, 寧知終歸荒田野草乎. 通德顧視燭影,

以手攤鬢, 悽然泣下. 於是撰趙后別傳. 詩意謂以古爲鑒, 興壞在日前, 而明皇

不之戒, 爲可歎也.

15. 조공전을 읽고서【서문을 함께 싣다】
讀曹公傳【并序】

조공이 자신의 공은 재상보다 높고 글은 서백과 상대할 만하다고 생각하여 읍양하는 조정에서 벗어나 자신의 집에서 한나라를 다스렸다. 당고의 재앙을 다시 반복하여 의사와 충신을 거의 제거하였다. 헌제와 영제시기에 북면하여 조회하는 자들이 공수拱手하면서도 변화를 알아챘으니 한과 위를 어떻게 가리겠는가. 저들이 종묘, 사직을 도와주는 이가 없는 것을 보고서 태아검을 잡고 그 자루를 주니, 조조가 한 시대의 명운을 맡게 되므로 그 좌우에서 득의양양하지 않음이 없었다. 부월로 후궁을 끌어내어 풀을 베어버린 듯하였다. 대저 일반적인 부부라도 없는 죄를 받게 되면 집안사람들이 오히려 사과하는데, 몸소 북면하여 천명을 받은 임금이 스스로 어디서 죽을지 모른다고 하는구나. 오호라! 역병 걸린 이가 임금을 불쌍하게 여긴다고 하는데, 그 누가 지나친 말이라고 하는가. 비록 그러나 끝내 공손으로 왕위를 선양하여 속에 독을 품고 겉으로 인을 취하여 조비가 한나라 왕조를 바꾸도록 내버려 둔 것은 어째서인가. 한나라 말기에 비록 사직과 강직한 신하들에게 죄를 지었지만 오히려 백성들에게 죄를 짓지 않았으니, 그러므로 백성들이 서로 그 이름을 사랑하였다. 내가 듣고서 이르기를 '도로써 헤아려 보면 헌제는 은혜는 부족하지만 밝음은 넘치고 조조는 사직에 마음이 없으면서 자주 공을 세웠으니, 조조의 제향은 계속 이어지지 못할 것이다. 이에 느낌이 일어 「조공시」 한 편을 짓는다.

曹公自以勳高宰衡, 文對西伯, 蟬蛻揖讓之中, 而用漢室於家巷. 更黨錮之災, 義士忠臣, 耘除畧盡. 獻靈之間, 北面朝者, 拱而觀變, 漢魏何擇焉. 彼見宗廟社稷之無與也, 執太阿而用其穎, 以司一世之命, 左右無不得意. 引後宮於鈇鉞, 如刈蒲茅. 夫匹婦婢使罪, 家人猶爲謝過, 而親北面受命之君, 自以爲未知死所. 嗚呼, 癙憐王,[52] 其誰曰過言. 雖然, 終已恭讓, 腹毒而色取仁, 任不以易漢姓者, 何也. 漢之末造, 雖得罪於社稷骨鯁之臣, 而猶不得罪於民, 故猶相與愛其名耳. 余聞曰, 道揆以上惠不足而明有餘, 不在社稷而數有功, 柔盛殆其不繼哉. 感之, 作曹公詩一章.

【주석】

曹公自以勳高宰衡 文對西伯 : 『한서·예악지』에서 "왕망이 재상이 되자 백성들에게 자신을 빛나게 하고 싶었다"라고 했다. 서백은 주 문왕을 이른다.

漢禮樂志, 及王莽爲宰衡, 欲燿衆庶. 西伯, 謂周文王也.

蟬蛻揖讓之中 : 『사기·굴원전』에서 "더럽고 탁한 중에서 매미가 허물을 벗듯이"라고 했다.

史記屈原傳, 蟬蛻於濁穢.

52　[교감기] '癙'는 원래 '廱'로 되어 있었는데, 지금 영원본과 전본을 따라 고친다.

而用漢室於家巷:『이소경』에서 "다섯 아들이 집을 잃고 헤매는구나"
라고 했다. 『후한서·연독전』에서 "독은 병이 들었다면서 사직하고 돌
아가 고향에서 가르침을 베풀었다"라고 했다.

離騷經云, 五子用失乎家巷. 後漢延篤傳, 篤以病免歸, 教授家巷.

更黨錮之災 義士忠臣 耘除畧盡 獻靈之間 北面朝者 拱而觀變 漢魏何擇焉
彼見宗廟社稷之無與也 執太阿而用其穎:『한서·매복전』에서 "명검인 태
아검을 거꾸로 쥐고서 초에게 그 자루를 주는 것과 같습니다"라고 했다.

梅福傳, 倒持太阿, 授楚其柄.

以司一世之命 左右無不得意 引後宮於鈇鉞 如刈蒲茅:『후한서·헌제복
황후기』에서 "정권이 조조에게 들어가자 조조는 동귀인에게 자결할
것을 요구하였다. 황제는 귀인이 임신했다고 해서 여러 차례 살려줄
것을 요청하였지만 허락을 받지 못하였다. 복황후가 이에 두려움을 느
끼고서 아버지 복완에게 편지를 보내 조조의 잔혹하고 핍박하는 상황
을 말하면서 은밀하게 조조를 도모하라고 하였다. 일이 발각되자 조조
는 황후를 폐하도록 황제에게 압박하고 화흠에게 병사를 거느리고서
궁에 들어가 황후를 잡아 오라고 하였다. 황후는 문을 닫고 벽장 안에
숨어 있었는데, 화흠이 황후를 끌어내었다. 당시 황제가 후전에 있었
는데, 황후가 머리를 풀어헤치고 맨발로 울면서 황제 곁을 지나면서
이별하며 "다시 살 수는 없겠지요"라 하였다. 황제가 "나 또한 언제 죽

을지 모르겠소"라 하였다. 마침내 황후를 죄인을 가두는 폭실에 내려 보내니 근심에 쌓여 죽었다"라고 했다.

後漢獻帝伏皇后紀. 政在曹操, 操求董貴人殺之. 帝以貴人有姙, 累爲請, 不得. 后懷懼, 與父書, 言操殘逼狀, 令密圖之. 事露, 曹逼帝廢后, 令華歆勒兵入宮收后. 后閉戶藏壁中, 歆就牽后出. 時帝在後殿, 后被髮徒跣行泣過訣曰, 不能復相活耶. 帝曰, 我亦不知命在何時. 遂將后下暴室, 以憂崩.

夫匹婦婢使罪 家人猶爲謝過 而親北面受命之君 自以爲未知死所 嗚呼 癘憐王 其誰曰過言 : 『전국책·초어』에서 "어떤 이가 춘신군에게 말하기를 "손자는 천하의 현자입니다. 그대는 어찌 그를 놓치고 말았습니까"라 하자, 춘신군이 이에 사람을 조나라에 보내어 손자를 모셔오게 하였다. 손자가 편지를 써서 사양하기를 "역병을 앓는 자가 임금을 자신보다 더 불쌍히 여긴다고 하면 이는 공손하지 못한 말입니다. 비록 그렇지마는 깊이 살펴보지 않을 수 없습니다. 이는 겁살당하거나 죽임을 당하는 임금을 두고 한 말입니다. 무릇 임금이 어리면서 자기 재주만 믿고 간신을 가려낼 방법을 모르면 대신이 국사를 제멋대로 농단합니다. 초왕 자위가 갓끈으로 왕을 목 졸라 죽이고 인하여 왕이 되었습니다. 제나라 최저는 장공을 공격하여 그 넓적다리를 활로 맞춰 마침내 죽인 뒤였습니다. 근래 이태가 조나라의 권력을 농단할 때 주보를 사구에서 굶주리게 하였으며, 요치가 제나라의 권력을 쥐고 흔들 때 민왕의 근육 힘줄을 뽑아 사당의 대들보에 매달아 놓았습니다. 대저 역

병은 비록 종기가 터져 고름이 생기는 병처럼 고통스럽지만 위로 전대에 비교하면 갓끈으로 목을 졸려 죽거나 넓적다리에 활을 맞아 죽는 왕에 비할 것이 아니며 아래로 근대에 비교하면 근육을 뽑히거나 굶어 죽는 왕에 비할 것은 아닙니다. 이로 보자면 역병을 앓더라도 도리어 임금을 불쌍하게 여길 수 있는 것입니다'"라고 했다. 주에서 "『속한비자』에서 "속담에 역병에 걸린 자가 임금을 불쌍히 여긴다고 한다'"라고 했다.

戰國策楚語云, 或說春申君曰, 孫子, 天下賢人也, 君何辭之. 春申君於是使人請孫子於趙. 孫子爲書謝曰, 癘人憐王, 此不恭之語也. 雖然不可不審察也. 此爲劫殺死亡之主言也. 夫人主年少而矜材, 無法術以知姦, 則大臣主斷. 楚王子圍, 以冠纓絞王殺之, 因自立也. 齊崔杼攻莊公, 射中其股, 遂殺之. 近代李兌用趙, 餓主父於沙丘. 淖齒用齊, 擢閔王之筋, 縣於其廟梁. 夫癘雖癰腫胞疾, 上比前世, 未至絞纓射股, 下比近代, 未至擢筋而餓死也. 由此觀之, 癘雖憐王可也. 注云, 續韓非子, 諺曰, 癘憐王.

南征北伐報功頻	남북으로 정벌하여 공을 자주 알리고
劉氏親爲魏國賓	유씨가 친히 위국을 국빈으로 대했네.
畢竟以丕成霸業	끝내 조비가 패업을 이루니
豈能於漢作純臣	어찌 능히 한나라에 순수한 신하가 되랴.
兩都秋色皆喬木	두 도읍 가을 경치에 모두 높은 나무 있으며
二祖恩波在細民	두 임금 은혜는 백성에게 남아 있네.

駕馭英雄雖有術　　영웅을 부리는데 비록 뛰어나지만

力扶宗社可無人　　종사를 부지하는 데는 사람이 없구나.

【주석】

南征北伐報功頻 劉氏親爲魏國賓：『서경·미자』에서 "왕가의 손님이 되었다"라고 했다.

書微子篇, 作賓于王家.

畢竟以丕成霸業 豈能於漢作純臣：『후한서·헌제기』에서 "건안 25년 정월 경자일에 위왕 조조가 죽었다. 3월에 연호를 연강으로 고쳤다. 겨울 10월 을묘일에 황제가 자리를 선양하니 위왕 조비가 천자라 칭하고 황제를 산양공에 봉하였으며 소장에 신하를 칭하지 않게 하였다"라고 했다. 『좌전』에서 "군자가 영고숙은 순수한 효성이라고 하였다"라고 했는데, 주에서 "'순純'은 독실함이다"라고 했다. 또한 "군자가 석작은 순결한 신하라 하였다"라고 했다.

獻帝紀, 建安二十五年正月庚子, 魏王曹操薨. 三月改元延康. 冬十月乙卯, 皇帝遜位, 魏王丕稱天子, 奉帝爲山陽公, 奏事不稱臣. 左傳, 君子曰, 潁考叔純孝也. 注曰, 純猶篤也. 傳又云, 君子曰, 石碏純臣也.

兩都秋色皆喬木 二祖恩波在細民：반고의 「양도부」에서 "서도 손님이 동도 주인에게 묻기를"라고 했다. 『맹자』에서 "이른바 오래된 나라라

는 것은 높은 나무가 있는 것을 이른 것이 아닙니다"라고 했다. 이조二
祖는 고조와 세조를 이른다. 두보의 「기이백寄李白」에서 "임금 은혜 멀
어졌다 괴이치 말고"라고 했으며, 또한 「증이비서贈李祕書」에서 "은혜는
비단 말 싸개에 베풀어지네"라고 했다.

班固兩都賦, 辭曰, 有西都賓問東都主人, 云云. 孟子曰, 所謂故國者, 非謂
有喬木之謂也. 二祖, 謂高祖世祖. 杜詩, 莫怪恩波隔. 又云, 恩波錦帕舒.

駕馭英雄雖有術 : 두보의 「투증가서개부한投贈哥舒開府翰」에서 "임금은
스스로 훌륭한 무예 지니니, 부리는 사람도 반드시 영웅이라네"라고
했다. 또한 「석유昔遊」에서 "군왕은 지나치게 상을 내려, 영웅을 부리는
구나"라고 했다.

杜詩, 君王自神武, 駕馭必英雄. 又云, 君王無所惜, 駕馭英雄材.

16. 잡시

雜詩

古風蕭索不言歸	고풍은 사라져서 되돌릴 수 없게 되니
貧賤交情富貴非	빈천의 사귀는 정은 부귀 따라 다르네.
世祖本無天下量	세조가 본래 천하를 포용할 도량이 없었다면
子陵何慕釣魚磯	자릉이 어찌 물가에서 낚시함을 추구했겠는가.

【주석】

古風蕭索不言歸 貧賤交情富貴非 : 하규 사람 적공이 정위가 되자 빈객들이 문을 메웠다. 그가 벼슬에서 파면되자 문밖에 참새 그물을 칠 수 있었다. 뒤에 다시 정위가 되자 빈객들이 찾아오려고 하자, 적공이 크게 문에 써놓기를 "한 번 죽고 한 번 사는 것에 사귀는 정리를 알았고, 한 번 가난하고 한 번 부자됨에 사귀는 태도를 알았으며 한 번 귀하고 한 번 가난함에 사귀는 정이 이에 나타났다"라고 했다. 이 말은 「정당시전후」에 보인다.

下邽翟公爲廷尉, 賓客塡門. 及廢, 門外可設爵羅.[53] 後復爲廷尉, 客欲往, 翟公大書其門曰, 一死一生, 乃知交情, 一貧一富, 乃知交態, 一貴一賤, 交情乃見. 見鄭當時傳後.[54]

---

53 [교감기] '雀羅'는 원래 '爵羅'로 되어 있었는데, 지금 영원본을 따르고 아울러 『사기·정당시전』 후의 태사공 말에 의거하여 교정하였다.

世祖本無天下量 子陵何慕釣魚磯 : 『후한서·엄광전』에서 "엄광의 자는 자릉으로 어려서 광무제와 함께 학문하였다. 광무제가 즉위하자 엄광은 성명을 바꾸고 몸을 숨겨 나타나지 않았다. 황제가 명령을 내려 찾아서 데려오라고 하였다. 후에 제나라에서 상소를 올려 말하기를 "어떤 남자가 양 갖옷을 입고 연못에서 낚시합니다"라 하였다. 황제는 그가 엄공일 것이라 추측하고 이에 평안한 수레를 마련하여 모셔오게 하니, 세 번 되돌린 뒤에 이르렀다"라고 했다. 끝내 굽히지 않고 자릉이 굳게 거절한 것은 세조의 도량이 포용함이 있었기 때문이다. 만약 세조가 형편이 바뀌었다고 사귀는 정을 다르게 했다면 엄광이 어찌 낚시하며 은거하려고 했겠는가. 이 말은 아마도 어떤 사람을 위해 해 준 말이었을 것이다.

後漢嚴光傳, 光字子陵, 與光武同遊學. 及光武卽位, 變姓名, 隱身不見. 帝令以物色求之. 後齊國上言, 有一男子, 披羊裘, 釣澤中. 帝疑其光, 乃備安車聘之, 三反而後至. 竟不屈. 子陵高抗, 皆世祖之量, 有以容之也. 若世祖有貧富交情之異, 則嚴光豈慕此哉. 此語必有爲而發.

---

54 [교감기] '見'자는 원래 없었는데, 영원본과 전본에 의거하여 보충하였다.

17. 위남에서【위남은 단주에 속하니, 북경과 이웃한다】

衛南【衛南屬澶州, 與北京爲鄰】

今年畚錭棄春耕	올해 삼태기와 삽의 봄 농사 버렸는데
折葦枯荷繞壞城	꺾인 갈대와 시든 연꽃이 무너진 성을 에워싸네.
白鳥自多人自少	백조는 절로 많고 사람은 절로 적으며
汚泥終濁水終淸	더러운 흙탕물은 끝내 탁하고 물은 끝내 맑네.
沙場旗鼓千人集	백사장 깃발과 북에 많은 사람 모여들고
漁戶風煙一笛橫	바람 불고 이내 이는 어촌엔 피리 소리 들리네.
惟有鳴鵰古祠柏[55]	오랜 사당 잣나무에 올빼미가 울어대는데
對人猶是向時情[56]	사람 마주하니 그래도 이전의 정이네.

【주석】

今年畚錭棄春耕 折葦枯荷繞壞城 : 두보의 「곡강曲江」에서 "시들어 꺾인 마름과 연잎 바람 따라 물결치니"라고 했다. 육구몽의 「교청」에서 "갈대 꺾인 가을날의 한가한 누대 같지 않네"라고 했다.

杜詩, 菱荷枯折隨風濤. 陸龜蒙鳩鶄詩, 不似閑樓折葦秋.

55　[교감기] '鳴鵰'는 영원본에는 '鵰梟'로 되어 있다.
56　[교감기] '情'은 원래 '晴'으로 되어 있었는데, 영원본과 고본, 전본과 건륭본에 의거하여 고쳤다.

白鳥自多人自少 : 일찍이 들으니 동파가 등주 자사로 있을 때 한 주부가 일을 아뢰는데 끝이 없었다. 공이 자못 피곤하여 의미 없이 "저물녘에 찾아오게"라고 했다. 주부가 그 의미를 헤아리지 못하고 느즈막히 홀로 찾아가니, 공이 억지로 나와 그를 만났다. 마침 두보의 시를 보고 있었는데, 묻기를 ""강호에 흰갈매기 많은데, 천지간에 쇠파리도 있네"[57]라는 구절에서 백조白鳥는 갈매기 종류이냐'라 하자, 주부가 "백조는 바로 모기로 장리贓吏를 비유하였습니다. 강호는 조정과 거리가 멀어 장리가 많습니다. 천지 사이에는 군자가 적고 소인이 많습니다'라고 하였다. 이에 공이 그를 다시 보고 후하게 대하였다고 한다. 살펴보건대 『예기·월령』에서 "뭇 새들이 먹이를 갈무리한다'라고 했는데, 주에서 "수羞는 먹은 것이다'라고 했다. 『대대례기·하소정』에서 "8월에 단조가 백조를 먹는다'고 했는데, 설명하는 말에 "단조는 단량丹良, 반딧불이을 이르고 백조는 모기를 이른다'라고 했다. 또 살펴보건대『금루자』에서 "백조는 모기이다. 제환공이 잣나무에 누워 잠을 자다가 중보에게 이르기를 "한 사물도 살 곳을 잃으면 과인은 슬퍼한다. 지금 백조가 앵앵거리니 이는 반드시 굶주린 것이다"'라고 했다. '閩'의 음은 '文'이다. '인소人少'란 말은 두보의 「송당계送唐誡」의 "중원은 황폐하며, 인재는 적고 도적은 넘치네"라는 말을 사용하였다.

嘗聞東坡知登州, 有一主簿, 白事不已. 公頗倦, 漫云, 晚可見過. 主簿不測其意, 至晚獨入, 公強出見之. 因閱杜詩, 問云, 江湖多白鳥, 天地足靑蠅. 白

---

57 강호에 (…중략…) 있네 : 「기유섬주백화(寄劉峽州伯華)」에 보이는 시구이다.

鳥, 鷗鷺之屬耶. 主簿曰, 白鳥乃蚊蚋, 以況贓吏. 江湖之間, 距朝廷遠, 多贓吏耳. 天地之間, 君子少而小人多. 公卽改觀, 厚待之. 按月令, 群鳥養羞. 注云, 羞謂所食也. 夏小正曰, 八月丹鳥羞白鳥. 說曰, 丹鳥謂丹良也, 白鳥謂閩蚋也. 又按金樓子云, 白鳥, 蚊也. 齊桓公臥栢寢, 謂仲父曰, 一物失所, 寡人悒悒. 今白鳥營營, 是必飢耳. 閩音文. 人少字, 蓋用杜詩蕭條四海內, 人少豺虎多也.

汚泥終濁水終淸 : 두보의 「기적명부박제寄狄明府博濟」에서 "흐린 황하가 끝내 맑은 제수를 더럽히지 못하네"라고 했다. 한유의 「부독서성남符讀書城南」에서 "맑은 물이 더러운 도랑에 비치는 듯"이라고 했다.

杜詩, 濁河終不汚淸濟. 退之詩, 淸溝映汚渠.

18. 술

酒

江形圓似阮家盆	강의 모양 둥그니 완함 집안 대접 같고
山勢岑如北海樽	산의 멧부리 기세 떨쳐 북해의 술동이 같네.
戶有浮蛆春盎盎	봄기운 무르익으면 집집마다 술이 익으니
雙松一路醉鄕門	두 소나무 한 길이 취향으로 가는 문이네.

【주석】

江形圓似阮家盆 : 『세설신어』에서 "완적이 종인宗人과 술을 함께 모여 술을 마실 때면, 큰 대접으로 술을 담아서 마셨다"라고 했다.

世說, 阮仲容至宗人間共集, 以大盆盛酒.

山勢岑如北海樽 : 『후한서·공융전』에서 "술독에 술이 비지 않았다"라고 했다.

孔融傳, 樽中酒不空.

戶有浮蛆春盎盎 : 『주례』에서 "오제[58]에 세 번째가 앙제이다"라고 했다. 산곡이 일찍이 「옥례송」을 지었으니 "옥례[59]를 빚으니 개미 거품

---

58 오제 : 다섯 가지 술이란 의미이다.
59 옥례 : 맛 좋은 술을 말한다.

둥둥 뜨네. 봄 무르익으면 떠서 마실 생각하네"라고 했다.

周禮, 五齊, 三曰盎齊. 山谷嘗有玉醴頌, 醶玉醴, 撥浮蛆. 春盎盎, 想可斟

雙松一路醉鄕門 : 당나라 왕적은「취향기」를 지었다.『능엄경』에서
"게송에서 "티끌처럼 한량없는 시방세계 여래께서, 한 길 따라 수행하
여 열반하신 문이니라""라고 했다.

唐王績有醉鄕記. 楞嚴經, 頌云, 十方薄伽梵, 一路涅槃門.

19. 유통수가 밭을 구하고 집을 묻는 시에 차운하여 답하다

次韻答柳通叟求田問舍之詩60

少日心期轉謬悠	젊은 날 지기知己가
	종잡을 수 없는 말 전하는데
蛾眉見妬且障羞	미녀는 질투를 받고 또한 부끄러움 가리네.
但令有婦如康子	다만 부인에겐 강자와 같으라 하고
安用生兒似仲謀	어찌 아들이 중모와 비슷하랴.
橫笛牛羊歸晚徑	피리 불며 소와 양이 저물녘 길로 돌아오고
卷簾瓜芋熟西疇	발을 걷으니 오이와 토란이 서쪽 밭에서
	익어가네.
功名可致猶回首	공명을 이룬다 해도 오히려 머리를 돌릴 판에
何況功名不可求	더구나 공명은 구할 수도 없는 것을.

【주석】

少日心期轉謬悠 : 『문선』에 실린 임방任昉의 「증광동려산계구견후贈郭桐廬出溪口見候」에서 "길을 가다 마음 터놓은 벗을 만났다네"라고 했다. 『장자·천하天下』에서 "종잡을 수 없는 말과 황당한 말"이라고 했다.

文選任彦昇詩, 中道遇心期. 莊子末篇, 以謬悠之說, 荒唐之言.

---

60 [교감기] '求田問舍'는 전본에는 '問舍求田'으로 되어 있다.

蛾眉見妬且障羞 : 『이소』에서 "뭇 여인들은 내 아름다움 질투하여, 나를 음란한 짓 잘한다고 헐뜯네"라고 했다. 이백의 「고풍古風」에서 "예로부터 궁궐의 여인들, 모두 아름다운 미녀를 질투하였네"라고 했다. 『남사』에서 "유목의 증손 유상이 제나라 건원 연간에 정원랑이 되었다. 사도인 저언이 돌아와 조회하는데, 허리의 부채로 해를 가렸다. 유상이 옆을 지나가다가 "그런 행동을 했으니[61] 사람을 대면하기가 부끄러울 것인데 부채로 가린들 무슨 도움이 되겠습니까""라고 했다. 『옥대신영』에서 "부채를 들어 부끄러움을 가린다"라고 했다. 이상은의 「미인부」에서 "베개에 빛이 스며들어 눈물이 비추고, 병풍에 그림자 없어 부끄러움 감추네"라고 했다.

離騷經, 衆女嫉余之蛾眉兮, 謠諑謂余以善淫. 李白詩, 由來紫宮女, 共妬青蛾眉. 南史, 劉穆之曾孫祥, 齊建元中, 爲正員郎. 司徒褚彦回入朝, 以腰扇障日. 祥從側過曰, 作如此擧止, 羞見人面, 扇障何益. 玉臺新詠云, 擧扇且障羞. 李義山美人賦, 枕有光而照淚, 屛無影而障羞.

但令有婦如康子 : 『열녀전』에서 "노나라 검루 선생 아내의 이야기이다. 선생이 세상을 떠나자 증자가 조문을 가서 "무엇으로 시호하려 합니까"라 하자, 부인이 "강康으로 시호를 삼고 싶습니다"라고 했다. 증

---

61 그런 행동을 했으니 : 소도성(蕭道成)이 유송(劉宋)의 권력을 좌지우지하다가 왕위를 선양 받자 저연은 백관을 거느리고 황제의 옥새와 인끈을 받들고서 소도성에게 즉위하라고 권하였다.

자가 "선생은 먹는 것이 입을 채우지 못하였고 옷이 몸을 덮지 못하였는데, 이에 무슨 즐거움이 있었다고 시호를 강으로 하려합니까"라 하자, 부인이 "옛날 임금이 국상을 삼으려고 했는데 사양하여 하지 않았으니, 이는 고인에게 필요 이상의 귀함이기 때문이었습니다. 임금이 일찍이 곡식 30종을 하사하였는데 사양하여 받지 않았으니, 이는 고인에게 필요 이상의 재물이기 때문입니다. 천하의 담담한 맛을 달게 여기고 천하의 낮은 자리를 편안하게 여겨서 인을 구하여 인을 얻고 의를 구하여 의를 얻었으니 그의 시호가 강이 되는 것이 또한 마땅하지 않겠습니까"라 하였다. 이에 증자가 "맞습니다"라고 했다.

列女傳, 魯黔婁先生之妻, 先生死, 曾子往弔之曰, 何以爲諡. 其妻曰, 以康爲諡. 曾子曰, 先生食不充口, 衣不蓋體, 何樂於此而諡爲康乎. 妻曰, 昔君嘗欲以爲國相, 辭而不爲, 是有餘貴也. 君嘗賜之粟三十鍾, 辭而不受, 是有餘富也. 甘天下之淡味, 安天下之卑位, 求仁而得仁, 求義而得義, 其諡爲康, 不亦宜乎. 曾子曰唯.

安用生兒似仲謀 : 『오지』에서 "손권의 자는 중모이다. 조공이 감탄하면서 "아들을 낳으려면 마땅히 손중모 같아야 한다. 경승 유표의 아들은 개나 돼지 같다"라고 했다.

吳志, 孫權字仲謀. 曹公歎曰, 生子當如孫仲謀. 劉景升兒子若狍犬耳.

横笛牛羊歸晚徑 : 두보의 「명명」에서 "소와 양은 험한 지름길로 돌아

오고, 새와 참새는 깊은 가지에 모여드네"라고 했다.

　杜詩, 牛羊歸徑險, 鳥雀聚枝深.

　卷簾瓜芋熟西疇 : 좌사左思의 「촉도부蜀都賦」에서 "오이밭과 토란밭"이라
고 했다. 도연명의 「귀거래사」에서 "서쪽 밭에 장차 할 일이 있으리라"라
고 했다.

　蜀都賦云, 瓜疇芋區. 歸去來辭云, 將有事於西疇.

20. 부채에 쓰다

書扇

魯公筆法屋漏雨	안로공의 필법은 지붕에 비가 새는 듯
未減右軍錐畫沙	왕우군의 송곳으로 모래를 긋듯이 함에
	뒤지지 않네.
可惜團團新月面	새로 나온 달처럼 둥근 부채 애석하여
故教零亂黑雲遮	일부러 묵 구름을 어지럽혀서 가리네.

【주석】

魯公筆法屋漏雨 未減右軍錐畫沙 可惜團團新月面 故教零亂黑雲遮 : 『법서원』에서 "안진경과 회소가 금오병조 오동郞彤에게 초서를 배웠다. 어떤 이가 묻기를 "장사 장욱張旭이 공손대랑의 검무를 추는 것을 보고 내리고 올리며 돌며 오르는 필법을 깨우쳤는데, 병조도 그런 것이 있습니까"라 하자, 회소가 옛 비녀다리의 필법으로 대답하였다. 이에 안진경이 "지붕에 물이 샌 흔적과는 어떠한가"라 하자, 회소가 "늙은이가 깨우쳤다'"라고 했다. 『서결묵수書訣墨藪』에 실린 안노공載顏魯이 쓴 「장장사필법張長史筆法」에서 "장장사가 "저하남에게 들으니, 붓을 사용할 때에는 마땅히 인印이 인주에 찍힌 것과 같이 해야 하며, 붓을 들어 글씨를 쓸 때 송곳으로 모래를 긋듯이 해야 한다'"라고 했다. 애초부터 회계내사會稽內史 일소逸少 왕희지에게서 나온 말이 아니니, 마땅히 고찰

해 보아야 한다. 이 주는 「묵죽부」에 보인다.

法書苑云,[62] 顏魯公與懷素學草書於鄔兵曹. 或問曰, 張長史見公孫大娘舞劍, 得低昂回翔之狀. 兵曹有之乎. 懷素以古釵腳爲對, 魯公曰, 何如屋漏痕. 懷素曰, 老賊得之矣.[63] 如印印泥錐畫沙, 見墨竹賦注.

62　[교감기] '法書苑'은 원래 '書法苑'으로 되어 있었는데, 영원본과 전본에 의거하여
　　　바로잡았다.

63　[교감기] 전본에는 이 아래에 "書訣墨藪載顏魯公記張長史筆法云 長史曰 聞於褚河
　　　南云 用筆當如印印泥錐畫沙 初不言出於王右軍也 當考"로 되어 있다.

21. 숙원이 적조방에 와서 치천에게 올린 시에 차운하여 답하다

次韻答叔原會寂照房呈稚川

살펴보건대 산곡이 「차운왕치천객사」를 돌에 새기면서 쓰기를 "초기에 서울의 관직에 전보되었다"라고 했다. 전집, 후집의 두어 작품은 모두 동시에 지어졌다. 당시 산곡은 서울에 들어와 관직이 바뀌었으니 대개 원풍 경신년의 일이다.

按山谷石刻次韻王稚川客舍題云, 王舷稚川元豊初調官京師. 前後集數篇, 皆同時作. 時山谷入京改官, 蓋元豊庚申歲.

客愁非一種	나그네 근심은 한 가지가 아니니
歷亂如蜜房	벌집처럼 어지럽구나.
食甘念慈母	맛난 것 먹으면 자모가 생각나고
衣綻懷孟光	옷이 터지면 맹광이 그립네.
我家猶北門	우리 집은 아직도 북문에 있으니
王子渺湖湘	왕치천은 아득히 상호에 있네.
寄書無鴈來	편지를 보내도 기러기 오지 않고
衰草漫寒塘	시든 풀만 차가운 연못에 부질없네.
故人哀王孫	벗이 왕손을 사랑하니
交味耐久長	사귀는 맛이 오래 지속되네.
置酒相暖熱	술을 놓고 뜨거운 정 나누는데

愜於冬飲湯[64]	겨울에 탕을 마시는 것보다 좋구나.
吾儕癡絶處	우리들 대단히 어리석어
不減顧長康	고개지보다 덜하지 않네.
得閒枯木坐	한가로우면 고목처럼 좌선하고
冷日下牛羊	추운 날에 소와 양을 몰고 오네.
坐有稻田衲	앉은 자리에 가사가 있으니
頗薫知見香	향기가 지견향과 같네.
勝談初亹亹	훌륭한 이야기 처음부터 끝이 없으니
脩綆汲銀牀	긴 줄 은도르래로 물을 길어 올리네.
聲名九鼎重	명성은 구정처럼 무거우니
冠蓋萬夫望	높은 수레는 많은 사람이 우러러보네.
老禪不掛眼	늙은 선사는 눈에 두지 않고
看蝸書屋梁	달팽이가 들보에 글씨 쓰는 것만 보네.
韻與境俱勝	음운과 경물이 모두 뛰어나니
意將言兩忘	뜻과 말을 모두 잊어버리네.
出門事袞袞	문을 나서면 일이 끝이 없으니
斗柄莫昂昂	북두 자루가 저물녘 높고도 높네.
月色麗雙闕	달빛은 두 대궐에 걸렸으며
雪雲浮建章	눈 구름은 건장궁에 떠 있네.

---

64 [교감기] 영원본에는 '愜於冬飲湯' 이 구가 없어서 한 운이 적으니, 아마도 잘못 된 것 같다.

苦寒無處避   괴로운 추위는 피할 곳이 없으니

惟欲酒中藏   다만 술 속에 숨고 싶구나.

【주석】

客愁非一種 歷亂如蜜房 : 두보의 「추야秋野」에서 "날씨가 추워지니 벌
집을 따네"라고 했다.

　杜詩, 天寒割蜜房.

食甘念慈母 衣綻懷孟光 : 『예기·내측』에서 "옷이 찢어졌거든 바늘에
실을 꿰어 꿰매기를 청한다"라고 했다. 맹광은 후한 양홍의 아내이다.

　內則曰, 衣裳綻裂, 紉箴請補綴. 孟光, 乃後漢梁鴻妻.

我家猶北門 : 당시 북경의 교수를 그만두고 서울에 이르렀으니, 집은
여전히 북경에 있었으며 어머니는 병이 없었다. 처음 북경에 있을 때
상처喪妻하여 북경에서 염한 지 11년이 지났다.

　時解北京教授, 至京師, 其家猶在北京, 母夫人無恙. 初在北京喪偶, 殯於
北京者十一年.

王子渺湖湘 寄書無鴈來 衰草漫寒塘 故人哀王孫 : 『한서·한신전』에서
"빨래하는 아낙이 "내가 왕손이 불쌍해서 먹을 것을 가져왔다""라고
했다.

哀王孫而進食, 見韓信傳.

交味耐久長 : 당의 위현동과 배염은 교유를 맺고서 처음부터 끝까지
변함이 없었으니 이에 "오래가는 벗"이라 불리었다.

唐魏玄同與裴炎締交, 能保始終, 號耐久朋.

置酒相暖熱 : 원진의 「고락상의곡」에서 "오히려 반년을 거짓 열애했
었지"라고 했다. 왕안석의 「차정공벽운」에서 "날이 맑아 난정의 달을
보는 듯한데, 가을 비단 휘장에서 뜨거운 정 잊었겠지"라고 했다.

元積苦樂相倚曲, 猶得半年佯煖熱. 王荊公次程公闢韻云, 清明若覩蘭亭
月, 暖熱應忘蕙帳秋.

愜於冬飲湯 : 『맹자』에서 "공도자가 "겨울에는 뜨거운 탕을 마시고
여름에는 시원한 물을 마신다""라고 했다.

孟子云, 公都子曰, 冬日則飲湯, 夏日則飲水.

吾儕癡絶處 不減顧長康 : 고개지의 어렸을 때 자는 호두인데, 당시에
대단히 어리석다고 일컬어졌다.

顧愷之癡絶, 見上.

得閒枯木坐 : 장사 석상산의 승려 경저를 대중이 의논하여 맞이하기

로 청하였다. 그러나 들으니 다시 깊은 산 속 사람이 없는 곳으로 들어
가 눕지 않고 오랫동안 앉아 참선하니 우뚝하기가 마치 마른 나무 같
았다. 이에 천하에서 그를 석상산의 고목승이라 불렀다. 이 내용은『승
북산보전』에 보인다.

長沙石霜山釋慶諸, 衆議延請. 諸聞之, 更入深山無人之境, 長坐不臥, 屹
若枯株, 天下謂之石霜枯木衆也. 見僧北山寶傳.

冷日下牛羊：『시경·국풍』에서 "해가 저무니 양과 소가 내려오네"라
고 했다.

詩云, 日之夕矣, 羊牛下來.

坐有稻田衲：『북산록』에서 "벼논으로 옷을 만들고 흙을 빚어 그릇을
만든다. 벼논은 가사이며 흙은 빚는 것은 바릿대이다"라고 했다. 승려
도학의「묘고당」에서 "언제나 이 가사를 말아서, 만년의 내가 돌아갈
생각 깊은 것 위로할까"라고 했다.

北山錄曰, 稻畦爲衣, 陶土爲器. 稻畦, 袈裟也. 陶土, 瓦鉢也. 僧道學妙高
堂詩, 何時捲此稻畦衲, 慰我彌年歸意勤.

頗薰知見香：불가의 책에 '해탈지견향'[65]이 있다.

---

65 해탈지견향 : 해탈향은 불교 용어로, 오분법신향(五分法身香) 중의 하나인데, 즉
    마음에 거리낀 것이 없어 선악의 구별을 생각하지 않아서 자재무애(自在無礙)한

釋氏書, 有解脫知見香.

勝談初亹亹:『진서·완수전』에서 "왕연이 『주역』을 좋아하였는데 대략을 알았지만 다는 알지 못하였다. 왕돈이 "완선자는『주역』에 대해 이야기를 나눌 만한 자이다"라 하였다. 이에 왕연이 "나도 그가 말하는 것을 들었지만, 그가 끊임없이 이야기하는 내용이 참으로 무엇인지는 나도 알지 못하겠다""라고 했다. 『진서·사안전』에서 "사안이 약관일 때 왕몽을 찾아가 청언을 오랫동안 나누었다. 이윽고 그가 떠나자 왕몽의 아들 왕수가 "저 손님은 아버님과 비교하면 어떻습니까"라 하자, 왕몽이 "이 손님은 끊임없이 말하여 사람을 꼼짝못하게 한다""라고 했다.

晉阮脩傳, 王衍談易, 有所未了. 敦曰, 阮宣子可與言. 衍曰, 未知其亹亹之處定何如耳. 又謝安傳, 安弱冠, 詣王濛, 淸言良久, 旣去, 濛子脩曰, 向客何如大人. 濛曰, 此客亹亹爲來逼人.

脩綆汲銀牀: 한유 「추회秋懷」의 "옛것을 퍼 올리려고 긴 두레박줄 얻었네"라는 구절의 뜻을 차용하였다. 고시에서 "뒤뜰에 우물 파고 은 도르래 만들고, 하얀 줄에 금병 걸어 차가운 물 긷네"라고 했다. 두보의

경지를 말한다. 오분법신향이란 부처[佛]와 아라한(阿羅漢)이 갖추어 가진 오분법신(五分法身), 즉 계신(戒身), 정신(定身), 혜신(慧身), 해탈신(解脫身), 해탈지견신(解脫知見身)을 향(香)에 비유하여 계향(戒香), 정향(定香), 혜향(慧香), 해탈향, 해탈지견향(解脫知見香)이라 칭한 것을 말한다.

「알현원황제묘謁玄元皇帝廟」에서 "이슬 내린 우물의 도르래는 얼어 있네"라고 했다. 이백의 「증별사인贈別舍人」에서 "오동잎이 금정에 떨어지는데, 한 이파리 은상에 날아드네"라고 했다.

用退之汲古得脩綆之意. 古詩, 後園鑿井銀作牀, 金缾素綆汲寒漿. 杜詩, 露井凍銀牀. 太白詩, 梧桐落金井, 一葉飛銀牀.

聲名九鼎重:『사기·평원군전』에서 "평원군이 "모수 선생이 한 번 초나라에 이르자 조나라를 구정이나 대려[66]보다 더 무겁게 하였소""라고 했다.

見上文章九鼎重注.

冠蓋萬夫望:『주역·계사하』에서 "군자는 기미를 보면 드러남을 알고, 유柔를 보면 강剛을 안다. 기미를 아는 것이 이와 같으면 사람들이 우러러보는 바이다"라고 했다.『한서·문제기』에서 "후 2년에 조서를 내리니 사자들의 수레가 서로 이어졌다"라고 했다. 「상도통상공上都統相公」에서 "사신이 이어지며 재상으로 들일 것을 재촉하여"라고 했다.

易繫辭下, 君子知微知彰, 知柔知剛, 萬夫之望.[67] 漢書文帝紀, 後二年詔,

---

66 구정이나 대려 : 구정은 하나라의 솥이고 대려는 주나라 종묘의 종. 즉 천자국보다 더 안정되게 만들었다는 의미이다.
67 [교감기] '易繫辭下'는 원래 '禮記'로 되어 있었다. 살펴보건대 사용(史容)이 책 이름을 잘못 기억한 것 같다. 지금 전본을 따르고 아울러『주역정의』 8권에 의거하여 바로잡는다.

使者冠蓋相望.[68] 韓詩, 冠蓋相望催入相.

老禪不掛眼 : 한유의 「증장적贈張籍」에서 "나는 늙어 책 읽는 것 좋아
하니, 나머지 일은 눈에 들지 않네"라고 했다.

退之詩, 餘事不掛眼.

看蝸書屋梁 : 『유양잡조』에서 "예종이 기왕이 되었는데 때로 침실의
벽에 달팽이가 기어가면서 천天자를 그렸다. 예종이 급히 치우고 나서
며칠이 지나면 다시 그러하였다. 즉위하게 되자 금을 주조하여 달팽이
를 만들어서 도가와 불가의 상 앞에 두었다"라고 했다. 두목의 「화청
궁華淸宮」에서 "새의 부리는 차가운 나무 쪼아대고, 달팽이 침은 그림
들보를 좀 먹네"라고 했다.

酉陽雜俎云, 睿宗爲冀王, 時寢齋壁上, 蝸跡成天字. 上遽掃之, 經數日, 如
初. 及卽位, 鑄金爲蝸, 分寘道釋像前. 杜詩, 鳥喙催寒木, 蝸涎蠹畫梁.

韻與境俱勝 : 왕건王巾의 「두타사비」에서 "도가 승한 글은 빈손으로
갔다가 꽉 차서 돌아온다"라고 했다.

文選頭陀寺碑, 道勝之韻, 虛往實歸.

---

68 [교감기] '漢書文帝紀, 後二年'은 원래 '漢文'으로 되어 있어서 출처가 분명하지
     않고 문장의 의미도 어두웠다. 지금『한서』4권「문제기」에 의거하여 바로잡는다.

意將言兩忘 : 『주역・계사전』에서 "글로는 말하고 싶은 생각을 다 기록하지 못하고, 말로는 가슴속의 뜻을 다 표현해내지 못한다"라고 했다. 『장자』에서 "요를 찬양하고 걸을 비난하는 것은 둘 다 잊고 도와 일체가 되는 것만 못하다"라고 했다.

易繫辭, 子曰, 書不盡言, 言不盡意. 莊子云, 不若兩忘而化其道.

出門事袞袞 斗柄莫昂昂 月色麗雙闕 : 『삼보황도』에서 "옛 노래에 "장안성 서쪽 두 대궐""이라고 했다.

三輔黃圖, 古歌詞云, 長安城西有雙闕.

雪雲浮建章 : 『문선』에 실린 사조의 「잠사하도暫使下都」에서 "금빛 물결은 지작[69]처럼 아름답고, 뭇 별들은 건장궁 처마로 지네"라고 했다.

文選謝朓詩, 金波麗鳷鵲, 玉繩低建章.

苦寒無處避 惟欲酒中藏 : 이백의 「답호주가섭答湖州迦叶」에서 "청련거사 적선인은, 술집에 이름을 숨긴 지 30년이네"라고 했다.

李白詩, 靑蓮居士謫仙人, 酒肆藏名三十春.

---

69 지작(鳷鵲) : 전설 속의 새.

22. 왕치천, 안숙원과 적조방에서 함께 식사하다

【방房자운으로 짓다】

同王稚川晏叔原飯寂照房【得房字】70

高人住寶坊	고아한 사람이 보방에 머무르니
重客欵齋房	귀중한 객이 재방을 두드리네.
市聲猶在耳	저자의 명성은 아직도 귀에 쟁쟁한데
虛靜生白光	고요한 방에서 흰 빛이 나네.
幽子遺淡墨	은사가 담묵을 보내와
窗間見瀟湘	창 사이에서 소상강을 보네.
蒹葭落鳧鴈	갈대밭에 기러기 내려앉고
秋色媚橫塘	가을 빛은 비낀 연못에 아름답네.
博山沈水煙	박산향로의 침수향은
淡與人意長	연하여 사람 생각과 더불어 피어나네.
自携鷹爪芽	스스로 차의 작은 싹을 들고 와
來試魚眼湯	끓은 물에 넣어보네.
寒浴得溫溫	따뜻한 욕실에서 차갑게 목욕하니
體淨心凱康71	몸은 깨끗해지고 마음은 즐거워지네.

---

70 [교감기] 전본에서는 '得房字' 세 글자를 시의 제목에 넣었으며 제목의 주로 삼지 않았다.

71 [교감기] '淨'은 영원본에는 '靜'으로 되어 있다.

盤餐取近市	소반의 음식 가까운 시장에서 사와
厭飫謝羶羊	누린 양고기 실컷 먹고 사례하네.
裂餠羞豚膾	찢어진 떡에 돼지 육회 음식
包魚芰荷香	향기로운 연잎에 싼 생선.
平生所懷人	평소 그리던 사람들과
忽言共榻牀⁷²	문득 같은 식탁에서 이야기 나누네.
常恐風波散	항상 두렵기는, 풍파로 헤어져
千里鬱相望⁷³	천리에서 우울하게 바라보는 것.
斯游豈易得	이번 노님을 어찌 쉽게 얻으랴
淵對妙濠梁	연못의 징검돌에서 오묘함을 깨닫네.
雅雅王稚川⁷⁴	문아한 왕치천이여
易親復難忘	쉽게 친해져 잊기 어렵네.
晏子與人交	안자는 사람과 사귈 때
風義盛激昂	기품이 매우 격앙시키네.
兩公盛才力⁷⁵	두 공의 성대한 재주와 능력은
宮錦麗文章	궁궐 비단의 화려한 문양 같네.
鄙夫得秀句	비천한 내가 아름다운 시구 얻어
成誦更懷藏	외워보면서 품속에 갈무리하네.

---

72 [교감기] '忽言'은 고본에는 '忽茲'로 되어 있다.
73 [교감기] '相望'은 영원본에는 '初望'으로 되어 있다.
74 [교감기] '雅雅'는 고본에는 '雅人'으로 되어 있다.
75 [교감기] '才力'은 고본에는 '才名'으로 되어 있다.

【주석】

高人住寶坊 : 두보의 「귀歸」에서 "마음을 비우면 고인처럼 고요해 지겠지만"이라고 했다. 『화엄론』에서 "욕계 이상과 색계 이하에서 보방寶坊, 도량을 세우고 모든 인천人天의 대중을 모으고 있다"라고 했다.

杜詩, 虛白高人靜. 華嚴論云, 安立寶坊, 集詩人天.

重客欻齋房 : 『한서·고제기』에서 "패현의 호걸들은 그들 현령에게 귀한 손님이 왔다는 소식을 들었다"라고 했다. 또한 『한서·예악지』에 「재방가」가 있는데, 이는 원봉 2년에 지초가 감천궁의 재방에서 나서 지은 작품이다. 여기서 그 글자를 차용하였다.

漢高帝紀, 豪傑聞令有重客. 又禮樂志有齋房之歌, 元封二年芝生甘泉齋房作. 此借用其字.

市聲猶在耳 : 『좌전』에서 "말이 아직도 귀에 쟁쟁하다"라고 했다.

左傳, 言猶在耳.

虛靜生白光 : 『장자』에서 "방을 비우면 빛이 그 틈새로 들어와 환해진다"라고 했다.

莊子, 虛室生白

幽子遺淡墨 : 한유의 「별조자」에서 "바닷가나 여러 산속에, 숨어 지

내는 이가 자못 없지 않네"라고 했다.

退之別趙子詩, 海中諸山中, 幽子頗不無.

窓間見瀟湘 蒹葭落鳧鴈 : 『시경·겸가蒹葭』에서 "긴 갈대 푸르른데"라
고 했다.

詩, 蒹葭蒼蒼.

秋色媚橫塘 博山沈水煙 淡與人意長 : 『서경잡기』에서 "오층의 금으로
된 박산향로가 있다"라고 했다. 오균吳均의 「행로난行路難」에서 "박산향
로 안의 백화향"이라고 했다.

西京雜記, 有五層金博山爐. 古詩云, 博山爐中百和香.

自携鷹爪芽 來試魚眼湯 : 『북원수공록』에서 "차에는 작은 싹과 중간
싹이 있다. 작은 싹은 매의 발톱처럼 작다"라고 했다. 『다경』에서 "찻
물이 끓일 때 세 번 끓는 것을 살펴보아야 하니, 물고기 눈과 같은 기
포에 작은 소리가 날 때가 첫 번째 끓는 것이다"라고 했다.

鷹爪, 魚眼, 見上.

寒浴得溫湢 : 『예기·내측』에서 "안의 여자와 밖의 남자는 목욕탕을
함께 쓰지 않는다"라고 했다. 『석음』에서 "'湢'의 음은 '彼'와 '力'의 반
절법이다"라고 했는데, 주에서 "湢은 목욕하는 당이다"라고 했다.

內則曰, 外內不共井, 不共湢浴. 釋音彼力切. 注, 湢, 浴堂也.

體淨心凱康 : 송옥의 「신녀부」에서 "마음이 들떠서 즐거웠다"라고 했다. 『이아·석고제일』에서 "개강愷康은 즐거움이다"라고 했다.

宋玉神女賦, 心凱康以樂歡. 爾雅釋詁第一云, 愷康, 樂也.

盤餐取近市 : 두보의 「객지客至」에서 "소반의 밥은 시장 멀어 맛난 것이 없고"라고 했다.

杜詩, 盤餐市遠無兼味.

厭饒謝羶羊 : 『장자』에서 "양고기는 개미를 사모하지 않는데 개미는 양고기를 사모하니, 이는 양고기가 누린내를 풍기기 때문이다"라고 했다.

莊子, 羊肉不慕蟻, 蟻慕羊肉, 羊肉羶也.

裂餠羞豚臇 : 진나라 하증은 찐 떡이 위쪽이 갈라져서 십자의 모양을 이루지 않으면 먹지 않았다. 두보의 「신행원수수통信行遠修水筒」에서 "늙은이 병에 좋은 물에 담근 오이와, 항상 좋아하던 떡을 잘라서 주네"라고 했다.

晉何曾蒸餠上不裂作十字, 則不食. 老杜詩, 浮瓜供老病, 裂餠常所愛.

包魚芰荷香 平生所懷人 : 『시경·권이』에서 "아! 내 임이 그리워, 저

큰 길 가에 두네"라고 했다.

詩卷耳, 嗟我懷人, 寘彼周行.

忽言共楊林 常恐風波散 : 백거이의 「추일회표직秋日懷杓直」에서 "문득
비바람처럼 서로 흩어져, 강산을 두고 아득히 바라보네"라고 했다. 유
우석의 「청고동귀請告東歸」에서 "고인은 비구름처럼 흩어지는데, 산천
만 눈에 가득 많구나"라고 했다.

白樂天詩, 風雨忽消散, 江山渺回互. 劉禹錫詩, 故人雲雨散, 滿目山川多.

千里鬱相望 斯游豈易得 淵對妙濠梁 : 『장자』에서 "장자가 혜자와 함께
호수의 징검돌 근처에서 노닐고 있었다. 장자가 "피라미가 한가롭게
헤엄치고 있소. 이게 바로 물고기의 즐거움이란 거요"라고 하자, 혜자
가 "당신은 물고기가 아니오. 어찌 물고기의 즐거움을 안단 말이오"라
하였다. 장자가 다시 "당신은 내가 아니오. 어찌 물고기의 즐거움을 알
지 못한다는 걸 안단 말이오"라 하자, 혜자가 "나는 당신이 아니니까
물론 당신을 알지 못하오. 당신은 물론 물고기가 아니니까 당신이 물
고기의 즐거움을 알지 못한다는 게 확실하단 말이오"라 했다. 장자가
"이제 처음 질문으로 돌아가 말해봅시다. 그대가 "어찌 당신이 물고기
의 즐거움을 안단 말이오"라고 했지만, 이미 그것은 내가 안다는 것을
알고서 내게 물은 것이오. 나는 호숫가에서 물고기의 즐거움을 알고
있소이다""라고 했다.

莊子, 與惠子遊於濠梁之上. 詳見上.

雅雅王稚川:『진서·유담전』에서 "낙양에 문아한 인물로 세 명의 하[76]가 있다"라고 했다.

晉劉恢傳, 洛中雅雅有三㕦.

易親復難忘:『고악부·상봉행相逢行』에서 "그대 집 쉽게 알 수 있으니, 쉽게 알기에 다시 잊기 어렵네"라고 했다.

古樂府, 君家甚易知, 易知復難忘.

晏子與人交:『논어』에서 "안평중은 사람과 사귀기를 잘 하는구나"라고 했다.

論語, 晏平仲善與人交.

風義盛激昂 兩公盛才力 宮錦麗文章 鄙夫得秀句 : 두보의 「해민解悶」에서 "전해진 뛰어난 시구는 천하에 가득하여"라고 했다.

杜詩, 最傳秀句寰區滿.

成誦更懷藏:『문선』에 실린 양수의 「답조식전」에서 "미리 지어 논

---

76   세 명의 하 : 자가 순하(純蝦)인 유수(劉粹), 종하(從蝦)인 유굉(劉宏), 충하(沖蝦)인 유막(劉漠)이다.

것이 있어서 마치 마음속으로 외우는 것 같았습니다"라고 했다. 나머지는 「차운송공정」의 주에 보인다.

文選楊脩答曹植箋云, 有所造作, 若成誦在心. 餘見次韻送公廷詩注.[77]

---

77 [교감기] '次韻送公廷' 다섯 글자는 원래 '上'으로 되어 있었는데, 영원본에 의거하여 고친다.

23. 적조방에서 만난 숙원이 지은 시에 차운하다

【조照자 운으로 짓다】

次韻叔原會寂照房【得照字】78

風雨思齊詩	「풍우」와 「사제」 시는
草木怨楚調	초목이 초의 가락으로 원망하네.
本無心擊排	본래 마음에 싫어함이 없으니
勝日用歌嘯	좋은 날에 이 시로 노래하네.
僧窻茶煙底	승방 창가에 차 연기 낮으니
清絶對二妙	청절한 두 사람을 대하네.
俱含萬里情	모두 만 리의 정을 품고 있으니
雪梅開嶺微	대유령에 핀 설매를 마주하는 듯.
我慙風味淺	나는 운치가 얕아 부끄러운데
砌莎慕松蔦	계단의 향부자는 소나무의 넝쿨을 그리네.
中朝盛人物	조정에 인재가 많지만
誰與開顔笑	누가 마주하여 환하게 웃어주리.
二公老諳事79	두 공은 노숙하여 일을 잘 아니
似解寂寞釣	고요하게 낚시함도 이해할 듯하네.

---

78 [교감기] 전본에는 '得照字' 세 글자가 제목으로 들어가 있으며 시의 주로 되어 있지 않다.

79 [교감기] '二公'은 원래는 '一公'으로 되어 있었는데, 시의 의미와 부합하지 않는다. 지금 전본과 건륭본에 의거하여 고친다.

| 對之空歎嗟 | 마주하며 부질없이 탄식하는데 |
| 樓閣重晚照 | 높다란 누각에 석양이 비추네. |

【주석】

風雨思齊詩:『시경·국풍·정풍』의 「모시서」에서 "「풍우」는 군자를 그리워한 것이다. 세상이 혼란하면 군자를 생각하여 그 법도를 바꾸지 않는다"라고 했다. 「풍우」에서 "비바람 스산하니, 닭이 꼬끼오 하고 우네"라고 했다. 「사제」도『시경』편명이다.[80]

鄭國風, 風雨, 思君子也.[81] 亂世則思君子, 不改其度焉. 風雨淒淒, 雞鳴喈喈. 思齊亦詩名.

草木怨楚調:송옥의 「비추」에서 "쓸쓸하게 초목은 바람에 흔들려 땅에 지고 쇠한 모습으로 바뀌었도다"라고 했다. 도연명은 「원시초조」라는 작품을 지었다.

宋玉悲秋詞, 草木搖落而色衰. 淵明有怨詩楚調一篇.

本無心擊排:가의의 「치안책治安策」에서 "쇠백정이 하루에 12마리 소를 해체해도 칼날이 무뎌지지 않으니, 찌르고 가르는 것이 뼈와 근육

---

80 「사제」도『시경』편명이다:모시서에서 이 편은 문왕이 성인이 된 까닭을 읊었다고 하였다.
81 [교감기] '鄭'은 원래 '齊'로 되어 있었는데, 잘못이다. 「제풍」 안에는 「풍우」라는 시가 없다. 지금『시경』에 의거하여 바로잡는다.

의 조직에 맞게 해체하기 때문입니다"라고 했다.

賈誼疏云, 屠牛坦, 一朝解十二牛, 而芒刃不頓者, 所排擊剝割, 皆衆理解也.

勝日用歌嘯:『진서·위개전』에서 "날씨가 좋은 날에 벗들이 모여서 한마디 말을 청하여 말을 하면 모두 탄식하지 않는 자가 없었으니 오묘한 이치에 들었다고 하였다"라고 했다.

勝日, 見上.

僧窓茶煙底: 두목의 「세선원題禪院」에시 "오늘 살쩍 흰 늙은이로 선탑 가에 이르니, 차 연기가 낙화 바람에 가벼이 날리네"라고 했다.

杜牧詩, 今日鬢絲禪榻畔, 茶煙輕颺落花風.

淸絶對二妙:『진서·위관전』에서 "삭청索靖과 함께 초서를 잘 써서, 당시에 상서대의 뛰어난 두 사람이라고 불렀다"라고 했다. 『남사』에서 "복만용과 원찬은 당시에 상서대의 뛰어난 두 사람이라고 하였다"라고 했다. 이를 말하여 숙원과 치천을 비유하였다.

晉衛瓘傳, 一臺二妙. 南史, 伏曼容與袁粲, 時論以爲一臺二妙. 以比叔原稚川.

俱含萬里情: 두보의 「춘야村夜」에서 "중원에 형제가 있으니, 만 리에서 그리워만 한다네"라고 했다.

杜詩, 中原有兄弟, 萬里正含情.

雪梅開嶺儌 : 대유령 꼭대기의 매화를 이른다.

謂大庾嶺頭梅花.

我慙風味淺 砌莎慕松蔦 : 『시경·기변』에서 "겨우살이와 여라가 송백 위에 뻗어 있네"라고 했다.

詩頍弁云, 蔦與女蘿, 施于松柏.

中朝盛人物 : 한유의 「천사薦士」에서 "국조에는 문장이 왕성하여"라고 했다.

退之詩云, 國朝盛文章.

誰與開顏笑 二公老諳事 : 한유의 「석고가石鼓歌」에서 "조정의 대관들은 모든 일에 익숙할 터인데"라고 했다.

退之詩, 中朝大官老於事.

似解寂寞釣 : 한유의 「답최립지서」에서 "넓고 한가로운 들판에서 밭을 갈고, 적막한 물가에서 낚시질하면 될 것이다"라고 했다.

退之答崔立之書, 耕於寬閑之野, 釣於寂寞之濱.

對之空歎嗟 樓閣重晚照 : 두보의 「산사山寺」에서 "저물녘 방장의 높다란 누각에서, 백리의 가을 깃털이 보일 듯"라고 했다. 또한 「추야秋野」

에서 "이어진 산에 저물녘 햇빛 붉게 비치네"라고 했다.

　杜詩, 上方重閣晚, 百里見秋毫. 又云, 連山晚照紅.

24. 치천의 운자에 차운하다【'적寂'자 운으로 짓다】

次韻稚川【得寂字】82

平生萬里興	평생 만 리의 흥취 지녀
斂退著寸尺	자취 거둬 물러나 조금만 드러나네.
向來類竊鈇	이전에는 도끼를 훔친 자로 의심받고
少日已爭席	젊은 날엔 이미 자리 다퉜네.
曩過招提飯	지난 번 절에서 밥 먹는데
愜當易爲適	마음에 들어 쉬이 흡족하네.
食鮭如擧士	거사처럼 규채를 먹는데
名下無遺索	명성 아래 낙선落選은 없네.
談餘天雨花	이야기는 하늘에서 꽃이 내린 듯
茶罷風生腋	차를 마시고 나면 바람이
	겨드랑이에서 이는 듯.
誰言塵土中	뉘 말하는가, 진토 가운데
有此坐上客	이런 상객이 있을 줄은.
言前傾許可	말하기 전에 일제히 인정하는데
胷次開堛塞	가슴에 답답한 것 풀어주네.
同是蠹魚癡	이 사람 책벌레와 같으니

---

82 [교감기] 고본에는 '得寂字' 세 글자가 없다. 영원본과 전본, 그리고 건륭본에는
이 세 글자가 제목 아래에 있고 시의 주로 되어 있지 않다.

還歸理編冊	돌아가면 책을 읽네.
長安千門雪	장안 많은 집에 눈이 내리니
蟹黃熊有白	게는 알이 차고 곰은 익어가네.
更約載酒行	다시 술을 가지고 가기로 약속하니
無爲守岑寂	아무 것도 하지 않고 고요히 있네.

【주석】

平生萬里興 斂退著寸尺 : 한유의 「추회秋懷」에서 "삼가 물러나 새삼 조심하니, 이전 악착스레 닐뛰던 일 슬퍼지네"라고 했다.

退之詩, 斂退就新懦, 趨營悼前猛.

向來類竊鈇 : 『열자』에서 "어떤 사람이 도끼를 잃어버렸는데, 그 이웃집 아들을 도끼 도둑으로 의심하였다. 그 아들의 걷는 것만 보아도, 안색을 보아도, 말하는 것을 들어도, 행동하는 것을 보아도 모두 도끼를 훔친 것으로 보였다. 이윽고 골짜기를 돌아다니다가 그 도끼를 찾았다. 다른 날 그 이웃집 아들을 보니 행동과 태도가 도끼를 훔친 사람으로 보이지 않았다"라고 했다. '鈇'는 음이 '斧'이다.

列子曰, 人有亡鈇者, 意其鄰之子. 視其行步, 竊鈇也. 顔色, 竊鈇也, 言語, 竊鈇也, 動作態度, 無爲而不竊鈇也. 俄而抇其谷而得其鈇. 他日復見其鄰人之子, 動作態度, 無似竊鈇也. 鈇, 音斧.

少日己爭席：『후한・대빙전』에서, "광무제가 정단에 조회를 마치고, 신하 가운데 경서에 능한 자로 하여금 바꿔가며 서로 논박하게 했는데, 뜻이 통하지 않으면 곧 그 자리를 빼앗아 더 잘 해석한 자에게 주었다. 대빙은 마침내 50여 자리를 겹쳐 앉게 되었다"라고 하였다. 『장자』에서, "함께 묵은 나그네들이 그와 자리를 다툴 정도가 되었다"[83]라고 하였다.

見上.

曩過招提飯：두보의 「유봉문봉선시遊龍門奉先寺」에서 "이미 절에서 노닐었는데, 다시 절 안에서 묵는구나"라고 했다. 살펴보건대 『승휘기』에서 "초제란 말은 범어의 '척투사제拓鬪提奢'는 당나라 말로 '사방의 절'이란 말이다. 후대 사람들이 전사를 잘못하여 척拓을 초招로 썼다. 또한 투사鬪奢 두 글자를 생략하고 다만 초제라고 칭하니 즉 사방의 절이란 의미이다"라고 했다. 『열반경』에서 "승려의 초제를 지으면 부동국에서 태어날 것이다"라고 했다.

老杜遊奉先寺詩, 已從招提遊, 更宿招提境. 按僧輝記云, 招提者, 梵言拓

---

83 『장자』에서 (…중략…) 정도가 되었다 : 춘추시대 양자거(陽子居)라는 사람이 여관에 묵을 때, 처음에는 그가 지나치게 예절을 갖추자 다른 사람들이 모두 그를 두려워하고 매우 조심스럽게 대접했다. 그런데 노자의 "정말 청렴한 사람은 오히려 더러워 보이고, 참으로 덕을 갖춘 인물은 오히려 모자란 듯이 보이는 법이다"라고 한 가르침을 받고 소탈한 태도를 보인 이후, 다른 사람들이 그와 더불어 좋은 자리를 서로 다툴 정도로 친숙해졌다고 한다. 이 고사는 꾸밈없이 순박한 태도로 사람들과 어울리는 것을 의미한다.

鬭提奢, 唐言四方僧物. 後人傳寫之誤, 以拓爲招, 又省去鬭奢二字, 止稱招
提, 則今十方住持寺院也. 涅槃經云, 造僧招提, 則生不動國.

愜當易爲適 : 두보의 「추일기부秋日夔府」에서 "통쾌한 문장은 오래전
에 기존 법을 잊었네"라고 했다. 도연명의 「시운時運」에서 "사람들이
말을 하는데, 마음에 맞으면 쉬이 만족한다"라고 했으며, 또한 「음
주飮酒」에서 "마음에 흡족한 것이 좋은 것이라네"라고 했는데, 이런 의
미를 사용하였다.

杜詩, 愜當久忘筌. 蓋用淵明詩, 人亦有言, 稱心易足也. 又云, 稱心固爲好.

食鮭如學士 : 『남사·유고지전』에서 "임방이 희롱하기를 "누가 유랑
을 가난하다고 하는가. 항상 27종의 규채를 먹는 걸'"[84]이라고 했다.

食鮭, 見上.

名下無遺索 : 염립본이 장승요의 그림을 보고서 "명성 아래 헛된 선
비가 없다"라고 했다.

---

84 임방이 (…중략…) 먹는 걸 : 규채는 생선과 채소 반찬을 범칭한 말이다. 남제(南
齊) 때의 문신 유고지(庾杲之)가 본디 청빈하여 먹는 것이라고는 오직 '부추김치
[韭菹]', '삶은 부추[瀹韭]', '생부추[生韭]' 등 잡채(雜菜)뿐이므로, 임방(任昉)
이 그를 희롱하여 위에서처럼 말하였다. 27종이란 곧 구(韭)의 음이 구(九)와
같으므로, 세 종류의 부추 나물을 3×9=27로 환산하여 말한 것인데, 유고지는
실상 세 종류의 부추만을 먹었을 뿐 규채는 없었지만, 임방이 장난삼아 그에게
많은 종류의 규채를 먹는다고 하였다.

閻立本見張僧繇畫曰, 名下定無虛士.

談餘天雨花 :『능엄경』에서 "그때 하늘에서 백보연화가 쏟아져서 청색, 황색, 적색, 백색이 서로 섞여 찬란하였다"라고 했다.

楞嚴經云, 卽時天雨百寶蓮花, 間錯紛糅.

茶罷風生腋 : 노동의 「사맹간의기신다」에서 "일곱 번째 찻잔은 마시지도 않았는데, 양 겨드랑이에서 맑은 바람이 솔솔 일어나는구나"라고 했다.

盧仝謝孟諫議寄新茶詩云, 七椀喫不得也, 惟覺兩腋習習淸風生.

誰言塵土中 有此坐上客 : 여포가 유비를 돌아보고서 "현덕 경이 상객의 자리에 앉으시오"라고 했다. 『진서·사안전』에서 "사안이 나가자, 환온이 좌우에게 묻기를 "나에게 이런 벗이 있는 것을 일찍이 본 적이 있는가"라고 했다.

呂布顧謂劉備曰, 玄德卿爲坐上客. 謝安傳, 安旣出, 桓溫問左右, 頗嘗見我有如此客否.

言前傾許可 :『후한서·선병등전』에서 "같은 말인데 믿는 것은 믿음이 말하기 전에 있기 때문입니다"라고 했다. 혜강의 「여산거원서」에서 "그대는 일을 만나면 대처에 능하고 다른 사람에 대해 칭찬도 많이 한

다”라고 했는데, 주에서 “다가多可는 인정하는 것이 많다”는 말이다.

後漢宣秉等傳, 語曰, 同言而信, 則信在言前. 嵇康與山巨源書曰, 足下旁通, 多可. 注, 多可, 言多有許可也.

胷次開塯塞 : 한유의 「남산시」에서 “꽉 막혀 어리석은 생각만 나네”라고 했다.

退之南山詩, 塯塞生怐愗.

同是蠹魚癡 : 한유의 「잡시雜詩」에서 “어찌 좀벌레와 다르랴, 문자 가운데서 죽고 사네”라고 했다. ‘치癡’는 책에 미친 것을 이른다.

退之詩, 豈殊蠹書蟲, 生死文字間. 癡, 謂書癡.

還歸理編冊 長安千門雪 : 장안을 빌려서 변경을 말하였으니, 이상 네 편의 시는 북경에서 벼슬에서 물러나와 변경에 와서 지은 것을 알 수 있다.

借長安以見汴京, 可見此四詩自北京解官至京師作.

25. 서울에서 기쁘게도 여덟 번째 숙부를 뵙고서

都下喜見八叔父八[85]

숙부의 이름은 렴이며 자는 이중으로, 집현교리 판형부상서를 지냈다. 원풍 3년에 하동제형에 임명되었으니, 바로 산곡이 변경에 들어갔던 때이다. 시 안에서 "한 번 이별하고 일곱 번 겨울과 여름 지났네"라는 구절이 있는데, 희녕 연간에 산곡에 북경에 있을 때 이중이 하북동로의 재해를 직접 살필 때 지나가는 길에 서로 만났는데, 벌써 7년이 되었다는 말이다. 이중은 급사중으로 벼슬을 마쳤으니, 서로 만날 때는 아마도 원풍 경신년일 것이다.

叔父諱廉, 字夷仲, 爲集賢校理, 判尙書刑部. 元豐三年除河東提刑, 正山谷入京之時. 詩中有一別七冬夏之句, 當是熙寧間山谷在北京時, 夷仲體量河北東路災傷, 經由相見, 今七年矣. 夷仲終於給事中, 相見盖元豐庚申也.

一別七冬夏	이별한 뒤 칠년이 지났는데
幾書通置郵	몇 통의 편지를 역말로 전했나.
冥鴻難借問[86]	아득한 기러기에게 물을 수도 없고

---

85 [교감기] 영원본의 시의 제목 아래에서 "이 시부터는 모두 북경에서 벼슬에서 물러난 뒤에 지은 것이다. 비록 선후의 순서에 맞게 편차하지 못하였지만 그 대략은 그런대로 괜찮다[自此皆北京解官後所作 雖編次稍失先後之序 觀其大略可也]"라고 했다. 왕치천, 안숙원과 함께 수창했던 여러 시들이 있다고 한 것은 이미 앞에 보인다.

86 [교감기] '借問'은 건륭본에는 '借用'으로 되어 있다.

江鯉多沉浮	강의 잉어는 많이도 뜨거나 가라앉네.
心因夢相去	마음은 꿈속에서 달려가지만
迹爲山川留	자취는 산천에 막혀 있네.
叔趨丹鳳闕	숙부는 붉은 봉궐로 달려가고
身向臥龍洲	나는 와룡주로 향했네.
邂逅入關馬	관문 들어오는 말에서 서로 만나
同時解轡鞦	함께 말고삐를 풀었네.
別後事萬端	이별한 뒤 많은 일 있었으니
向來身白憂	그 후로 온갖 근심 맞닥뜨렸네.
咨嗟舊田園	아! 전원으로 돌아가
慟哭新松楸	선산에서 통곡하였네.
稍詢耆舊間	노인들에 대해 물어보니
太半歸山丘	태반은 무덤으로 돌아갔다네.
小兒携婦子	아낙은 어린아이를 돌보는데
襁褓皆裹頭	강보에서 머리에 두건을 싸고 있네.
青燈照逆旅	푸른 등은 여관에 빛나고
呼酒濯亂愁	술을 불러 어지러운 수심을 씻네.
破啼爲笑語	울음 그치고 웃고 떠들며
霜夜盡更籌	서리 내리는 밤도 다 지나가네.
歲寒叔舊節	날이 추운데 숙부는 옛날 절조와 같거늘
況又高春秋	더구나 춘추는 더 많아지셨네.

老松心梗槩	노송은 마음이 간결하며
綠竹氣和柔	푸른 대는 기운이 부드럽네.
言如不出口	말은 입에서 내지 못할 듯하며
體若不勝裘	몸은 갖옷을 이기지 못할 듯하네.
德音潤九里	덕음은 9리를 적시고
政事無全牛	정사는 온전한 소가 없네.
詩成戲筆墨	시가 이뤄지면 필묵을 희롱하니
淸甚韋蘇州	위소주처럼 매우 맑다네.
篆籀有志氣	전서는 지기가 넘치니
當於古人求	마땅히 옛사람에서 찾아보아야 하네.
自悲聞道晩	도를 늦게 들음을 스스로 슬퍼하며
涉世如虛舟	세상 살아감은 빈 배처럼 하네.
雖無觸物意	비록 물건을 건드릴 뜻은 없지만
儻亦遭罵咻	간혹 비난을 맞닥뜨리네.
稍窺性命學	조금 성명의 학문을 넘겨보아
未窮言行尤	언행에 허물을 다하지 않았네.
息心待自信	마음을 쉬고 스스로 믿을 때까지 기다려
渺如大河流	아득함이 대하가 흐르는 듯하네.
隄防小不密	제방이 조금이라도 단단하지 않아
一決敗數州	한 번 터지면 여러 고을이 잠기네.
安得心服禮	어찌하면 마음이 예에 복종하여

不見爲瘤疣	쓸모없는 혹이 되지 않으랴.
荊雞變化材	형주의 닭은 변화시킬 힘을 지녔으니
鵠卵滯陰幽	고니의 알을 어두운 곳에서 품네.
願因啄抱力	원컨대 쪼아주고 안아주는 힘으로
浩蕩碧雲遊	훨훨 푸른 구름으로 날아오르게 하기를.

【주석】

一別七冬夏 : 산곡이 북경유수를 맡은 뒤에 노공 문언박文彦博이 유수를 다시 맡을 때는 7년이 지났다. 그러므로 「동요민유영원묘同堯民游靈源廟」에서 "나는 광문처럼 가난한 집에 앉아 7년을 등불 밝혀 책을 읽었네"라고 했으며, 또한 "칠년 동안 여러 차례 왔었는데 울창하여 처마에 그늘이 졌네"라고 했다. 두보의 「희제기상한중왕戲題寄上漢中王」에서 "헤어진 지 5년이 지났구나"라고 했다.

山谷官北京留守, 文潞公留再任, 遂跨七年, 故前詩云, 我坐廣文舍, 七年讀書燈. 又云, 七年身屢到, 鬱鬱陰簷瓦. 杜詩云, 一別五秋螢.

幾書通置郵 : 『맹자』에서 "덕의 유행은 역말을 설치하여 명령을 전하는 것보다 빠르다"라고 했다.

孟子, 德之流行, 速於置郵而傳命.

冥鴻難借問 江鯉多沉浮 : 세 가지 전고를 함께 사용하였는데, 첫 번째

는 『한서·소무전』에서 "천자가 상림원 안에서 활을 쏘아서 기러기를 잡았는데 발에 비단 편지가 묶여 있었다"라는 것과 두 번째는 『고악부·고시』에서 "아이 불러 잉어를 삶게 하니, 뱃속에 한 자의 흰 편지가 있네"라는 것과 세 번째는 진나라 은선의 고사故事인 장안으로 전해달라는 편지를 모두 물속에 던지면서 "가라앉을 것은 가라앉고 뜰 것은 떠라"라고 하면서 은홍교는 역말에 편지를 전해주지 않았다는 것이다. 두보의 「송은참군送殷參軍」에서 "기꺼이 굴대를 던져놓고 술 마시며, 어찌 역말을 설치하여 편지를 전하랴"라고 했다.

用蘇武傳, 上林射鴈, 得鴈足, 繫帛書事. 及古樂府, 呼童烹鯉魚, 中有尺素書, 兼用晉殷羨事, 所致書皆投水中曰, 沈者自沈, 浮者自浮. 殷洪喬不作致書郵. 杜詩, 甘從投轄飮, 肯作置書郵.

心因夢相去 迹爲山川留 叔趨丹鳳闕 身向臥龍洲 : 시의 의미는 숙부가 먼저 변경에 들어오고 산곡 자신은 남양에 갔다가 이윽고 서울에서 만났음을 이른다. 『관중기』에서 "건장궁의 원궐은 북도에 임하고 있으며 봉황 조각이 그 위에 있다. 그러므로 봉궐이라 부른다"라고 했다. 와룡주는 남양에 있다. 외집 권6에 약간의 언급이 있는데, 이 시와는 크게 연관이 없다.

詩意謂叔先入京, 而身汪南陽, 已乃會都下也. 關中記云, 建章宮圓闕臨北道, 鳳在上, 故曰鳳闕也. 臥龍洲, 在南陽, 見上注.[87]

---

87 [교감기] 영원본의 주에서는 권6의 「차운사후오월십륙일시전 도이언심(次韻師

邂逅入關馬 : 『시경』에서 "해후하여 서로 만났으니, 이제 나의 소원을 풀었도다"라고 했다.

詩, 邂逅相遇.

同時解轡鞦 : 『고공기』에서 "비탈을 오를 때는 반드시 소의 꼬리에 긴 끈을 당겨야 한다"라고 했는데, 주에서 "관동에서는 밀치끈을 추緧라고 부르는데, 추는 또한 추鞦라고도 쓴다"라고 했다.

考工記, 必緧其牛後. 注, 關東謂紂爲緧, 緧亦作鞦.

別後事萬端 : 『후한서 · 오한전』에서 "황제가 오한을 꾸짖으며 "그대에게 칙서를 내린 것이 천 가지 만 가지인데""라고 했다.

後漢吳漢傳, 帝責漢曰, 比敕公千條萬端.

向來身百憂 : 『시경 · 왕풍王風』에서 "온갖 근심을 만나네"라고 했다.

詩, 逢此百憂.

咨嗟舊田園 : 도연명의 「귀거래사」에서 "전원이 장차 황폐할 것이니"라고 했다.

歸去來辭, 田園將蕪.

厚五月十六日視田 悼李彦深)」의 '飛來卧龍城'의 주에 보인다고 하였다.

慟哭新松楸 : 한유의 「부강릉도중赴江陵途中」에서 "목숨이 다하면 선산에 의지할 것이니"라고 했다.

退之詩, 畢命依松楸.

稍詢耆舊間 太半歸山丘 : 『회남자』에서 "진나라는 수익의 절반을 세금으로 거둬들였다"라고 했다.

秦收太半之賦.

小兒携婦子 : 『시경・빈풍』에서 "우리 아내, 아들과 함께 어울려"라고 했다.

詩, 同我婦子.

褓褓皆裹頭 : 『한서・위청전』에서 "신의 아들은 강보에 있습니다"라고 했다. 두보의 「병거행兵車行」에서 "떠날 때 촌장이 두건 싸주었는데"라고 했다.

漢衛靑傳, 臣子在褓褓中. 杜詩, 去時里正與裹頭.

靑燈照逆旅 : 『좌전』에서 "괵나라가 무도하여 역려에 보루를 쌓아"라고 했다.

左傳, 令虢爲不道, 保於逆旅.

呼酒濯亂愁 破啼爲笑語 : 『문선』에 실린 유곤劉琨의 「답노심시서」에서 "서로 술잔 들고 무릎을 마주하면서 울음을 그치고 웃음을 짓는다"라고 했다. 이백의 「송질서」에서 "옛 친구에게 슬픔을 늘어놓으니, 눈물이 그치고 웃게 되네"라고 했다.

文選劉越石答盧諶詩幷序曰, 相與擧觴對膝, 破啼爲笑. 李白送姪序, 申悲道舊, 破涕爲笑.

霜夜盡更籌 : 두보의 「야숙서각夜宿西閣」에서 "어두운 성에 시계 소리 급하고"라고 했다.

杜詩, 城暗更籌急

歲寒叔舊節 況又高春秋 : 『한서·소무전』에서 "폐하는 춘추가 높으시고"라고 했다.

漢蘇武傳, 陛下春秋高.

老松心梗槩 : 장형張衡의 「동도부」에서 "제대로 자세히 살피지 못하고 대강 손이 되어 그 대강을 말합니다"라고 했다.

張平子東京賦, 粗爲賓言其梗概.

綠竹氣和柔 : 『한서·곽거병전』에서 "대장군 위청은 온화하고 부드러움으로 황상에게 환심을 샀다"[88]라고 했다. 『한서·장석지전』에서

"옆에서 말을 놀라게 했는데, 말이 온순하고 부드러웠기에 괜찮았지 망정이지"라고 했다.

霍去病傳, 去病以和柔自媚於上. 張釋之傳, 馬賴和柔.

言如不出口 體若不勝衣 :『예기·단궁』에서 "조문자는 그 마음이 겸손하여 옷을 이기지 못할 듯하고 말이 어눌하여 마치 입에서 내지 못할 것 같았다"라고 했다.

檀弓云, 趙文子其中退然, 如不勝衣, 其言吶吶, 然如不出諸其口.

德音潤九里 :『장자』에서 "정鄭나라 사람 완완緩이 유자儒者가 되어, 황하의 물이 연안 9리의 땅을 적셔주듯이 그의 은택은 친가와 외가 및 처가 삼족三族에게 미쳤다"라고 했다.『후한서·곽급전』에서 "황하가 9리 땅을 적셔주듯이 장안도 아울러 복을 받기를 바라노라"라고 했다.

河潤九里, 本出莊子. 後漢郭伋傳, 帝勞之曰, 河潤九里, 冀京師并蒙福也.

政事無全牛 :『장자』에서 "포정이 문혜군을 위해서 소를 잡았다. 문혜군이 "기술이 어떻게 이런 경지에 이를 수 있는가"라 묻자, 포정이 "처음 제가 소를 해체할 때에는 보이는 게 모두 소이더니 3년이 지난 후에는 소의 온 모습이 보이지 않게 되었습니다""라고 했다.

---

88 대장군 (…중략…) 샀다 : 아래 원문에는 곽거병이 주어로 되어 있으나,『한서·곽거병전』을 살펴보면 이 글의 주어는 대장군 위청이다.

莊子云, 庖丁爲文惠君解牛. 文惠君曰, 技蓋至此乎. 庖丁曰, 始臣之解牛之時, 所見無非全牛者. 三年之後, 未嘗見全牛也.

詩成戲筆墨 淸甚韋蘇州 : 당의 위응물은 소주자사를 역임하였으며 시집이 있다.

唐韋應物爲蘇州刺史, 有詩集.

篆籀有志氣 當於古人求 : 『한서·예문지』에서 "사주가 15편을 지었다"라고 했는데, 주에서 "주 신왕의 대사인 사주가 대전 15편을 지었다"라고 했다. 『진서·왕융전』에서 "마땅히 옛사람 가운데에서 구하여야 합니다"라고 했다. 두보의 「상종행상종行」에서 "그대는 마치 옛사람 풍모가 있어서이지"라고 했다.

漢藝文志, 史籀十五篇. 注云, 周宣王太史作大篆十五篇. 晉王戎傳, 當從古人中求耳. 杜詩, 似君須向古人求.

自悲聞道晚 涉世如虛舟 雖無觸物意 儻亦遭罵咻 : 『장자』에서 "배를 나란히 하고 황하를 건널 때 빈 배가 와서 자기 배에 부딪히면 비록 속이 좁은 사람이라고 해도 화를 내지 않는다"라고 했다. 『맹자』에서 "많은 초나라 사람들이 떠들어대면"이라고 했다.

莊子云, 方舟而濟於河. 有虛船來觸舟, 雖有扁心之人不怒. 孟子, 衆楚人咻之.

稍窺性命學 未窮言行尤 : 『논어』에서 "말에 허물이 적고 행실에 뉘우칠 일이 적으면"이라고 했다.

論語, 言寡尤, 行寡悔.

息心待自信 渺如大河流 隄防小不密 一決敗數州 : 이는 마음을 지키기가 어려움을 말하고 있다. 『전등록』에 실린 승려 무명亡名의 「식심명息心銘」에서 "많이 생각 말고 많이 알지 말라. 많이 알면 일이 많으니, 생각을 멈추는 것만 못하다. 많이 생각하면 실수도 많노니, 하나를 지키는 것만 못하다"라고 했는데, 산곡이 일찍이 이 글을 손수 썼다.

此言防心之難也. 傳燈錄, 有僧亡名息心銘. 山谷常手寫.

安得心服禮 : 『좌전·희공 23년』에서 "예가 있는 나라에 복종하는 것이 사직을 보위하는 것이다"라고 했다.

左傳僖三十三年, 服於有禮, 社稷之衛也.

不見爲瘡疣 : 한유의 「부강릉도중赴江陵途中」에서 "일마다 허물이 생겼네"라고 했다.

退之, 隨事生瘡疣.

荊雞變化材 鵠卵滯陰幽 : 『장자』에서 "재빠른 작은 벌은 큰 공 벌레를 부화시키지 못하고, 작은 닭은 고니의 알을 품지 못한다. 지금 나의 재

주가 작아서 그대를 교화시키지 못한다"라고 했다.

莊子曰, 奔蜂不能化藿蠋, 越雞不能伏鵠卵, 吾才小, 不足以化子.

願因啄抱力 浩蕩碧雲遊 : 한유의 「천사薦士」에서 "학의 깃은 저절로 생겨나지 않고, 어미가 길러서 변화함에 있나니"라고 했다. 두보의 「봉증위좌승奉贈韋左丞」에서 "흰 갈매기 너른 바다에 자맥질하는데, 만 리 유랑객을 누가 잡아 두리오"라고 했다.

退之詩, 鶴翎不天生, 變化在啄抱. 杜詩, 白鷗没浩蕩, 萬里誰能馴.

26. 숙부 이중이 하군옥이 영릉의 주부로 가는 것을 전송한 시에 차운하다

次韻叔父夷仲送夏君玉赴零陵主簿

田竇堂上酒	전분과 두영이 당상에서 술을 마시니
未醉已變態	취하기 전에 이미 태도가 변하네.
何如東陵瓜	비교하면 어떤가, 동릉의 오이
子母相鉤帶	큰 외, 작은 외가 서로 이어진 것과.
富貴席未煖	부귀 구하느라 자리가 따뜻할 새가 없고
珠玉作災怪	주옥은 재앙의 싹이 된다네.
茅茨雖長貧	초가집에서 비록 오래 가난하지만
終有懿親在	끝내 가까운 친척이 있네.
丈人困州縣	어른은 주현에서 곤핍하니
短髮餘會撮	짧은 머리 상투로 묶었네.
居然枳棘棲	편안하게 가시나무에 거처하며
坐閱歲月代	이렇게 세월을 보내네.
靑雲已迷津	청운은 이미 구하기 어려운데
濁酒未割愛	탁주도 나눠주지 못하네.
簿領能無休	장부 검토에 쉴 틈이 없으며
飣飯喚魚菜	생선과 채소를 많이 내오라 하네.
羈旅苦地偏[89]	외진 지역에 떠도느라 고생인데

江湖見天大	강호에서 드넓은 하늘을 보네.
萬里一帆檣	만 리에 돛배를 타고
長風可倚賴	긴 바람에 의지하네.
因行訪幽禪	인하여 선방을 찾아가니
頭陀煙雨外	비구름 너머 두타가 있네.

【주석】

田竇堂上酒 未醉已變態 : 이백의 「고풍古風」에서 "전분과 두영이 서로 권세를 다투니, 빈객도 서로 많았다 적었다 하네"라고 했다. 두영과 전분의 일은 『한서』 그들의 본전에 보인다.[90] 사마상여의 「자허부」에서 "장수들의 변절을 보고서"라고 했으며, 또한 "여러 사람들의 변절을 모두 보고"라고 했다.

太白詩, 田竇相傾奪, 賓客互盈虛. 竇嬰田蚡事, 見漢書本傳. 子虛賦, 覽將帥之變態. 又云, 殫覩衆物之變態.

何如東陵瓜 子母相鈎帶 : 완적의 「영회詠懷」에서 "옛날 동릉후가 오이

89　[교감기] '偏'은 고본에는 '褊'으로 되어 있다.

90　두영과 (…중략…) 보인다 : 무제 초기에 조정의 양대 세력은 두영과 전분의 세력이었다. 두영은 한무제의 할머니인 두황후를 등에 업었고, 전분의 황제의 모친인 왕태후를 등에 업었다. 이 두 세력은 사서건건 충돌하였다. 두영은 결국 전분 일당에 의해 제거된다. 두영은 모반죄로 요참에 처해지고 두 씨 가문은 구족이 멸망한다. 전분도 두영이 죽은 뒤에 얼마 되지 않아 세상을 하직하며, 그의 가문도 곧이어 몰락한다.

농사짓던 곳은, 청문 밖 근처라고 하네. 밭두렁에서 멀리 사방 길까지,
큰 외 작은 외가 서로 이어져 있네[昔聞東陵瓜 近在靑門外 連畛距阡陌 子母相鉤帶]"
라고 했다.

阮嗣宗詩, 已見上注.

富貴席未煖 : 반고의 「답빈희」에서 "공자의 자리는 따뜻할 시간이 없
어"라고 했다.

班固答賓戲, 孔席不煖.

珠玉作災怪 : 『맹자』에서 "주옥을 보배로 여기는 자는 재앙이 반드시
몸에 미친다"라고 했다. 『문선』에 실린 완적의 「영회詠懷」에서 "많은
재물은 재앙의 근원이네"라고 했다.

孟子, 寶珠玉者, 殃必及身. 文選阮嗣宗詩, 多財爲患害.

茅茨雖長貧 終有懿親在 : 『좌전』에서 "친척을 제후에 봉하여 변방으
로 주나라를 방비하게 하였으니, 지친至親을 폐하지 않았다"라고 했다.

左傳, 封建親戚, 以藩屛周, 不廢懿親也.

丈人困州縣 短髮餘會撮 : 『장자 · 인간세』에서 "지리소라는 자는 턱이
배꼽에 닿고 어깨는 정수리보다 높으며, 상투는 하늘을 가리켰다"라고
했다. '會'의 음은 '古'와 '外'의 반절법이며, '撮'의 음은 '子'와 '外'의

반절법이다. 시의 의미는 머리가 **빠**져서 겨우 상투만 남았다는 말이다.

莊子曰, 支離疏者, 頤隱於齊, 肩高於頂, 會撮指天. 會, 古外反, 撮, 子外反. 詩言髮脫僅餘髻耳.

居然枳棘棲:『후한서·구람전』에서 "구람의 다른 이름은 향이다. 고성령 왕환이 구람을 주부로 삼았다. 이야기를 나누다가 구람을 거절하며 보내기를 "가시나무에는 난새와 봉황이 깃들 곳이 아니다""라고 했다.

後漢仇覽傳, 一名香. 考城令王渙, 署爲主簿. 謝遣曰, 枳棘非鸞鳳所棲.

坐閱歲月代 靑雲已迷津 : 이백의 「문단구자聞丹丘子」에서 "나루에서 헤매다 길을 잃고, 권세에 의탁하여 바람 따라 뒤집히네"라고 했다. 또한 「증우인」에서 "이 사람 좋은 벗이 없으니, 어찌 청운을 바랄 것인가"라고 했다.

太白詩, 迷津覺路失, 託勢隨風翻. 又贈友人詩, 斯人無良朋, 豈有靑雲望.

濁酒未割愛 : 두보의 「기유협주백화寄劉峽州伯華」에서 "나눠주고픈 것은 승수 같은 술이네"라고 했는데, 자주에서 "평생 좋아하는 것인데, 소갈병 때문에 마실 수 없다"라고 했다.

杜詩, 割愛酒如澠. 自注云, 平生所愛, 消渴止之.

簿領能無休 叮飯喚魚菜 : 한유의 「희후희지喜侯喜至」에서 "종놈 불러 소

반에 음식 챙기라 하니, 생선과 채소가 포개져 있네"라고 했다.

退之云, 呼奴具盤餐, 飣餖魚菜瞻.

羈旅苦地偏 : 도잠의 「음주」에서 "마음이 멀어지면 사는 곳도 외지네"라고 했다.

淵明詩, 心遠地自偏.

江湖見天大 萬里一帆檣 長風可倚賴 : 『악부시·고시』에서 "상아로 돛대를 만들어"라고 했다. 『남사』에서 "종각이 "긴 바람을 타고서 만 리의 파도를 넘고 싶다""라고 했다.

樂府詩云, 象牙作帆檣. 南史, 宗慤云, 願乘長風破萬里浪.

因行訪幽禪 頭陀煙雨外 : 『문선』에 왕건王巾의 「두타사비頭陀寺碑」가 있는데, 이선의 주에서 "즉 번뇌를 털어낸다는 말이다. 그러므로 두타[91]라고 하였다"라고 했다. 이백의 「증위빙贈韋冰」에서 "두타산 구름 달에 승려가 많네"라고 했다. 『왕립지시화』에서 "산곡은 「송영릉주부하군옥」를 지었는데 마지막 구에서 "인하여 선방을 찾아가니, 비구름 너머 두타가 있네"라고 했다. 대개 군옥은 머리가 대단히 컸기에 이렇게 희롱한 것이다. 범어로 두타는 털어낸다는 말이니 즉 번뇌를 털어낸다는 말이다"라고 했다.

---

91 두타 : 속세의 번뇌를 끊고 청정하게 불도를 닦는 수행을 말한다.

文選頭陀寺碑文注, 斗擻煩惱, 故曰頭陀. 李白詩, 頭陀雲月多僧氣. 王立之詩話云, 山谷有送零陵主簿夏君玉詩, 末云, 因行訪幽禪, 頭陀煙雨外. 蓋君玉頭甚大, 故以此戲之. 梵語頭陀, 此言斗擻, 斗擻煩惱也.

27. 병에서 일어나 치천과 진숙이 수창한 시에 차운하여 화답하다

病起次韻和稚川進叔倡酬之什

池塘夜雨聽鳴蛙	연못에 밤비 내릴 때 개구리 울음 듣는데
老境侵尋每憶家	늙음이 찾아드니 매번 집을 그리네.
白髮生來驚客鬢	백발이 느니 나그네 살쩍에 놀라고
黃粱炊熟又春華	누런 기장밥이 익어가니
	또다시 봄꽃이 피었네.
百年不負膠投漆	백년에 아교풀 같은 사이 저버리지 않고
萬事相依葛與瓜	만사를 칡과 오이처럼 서로 의지했네.
勝日主人始有酒	좋은 날 주인이 술을 마련하니
猶堪扶病見鸎花	병든 몸 일으켜 꾀꼬리와 꽃을 구경하네.

【주석】

池塘夜雨聽鳴蛙　老境侵尋每憶家 : 『남사·공규전孔珪傳』에서 "문정門庭의 잡초를 제거하지 않아 그 안에서 개구리들이 울어대는데, 공규는 "나는 이 개구리의 울음소리를 양부兩部[92]의 음악 연주로 삼겠다"고 했다"라고 했다.

92　양부(兩部) : 본디 입부(立部)와 좌부(坐部) 양부로 나누어 연주하는 악기 연주를 말한다. 여기에서는 곧 개구리의 울음소리를 양부의 음악 연주에 비유한 것이다.

見上.

白髮生來驚客鬢 黃梁炊熟又春華 : 『이문집異聞集』에서 "도사인 여옹呂翁이 한단邯鄲 길가의 여관에서 묵었다. 소년인 노생盧生이 빈곤을 한탄했는데, 말을 마치자 졸음이 몰려왔다. 당시 주인은 황량 밥을 짓고 있었는데, 여옹이 품속을 뒤적이다가 베개를 꺼내어 노생에게 주었다. 베개의 양 끝에는 구멍이 있었다. 노생은 꿈속에서 구멍을 통해 어떤 집에 들어가서 50년을 부귀를 누리다가 늙고 병들어 죽었다. 기지개를 켜고 잠에서 깨어나 둘러보니 여옹이 곁에 있었으며 주인이 짓던 황량밥은 아직 익지 않았다"라고 했다.
    見上.

百年不負膠投漆 : 후한의 진중와 뇌의는 같은 고을에 살면서 벗이 되었다. 향리에서 그들을 두고 하는 말에 "아교풀이 견고하다고 하지만 진중, 뇌의 사이만 못하다"라고 했다. 백거이의 「여여산남왕복야기予與山南王僕射起」에서 "백 년의 교칠 사이는 초심이 변치 않아서인데, 만 리 연기 덮인 하늘 가운데 길이 나뉘어져 있네"라고 했다.
    後漢陳重雷義, 同郡爲友, 鄕里爲之語曰, 膠漆自謂堅, 不如陳與雷. 白樂天詩, 百年膠漆初心在, 萬里煙霄中路分.

萬事相依葛與瓜 : 『진서·왕열전王悅傳』에서 "왕열은 왕도王導의 아들

이다. 왕도와 왕열이 함께 바둑을 두었는데 왕도가 수를 무르려고 했다. (왕열이 물려주지 않자) 왕도가 웃으며 "서로 사이가 과갈瓜葛인데, 어찌 이렇게까지 하느냐'"라고 했다.

見上.

勝日主人始有酒 猶堪扶病見鶯花 : 두보의 「등혜의사登惠義寺」에서 "꾀꼬리와 꽃은 시절 변화 따르고"라고 했다. 노동의 「누상여아곡樓上女兒曲」에서 "꾀꼬리와 꽃이 화려한데 그대 오지 않네"라고 했다.

杜詩, 鶯花圍世界. 盧仝詩, 鶯花爛漫君不來.

28. 치천과 저물녘 진숙을 찾아가기로 약속하였는데, 전운에 차운하여 치천에게 주고 아울러 진숙에게 올리다

稚川約晚過進叔次前韻贈稚川幷呈進叔

人騎一馬鈍如蛙	사람이 말을 타니 개구리처럼 둔한데
行向城東小隱家	성의 동쪽 소은의 집을 향해 가네.
道上風埃迷皁白	길에 이는 먼지로 방향 분간 못하는데
堂前水竹湛淸華	당 앞에 수죽은 담담하여 청아하고 아름답네.
我歸河曲定寒食[93]	내가 하곡으로 돌아갈 때는 바로 한식이고
公到江南應削瓜	공이 강남에 이를 때는 응당 오이 딸 때라네.
樽酒光陰俱可惜	술동이의 술과 세월은 모두 아까우니
端須連夜發園花	분명코 밤을 새서라도
	정원의 꽃을 피워야 하네.

【주석】

人騎一馬鈍如蛙 : 『진서·조납전』에서 "유주와 기주의 땅은 망치처럼 단단하다"라고 했다.

晉祖納傳, 幽冀之士鈍如椎.

行向城東小隱家 : 『문선』에 실린 왕강거王康琚의 「반초은反招隱」에서

---

93 [교감기] '我'는 전본에 '春'으로 되어 있다.

"작은 은자는 산림에 숨고, 큰 은자는 저자 속에 숨는다"라고 했다. 이백의 「추야독좌秋夜獨坐」에서 "젊어서는 안석安石, 謝安을 사모하고, 멀리노님은 굴평을 배웠네"라고 했다.

文選王康琚詩, 小隱隱陵藪, 大隱隱朝市. 李白詩, 小隱慕安石, 遠遊學屈平.

道上風埃迷皁白 : 『수수집脩水集』에 산곡의 「발손양적공소십수跋孫陽翟公素十詩」가 실려 있는데, "세상 사람들은 내가 시로 공소公素를 논한 것이 실상과 맞지 않는다고 비웃으면서 "공소가 강한 호족을 무너뜨린 것은 말씀하신 바와 같습니다만 백성들을 추鄒와 노魯의 백성으로 만들었다는 것은 사실과 다른 것 같습니다"라고 하니. 내가 "공소가 강한 호족을 무너뜨린 것은 또한 그들이 선량한 백성을 해롭게 하고 어진 아전을 부리는 실권을 빼앗았기 때문이다. 장차 옳고 그름을 따져 묻지 않고 다만 강하다고 죄가 없는 이들도 함께 공격하였겠는가. 또한 죄가 있는 자들을 공격하였을 뿐이다. 그렇다면 모든 일을 대충 넘겨 법으로 따져 큰 죄를 저지르지 않고서 모든 일을 늙은 아전의 입에서 결정되게 한다면 백성들을 추와 노의 백성으로 만들 수 있겠는가"라고 했다.

皁白, 見上.

堂前水竹湛淸華 : 『문선』에 실린 사혼謝混의 「유서지遊西池」에서 "수목이 담박하여 청아하고 아름답네"라고 했다.

文選謝叔源詩, 水木湛淸華.

我歸河曲定寒食 公到江南應削瓜 : 『예기』에서 "천자를 위하여 참외를 깎은 자는 껍질을 깎은 뒤에 넷으로 쪼개고 또 가로 끊어서"라고 했다.

禮記, 爲天子削瓜者副之.

樽酒光陰俱可惜 端須連夜發園花 : "내일 아침 상림원으로 산책 갈 테니, 서둘러 봄에게 알리도록 하라. 꽃들은 밤을 새워서라도 다 피어 있어라, 새벽바람이 불어오기를 기다리지 말고"라고 한 것은 무후의 말로, 당나라 사람들의 소설에 보인다.

明朝遊後苑, 火急報春知. 花須連夜發, 莫待曉風吹. 武后語也. 見唐人小說.

29. 변경의 강가에 술을 차려놓고 황십칠에게 시를 지어 주다

【다음 작품인 「효방변주」와 같은 때에 지은 작품이다. 황의 이름은 기복이다】

汴岸置酒贈黃十七【與後篇曉放汴舟同時作. 黃名幾復】

吾宗端居聚百憂	우리 종족은 분명히 온갖 근심 가지고 살 테니
長歌勸之肯出遊	길게 노래하여 권하노니
	기꺼이 나가 노니시게.
黃流不解浣明月	누런 물결 밝은 달을 더럽히지 않고
碧樹爲我生涼秋	푸른 나무 나를 위해 서늘한 가을 기운 내네.
初平群羊置莫問[94]	초평의 양 무리 어딨냐고 묻지 말며
叔度千頃醉卽休	숙도의 드넓은 마음도 취하면 곧 그만이네.
誰倚柁樓吹玉笛	누가 망루에 기대어 옥피리 부는가
斗杓寒挂屋山頭	북두자루 지붕 머리에 차갑게 걸렸네.

【주석】

吾宗端居聚百憂 長歌勸之肯出遊 : 이 구는 달리 "백 길의 돛을 말고 저 물녘 뱃사공 쉬는데, 달리는 별은 몇 척의 배처럼 앞을 다투네"라고 한 본도 있다.

---

94 [교감기] '群羊'은 원래 잘못 '郡羊'으로 되어 있었는데, 지금 영원본과 고본, 전본과 건륭본에 의거하여 바로잡는다.

一作百丈暮挱篙人休,⁹⁵ 侵星爭前猶幾舟.

黃流不解浣明月 : 맹교의 「우언寓言」에서 "누가 진창 길이 더럽다고
하는가, 명월의 달빛은 더럽히지 않네"라고 했다.

孟郊寓言, 誰言濁路泥, 不汙明月色.

碧樹爲我生凉秋 : 두보의 「송은참군送殷參軍」에서 "가을 푸른 나무에
차가운 매미는 울고"라고 했다.

杜詩, 寒蟬碧樹秋.

初平群羊置莫問 叔度千頃醉卽休 : 이 구는 달리 "우리 당은 밤이 오자
시를 지어 읊고, 농부의 사당 뒤에 거른 술을 내오네"라고 한 본도 있
다. 갈홍의 『신선전』에서 "황초평이 15살 때 집에서 양을 키우게 하였
다. 도사를 따라 금화산 석실에서 도를 닦았다. 40여 년이 지난 뒤에
형이 찾아와서 양이 어디 있냐고 물었다. 초평이 "워이! 양들아 일어나
라"라고 하니, 이에 흰돌이 모두 일어나 수만 마리의 양이 되었다"라고
했다. 후한 황헌의 자는 숙도이다. "황헌은 드넓어 마치 천 이랑의 물
결과 같다"라고 했다. 황초평의 皇은 달리 '황黃'으로 짓기도 한다. 산
곡은 이 고사를 많이 사용하였다. 살펴보건대 양문공의 『담원』에서

"금화산의 바로 황초평의 양이 돌로 변한 곳으로, 바위가 양의 모양과 같다. 사람들이 다투어 구하여 감상한다. 어떤 한 내시가 있었는데, 무주에서 시장에서 세금을 담당하였다. 자신의 봉급으로 사람을 모집하여 그 돌을 구하였는데, 귀와 뿔, 꼬리와 발이 모두 갖춰져서 마치 살아 있는 양 같았다. 두어 개를 가지고 대궐로 돌아와 바치니, 태조가 "이는 묘 앞의 석물이다"라고 하고는 그 내시에 장형을 가하였다. 신선에 대한 말은 참으로 허황한 것이 많은데, 황초평의 일은 믿을 만하며 증거가 있으니 이 일은 매우 확실한 것이다"라고 했다.

一作詩吟吾黨夜來作, 酒置田翁社後篘.[96] 葛洪神仙傳云, 皇初平年十五, 家使牧羊, 有道士將至金華山. 四十餘年, 其兄初起求得之. 問, 羊何在. 初平言, 叱叱羊起. 於是白石皆起, 成羊數萬頭. 後漢黃憲字叔度, 郭林宗曰, 叔度汪汪, 若千頃波. 皇初平亦作黃. 山谷多用此事. 按楊文公談苑, 金華山乃皇初平化石之地, 有石如羊形者. 人爭求, 以爲玩好. 有內侍, 掌市征於婺州, 輟己俸, 募人求得, 耳角尾足皆具, 如眞羊者數枚, 歸闕獻之. 太祖曰, 此墓田中物也. 杖其內侍. 神仙之說, 固多渺茫, 而皇初平事, 信而有證. 此其彰彰者也.

誰倚柂樓吹玉笛 : 진나라 왕이의 자는 세장世將이다. 왕도와 유량이 석두에서 노닐 때 마침 왕이가 도착하였다. 그날은 바람이 세차게 불어 돛이 날아갈 듯했지만, 왕이는 배의 망루에 기대어 길게 휘파람을

---

96 [교감기] '篘'는 원래 잘못 '蒭'로 되어 있었는데, 운에 맞지 않는다. 전본에 의거하여 바로잡는다.

불었는데, 그 기상이 매우 고매했다. 『외전』에서 "양귀비가 영왕의 옥
피리를 훔쳐 불었다"라고 했다. 그러므로 장호의 「빈왕소관邠王小管」에
서 "금수레 돌아와도 보는 사람 없어, 영왕의 작은 피리 훔쳐서 부네"
라고 했다.

用晉王廞柁樓長嘯事. 玉笛, 見上.

斗杓寒挂屋山頭: 한유의 「기노동寄盧仝」에서 "매양 지붕 대마루 타고
앉아 아래를 엿보기에, 온 집안이 놀라 달아나다 발목을 삐곤 한다지"
라고 했다. 또한 왕안석의 「등자미각登紫微閣」에서 "잎을 떨어뜨리는 회
오리바람이 지붕을 흔드네"라고 했다. 『왕립지시화』에서 "산곡이 홍
구보에게 이르기를 "조카는 외삼촌의 어떤 시를 좋아하는가"라 묻자,
구보가 ""벌집은 각각 스스로 문을 열고 있고, 개미굴은 꿈속에서 후왕
에 봉해지네"라는 구절과 "누런 물은 밝은 달을 더럽히지 않고, 푸른
나무는 나를 위해 서늘한 가을 기운 내네"라는 구절은 두보와 대단히
비슷합니다"라고 하니, 산곡이 "맞는 말이다""라고 했다.

屋山, 見上. 又王荊公詩, 落木回颷動屋山. 王立之詩話, 山谷謂洪龜父云,
甥愛老舅何等篇. 龜父擧蜂房各自開戶牖, 蟻穴或夢封侯王. 及其黃流不解涴
明月, 碧樹爲我生涼秋, 深類老杜. 山谷云得之矣.

산곡외집시주권제팔山谷外集詩注卷第八

1. 새벽에 변수에 배를 띄우며
曉放汴舟

산곡이 북경의 교수에서 물러나 변경汴京에 들어가 변경의 관리로 옮겼다가 길주 태화현을 맡았다. 그해 가을에 변경에서 강남으로 돌아갔으니, 원풍 3년이다.

山谷罷北京教授入京改京官得知吉州太和縣其秋自汴京歸江南寔元豊三年

秋聲滿山河	가을 소리가 산하에 가득하고
行李在梁宋	길손들은 양과 송에 있네.
川塗事鷄鳴	냇가 길에는 닭이 우니
身亦逐羣動	나 또한 만물 따라 움직이네.
霜淸漁下流[1]	서리 맑아 어부는 물결 따라 내려가고
橘柚入包貢	귤과 유자는 공물로 들어오네.
又持三十口	또한 서른 식구 유지하기 위해
去作江南夢	강남으로 가는 꿈을 꾸네.

---

1 [교감기] 영원본과 고본, 전본과 건륭본에는 '漁'는 '魚'로 되어 있으며, 건륭본에는 '流'는 '柳'로 되어 있다.

【주석】

秋聲滿山河 行李在梁宋 : 양은 변경이며 송은 남경이다.

梁卽汴京, 宋卽南京.

川塗事鷄鳴 : 도연명의 「시작진참군始作鎭參軍」에서 "눈은 시내와 길이
달라지는 데 지치고, 마음은 산천에서 살 것 생각하네"라고 했다. 『문
선』에 실린 「구일송공령九日送孔令」에서 "어찌하여 갈 길 생각하는가"라
고 했는데, 주에서 "『주례』에서 "두 산 사이에 반드시 시내가 흐르고,
큰 시내 사이에 반드시 길이 있다""라고 했다.

淵明詩, 目倦川塗異, 心念山澤居. 文選謝靈運詩, 豈伊川塗念. 注云, 周禮,
兩山之間, 必有川焉. 大川之間, 必有塗焉.

身亦逐羣動 : 도연명의 「음주飮酒」에서 "해가 저물고 만물이 쉬며, 돌
아온 새가 숲으로 날아와 우네"라고 했다. 이백의 「추석서회秋夕書懷」에
서 "보는 것을 없애고 여러 움직임을 쉬어"라고 했다.

淵明詩云, 日入羣動息, 歸鳥趨林鳴. 李白詩, 滅見息群動.

霜淸魚下流 橘柚入包貢 : 『서경』에서 "양주의 보따리에는 귤과 유자
를 싸서 공물로 바쳤다"라고 했다

禹貢, 揚州厥包橘柚錫貢.

又持三十口 去作江南夢 : 두보의 「득사제소식得舍弟消息」에서 "두 서울 서른 식구, 비록 산다 해도 실낱같은 목숨"이라고 했다.

杜詩, 兩京三十口, 雖在命如絲.

2. 우이에 머물며 앞의 운자를 사용하여 짓다
次盱眙同前韻

우이는 사주가 다스리는 현이다. 소흥 12년에 군으로 승격하여 천장과 초신을 소속시켰다.

盱眙, 泗州所治縣也. 紹興十二年, 升盱眙爲軍, 以天長招信屬焉.

去此二十年	이곳을 떠난 지 이십 년
持家西過宋	식솔 거느리고 서쪽으로 송을 지났네.
起予者白鷗	나를 일깨워 주는 것은 흰 갈매기
歸興发飛動	돌아가는 흥은 날아오르듯 생동하네.
宮殿明寶坊	궁전에는 보방이 밝고
山川開禹貢	산천에는 우공이 열렸네.
破浪一帆風	파도를 부수며 돛배는 바람을 맞고 가는데
更占夢中夢	다시 꿈속의 꿈을 점쳐보네.

【주석】

去此二十年 持家西過宋 起予者白鷗 : 『논어』에서 "나를 일깨워 준 자는 상자이다"라고 했다.

論語, 起予者商也.

歸輿发飛動 宮殿明寶坊：『화엄합론』에서 "욕계 이상과 색계 이하에서 보방寶坊, 도량을 세우고 모든 인천人天의 대중을 모으고 있다"라고 했다.

華嚴合論云, 安立寶坊, 集諸天人.

山川開禹貢 破浪一帆風 更占夢中夢：『남사·종각전』에서 "긴 바람을 타고서 만 리의 파도를 넘고 싶다"라고 했다. 『장자·제물』에서 "바야흐로 꿈을 꿀 때는 그것이 꿈임을 알지 못한다. 꿈속에서 그 꿈을 점치다가 깨어난 뒤에 꿈인 줄 안다"라고 했다.

南史宗慤傳, 願乘長風, 破萬里浪. 莊子齊物篇, 方其夢也, 不知其夢也, 夢之中又占夢焉.

3. 장인 손신노가 소주 자사로 있으면서 시를 두야정에 남겼는데, 경신년 10월에 정견은 화답하다

外舅孫莘老守蘇州留詩斗野亭 庚申十月庭堅和

경신년은 원풍 3년이다.

庚申元豊三年也.

謝公所築圬	사공이 쌓은 보는
未歎曲池平	굽은 연못 평평하니 탄식하지 않으랴.
蘇州來賦詩	소주에 와서 시를 지으니
句與秋氣淸	구절은 가을 기운 어울려 맑구나.
僧構擅空闊	사원은 드넓은 하늘에 우뚝하고
浮光飛棟甍	뜬 빛은 용마루로 날아오르네.
維斗天司南	북두 자루는 하늘에서 남쪽을 가리키고
其下百瀆傾	그 아래 온갖 시내 흘러드네.
貝宮産明月	패궁에서 명월주가 나와
含澤遍諸生²	윤기를 머금어 두루 여러 곳에서 나오네.
槃礴淮海間	회수와 바다 사이에서 두 다리 쭉 뻗고
風烟侵十城	바람과 이내가 열 성에 스며드네.

---

2 [교감기] '含'은 원래 '舍'로 되어 있었는데, 지금 영원본과 고본, 전본과 건륭본을 따른다.

籟簫吹木末	숲속에서 피리 소리 나고
浪波沸庖烹	물결은 끓은 물처럼 솟구치네.
我來杪搖落	내가 오니 나뭇잎이 떨어지고
霜淸見魚行	서리 맑아 헤엄치는 물고기 보이네.
白鷗遠飛來	흰 갈매기 멀리서 날아오니
得我若眼明	나는 기쁨에 눈이 커지네.
佳人歸何時	가인은 언제 돌아오려나
解衣繞廂榮	옷을 벗고 행랑의 처마를 맴도네.

【주석】

謝公所築埭 未歎曲池平 : 『진서·사안전』에서 "신성에 이르러 성의 북쪽에 보를 쌓았다. 후대 사람들이 그를 추모하여 "소백의 보"라 명명하였다"라고 했다. 소백의 보는 지금의 양주 광릉현에 있다. 환담桓譚의 『신서新書』에서 "옹문자주가 거문고를 가지고 맹상군을 보고서 "그대는 백년 뒤에 높은 누대가 이윽고 기울고 구불구불한 연못이 또 평평하게 되며""라고 했다. 『문선』에 실린 심약의 「동절후지승상제冬節後至丞相第」에서 "생시의 귀천도 이와 같거늘, 더구나 곡지가 평평해진 사후는 어떠하랴"라고 했다.

晉謝安傳, 至新城, 築埭於城北. 後人追思之, 名爲召伯埭. 在今揚州廣陵縣. 雍門子周以琴見孟嘗君曰, 君百歲之後, 高臺旣已傾, 曲池又已平. 文選沈休文詩, 貴賤猶如此, 況乃曲池平.

蘇州來賦詩 句與秋氣淸 僧構擅空闊 浮光飛棟甍 : 두보의 「원유遠遊」에
서 "드넓은 강 빛은 높은 용마루에 뜨고"라고 했다.

杜詩, 江闊浮高棟.

維斗天司南 : 『장자』에서 "북두성이 도를 얻어서 영원히 어긋나지 않
는다"라고 했다. 『한서·천문지』에서 "북두성은 천제의 수레가 된다"
라고 했다. 옛날에 사남거가 있었다.

莊子, 維斗得之, 終古不忒. 漢天文志, 斗爲帝車. 古有司南車也.

其下百瀆傾 貝宮産明月 含澤遍諸生 槃礴淮海間 風烟侵十城 : 굴원의 「구
가」에서 "붉은 패궐이며 구슬 궁전이로다"라고 했다. 명월은 명월주를
이른다. 심괄의 『몽계필담』에서 "가우 연간에 양주에 대단히 큰 구슬이
있었는데 날이 어두워도 잘 보였다. 처음에는 천장현의 연못 속에서 나
왔는데 뒤에 벽사호로 들어갔으며 그 뒤에 신개호 속에 있었다. 90여
년 동안 자주 나타났다"라고 했다. 또한 『문창잡록』에서 "손신노의 장원
莊園은 고우 신개호변에 있었다. 어느 날 저녁 장원의 손님이 호수속의
진주가 보인다고 전하였다. 이에 물가에 가보니 진주가 달처럼 밝게 빛
났다. 문득 갈대자리만큼 커다란 조개가 나타났는데, 하나는 물 위로 떠
올랐고 하나는 돛대를 펼친 모양이었는데 바람처럼 빨랐다. 작은 배를
힘껏 저어 좇아갔지만 미칠 수가 없었다"라고 했다 이 시에서 진주로 손
신노를 비유하였다. 원우 3년에 손신노가 도관道觀의 봉사직을 요청하여

허락을 받았는데, 산곡이 시를 주면서 또한 구슬로 비유하였으니 "벽사호 안에 명월주가 있는데, 회남의 초목이 그 빛을 빌리네"라고 했다. 『장자』에서 "화가가 옷을 벗고 두 다리를 쭉 펴고 앉아 그림을 그리고 있었다"라고 했다.

屈原九歌云, 紫貝闕兮珠宮. 明月, 謂明月之珠也. 沈存中筆談云, 嘉祐中, 揚州有一珠甚大, 天晦多見. 初出於天長縣波澤中, 後轉入甓社湖, 後又在新開湖中, 九十餘年, 常常見之. 又文昌雜錄云, 孫莘老莊居, 在高郵新開湖邊, 一夕, 莊客報湖中珠見, 因至水際,[3] 光明如月. 忽見蚌蛤如蘆席大, 一殼浮水上, 一殼如張帆狀, 其疾如風. 飛小艇逐之, 不可及. 今以珠比莘老也. 元祐三年, 莘老丐祠得請, 山谷贈詩, 亦以珠爲喻云, 甓社湖中有明月, 淮南草木借光輝. 解衣槃礴, 見莊子

籟簫吹木末 : 『통전·악문』에서 "모든 피리는 달리 뢰籟라고도 부른다"라고 했다. 두보의 「북정北征」에서 "종놈은 아직도 저 숲속에 있구나"라고 했다.

通典樂門, 凡簫一名籟. 杜詩, 我僕猶木末.

浪波沸庖烹 : 한유의 「연하남부수재燕河南府秀才」에서 "집에 돌아와 처자식에게 말하여, 이것을 삶아오라고 하였네"라고 했는데, 이 시에서

---

3   [교감기] '水際'는 원래 '水隊'로 되어 있었는데, 지금 영원본과 전본, 그리고 건륭본을 따른다.

포팽庖烹이란 글자를 따왔다.

退之詩, 還家敕妻兒, 具此煎炰烹. 此摘其字.

我來杪搖落 霜清見魚行 白鷗遠飛來 得我若眼明 : 두보의 「춘수생春水生」
에서 "이월 초엿새 밤에 봄물이 불어나, 문 앞 조그만 여울이 넘실거리
네. 가마우지 자원앙이여! 부질없이 기뻐하지 마라, 나도 너희들과 함께
기쁨에 눈이 커졌단다"라고 했다.

杜詩, 二月六夜春水生, 門前小灘渾欲平. 鸕鶿鸂鶒莫漫喜, 吾與汝曹俱眼明.

佳人歸何時 解衣繞廂榮 : 사마상여의 「상림부」에서 "선인 악전의 무
리들이 남쪽 처마에서 햇볕을 쬔다"라고 했는데, 주에서 "옥屋은 남쪽
처마이다"라고 했다. 『집운』에서 "지붕의 처마 양쪽 끝에 머리가 들린
것이 처마이다"라고 했다. 가인佳人은 신노를 이른다. 신노는 희풍 연간
에 조정에서 아뢴 말로 인하여 자주 폄적되어 소주에서 복주와 서주로
옮겼는데, 당시에 아직도 불려 올라가지 못하였다. '귀하시歸何時'는 그
가 고향으로 돌아오기를 바라는 것이다.

上林賦, 偓佺之倫, 暴於南榮. 注云, 屋, 南檐也. 集韻云, 屋栺之兩頭起者
爲榮. 佳人, 謂莘老也. 莘老在熙豊間, 以言事屢黜, 自蘇州徙福州徐州, 時猶
未召還也. 歸何時者, 望其歸故里也.

4. 10월 13일에 백사강구에 배를 정박하고

【원주에서 "진주는 당나라 시기 영정현의 백사진이다"】

十月十三日泊舟白沙江口【元注云, 眞州, 唐永正縣之白沙鎮也】

岸江倚帆檣	강기슭 돛배를 세우니
已專北風權	이미 북풍이 거세게 불어오네.
飛霜挾月下	날리는 서리는 달을 끼고 내리고
百筆直如絃	많은 배의 닻줄은 곧기가 활시위 같네.
綠水去淸夜⁴	푸른 강물은 맑은 밤에 흘러가고
黃蘆搖白烟	노란 갈대는 하얀 이내에 흔들리네.
篙人持更柝	뱃사공이 딱따기를 치는데
相語聞並船	대화 소리 여러 배에 들리네.
平生濯纓心	평소 갓끈을 씻던 마음
鷗鳥共忘年	갈매기와 함께 어울리네.
風吹落塵網	바람은 불어 세속의 그물에 떨어지고
歲星奔回旋	세성은 분주히 돌아가네.
險艱自得力	고난 속에 스스로 힘을 얻어
細故可棄捐	자잘한 일은 내던질 줄 아네.
至今夢洶洶	지금 꿈이 깊은데
呼禹濟廣川	우 임금 불러 너른 바다 건너네.

4　[교감기] '綠'은 영원본에는 '淥'으로 되어 있다.

岸江倚帆檣 : 『악부시·고시』에서 "상아로 돛대를 만들어"라고 했다.
見上.

已專北風權 飛霜挾月下 : 『서경잡기』에서 "회남왕이 『홍렬』을 짓고
스스로 말하기를 "글자 사이에 바람과 서리가 담겨 있다""라고 했다.
西京雜記, 淮南王著鴻烈, 自云, 字中皆挾風霜皆挾風霜.

百筏直如絃 : 후한 말기의 동요童謠에 "활줄처럼 곧았지만 길가에서
죽었고, 갈고리처럼 굽었지만 오히려 제후에 봉해졌네"라고 했는데,
그 글자를 따와서 대나무 줄로 배에 닻줄을 매단 것이 활시위처럼 곧
은 것을 말하였다. 한유의 「만추연구晩秋聯句」에서 "부교에 수많은 대줄
이 얽어있네"라고 했다.
後漢末謠言云, 直如絃, 死道邊. 摘其字, 以言引竹索纜船如弦直. 退之聯
句云, 浮橋交萬筰.

綠水去淸夜 黃蘆搖白烟 篙人持更柝 : 『주역』에서 "문을 겹겹으로 세우
고 딱따기를 쳐서 도둑을 방비한다"라고 했다.
易, 重門擊柝.

相語聞並船 平生濯纓心 : "창랑의 물이 맑으면 나의 갓끈을 빨고, 창

랑의 물이 탁하면 나의 발을 닦을 것이다"는 말은 『맹자·이루』에 보이며, 또한 굴원이 지어 『문선』에 실린 「어부사」에도 보인다.

滄浪之水淸兮, 可以濯我纓. 滄浪之水濁兮, 可以濯我足. 見於孟子離婁篇. 又見於文選屈原所作漁父篇.

鷗鳥共忘年 : 『남사·강총전江總傳』에서 "장찬張纘 등은 평소 서로 존중하며 강총과 나이를 잊을 사귐을 맺었다"라고 했다.

言與鷗鳥爲忘年之友也. 南史江總傳, 張纘等雅相推重, 爲忘年交.

風吹落塵網 歲星奔回旋 : 세성은 12년에 하늘을 한 바퀴 돈다.

歲星, 十二歲一周天.

險艱自得力 : 『좌전·희공 28년』에서 "진 문공은 어렵고 험난한 일을 실컷 겪었다"라고 했는데, 이것이 그가 패자가 된 까닭이다. 그러므로 힘을 얻었다고 한 것이다. 이는 맹자가 말한 "우환에서 살고 안락에서 죽는다"는 것에 해당한다.

左傳僖公二十八年言, 晉文公險阻艱難, 備嘗之矣. 此其所以霸也, 故云得力, 孟子所謂生於憂患, 死於安樂也.

細故可棄捐 : 문제文帝가 조칙을 내려 "모두 지난 사소한 일을 버리고 함께 천지의 대도를 따르겠다"라고 했다

漢文帝與匈奴書, 朕與單于皆捐細, 故俱蹈大道.

至今夢洶洶 呼禹濟廣川 : 원주에서 "황하는 곤륜산 기슭에서 발원할
때는 맑은 색인데 흘러드는 시내가 모두 1,701개가 되기에 색이 노랗
게 된다. 이 말은 『이아·석수』에 보인다"라고 했다.

元注云, 河出崑崙墟, 色白, 所渠幷千七百一川, 色黃.[5] 見爾雅釋水.

---

5   [교감기] '所渠幷'은 고본에는 '其渠一'로 되어 있다. 色黃은 영원본에는 '黃色'으
    로 되어 있다.

5. 백사강구에서 출발하여 장로에 머무르며
發白沙口次長蘆

篙師救首尾	뱃사공이 앞뒤에서 잘 조종하고
我爲制中權	나는 중간에서 지휘하네.
挂席滿風力	바람 가득 돛을 올리니
如推強弩絃⁶	강한 활시위를 잡아당긴 듯.
曉放白沙口	새벽에 백사구를 떠나
長蘆見炊烟	장로에서 밥 짓는 연기 보네.
一葉託秋雨	일엽편주 가을비에 맡기니
滄江百尺船	푸른 강에 백 길의 배로다.
反觀世風波	세상의 풍파를 돌이켜 보는데
誰家保長年	뉘가 영원히 살겠는가.
念昔聲利區	생각건대, 옛날 명성과 이익의 마당에서
與世闕周旋	세상과 어울리지 못했네.
大道甚閒暇⁷	대도는 매우 한가로워도
百物不廢捐	온갖 사물을 버리지 않네.
誰知目力淨	누가 알리오, 눈이 맑아져
改觀舊山川	이전 산천을 고쳐 보게 될지.

---

6 [교감기] '抽'는 영원본과 전본, 그리고 건륭본에는 '椎'로 되어 있다.
7 [교감기] '閒'은 원래 '間'으로 되어 있었는데, 지금 전본과 건륭본을 따른다.

篙師救首尾 : 『손자』에서 "용병을 잘하는 자는 상산의 뱀과 같아서 그 머리를 공격하면 꼬리가 도우러 오고 꼬리를 공격하면 머리가 오며 배를 공격하면 머리와 꼬리가 함께 온다"라고 했다.

孫子, 善用兵者, 如常山之蛇, 擊其首則尾至, 擊其尾則首至, 擊其中則首尾俱至.

我爲制中權 : 『좌전·선공 12년』에서 "중군中軍에는 대장이 있어 모의하여 진격하고, 후군後軍에는 정병이 있어 강하다"라고 했다.

左傳宣十二年, 中權後勁.

挂席滿風力 : 두보의 「봉증사홍이장奉贈射洪李丈」에서 "궁벽진 해도에서 돛을 올렸네"라고 했다.

杜詩, 挂席窮海島.

如推強弩絃 曉放白沙口 長蘆見炊烟 一葉託秋雨 滄江百尺船 反觀世風波 誰家保長年 : 두보의 「옥화궁玉華宮」에서 "터덜터덜 가는 인생길에, 그 누가 영원히 살리"라고 했다.

杜詩, 冉冉征塗間, 誰是長年者.

念昔聲利區 : 포조의 「영사詠史」에서 "큰 도시 사람들은 재물 많은 것

을 자랑하고, 삼천에 사는 사람들은 명리만을 쫓네"라고 했다.

鮑明遠詩, 三川養聲利.

與世闕周旋 大道甚閒暇 : 노자의 『도덕경』에서 "대도는 아주 평탄한
데 백성들은 지름길을 좋아한다"라고 했다.

老子云, 大道甚夷, 而民好徑.

百物不廢捐 : 『주역·계사전』 하下에서 "그 도는 매우 커서 모든 것을
포괄하며 시종 조심한다. 그 요점은 허물이 없도록 하는 것이니, 이것
을 역의 도라고 한다"라고 했다.

易繫辭下云, 其道甚大, 百物不廢, 懼以終始, 其要無咎. 此之謂易之道也.

誰知目力淨 改觀舊山川 : 『유마경』에서 "눈을 깨끗이 하고 널리 닦으
니 푸른 연꽃과 같다"라고 했다. 맹교의 「송한유종군送韓愈從軍」에서 "친
척과 손님이 옛 모습 달리 보고"라고 했다.

維摩經,[8] 目淨修廣如靑蓮. 孟郊詩, 親賓改舊觀.

---

8   [교감기] '維'는 원래 '結'로 되어 있었는데, 지금 영원본과 전본을 따르고, 아울러
     『유마경·불국품(佛國品)』에 의거하여 바로잡는다.

6. 거센 바람에 막혀 장로사에 들어가다【장로사는 진주에 있다】

阻風入長蘆寺【長蘆寺, 屬眞州】

福公開百室	복공이 많은 선실을 열면서
不借鄰國權	이웃 고을 도움을 빌리지 않았네.
法筵森龍象[9]	법연에는 용과 코끼리가 많고
天樂下管絃	하늘의 음악이 관현악기로 내려오네.
我來雨花地	내가 오니 꽃비가 땅에 내리고
依舊薰爐烟	이전처럼 향로에 연기 피어오르네.
金碧動江水	금푸른 빛이 강물에 일렁이고
鐘魚到客船	종과 목어 소리 나그네 배에 들리네.
茗椀洗昏著	찻잔은 답답함을 씻어내는데
經行數徂年[10]	경행은 지난해에 자주 했네.
歲寒風落山	날이 추워 바람에 산목의 잎이 지고
故鄉喜言旋	고향으로 돌아가니 기쁘네.
林回負赤子	임회가 어린아이를 업고서
白璧乃可捐	백옥을 내던져버렸네.
侍親如履冰	어버이 모심을 얼음 밟듯 하는데
風雨森暗川	비바람에 어둑한 강에 아득하네.

---

9   [교감기] '森'은 고본에는 '生'으로 되어 있다.
10   [교감기] '徂'는 고본에는 '走'로 되어 있다.

【주석】

福公開百室 : 『시경·주송』에서 "곡식을 베어서 집집마다 거둬들이네"라고 했다. 살펴보건대 『속등록』에서 "진주 장노 숭복선원의 조인선사의 휘는 지로 복강주 사람이다. 네 곳에서 지주를 했는데, 좋은 인연을 맺은 승려들이 다 모여들어서 30년간 오백 명의 승려로 가득했다"라고 했다.

周頌云, 以開百室. 按續燈錄, 眞州長蘆崇福禪院祖印禪師諱智, 福江州人, 四處住持, 勝緣畢集, 三十年間, 衆盈五百.

不借鄰國權 法筵森龍象 : 『전등록·달마전』에서 "바라제波羅提는 불법佛法 가운데 용상이다"라고 했다. 『지도론』에서 "용상龍象은 그 힘이 대단한 것을 말한다. 용은 물속에서 행하는 힘이 대단하며, 코끼리는 뭍에서 행하는 힘이 대단하다"라고 했다. 대법을 지닌 자를 용상에 비유한다.

傳燈錄達磨傳云, 波羅提法中龍象. 智度論曰, 龍象言力大. 龍水中行力大, 象陸中行力大. 負荷大法者, 比之龍象.

天樂下管絃 : 두보의 「도림악록이사」에서 "육시[11]에 천락의 향연을 태우네"라고 했다.

老杜道林嶽麓二寺詩云, 六時天樂朝香烟.

---

11 육시(六時) : 하루를 여섯으로 나누어 염불과 독경을 하는 시간이다.

我來雨花地 : 『능엄경』에서 "그때 하늘에서 백보연화가 쏟아져서 청색, 황색, 적색, 백색이 서로 섞여 찬란하였다"라고 했다. 이백의 「등와관각登瓦官閣」에서 "지리한 비에 꽃 떨어지고, 요란한 하늘 음악 울리네"라고 했다.

楞嚴經云, 卽時天雨, 百寶蓮花. 青黃赤白, 間錯紛糅. 李白詩, 漫漫雨花落, 嘈嘈天樂鳴.[12]

依舊薰爐烟 金碧動江水 : 사마상여의 「자허부」에서 "그 흙은 주석과 벽옥, 금과 은 등이다"라고 했는데, 주에서 "벽은 옥이 청백색을 이른다"라고 했다. 두보의 「목피령木皮嶺」에서 "금벽의 아름다운 기운 모여 있고"라고 했다. 좌사의 「촉도부」에서 "이어진 구슬처럼 금빛과 푸른빛의 바위"라고 했다.

子虛賦, 其土則錫碧金銀. 注云, 碧謂玉之青白色者也. 杜詩云, 潤聚金碧氣. 蜀都賦, 連珠金碧之岩.[13]

鐘魚到客船 茗椀洗昏著 : 한유와 맹교의 절구에서 "찻사발을 섬섬옥수로 받드네"라고 했다.

退之詩, 茗椀纖纖捧.

---

12 [교감기] 영원본에는 '李白詩' 조목의 주가 없다.
13 [교감기] 영원본에는 '蜀都賦' 조목의 주가 없다.

經行數徂年 歲寒風落山 故鄉喜言旋 : 『좌전 · 소공 원년』에서 "바람이 산의 나뭇잎을 떨어뜨리는 것을 고蠱라고 합니다"라고 했다. 『시경 · 소아 · 황조』에서 "돌아가리 돌아가리"라고 했다.

左傳昭元年, 風落山謂之蠱. 小雅黃鳥云, 言旋言歸.

林回負赤子 白璧乃可捐 : 『장자 · 산목山木』에서 "임회林回가 천금의 구슬을 버리고 어린아이를 등에 업고 도망쳤다"라고 했다.

見上.

侍親如履冰 : 『효경』3장에서 "깊은 연못에 임한 듯, 얇은 얼음을 밟는 듯"이라고 했는데, 그 뜻을 취하였다.

意取孝經第三章云, 如臨深淵, 如履薄冰.

7. 큰 형님의 「장로사하」에 차운하다

次韻伯氏長蘆寺下

風從落帆休	바람은 정박한 돛배 따라 멈추고
天與大江平	하늘은 큰 강과 맞닿아 평평하네.
僧房晝亦靜	승방은 대낮에도 고요하고
鐘磬寒逾淸	종과 경쇠는 추운 날 더욱 맑게 들리네.
淹留屬暇日	머물러서 마침 한가한데
植杖數連甍	지팡이 세우고 이어진 기와를 헤아려 보네.
頗與幽子逢	자못 은자들과 만나서
煮茗當酒傾	차를 끓이니 술을 기울인 듯하네.
携手霜木末	서리 내린 숲에서 손을 맞잡고
朱欄見潮生	붉은 난간에서 밀려오는 조수를 보네.
檣移永正縣	배는 영정현으로 가고
鳥度建康城	새는 건강성을 넘네.
薪者得樹雞	나무꾼은 목이木耳를 얻고
羹盂味南烹	국 사발에 남방 음식을 맛보네.
香秔炊白玉	향기로운 벼로 쌀밥을 짓고
飽飯愧閒行	배불리 먹으니 한가로운 여정이 부끄럽네.
叢祠思歸樂	울창한 숲의 두견새
吟弄夕陽明	밝은 석양에 울어대네.

| 思歸誠獨樂 | 돌아감을 생각하니 참으로 홀로 기쁜데 |
| 薇蕨漸春榮 | 고사리는 봄날 점점 자라네. |

【주석】

風從落帆休 天與大江平 僧房晝亦静 鐘磬寒逾清 淹留屬暇日 植杖數連甍 : 도연명의 「귀거래사」에서 "간혹 지팡이를 세워놓고 김매고 밭 간다" 라고 했는데, '식장植杖'이란 말은 『논어』의 "자로에게 면박을 주고서 지팡이를 꽂아놓고 김을 매었다[植其杖而芸]"에서 나왔다.

歸去來詞云, 或植杖而耘耔. 字本出論語.

頗與幽子逢 : 한유의 「별조자」에서 "바닷가나 여러 산속에, 숨어 지 내는 이가 자못 없지 않네"라고 했다.

退之詩, 幽子頗不無.

煮茗當酒傾 : 두보의 「회일심최집이봉晦日尋崔戢李封」에서 "매번 찾아가 술동이 비우며"라고 했다. 이백의 「월하독작月下獨酌」에서 "근심은 많고 술은 비록 적으나, 술을 비우면 근심은 찾아오지 않네"라고 했다. 백거 이의 「숙남계대월宿南溪待月」에서 "에오라지 차를 마시니 술을 대신하 네"라고 했다.

杜詩, 每過得酒傾. 李白詩, 愁多酒雖少, 酒傾愁不來. 樂天詩, 聊將茶代酒.

携手霜木末 朱欄見潮生 檣移永正縣 : 『악부시·고시』에서 "상아로 돛대를 만들어"라고 했다.

見泊舟白沙江口題下注.

鳥度建康城 薪者得樹鷄 : 한유의 「답도사기수계答道士寄樹鷄」에서 "연하고 부드러운 청황의 모습 시샘 받을 만한데, 삶으려고 아이 불러 나무 소반에 담았네. 그대 번거롭게 화양동에 들어가, 괴룡의 왼쪽 귀[14]를 잘라 보내왔네"라고 했다. 소식의 「화도」에서 "노란 배추는 기름진 땅에서 자라고, 오래된 닥나무에서 목이가 자라네. 차마 곧 삶을 수 없어서, 하루 백 번 찾아와 찬찬히 살펴보네"라고 했다.

退之有答道士寄樹鷄詩云, 軟濕靑黃狀可猜, 欲烹還喚木盤廻. 煩君自入華陽洞, 直割乖龍左耳來. 東坡和陶詩, 黃菘養土膏, 老楮生樹鷄. 未忍便烹煮, 繞觀日百回.

羹盂味南烹 : 한유의 「초남식」에서 "내가 귀양을 왔으니, 남방의 음식을 먹는 게 당연하지"라고 했다.

退之初南食詩, 自宜味南烹.

香秔炊白玉 : 두보의 「행관장망行官張望」에서 "옥 낱알은 새벽밥에 좋고"라고 했다. 한유의 「성남연구城南聯句」에서 "검은 붕어를 주방에서

---

14 괴룡의 왼쪽 귀 : 목이(木耳)를 가리킨다. 제목의 수계(樹鷄)가 바로 목이이다.

서리처럼 희게 회를 내고, 백옥의 향기로운 쌀밥을 짓네"라고 했다.

杜詩, 玉粒足晨炊. 退之聯句, 庖霜膾玄鯽, 白玉炊香粳.

飽飯愧閒行 叢祠思歸樂 吟弄夕陽明 思歸誠獨樂 薇蕨漸春榮：『한서·진
승전』의 주에서 "총사叢祠는 초목이 우거진 것을 이른다"라고 했다. 원
진의 「적강릉유사귀락」에서 "산속의 사귀락은, 모두 고향 돌아갈 생각
일어나게 우네. 응당 이 산길로, 예부터 이별한 사람 갔었지"라고 했
다. 백거이의 「화사귀락和思歸樂」에서 "산속에 잠들지 않은 새, 한밤중
에 시끄럽게 울어내네. 동쪽으로 돌아가는 즐거움을 말하는 듯하니,
행인은 눈물을 닦으며 듣네"라고 했다. 두악의 『영릉기』에서 "사귀락
은 모양이 비둘기 같은데 색이 짙다. 삼월이면 우는데 그 울음소리가
"돌아감만 못하네"라고 들린다"라고 했다.

漢陳勝傳, 注, 叢祠, 謂草木岑蔚者. 元稹謫江陵有思歸樂詩云, 山中思歸樂,
盡作思歸鳴. 應緣此山路, 自古離人征. 云云. 白居易和云, 山中不棲鳥, 夜半
聲嚶嚶. 似道東歸樂, 行人掩泣聽. 陶岳零陵記云, 思歸樂, 狀如鳩而慘色. 三
月則鳴, 其音云不如歸去.

8. 금릉

金陵

금릉은 지금의 건강부로 상원과 강녕 두 현을 다스린다. 본래 초나라의 읍이었는데, 초 위왕이 그 땅에 왕의 기운이 서려 있다고 하여 금을 묻어서 그 기운을 눌렀다. 그러므로 금릉이라 부른다. 진나라는 말릉으로 고쳤고 오나라는 건업으로 고쳤다.

今建康府也, 治上元江寧二縣. 本楚邑, 楚威王以其地有王氣, 埋金以鎭之, 故曰金陵. 秦改曰秣陵, 吳改建業.

豪士阻江海	호걸의 선비 강해에 막혔으니
瓜分域中權	천하의 권세가 참외처럼 나뉘었네.
眞人開關梁	진인이 관문과 부교浮橋를 열면서
曾不費一絃[15]	일찍이 한 활도 쏘지 않았네.
六朝妙人物	육조에는 인물들이 뛰어나
蔓草縈寒烟	넝쿨처럼 차가운 이내에 얽어져 있었네.
至今哀江南	지금 애달픈 강남에
詠歌在漁船	노래 소리 어선에서 들려오네.
窮山虎豹穴	깊은 산 호랑이, 표범의 동굴
磨衲擁高年[16]	가사 걸친 노년의 승려.

---

15 [교감기] '一'은 고본에는 '鏃'으로 되어 있다.

靑天行日月	푸른 하늘에 해와 달이 가니
坐看磨蟻旋	앉아서 맷돌 위의 개미를 보네.
身將時共晚	나는 세월과 함께 늙어가고
道與世相捐	도는 세상과 서로 버리네.
猶能攬壯觀	오히려 장관을 바라보노니
巨浸朝百川	큰 강물에 온갖 시내 흘러드네.

【주석】

豪士阻江海 瓜分域中權 :『전국책·조어』에서 "조나라의 피폐함을 틈타서 참외를 쪼개듯 조나라를 나누었다"라고 했다.『당서』에서 "하북의 땅을 참외 쪼개듯 나누었다"라고 했다. 포조의 「무성부」에서 "끝내 참외를 가르고 콩을 쪼개는 듯"이라고 했는데, 주에서 "그 땅을 참외의 겉을 쪼개듯 하였다"라고 했다. 노자의『도덕경』에서 "도는 위대한 것이다. 하늘도 위대하고 땅도 위대하고 왕 역시 위대하다. 세상에는 이 네 가지 위대함이 있는데"라고 했다.

戰國策趙語云, 乘趙之弊而瓜分之. 唐書, 瓜分河北地. 鮑照蕪城賦, 竟瓜剖而豆分. 注, 其土地如瓜之割肌.[17] 老子, 域中有四大.

16　[교감기] '磨衲'은 고본에는 '破衲'으로 되어 있다.
17　[교감기] '鮑照'부터 '割肌'까지 영원본에는 이 조목의 주가 없다. 살펴보건대 이
　　조목의 주는『육신주문선(六臣注文選)』권11에서 나왔다.

眞人開關梁 曾不費一絃 : 북송 개보 7년 10월에 조빈, 반미 등에게 조
서를 내려 강남을 토벌하게 하니 이르는 곳마다 승전하였다. 11월에
용선 수천 척으로 부교浮橋를 만들어 돌을 캐어서 대군을 건너게 하였
다. 8년 11월에 승주를 공격하여 함락하고 당국唐國의 주군인 이욱을
사로잡아 강남이 평정되었다.

開寶七年十月, 詔曹彬潘美等伐江南, 所至剋捷. 十一月, 以龍船數千艘爲
浮梁, 自采石磯以濟大軍. 八年十一月, 攻扱昇州, 擒唐國主李煜, 江南平.

六朝妙人物 : 오나라는 말릉에 도읍을 두었는데, 진나라 원제가 강을
건너 다시 도읍으로 삼으니, 송과 제와 양과 진이 모두 그를 따랐다.

吳都秣陵, 晉元帝渡江復都焉, 宋齊梁陳皆因之.

蔓草縈寒烟 至今哀江南 : 『후주서』에는 유신의 「애강남부」 한 편이
실려 있다. 송옥의 「초혼」의 마지막에서 "영혼이여! 돌아오라, 애달픈
강남으로"라고 했는데, 유신의 작품은 이에서 취하였다.

後周書庾信有哀江南賦一首. 宋玉招魂篇末云, 魂兮歸來哀江南. 庾信盖取
諸此.

詠歌在漁船 窮山虎豹穴 磨衲擁高年 : 법수를 이른다. 살펴보건대 『승
보전』에서 "법수가 법운사에 있을 때 신종이 내시를 보내 향과 비단
승복을 하사하였다"라고 했다.

謂法秀也. 按僧寶傳, 秀在法雲寺, 神宗遣中使賜香並磨衲.

靑天行日月 坐看磨蟻旋 : 소순흠蘇舜欽의 「서중잡영暑中雜詠」에서 "누워
서 푸른 하늘을 보니 흰구름이 떠가네"라고 했다. 『진서·천문지』에서
"해와 달이 실제로 동쪽으로 운행할 때 하늘이 그것을 이끌어서 서쪽
에서 지는 것이다. 비유하자면 개미가 맷돌 위를 다닐 때 맷돌이 왼쪽
으로 돌고 있는데 개미가 오른쪽으로 가면, 맷돌은 빨리 돌고 개미는
느리기 때문에 어쩔 수 없이 맷돌을 따라 왼쪽으로 도는 것으로 보인
다"라고 했다.

蘇子美詩, 臥看靑天行白雲. 晉天文志, 日月實東行, 而天牽之以西沒. 如
蟻行磨石之上, 磨左旋而蟻西行.

身將時共晚 道與世相捐 :『장자·선성』에서 "세상은 도를 잃었고 도는
세상을 잃었으니, 세상과 도가 서로 잃게 되었다"라고 했다.

莊子繕性篇, 世喪道矣, 道喪世矣. 世與道交相喪也.

猶能攬壯觀 :『사기·봉선서』에서 "빛나고 성대하도다! 이 일이여. 천
하의 장관이로다"라고 했다.

史記封禪書云, 皇皇哉斯事, 天下之壯觀.

巨浸朝百川 : 원주에서 "당시 수선사는 종산사에 있었다"라고 했다.

○ 수선사는 바로 원통선사 법수이다. 여급공이 그 탑에 명을 쓰기를 "원풍 2년에 형공 왕안석이 금릉에 거주할 때 예로써 선사를 맞이하여 종산의 흥국사에 거주하게 하였다. 흥국사는 공이 사재를 털어 세운 것으로, 절에 관련된 일은 모두 공의 허락을 받은 뒤에 행해졌다. 선사가 이르는 날에 대중에게 고하기를 "재물로 절을 운영하는 것은 마땅히 왕 씨에게 돌아가야 하고, 절에 관한 일로 명령을 듣는 것은 마땅히 늙은 나에게 돌아와야 한다"라고 했다. 어느 날 왕공이 자신이 지은 『불서해의』를 선사에게 보여 주니, 선사가 "문장의 오묘함은 감히 의논할 수 없습니다. 그러나 지식으로서 아는 것이 아니니, 마땅히 학문으로 다할 수 있는 것이 아닙니다"라고 하였다. 공이 이에 기뻐하지 않자 선사는 드디어 떠나 버렸다"라고 했다. 살펴보건대 원풍 2년은 기미년으로 산곡의 지금 여행은 아마도 3년 경신년에 있었을 것이니, 당시 수선사는 분명히 금릉에 있었다. 『장자』에서 "신선은 큰 홍수가 나서 하늘에 닿아도 그를 적실 수 없다"라고 했다. 원우 연간에 「화동파 송이방숙」이란 시를 지으면서 또한 앞의 말을 사용하였으니, "그대는 보았는가, 온갖 시내가 모인 거대한 물결을"이라고 했다.

元注云, 時秀禪師在鍾山寺 ○ 秀, 乃圓通禪師法秀也. 呂汲公銘其塔云, 元豐二年, 王荊公居金陵, 以禮邀師居鍾山之興國寺. 興國者, 公捐私財以治者也. 寺之事, 一聽於公而後行. 師至之日, 告於衆曰, 以財營寺, 則宜歸王氏, 以寺聽命, 則宜歸老僧. 一日, 公以所著佛書解義示師, 師曰, 文章之妙, 所不敢議. 然不可以智知, 殆非義學所能盡也. 公滋不悅, 師遂棄去. 按元豐二年,歲己未而山谷此行, 盖三年庚申歲, 時秀師正在金陵. 莊子, 大浸稽天而不溺.

元祐間, 和東坡送李方叔詩, 又用此語云, 君看巨浸朝百川.

9. 이단숙과 이별하며 주다

贈別李端叔

이지의의 자는 단숙으로 고숙 사람이며 진사에 올랐다. 원우 연간에 추밀원편수관이 되었다. 동파가 정무의 장수로 있을 때 그를 불러 막하에 두었다.

李之儀字端叔, 姑孰人, 擧進士. 元祐中爲樞密院編修官. 東坡帥定武, 辟置幕下.

我觀江南山	내가 강남의 산을 보건대
如目不受垢	눈에 때가 끼지 않는 듯하네.
憶食江南薇	강남의 고사리 먹을 때 생각하면
子獨於我厚	그대 홀로 나에게 너그러이 대해주었지.
在北思江山	북쪽에 있을 때 강산을 생각하면
如懷冰雪顔	빙설 같은 얼굴을 떠올리는 듯했네.
千峯上雲雨	천 봉우리 위에 비구름
岑絶何由攀	멧부리 높으니 어찌 올라가랴.
當時喜文章	당시에 문장을 좋아하였는데
各有兒子氣	각자 유치한 기운이 있었네.
爾來頷須白	이후로 구레나룻 희게 되니
有兒能拜起	아이들도 절하고 일어나네.

讀書浩潮海[18]	드넓은 조수의 바다처럼 책을 읽고
解意開春冰	봄날 얼음 풀리듯 의미를 아네.
成山更崇崛[19]	산을 이뤘는데 또다시 높다랗거늘
顧我醜邱陵	그러나 나는 언덕만 하니 부끄럽구나.
白玉著石中	백옥이 돌 가운에 있지만
與物太落落[20]	사물에 매우 겸손하게 대하네.
涇渭相將流	경수와 위수가 섞여 흐를 때
世不名淸濁	세상에서 맑고 흐름을 명명할 필요가 없네.
乞言旣不易	시를 달라는 것도 이미 쉽지 않으며
贈言良獨難	시를 주는 것도 참으로 어렵네.
古來得道人	옛날부터 도를 깨우친 사람은
挂舌屋壁間	담벼락 사이에 혀를 매달아 놓았네.
牧羊金華道	금화산에서 양을 키우며
載酒太玄宅	양웅의 집으로 술을 가져가네.
支頤聽晤語	턱을 괴고 이야기를 듣는데
願君喙三尺	원컨대 그대 세 척의 입을 지녔으면.
我行風雨夜	나는 비바람 치는 밤에 떠나니
船牕聞遠鷄	배의 창에서 먼 닭 울음소리 듣네.

---

18 [교감기] '浩'는 영원본에는 '洗'로 되어 있다.
19 [교감기] '崇崛'은 영원본과 전본에는 '崇堀'로 되어 있다.
20 [교감기] '太'는 전본에는 '本'으로 되어 있다.

故人不可見　　　벗을 보지는 못하지만

故人心可知　　　벗의 마음을 알 수 있네.

【주석】

我觀江南山 如目不受垢 憶食江南薇 子獨於我厚 在北思江山 如懷冰雪顔 : 두보의 「장인산丈人山」에서 "그대 다음엔 백설 같은 얼굴 볼 수 있으리" 라고 했다.

杜詩, 君看他時氷雪容.

千峯上雲雨 :『열자·주목왕』에서 "화인化人의 궁전은, 구름과 비 위로 솟아 있다"라고 했다.

列子周穆王篇, 化人之宮, 出雲雨之上.

岑絶何由攀 當時喜文章 各有兒子氣 :『한서·고오왕전』에서 "주허후 유장劉章이 일찍이 입시하여 연회에서 술을 마실 때, 고후는 그를 아이로 취급하였다"라고 했다.

漢高五王傳, 朱虛侯章嘗入侍燕飮, 高后兒子畜之.

爾來頷須白 有兒能拜起 :『사기·삼왕세가』에서 "황자들은 하늘에 의지하여 이미 장성하여 조복을 입고 폐하를 뵐 수 있으나"라고 했다. 『촉지·이적전』에서 "한 번 절하고 한 번 일어나니 족히 수고로울 것

이 없습니다"라고 했다.

史記三王世家, 皇子賴天, 能勝衣趨拜. 蜀志伊籍傳, 一拜一起, 未足爲勞.

讀書浩潮海 解意開春冰 : 『노자』에서 "마음속 의혹이 해소되는 것은 얼음이 풀려 사라지는 듯하고"라고 했다. 진晉 두예杜預의 「춘추서」에 서 "강하의 물이 육지에 스며들고, 비가 땅을 적시듯 깊고 넓은 학문을 한다면 의심이 얼음이 녹는 듯 풀리고 이치가 순해져서 기쁘게 된다" 라고 했다.

老子云, 渙若冰將釋. 春秋序, 若江河之浸, 膏澤之潤. 渙然冰釋, 怡然理順.[21]

成山更崇崛 : 『논어・자한子罕』에서 "비유하자면 산을 만들 때 마지막 한 삼태기가 부족하여 산을 못 만들고 그친 것도 내가 그렇게 한 것이 다"라고 했다.

論語, 譬如爲山, 未成一簣, 止, 吾止也.

顧我醜邱陵 : 추醜는 부류이다.

醜, 類也.

白玉著石中 與物太落落 : 『노자』에서 "덕 있는 사람은 귀한 옥처럼 처 신하지 않고, 아무데나 굴러다니는 돌처럼 처신한다"라고 했다.

---

21 [교감기] '春秋序'부터 '理順'까지 영원본에는 이 조목의 주가 없다.

老子, 不欲珠珠如玉, 落落如石.

涇渭相將流 世不名淸濁 :『문선』에 실린 조식의 「증정의왕찬贈丁儀王粲」
에서 "산의 멧부리 높아 끝이 없고, 경수와 위수는 맑고 흐림이 갈리
네"라고 했는데, 주에서 인용한 모장의 서에서 "경수와 위수가 섞이지
만 맑고 흐린 물줄기는 다르다"라고 했다.
　文選曹子建詩, 山岑高無極, 涇渭揚濁淸. 注引毛萇詩云, 涇渭相入, 而淸
濁異.

乞言旣不易 贈言良獨難 :『진서·환이전』에서 "임금 노릇하기가 이미
쉽지 않고, 신하 되기도 참으로 어렵다"라고 했다.
　晉桓伊傳, 爲君旣不易, 爲臣良獨難.

古來得道人 挂舌屋壁間 牧羊金華道 載酒太玄宅 : 갈홍의『신선전』에서
"황초평이 15살 때 집에서 양을 키우게 하였다. 도사를 따라 금화산
석실에서 도를 닦았다. 40여 년이 지난 뒤에 형이 찾아와서 양이 어디
있냐고 물었다. 초평이 "워이! 양들아 일어나라"라고 하니, 이에 흰 돌
이 모두 일어나 수만 마리의 양이 되었다"라고 했다.『한서·양웅전』에
서 "양웅이 술을 무척 좋아하면서도 집이 가난해 마시지를 못했는데, 호
사자好事者가 술과 안주를 싸 들고 와서 종유從游하며 배웠다"라고 했다.
　兩事, 見上.

支頤聽晤語 : 『시경·국풍·진풍』에서 "저 아름답고 착한 여인이여, 함께 이야기를 나눌 만하다"라고 했다. 『전등록·천태풍천선사전』에서 "선사가 국청사에 거처하였다. 부엌에 두 고행승이 있었는데, 한산과 습득 두 사람이 식사를 담당하면서 종일 이야기를 나누었는데, 옆에서 가만히 듣는 자들은 모두 이해하지 못하였다. 다만 선사와 서로 친할 따름이었다"라고 했다.

陳國風云, 可與晤語. 傳燈錄天台豊千禪師傳, 居國淸寺, 厨中有二苦行, 寒山拾得二人執爨, 終日晤語, 潛聽者都不解, 獨與師相親.

願君喙三尺 : 『장자·서무귀徐無鬼』에서 중니仲尼가 "나는 삼척의 입을 가지고 싶다"라고 했다.

見莊子

我行風雨夜 船艙聞遠鷄 故人不可見 故人心可知 : 이릉의 「여소무서」에서 "사람이 서로 알 때 그 마음을 알아주는 것이 귀합니다"라고 했다.

李陵與蘇武書, 人之相知, 貴相知心.

10. 동릉에서 바람에 막혀【동릉현은 또한 예지주에 속한다. 당나라 때는 동관현이었고 오대 때에는 동릉으로 고쳤다】

阻風銅陵【銅陵縣亦隷池州, 唐爲銅官縣, 五代改銅陵】

頓舟古銅官	옛날 동관에 배를 멈추니
晝夜風雷黑	밤낮으로 바람과 우레에 컴컴하네.
洪波崩奔去	드넓은 물결은 무너지듯 내달리니
天地無限隔	천지에 그 끝이 없구나.
船人謹維筰	뱃사람은 조심스레 닻줄 묶는데
何暇思挂席	어느 겨를에 돛을 올릴 걸 생각하랴.
憑江裂嵌空	강물에 의해 찢어진 굴이 있는데
中有暗水滴[22]	안은 어둑한데 물이 떨어지네.
洞視不敢前	자세히 보니 감히 앞으로 나가지 못해
潭潭蛟龍宅	깊고 깊으니 바로 교룡의 집이네.
網師登長鱣	그물 든 사공은 기다란 상어에 올라
賈我腥金鬲	나에게 비린 솥으로 값을 요구하네.
斑斑被文章	얼룩덜룩 문양으로 뒤덮고
突兀喙三尺	우뚝 솟은 부리는 삼 척이나 되네.
言語竟不通	말이 끝내 통하지 않으니

---

22 [교감기] '暗'은 원래 '時'로 되어 있었는데, 영원본과 전본, 그리고 건륭본에 의거하여 바로잡는다.

噞喁亦何益	떠들어댄들 무슨 소용이랴.
魁梧類長者[23]	훤칠하니 장자와 비슷한데
卒以筌餌得	끝내 통발로 고기나 잡네.
浮沉江湖中	강과 호수에서 떴다가 자맥질하더니
波友永相失	벗인 파도를 영영 잃어버렸네.
有生甚苦相	대단히 고달픈 상의 삶이니
細大更噉食	작거나 크거나 다 잡아먹네.
安得無垢稱	어찌하면 무구칭을 만나
對榻忘語黙	걸상 마주하고 말을 잊고 침묵할까.

【주석】

頓舟古銅官 晝夜風雷黑 洪波崩奔去 天地無限隔 : 『문선』에 실린 좌사의 「위도부」에서 "바위산과 연못이 오랑캐와 경계를 이룬다"라고 했다.

文選魏都賦, 巖岡潭淵, 限蠻隔夷.

船人謹維笮 : 『당운』에서 "착笮은 대나무 끈이다"라고 했다. 두보의 「길박도桔栢渡」에서 "대를 엮어 긴 다리 만들었네"라고 했으며, 또한 "이어진 대 다리는 출렁이며"라고 했다.

唐韻, 笮, 竹索也. 老杜桔栢渡詩, 架竹爲長橋, 連笮動嫋娜.

23　[교감기] '者'는 고본에는 '老'로 되어 있다.

何暇思挂席 : 두보의 「장적오초將適吳楚」에서 "돛을 달아 오의 남두로 가고 싶네"라고 했다.

杜詩, 掛席上南斗.

憑江裂嵌空 : '嵌'의 음은 'ㅁ'와 '銜'의 반절법이다. 이백의 「영산준」에서 "옹이투성이 차가운 산의 나무, 움푹 패어 술동이 되었네"라고 했다.

嵌, 口銜切. 太白詠山樽云, 擁腫寒山木, 嵌空成酒樽.

中有暗水滴 洞視不敢前 潭潭蛟龍宅 : 두보의 「구당」에서 "원숭이들 수염을 길게 늘이고, 교룡의 굴은 높기도 하네"라고 했다.

老杜瞿塘詩, 猱玃髯鬚古, 蛟龍窟宅尊.

網師登長鱏 賈我腥金鬲 : 가의의 「조굴원부」에서 "강을 가로지르는 고래여. 장차 개미에 억제될 것이네"라고 했다. 『사기 · 채택전』에서 "한韓과 위魏는 길에서 솥을 뺏기는 격이다"라고 했다.

賈誼弔屈原賦, 橫江潭之鱣鯨. 史記蔡澤傳, 遇奪金鬲於塗.

斑斑被文章 突兀喙三尺 : 두보의 「화골행」에서 "처음에는 놀랐다네 잡아매지도 않았는데, 어찌 그리 우뚝하게 서 있는 지"라고 했다. 『장자 · 서무귀徐無鬼』에서 중니仲尼가 "나는 삼척의 입을 가지고 싶다"라고 했다.

老杜畫鶻行, 初驚無拘攣, 何得立突兀. 喙三尺, 見上.

言語竟不通 噞喁亦何益 : 좌사의 「오도부」에서 "물고기가 입을 뻐끔
거리며 떴다가 자맥질한다"라고 했다.

吳都賦云, 噞喁浮沉.

魁梧類長者 : 좌사의 「삼도부」 서에서 "풍요와 가무는 각각 그 풍속
을 따르고, 뛰어난 어른은 옛날 사람이 아님이 없다"라고 했는데, '괴
오魁梧'는 뛰어남이란 의미이다. 사마천의 「장량찬」에서 "나는 그 사람
됨이 기골이 장대하고[魁梧] 위엄이 넘칠 것이라고 추측했는데, 그의 초
상화를 보니 부인과 같은 모습이었다"라고 했다. 두보의 「사원행沙苑
行」에서 "연못에서 뛰어오른 사람만 한 큰 물고기"라고 했다.

左太沖三都賦序, 風謠歌舞, 各附其俗. 魁梧長者, 莫非其舊 魁梧, 奇偉,
見張良贊. 杜詩, 泉出巨魚長比人.

卒以筌餌得 : 『장자』에서 "물고기를 잡으면 통발을 잊어버린다"라고
했는데, 주에서 "물속에 섶을 쌓아 물고기가 그에 의지하여 먹이 활동
을 하는 것이다. 달리 어구라고도 한다"라고 했다. 『장자』[24]에서 "물고
기와 자라는 강호가 얕다고 여겨서 그 안에 구멍을 뚫는데, 끝내 얻는
것은 낚싯밥이다"라고 했다.

---

24 『장자』: 아래 문장의 출전은 『장자』가 아니라 『예기·대대례(大戴禮)』이다.

莊子, 得魚而忘筌. 注, 積柴水中, 使魚依而食. 一云, 魚筍. 莊子, 魚鼈以江湖爲淺, 而穴其中, 卒所以得之者餌也.

浮沉江湖中 波友永相失 有生甚苦相 細大更噉食: 『능엄경』에서 "사람이 양을 잡아먹으면 그 양은 죽어서 사람이 되고, 사람이 죽으면 양이 된다. 이처럼 죽고 나고 나고 죽는 것이 서로 번갈아 가며 서로 잡아먹는다"라고 했다.

楞嚴經, 以人食羊, 羊死爲人, 人死爲羊. 死死生生, 互來相噉.

安得無垢稱 對榻忘語默: 범어로 유마라힐[25]을 번역하면 정명이라 하거나 또는 정무구칭이라고 한다. 살펴보건대『유마경』에서 "당시 유마힐이 침묵하며 말을 하지 않자, 문수사리가 감탄하면서 "훌륭하구나! 문자와 언어가 없음에 이르렀으니, 이것이 참으로 불이의 경지에 들어가는 법문이다""라고 했다.

譯梵云, 維摩羅詰, 此云淨名, 又淨無垢稱. 按維摩經, 時維摩詰黙無言, 文殊師利歎曰, 善哉, 乃至無有文字語言, 是眞入不二法門.

---

25 유마라힐 : 부처님의 속세 제자이다. 속세에 있으면서 보살행업을 닦은 거사로 그 수행이 대단하여 어떤 불제자도 미칠 수 없다고 한다.

11. 물에 막혀서 죽산 아래에 배를 정박하다

阻水泊舟竹山下

竹山蟲鳥朋友語	죽산의 곤충과 새는 붕우처럼 말하는데
討論陰晴怕風雨	날씨를 토론하며 풍우를 두려워하네.
丁寧相教防禍機	진정으로 재앙의 기미를 방비케 하니
草動塵驚忽飛去	풀이 흔들리면 먼지가 일어나 문득 날아가네.
提壺歸去意甚眞	제호새 날아가며 우니 술이 그립고
柳暗花濃亦半春	버들 그늘지고 꽃은 농염하니 또한 한 봄이네.
北風幾日銅官縣	며칠 동안 동관현에 북풍이 부니
欲過五松無主人	주인 없는 오송산을 찾아보고 싶구나.

【주석】

竹山蟲鳥朋友語 : '붕우어朋友語'는 『한서・형산왕전』에서 "바로 형제 간에 친해하는 말이 있어서 이전의 불화를 풀고"라는 말과 같다.

朋友語, 如漢衡山王傳, 乃昆弟語, 除前隙也.

討論陰晴怕風雨 : 『논어』에서 "외교 문서를 작성하는데, 세숙이 토론 하고"라고 했다.

論語, 世叔討論之.

丁寧相教防禍機 : 두보의 「절구만흥絶句漫興」에서 "앵무새로 하여금 실
컷 지저귀게 하네"라고 했다. 『문선』에 실린 명원 포조의 「고열행苦熱
行」에서 "산 몸뚱이로 죽음의 땅 밟고, 왕성한 의지로 재앙 그물에 오
르네"라고 했는데, 이선李善이 주注에서 인용한 『장자』에서 "활 틀에 건
화살과 같이 튕겨 나가는 것 같다"[26]라고 했다. 사마표司馬彪가 "재앙과
패망이 오는 것이 활 틀에 건 화살이 튕겨 나가는 것과 같다"라고 했
다. 반고의 『전한서·서전敍傳』에서 "재앙이 마치 활 틀에 건 화살이 튕
겨 나가는 것 같다"라고 했다.

杜詩, 便教鸎語太丁寧. 禍機, 見上.

草動塵驚忽飛去 : 육기의 「호사부서」에서 "바람이 일어나면 먼지와
합해지듯이 재앙이 이르면 항상 극심하다"라고 했다.

陸機豪士賦序, 風起塵合, 而禍至常酷也.[27]

提壺歸去意甚眞 : '제호提壺'는 새 이름이다. 성유 매요신의 「사금언四
禽言」에서 "직박구리가 좋은 술을 파네. 바람이 손이 되고 나무가 벗이
되네. 산꽃은 요란하게 눈앞에 피니, 오늘 아침 너에게 권커니 천만 수

---

26 활 (…중략…) 같다 : 기발약기괄(其發若機栝)은 그 움직임이 마치 쇠뇌의 오늬처
    럼 빠르다는 말이다. '기괄(機栝)'은 쇠뇌의 오늬(화살의 머리를 활시위에 끼도
    록 에어 낸 부분)로 여기서는 모질게 튀어나가는 모습을 나타낸다.
27 [교감기] 영원본에는 이 조목의 주가 없다. 또한 '也'자는 원래 빠졌었는데, 『문
    선』 46권 「호사부서」에 의거하여 보충하였다.

누리게"라고 했다.

提壺, 見上.

柳暗花濃亦半春 北風幾日銅官縣 欲過五松無主人 : 오송산은 동릉의 서
쪽 5리에 있다. 이백의 「동관산」에서 "나는 동관의 음악을 좋아해, 천
년 동안 그곳에서 떨어지지 않을 거라 여기네. 모름지기 소매를 돌리
며 춤을 추는데, 오송산을 다 쓸어버릴 듯하네"라고 했다.

五松山在銅陵西五里. 太白銅官山詩, 我愛銅官樂, 千年未擬還. 要須回袖
舞, 拂盡五松山.[28]

---

28 [교감기] 영원본에는 '太白'부터 '五松山'까지의 주가 없다. 또한 『이태백전집』
    20권에는 '回袖舞'가 '回舞袖'로 되어 있다.

12. 지구에서 비바람에 사흘을 머물다

池口風雨留三日

孤城三日風吹雨	사흘 동안 외론 성에 비바람이 몰아쳐
小市人家只菜蔬	작은 저자의 민가는 다만 채소만 먹네.
水遠山長雙屬玉	머나먼 강 기나긴 산에 쌍으로 나는 촉옥새
身閒心苦一春鋤	몸은 한가롭고 마음은 고달픈 한 마리 백로.
翁從旁舍來收網	이웃에서 온 노인은 그물을 거두고
我適臨淵不羨魚	나는 못으로 가서 물고기 부러워하지 않네.
俛仰之間已陳迹	고개를 돌린 사이에 이미 옛 일이 되는데
暮牕歸了讀殘書	저물녘 창으로 돌아와 낡은 책을 읽네.

【주석】

孤城三日風吹雨　小市人家只菜蔬 : 두보의 「제용흥사벽題龍興寺壁」에서 "작은 저자에는 항상 쌀을 다퉈 사고, 외론 성은 일찍 문을 닫네"라고 했다.

杜詩, 小市常爭米, 孤城早閉門.[29]

水遠山長雙屬玉 : 사마상여의 「상림부」에서 "홍숙과 곡보, 가아와 촉옥"이라고 했는데, 주에서 "촉옥은 기러기와 비슷한데 조금 더 크며 긴

29　[교감기] 영원본에는 이 조목의 주가 없다.

목에 붉은 눈을 지녔다"라고 했다. 소상蘇庠[30]의 「청강곡淸江曲」에서 "물 가득한 못에 촉옥새 쌍으로 날고, 창포 우거진 곳에 원앙이 멱을 감네"라고 했다.

上林賦, 鴻鸘鵠鴇, 駕鵝屬玉. 注云, 屬玉似鴨而大, 長頸赤目. 蘇子美詩, 屬玉雙飛水滿塘, 菰蒲深處浴鴛鴦.[31]

身閒心苦一春鋤 :『이아』에서 "로鷺는 백로[春鋤]이다"라고 했다. 피일휴의 「하수병유夏首病愈」에서 "두어 점 백로가 이내와 빗속에 희미하네"라고 했다.

爾雅, 鷺, 春鋤. 皮日休詩, 數點春鋤烟雨微.[32]

翁從旁舍來收網 :『한서·고조기』에서 "점장이 노인이 떠나고 한 고조가 마침 이웃집에서 왔다"라고 했다.

漢高紀, 高祖適從旁舍來.

我適臨淵不羨魚 : 동중서의 「현량대책賢良對策」에서 "못에 서서 물고기를 부러워하는 것은 물러나 그물을 엮는 것만 못하다"라고 했다.

董仲舒策, 臨淵羨魚, 不如退而結網.

---

30 소상 : 원문의 소자미는 소순흠(蘇舜欽)의 자이다. 이 시는 소상의 시이다.
31 [교감기] 영원본에는 '蘇子美'부터 '鴛鴦'까지의 주가 없다.
32 [교감기] 영원본에는 '피일휴'부터의 주가 없다.

俛仰之間已陳迹 : 왕희지의 「난정계음서」에서 "이전에 즐거웠던 것
은 고개를 들고 내린 사이에 이미 옛날 일이 되었다"라고 했다.

王逸少蘭亭禊飮序, 向之所欣, 俛仰之間, 已爲陳迹.

13. 귀지

貴池

귀지는 지주에 속한 현이다. ○ 원주에서 "지주 사람은 소명 태자에게 제사를 지내어 "성곽 서쪽의 구랑"이라고 하였다. 당시 큰 배가 막 뒤집혀서 물에 빠져 죽은 사람이 열두 명인데, 사람들은 귀신이 노하여서 그렇다고 하였다"라고 했다.

貴池, 池州所治縣也. ○ 元注云, 池人祀昭明, 爲郭西九郎, 時新覆大舟, 水死者十二, 人以爲神之威也.

橫雲初抹漆	가로지른 구름이 처음에 옻을 칠한 듯
爛漫南紀黑	남쪽 지방이 아주 컴컴하네.
不見九華峰	구화봉이 보이지 않으니
如與親友隔	마치 벗과 떨어져 있는 듯.
憶當秋景明	돌이켜보건대, 가을 경치 밝을 때
九老對几席	아홉 노인이 궤석을 마주하였는데.
何曾閉蓬牕	어찌 일찍이 봉창[33]을 닫으랴
臥聽寒雨滴	누워 차가운 빗방울 소리 듣네.
不食貴池魚	귀지의 물고기 먹지 않으랴
喜尋昭明宅	기쁘게 소명의 댁을 찾아가네.

---

33 봉창 : 배의 창문.

筆硯鼠行塵	붓과 벼루 먼지 위로 쥐가 지나가고
芝菌生銅鬲	영지버섯이 구리 솥에 피었네.
思成佳句夢	좋은 구절 이룬 꿈을 생각하니
貽我錦數尺	나에게 비단 두어 척을 주기를 바라네.
屬者浪吞舟	근래 파도가 배를 삼키니
風雹更附益	바람과 우레가 더욱 심해졌네.
老翁哭婦兒	노옹은 부녀자에게 통곡하고
相將難再得	죽은 이와는 다시 만나기 어렵네.
存亡如日月	죽고 사는 것은 해와 달 같으니
薄蝕行道失	박식은 도를 잃었기 때문이네.
流俗暗本源	유속은 본원에 어두우니
謂神吐其食	신이 제사 음식을 토해낼 꺼라 여기네.
神理儻有私	신의 이치에 혹간 사사로움이 있으니
丘禱久以黙	나는 오랫동안 침묵으로 기도하였네.

【주석】

橫雲初抹漆 : 노동의 「월식」에서 "그 처음엔 흐릿하더니, 이윽고 오래되니 옻을 바른 듯"이라고 했다. 구양수의 「귀거鬼車」에서 "뜬구름이 하늘을 가려 뭇 별들 보이지 않는데, 머리 들어 허공을 보니 옻을 칠한 듯"이라고 했다.

盧仝月蝕詩云, 其初猶朦朧, 既久如抹漆. 歐陽文忠詩, 浮雲蔽天衆星没,擧首向空如抹漆.

爛漫南紀黑 :『시경·소아』에서 "넘실넘실 강한은, 남국의 벼리이다"
라고 했다. 두보의 「팔애시」에서 "상국은 남쪽 지방에서 태어나"라고
했다.

詩, 滔滔江漢, 南國之紀. 老杜八哀詩, 相國生南紀.

不見九華峰 如與親友隔 : 지주 청양현에 구화산이 잇다. 이백이 구자
산을 구화산으로 고쳤다. 이백의 「구화산연구」의 서에서 "청양현 남쪽
에 구자산이 있는데, 높이가 수십 길이며 꼭대기에 아홉 개의 봉우리
가 있다. 살펴보건대 도징이란 이름은 근거하는 곳이 없다. 내가 그 옛
이름을 삭제하고 구화라는 지목한다"라고 했다.

池州靑陽縣有九華山. 太白改九子山爲九華山. 聯句其序云, 靑陽縣南有九
子山, 山高數十丈, 上有九峰. 按圖徵名, 無所依據. 予乃削其舊號, 加以九華
之目.

憶當秋景明 九老對几席 何曾閉蓬悤 臥聽寒雨滴 不食貴池魚 喜尋昭明宅 :
『환우기』에서 "귀지는 현의 북쪽 7리에 있다"라고 했다. 살펴보건대
고야왕의 『여지지』에서 "양나라 소명태자가 이곳의 물고기를 먹고 맛
있다고 하여 마침내 귀지라고 이름을 지었다"라고 했다.

寰宇記, 貴池在縣北七里. 按顧野王輿地志云, 梁昭明太子食此魚美, 遂立名焉.

筆硯鼠行塵 : 『세설신어』에서 "진나라 간문제가 무군이 되었을 때, 앉는 의자에 먼지가 깔려도 좌우에서 청소하는 것을 허락하지 않고서 쥐의 발자국을 보고서 길흉을 점쳤다"라고 했다.

世說, 晉簡文爲撫軍時, 所坐牀上, 塵不聽拂, 見鼠行迹, 視以爲佳.

芝菌生銅鬲 : 『사기·채택전』에서 "한韓과 위魏는 길에서 솥을 뺏기는 격이다"라고 했다. 곽박이 "부격釜鬲은 솥의 굽은 다리이다. 음은 '歷'이다"라고 했다. 시의 의미는 즉 제사를 지내지 않는다는 말이다.

釜鬲, 見上. 郭璞曰, 鼎曲腳, 音歷. 詩意謂無祀賽也.

思成佳句夢 貽我錦數尺 : 강엄이 꿈속에서 장경양張景陽에게 비단을 돌려준 뒤에 글재주가 날로 퇴보하였다는 고사를 사용하였다.

用江淹夢人索錦事.

屬者浪吞舟 : 『한서·이심전』에서 "근래 자못 변개한 것이 있다"라고 했는데, 주에서 "'속자屬者는 근래를 이른다"라고 했다. 『장자』에서 "배를 삼킬 만한 큰 물고기는 강이나 시내에서 놀지 않는다"라고 했다. 동파의 「최시관고교催試官考較」에서 "검은 모래와 흰 물결이 서로 삼키네"라고 했다.

漢李尋傳, 屬者頗有變. 注云, 近時也. 莊子云, 吞舟之魚. 東坡詩, 黑沙白浪相吞屠. [34]

風霓更附益 : 『논어』에서 "세금을 많이 거둬 그를 더 부유하게 해 주니"라고 했다.

論語, 而附益之.

老翁哭婦兒 相將難再得 : 백거이의 「위촌퇴거渭村退居」에서 "때로 돌아오면 뒤에 이르기도 했지만, 어느 곳인들 같이 다니지 않았으랴"라고 했다. 『한서·외척전』에서 "미인은 다시 얻기 어렵다"라고 했는데, 이 글자를 따왔다.

白樂天詩, 有時還後到, 無處不相將. 漢外戚傳, 佳人難再得. 此摘其字.

存亡如日月 薄蝕行道失 : 『춘추』에서 "역가의 설에 의하면 보름달이 될 때이면 일광이 멀리에서 월광을 빼앗기 때문에 월식이 생기고, 해와 달이 함께 만날 때이면 달이 해를 기리기 때문에 일식이 생긴다. 일식은 초하루에 발생하고 월식은 보름에 발생하니, 해와 달이 흐려지거나 희미해지는 것[35]을 박薄이라 이른다"라고 했다.

春秋經云, 曆家之說, 謂日光以望時遙奪月光, 故月食. 日月同會, 月掩日, 故日食. 日以朔食, 月食以望, 不爾謂之薄.[36]

---

34 [교감기] '東坡'는 원래 '退之'로 되어 있었다. 살펴보건대 이 구는 소식의 「催試官考較戲作」에 보인다. 지금 전본을 따르고 아울러 『소식시집』에 의거하여 고쳤다.
35 원문의 불이(不爾)에 오탈자가 있는 것으로 보인다.
36 [교감기] 영원본에는 '春秋經'부터 '謂之薄'의 주가 없다. 전본에는 '春秋經云' 네 글자가 없는데, 이가 옳다.

流俗暗本源 謂神吐其食 : 『좌전·희공 5년』에서 "만약 진나라가 우나라를 취하여 밝은 덕으로 향기로운 제물을 올린다면 신은 그것을 토해내겠습니까"라고 했다.

左傳僖五年, 若晉取虞, 而明德以薦馨香, 神其吐之乎.

神理儻有私 丘禱久以黙 : 『논어』에서 "공자가 병환이 위중하자, 자로가 기도할 것을 청하였다. 공자가 "이런 이치가 있는가?"라고 묻자, 자로가 대답하기를 "있습니다. 뇌문誄文에, "너를 상하의 신명에게 기도하였다"라고 하였습니다"라고 하였다. 공자가 "나는 기도한 지가 오래되었노라""라고 했다.

見論語.

14. 대뢰구에서 바람에 막혀【경인년. 살펴보건대 『동안지』에서 "대뢰구는 서주 망강현에 속하니, 현에서 30리 떨어져 있다"라고 했다】

大雷口阻風【庚寅. 按同安志云, 大雷口屬舒州望江縣, 去縣三十里】

號艫下滄江	배를 불러 창강으로 내려가다가
避風大雷口	대뢰구에서 바람을 피하네.
天與水糢糊	하늘과 맞닿은 물은 분간할 수 없으니
不復知地厚	땅이 두터운 지 알 수가 없네.
誰家上江船	강을 오르는 배에 누가 탔는가
狂追雪山走	미친 듯이 설산 향해 내달려가네.
孤村無十室	외론 마을은 열 집도 안 되니
旅飯困三韭[37]	여정의 식사는 부추뿐이라 힘드네.
黃蘆麋鹿場	누런 갈대밭은 사슴이 뛰노니
此地廣千肘	이곳은 천 주나 드넓네.
得禽多文章	꿩을 잡으매 문양이 많으니
肯顧魚貫柳	어찌 버들에 꿰인 물고기 돌아볼까.
莽蒼天物悲[38]	들판의 동물들은 슬퍼 보이니
彫弓故在手	아로새긴 활이 손에 있어서라네.
鹿鳴猶念羣	사슴은 울며 여전히 무리를 찾고

---

37 [교감기] '困'은 고본에는 '餘'로 되어 있다.
38 [교감기] '莽蒼'은 고본에는 '暴殄'으로 되어 있다.

雉媒竟賣友	길들인 꿩은 끝내 들꿩을 팔아먹네.
商人萬斛船	장사치의 만곡의 배
掛席上牛斗	돛을 올리고 두우성으로 올라가네.
橫笛倚柁樓	망루에 기대어 젓대 부니
波深蒼龍吼	깊은 파도 속에서 창룡이 울부짖네.
失水不能神	물을 잃어 신령스럽지 못하는데
伐葭作城守	갈대 베어 성을 굳게 지키네.
欲寄大雷書	대뢰로 편지를 보내려고 한다면
往問長干婦	장간의 아낙을 찾아가 물어보게.
何當楫迎汝	어찌하면 노를 저어 그대를 맞이할까
秦淮綠如酒	푸른 진회는 술처럼 넘실거리네.

【주석】

號艭下滄江 避風大雷口 天與水糢糊 : 백거이의 「설중즉사雪中卽事」에서 "날이 환하니 산에 눈이 희어 분간할 수 없네"라고 했다. 두보의 「희작화경가戲作花卿歌」에서 "단자장의 해골은 피로 홍건한데"[39]라고 했는데, 이 두 글자를 따왔다.

---

39 단자장의 (…중략…) 홍건한데 : 『구당서·숙종기(肅宗紀)』에서 "상원 2년 4월에 재주(梓州) 자사인 단자장(段子璋)이 반란을 일으켜 면주(綿州)에서 동천(東川) 절도사 이환(李奐)을 습격하였다. 스스로 양왕(梁王)이라 칭하고 황룡(黃龍)으로 연호를 바꾸었으며 면주를 황룡부로 삼고 백관(百官)을 두었다. 5월에 성도윤(成都尹) 최광원(崔光遠)이 화경정(花驚定)을 거느리고 면주를 점령하여 단자장을 베어버렸다"라고 했다.

樂天詩, 平明山雪白糢糊.[40] 杜詩, 子章髑髏血糢糊. 摘此二字.

不復知地厚 :『순자』에서 "깊은 계곡에 서보지 않으면 땅이 두터운지
알지 못한다"라고 했다. 두보의 「교릉시橋陵詩」에서 "대지에 우뚝 선 산"
이라고 했다.

荀子, 不臨深谿, 不知地之厚也.[41] 杜詩, 坡陀因地厚.

誰家上江船 : 두보의 「십이월일일十二月一日」에서 "밧줄에 묶여 여울 오
르는 배에 누가 탔는가"라고 했다.

杜詩, 百丈誰家上水船.

狂追雪山走 孤村無十室 : 두보의 「견의遣意」에서 "외론 마을에는 봄 물
이 불어나네"라고 했다.『논어』에서 "열 가구의 마을"이라고 했다.

杜詩, 孤村春水生. 論語十室之邑

旅飯困三韭 :『남사』에서 "남제南齊의 유고지는 본디 청빈하여 먹는
것이라고는 오직 '부추김치[韭葅]', '삶은 부추[瀹韭]', '생부추[生韭]'뿐이
었다"라고 했다.

南史, 庾杲之貧, 食惟有韭葅瀹韭生韭. 詳見上.

---

40 [교감기] 영원본에는 '樂天詩'에 대한 주석의 조목이 없다.
41 [교감기] 영원본에는 '荀子'에 대한 조목이 없다.

黃蘆麋鹿場：『시경·빈풍·동산』에서 "집 곁의 빈 땅은 사슴 마당이 되었으며"라고 했다.

豳風東山云, 町畽鹿場.

此地廣千肘：『전등록』에서 "존자가 세상에 사는 동안 교화를 받고 도과道果를 증득證得한 이가 가장 많았는데 매번 한 사람을 제도할 때마다 산가지 하나씩을 석실에 넣었다. 그 석실은 세로가 18주이고 너비가 12주인데, 그 안에 산가지가 가득하였다"라고 했다. 범어를 번역하면, 2척이 1주가 되고 4주가 1궁이 된다.

傳燈錄, 尊者在世化導證果最多, 每度一人, 以籌置於石室, 縱十八肘, 廣十二肘.[42] 譯梵云, 二尺成一肘, 四肘成一弓.

得禽多文章：마땅히 꿩을 이른다.

當謂雉也.

肯顧魚貫柳：한유의 「석고문」에서 "그 생선은 무엇인가, 연어와 잉어라네. 무엇으로 꿸 것인가, 버드나무 줄기라네"라고 했다.

見上.

莽蒼天物悲：『장자』에서 "가까운 교외에 가는 자는 세끼 밥만 가지

42　[교감기] 영원본에는 '傳燈錄'에 대한 조목이 없다.

고 갔다가 돌아온다"라고 했다. 『음의』에서 "망창莽蒼은 모두 평성과 상성 두 음을 가지고 있다"라고 했다.

莊子, 適莽蒼者, 三餐而反. 音義云, 莽蒼, 皆平上二音.

彫弓故在手 鹿鳴猶念羣 : 『시경·소아·녹명鹿鳴』에서 "사슴은 우우 울어대며, 들판의 풀을 뜯는구나"라고 했는데, 주에서 "사슴이 부평초를 만나면 우우하고 울면서 서로 부른다"라고 했다. 『공자가어』에서 "공자가 "「관저」는 새에서 흥취를 일으켰는데 군자가 아름답게 여겼으니, 암수가 분별이 있는 것을 취하였다. 「녹명」은 짐승에서 흥취를 일으켰는데 군자가 훌륭하게 여겼으니, 먹을 것을 얻으면 서로 부르는 것을 취하였다"라고 했다.

小雅, 呦呦鹿鳴, 食野之蘋. 注云, 鹿得蘋, 呦呦然鳴而相呼. 家語, 夫子云, 關雎興於鳥, 而君子美之, 取其雌雄之有別. 鹿鳴興於獸, 而君子大之, 取其得食而相呼.

雉媒竟賣友 : 『문선』에 실린 반악의 「사치부」의 서에서 "숨어서 쏘는 자를 매개하는 일에 익숙하다"라고 했는데, 주에서 "매媒란 뜻은 어린 꿩 새끼를 길러 자라게 되면 사람과 친해지게 되는데, 그러면 들꿩을 불러서 데리고 온다"라고 했다. '매우賣友'는 『한서·역상전찬』에 보인다. 즉 "효문제 때 천하에서는 역기가 친구인 여록을 팔았다고 하였는데, 대저 친구를 팔았다고 하는 것은 이익을 보면 의리를 잊는 것을 이

른다. 역기는 아버지 역상이 공신인데도 잡혀서 겁박을 당한 상태였
다. 비록 친구인 여록을 꺾었지만 사직을 안정시켰으니, 의리상 군주
와 부친을 보존시킨 것은 옳은 일이다"라고 했다.

文選潘安仁射雉賦序云, 習媒翳之事. 注曰, 媒者, 少養雉子, 至長狎人, 能
招引野雉也. 賣友, 見漢書酈商傳賛曰, 當孝文時, 天下以酈寄爲賣友. 夫賣友
者, 謂見利而忘義也. 若寄, 父爲功臣而又執劫, 雖摧呂祿, 以安社稷, 誼存君
親, 可也.

商人萬斛船 掛席上牛斗 : 두보의 「장적오초將適吳楚」에서 "돛을 달아 오
의 남두로 가고 싶네"라고 했다.

挂席, 見上.

橫笛倚柁樓 : 『진서 · 왕이전』에서 "그날은 바람이 세차게 불어 돛이
날아갈 듯했지만, 왕이는 배의 망루에 기대어 길게 휘파람을 불었는
데, 그 기상이 매우 고매했다"라고 했다.

晉王廣傳, 柁樓長嘯, 神氣甚逸.

波深蒼龍吼 失水不能神 : 『초사』에서 "신룡이 물을 잃고 땅에서 살아
가니 땅강아지와 개미들이 못살게 괴롭히는구나"라고 했다. 한유의
「삼성행」에서 "아! 너희 우성과 두성아, 너희만 왜 이름에 맞지 않느
냐"라고 했다.

楚辭 神龍失水而陸居, 爲螻蟻之所裁. 退之三星行, 嗟汝牛與斗, 汝獨不能神.

伐葭作城守 : 『한서·고제기』에서 "성문을 닫고 성을 굳게 지켰다"라고 했는데, 주에서 "성을 지킨 것을 이른다"라고 했다. 용이 자신을 지키는 것은 성을 지키는 것과 같다.

漢高祖紀, 閉城城守. 注, 謂守其城也. 龍之自衛, 亦若守城焉.

欲寄大雷書 : 『포명원문집』에 「등대뢰안여매서」가 있는데, 대뢰가 바로 이 지역이다. 이백의 「추포기내」에서 "연잎을 엮어서 물가에서 잠을 자며, 대뢰로 편지를 보내오"라고 했다.

鮑明遠文集中有登大雷岸與妹書, 卽此地也. 太白秋浦寄內云, 結荷倦水宿, 却寄大雷書.

往問長干婦 : 고악부에 「장간곡」이 있는데, 이백도 같은 제목의 시 네 수를 지었다. 그 가운데에서 "열네 살에 그대 부인이 되어, 낯이 부끄러워 일찍이 보여 주지 않았네"라고 했다. 『문선』에 실린 「오도부」에서 "장간의 집들 이어져 있고"라고 했는데, 주에서 "강동에서는 산간의 공지를 간干이라고 한다"라고 했다. 지주는 강동에 속한다.

古樂府有長干曲, 李太白有四首, 其間云, 十四爲君婦, 羞顏未嘗開. 文選吳都賦, 長干延屬. 注云, 江東謂岡間爲干. 池州隷江東.

何當楫迎汝 : 『옥대신영』에 실린 왕헌지의 「도엽가」에서 "도엽[43]이
여 도엽이여, 강을 건널 때 노 저을 필요 없네. 다만 건널 때 고생할 필
요 없으니, 내가 몸소 그대 맞으러 가리"라고 했다. '영접여迎接汝'는 달
리 '楫迎汝'로 된 본도 있다.

玉臺新詠王獻之桃葉歌, 桃葉復挑葉, 渡江不用楫. 但渡無所苦, 我自迎接
汝. 一作楫迎汝.

秦淮綠如酒 : 두목의 「박진회泊秦淮」에서 "안개는 차가운 수면을 싸고
달빛은 모래밭을 감쌌는데. 밤에 진회에 배를 대니 술집이 가깝네"라
고 했다. 유우석의 「석두성石頭城」에서 "회수의 동쪽에 옛적 달이 떠올
라, 한밤중에 성의 담장을 넘는구나"라고 했다. 이상이 금릉 오제이다.
살펴보건대 『환우기』에서 "진회는 진나라 때 준설한 것으로 단양호와
고숙의 경계에 있다. 서쪽으로 흘러 건강을 지나 삼백 리를 흘러간다"
라고 했다. 『좌전·소공 14년』에서 "물은 회수처럼 많고 고기는 섬처
럼 쌓였다"라고 했다.

杜牧詩, 烟籠寒水月籠沙, 夜泊秦淮近酒家. 劉禹錫詩, 淮水東邊舊時月,
夜深還過女墙來. 此金陵五題也. 按寰宇記, 秦淮乃秦所鑿, 在丹陽湖姑孰之
界, 西北流經建康, 綿亘三百里. 左傳昭十四年, 有酒如淮, 有肉如坻.

43　도엽 : 왕헌지의 애첩이다.

15. 경인, 을미일에도 여전히 대뢰구에 정박하며【『국사』를 살펴 보니, 원풍 3년 12월은 기축일이 초하루이다. 경인일은 초이틀이다】

庚寅乙未猶泊大雷口【按國史, 元豊三年十二月己丑朔. 庚寅, 蓋初二日也】

廣原嘷終風	드넓은 평원에 종일 바람이 날려
發怒土囊口	골짜기 입구가 성난 듯 울어대네.
萬艘萍無根	만 척의 배는 부평초처럼 뿌리가 없어
乃知積水厚	이에 물이 많이 저장된 걸 알겠네.
龍鱗火熒熒	용의 비늘은 불처럼 반짝거리는데
鞭笞雷霆走	채찍 맞은 우레가 내달리네.
公私連檣休	공사간의 이어진 배는 정박하니
森如束春韭	봄날 부추 묶은 듯 빽빽하네.
倚節蒹葭灣	갈대 우거진 물굽이에서 지팡이 짚으니
垂楊欲生肘	혹이 겨드랑이에서 나려고 하네.
雄文酬江山	웅장한 문장은 강산에 화답하는데
惜無韓與柳	애석하다! 한유와 유종원이 없음이.
五言呻吟內	오언으로 마음으로 중얼거리며
慚愧陶謝手	부끄럽다! 도연명과 사령운의 솜씨에.
送菜煩鄰船	이웃 배에서 채소를 보내줘 번거롭게 하고
買魚熟溪友	시냇가 벗에게 산 생선을 익히네.
兒童報晦冥	아이놈은 날이 흐리다고 알리니

正晝見箕斗	참으로 대낮에 기성과 두성을 보네.
吾方廢書眠	내가 바야흐로 책을 덮고 조는데
鼻鼾韝囊吼	코고는 소리 풀무처럼 울리네.
猶防盜窺家	오히려 도적이 엿보는 걸 방비하니
嚴鼓申夜守	엄한 북이 밤을 지키는 것 같네.
冶城謝公墩	야성은 사안 공의 돈대가 있으며
牛渚蕩子婦	우저산엔 탕자의 아낙이 있네.
何時快登臨	언제나 상쾌하게 올라가서 보려나
篙師分牛酒	뱃사공이 안주와 술을 나눠주네.

【주석】

廣原嘽終風 : 『시경』에서 "종일 바람 불고 흙비 날리네"라고 했다.
詩, 終風且霾.

發怒土囊口 : 송옥의 「풍부」에서 "바람은 골짜기 입구에서 매우 거세
지네"라고 했다.
宋玉風賦, 盛怒於土囊之口.

萬艘萍無根 : 『문선』에 실린 좌사의 「오도부」에서 "수많은 배가 모두
같네"라고 했다. 두보의 「송고적홍送顧適洪」에서 "배는 뿌리가 없이 떠
도니"라고 했다.

文選吳都賦, 渾萬艘而旣同. 杜詩, 舟楫無根蔕.

乃知積水厚:『장자·소요유』에서 "물이 쌓인 것이 두텁지 않으면 큰
배를 띄우기에 역부족이다"라고 했다.
莊子逍遙篇, 水之積也不厚, 則負大舟也無力.

龍鱗火熒熒 : 사마상여의 「자허부」에서 "용의 비늘처럼 빛났다"라고
했다.
子虛賦, 照爛龍鱗.

鞭笞雷霆走 : 한유의 「봉수노급사奉酬盧給事」에서 "어찌 난새, 봉황에
채찍질하며 종일 서로 어울려 다니는 한가로운 우리와 같겠는가"라고
했다. 두보의 「희우喜雨」에서 "어찌하면 뇌공을 닦달하여"라고 했다.
退之詩, 豈如散仙鞭笞鸞鳳終日相追陪. 杜詩, 安得鞭雷公.

公私連檣休 森如束春韭 : 두보의 「증위팔처사贈衛八處士」에서 "밤 비 젖
은 봄 부추 베고"라고 했다.
杜詩, 夜雨剪春韭.

倚節兼葭灣 垂楊欲生肘:『장자·지락』에서 "갑자기 골계숙의 왼쪽 팔
꿈치에 혹이 생겨났다"[44]라고 했다.

莊子至樂篇, 俄而柳生其左肘.

雄文酬江山 惜無韓與柳 : 한유와 유종원이다.

退之, 子厚.

五言呻吟內 : 두보의 「용릉행春陵行」에서 "시를 지어 중얼거리는 동안,
먹물 마르고 글자는 삐뚤빼뚤하네"라고 했다.

杜詩, 作詩呻吟內, 墨淡字敧傾.

慚愧陶謝手 : 두보의 「강상치수여해세江上值水如海勢」에서 "어찌하면 도
연명 사령운 같은 사람 얻어, 그들로 하여금 시를 지으며 함께 노닐까"
라고 했다.

杜詩, 焉得思如陶謝手, 令渠述作與同遊.

送菜煩鄰船 : 두보의 「원광송채園官送菜」의 서문에서 "채소밭의 관리
가 채소 한 묶음 보냈는데"라고 했다.

杜詩, 園官送菜把.

買魚熟溪友 : 두보의 「해민解悶」에서 "시냇가 벗은 돈을 받고 뱅어를
두고 가네"라고 했다.

---

44 갑자기 (…중략…) 낫다 : 이 말은 병이 나서 죽음이 가까웠다는 말이다.

杜詩, 溪友得錢留白魚.

兒童報晦冥 正晝見箕斗 : 두보의 「강창江漲」에서 "아이가 물살이 다급
하다 알리네"라고 했다. 『주역·풍괘』 구삼에서 "대낮에도 북두성을
보니, 가면 의심과 미움을 받으리라"라고 했다.

杜詩, 兒童報急流. 易豊之九三, 日中見斗.

吾方廢書眠 : 『사기·악의전』에서 "일찍이 제나라의 괴철蒯徹과 주보
언主父偃은 「보연왕서報燕王書」[45]를 읽고 책을 덮고 울지 않은 적이 없었
다"라고 했다. 두보의 「구월일일九月一日」에서 "늙고 힘들어 책 버려두
고 자네"라고 했다.

史記樂毅贊, 未嘗不廢書而泣也. 杜詩, 老困撥書眠.

鼻鼾韛囊吼 : '韛'는 불을 부는 가죽 주머니, 즉 풀무이다. 음은 '步'와
'拜'의 반절법이다. 달리 '排'라고도 한다. 『위지』에서 "한기가 수력으
로 움직이던 풀무를 만들었다"라고 했다. 『설문해자』에서 "한鼾은 코
고는 소리이다. 음은 '루'이다"라고 했다. 한유의 『외집』에 「해한수」
두 편이 있다.

韛, 韋囊吹火, 步拜切, 亦作排. 魏志, 韓曁作水排. 說文云, 鼾, 鼻息也, 音
旱. 退之外集有嘲鼾睡詩二首.

---

45 보연왕서 : 악의가 연나라 왕에게 올린 글이다.

猶防盜窺家 嚴鼓申夜守 冶城謝公墩 : 『환우기』에서 "승주 강녕현은 개
황 연간에 치소治所를 야성으로 옮겼고 당 무덕 연간에 백하로 옮겼다
가 정관 연간에 야성으로 다시 옮겼다"라고 했다. 『육조사적』에서 "사
안의 돈대는 반산 보녕사의 뒤에 있었는데, 그 터가 아직도 남아 있다"
라고 했다. 이백의 「등금릉사안돈登金陵謝安墩」에서 "야성의 옛 자취 찾
아보니, 아직도 사안의 돈대가 남아 있네"라고 했다. 왕안석의 「사공
돈謝公墩」에서 "나의 이름과 공의 자는 우연히 같은데, 나의 집과 공의
돈대 눈에 들어오네. 공이 떠나고 내가 와서 돈대가 나에 것이 되니,
돈대의 이름도 공을 따르지 말아야 하네"라고 했는데, 어떤 사람은 왕
안석의 본성은 다투기를 좋아하여 은퇴하면서도 사안과 돈대를 놓고
다툰다고 하였다. 이 내용은 호자胡仔의 『어은총화漁隱叢話』에 보인다.

實宇記, 昇州江寧縣, 開皇移於冶城, 唐武德移白下, 貞觀移還冶城. 六朝
事迹, 謝安墩在半山報寧寺之後, 基址尙存. 太白詩, 冶城訪古跡, 猶存謝安
墩. 介甫詩, 我名公字偶然同, 我屋公墩在眼中. 公去我來墩屬我, 不應墩姓尙
隨公. 人言王介甫性好爭, 退居與謝安爭墩, 見詩話.

牛渚蕩子婦 : 『환우기』에서 "태평주 당도현에 우저산과 망부산이 있
는데, 모두 현의 북쪽에 있다. 옛날 사람이 초나라에 갔다가 오랫동안
돌아오지 않자 그 아내가 이 산에 올라 남편을 기다리다가 바위로 변
하였다"라고 했다. 『문선』에 실린 「고시古詩」에서 "옛날엔 기생집의 여
인이었고, 지금은 탕자의 부인이네. 탕자는 놀러 나가서 돌아오지 않

으니, 빈 침상에서 홀로 지키기 힘드네"라고 했다.

寰宇記, 太平州當塗縣有牛渚山, 望夫山, 皆在縣北. 昔人往楚, 累歲不還, 其妻登此山望夫, 乃化爲石. 文選古詩, 昔爲娼家女, 今爲蕩子婦. 蕩子遊不歸, 空牀難獨守.

何時快登臨 篙師分牛酒 : 『문선』에 실린 좌사의 「오도부」에서 "고공과 즙사"[46]라고 했다. 두보의 「영회詠懷」에서 "오래 지체되니 뱃사공이 화를 내고"라고 했다. 『후한서·경감전』에서 "소를 잡고 술을 걸러 군사를 위로하였다"라고 했다.

文選吳都賦, 篙工楫師. 杜詩, 稽留篙師怒. 後漢耿弇傳, 擊牛釃酒.

---

46 고공과 즙사 : 모두 뱃사공을 가리키는 말이다.

16. 을미일에 배를 저어서 나오다

乙未移舟出[47]

원주에서 "전날 바람과 파도가 두려워 다시 들어가서 마침내 머무르게 되었다. 동행하는 사람 중에 유삼반이 있었는데, 활을 잘 쏘았다. 백사장에서 도둑을 만났는데, 유삼반이 세 사람을 활로 쏴서 죽였다"라고 했다.

元注云, 畏風濤復入, 遂宿焉. 同行有劉三班, 善射, 沙夾遇盜, 劉手殺三人.

江湖吞天胸	강호는 하늘을 삼켜 드넓은데
蛟龍垂涎口	교룡은 입에 침을 흘리네.
養軀無千金	천금보다 귀한 몸을 보존하려니
特爲親故厚	다만 모친이 살아계신 까닭이 크네.
本心非華軒	본래 화려한 수레 타고서
而與馬爭走	말과 달리기를 다투는 것도 아니네.
聘婦緝落毛	아내는 떨어진 터럭으로 옷을 만들고
教兒耨葱韭	아이는 파와 부추 밭을 매네.
衣食端須幾	의식은 분명히 스스로 마련해야 하니
將老猶掣肘[48]	장차 늙어가며 더욱 곤란을 당하네.

47　[교감기] 전본과 건륭본에는 '出'자 아래에 '口'자가 있다.
48　[교감기] 영원본에는 이 구의 아래의 주에서 "이 구에서 수령으로 부임하기 어려

安能詭隨人	어찌 능히 함부로 사람을 따르랴
曲折作杞柳	굽게 되면 버들로 만든 그릇이 되네.
桓公甕盎癭	환공은 옹앙대영의 유세에 빠지고
楚國不龜手	초나라는 손이 트지 않네.
生涯但如此	생애는 다만 이와 같으니
那問託婚友⁴⁹	어찌 가까운 친척, 벗에게 의탁하랴.
久陰快夜晴	오래 흐리다가 통쾌하게도 밤에 개어
天文若科斗	천문이 과두문자처럼 또렷하네.
村南鬼火寒	마을 남쪽에 도깨비불이 싸늘하고
村北風虎吼	마을 북쪽에 범의 울음이 울려오네.
野人驅鷄豚	들사람이 닭과 돼지를 몰아
縛落堅繮守	묶어두고 견고하게 지키네.
劉郎弓石八	유랑은 여덟 발 화살 쏘니
猛氣厭馮婦	용맹한 기상 풍부를 압도하네.
一試金僕姑	한 번 금복고를 시험하고
歸飮軟臂酒	돌아와 팔을 펴고 술을 마시네.

움을 말하였으니, 태화에서 덕평으로 갈 때의 여정에서 지은 것을 알 수 있다[此言作邑之難 可見自太和移德平經行所作也]"라고 했다.

49 [교감기] '那問'은 영원본에는 '那用'으로 되어 있다.

【주석】

江湖呑天胸 : 두목의 「지주송맹지池州送孟遲」에서 "큰 강은 하늘을 삼키고 흘러가니, 한 필 비단이 땅을 가로질러 펼쳐있네"라고 했다. 여기서는 하늘을 삼킬 듯한 강은 마치 사람의 드넓은 도량과 같음을 말하고 있다. 사마상여의 「자허부」에서 "운몽[50]과 같은 것 여덟 개나 아홉 개쯤 삼켜도, 그 가슴속에서는 결코 겨자씨만큼도 걸릴 것이 없습니다"라고 했다. 좌사의 「오도부」에서 "간혹 강을 삼켜서 한수로 들여보낸다"라고 했다.

杜牧之詩, 大江呑天去, 一練橫坤抹. 今言江之呑天, 如人之胸量闊也. 子虛賦, 呑若雲夢者八九, 其於胸中, 曾不芥蔕. 吳都賦, 或呑江而納漢.

蛟龍垂涎口 : 유종원의 「영남」에서 "산허리에 비가 개니 코끼리 발자국 더하고, 못 중앙에 날이 따뜻하니 용의 침이 기다랗네"라고 했다. 구양수의 「걸치사표」에서 "황상의 지극한 인에 힘입어 신을 침을 흘리는 악어의 입에서 벗어나게 해 주십시오"라고 했다.

柳子厚嶺南詩, 山腹雨晴添象迹, 潭心日暖長龍涎.[51] 歐陽公乞致仕表, 上賴至仁, 脫臣於鮫鰐垂涎之口.

養軀無千金 : 심약의 「잡시」에서 "이로 인해 천금의 몸을 상하지 마

---

50 운몽 : 초(楚)나라 대택(大澤)의 이름으로 사방이 9백 리나 된다고 한다.
51 [교감기] 영원본에는 '柳子厚'에 대한 조목의 주가 없다.

시라"라고 했다. 두보의 「애왕손哀王孫」에서 "왕손은 천금 같은 몸을 잘 보존하소서"라고 했다.

沈約雜詩, 坐喪千金軀. 杜詩, 王孫善保千金軀.

特爲親故厚 : 이 구는 "이 몸은 아깝지 않은데, 위험한 상황에 임하여 두려워하는 것은 어머니께서 살아 계시기 때문이다"라고 스스로 말한 것이다.

自言此身不足惜, 而臨危憂恐, 爲母在故耳.

本心非華軒 : 『문선』에 실린 강엄의 「잡시雜詩」에서 "김일제金日磾와 장안세張安世는 담비 면류관을 쓰고, 허백許伯과 사고史高는 화려한 수레를 타네"라고 했다.

選詩, 金張服貂冕, 許史乘華軒.

而與馬爭走 : 『순자』에서 "군자는 달리는 것이 말처럼 빨라도 말과 달리는 것을 다투지 않는다"라고 했다. 사마천의 「보임안서」의 서두에서 "태사공의 우마를 다루는 종인 사마천은"이라고 했다.

荀子云, 君子走如馬, 而不與馬爭走. 司馬遷報任安書曰, 太史公牛馬走.[52]

騁婦緝落毛 : 소명태자가 지은 「도연명집서」에서 "은자 가운데 어떤

---

52 [교감기] 영원본에는 '司馬遷'에 대한 조목의 주가 없다.

이는 해동의 약초를 매매하였고 어떤 이는 강남의 낙모로 실을 짰다"
라고 했다. 이 구는 『열녀전』의 고사를 인용하였는데, 즉 "초나라 노래
자의 처가 "조수의 떨어진 털을 모아 꿰매어 옷을 만들어 입고 흘린 곡
식을 먹을 수 있다""라고 했다. 유신의 「화배의동추일和裵儀同秋日」에서
"장자는 가을 물을 보았고, 노래자의 처는 떨어진 털로 옷을 만들었네"
라고 했다.

昭明太子作淵明集序云, 或貨海東之藥草, 或紡江南之落毛. 蓋用列女傳,
楚老萊妻曰, 鳥獸之解毛, 可緝而衣之, 其遺粒可食也. 庾信詩曰, 蒙叟觀秋
水, 萊妻緝落毛.

教兒耦蔥韭 : 『장자 · 서무귀』에서 "산속에 살며 상수리 열매나 밤을
먹고 파와 부추 등을 질리도록 먹었다"라고 했다.

莊子徐無鬼篇, 食芋栗厭蔥韭.

衣食端須幾 : 도연명의 「이거移居」에서 "의식은 마땅히 스스로 마련해
야 하니"라고 했다.

淵明詩, 衣食當須紀.

將老猶掣肘 : 『공자가어』에서 "복자천宓子賤이 단보單父의 수령이 되었
는데, 사양하고 떠나려 하면서 임금의 측근이 사관史官 두 사람과 함께
가기를 청하였다. 두 사관이 쓰려고 하면 복자천은 사관의 팔뚝을 잡

이 끝었기에 사관의 글씨가 좋지 못하자, 이에 사관들을 화를 내었다. 두 사관이 사양하고 노나라로 돌아와 임금에게 보고하니, 임금이 크게 한숨을 쉬면서 "과인이 복자의 정치를 어지럽히면서 그에게 잘 다스리라고 책임을 지운 것은 잘못된 것이다"라고 하였다. 이에 급히 사신을 보내 복자천에게 알리기를 "지금부터 선보는 과인의 땅이 아니니, 그대의 다스림을 따를 것이다"라고 하였다. 복자천이 자신의 뜻을 행하니 이에 선보가 잘 다스려졌다"라고 했다.

家語, 宓子賤爲單父宰, 辭行, 請君之近史二人與之俱. 至官, 令二史書, 輒掣其肘, 書不善, 則怒之. 二史辭歸魯, 報於君, 君太息曰, 寡人亂宓子之政, 而責其善者非矣. 遽發使, 告宓子曰, 自今單父, 非吾有也, 從子之制. 宓子得行其志, 於是單父治焉.

安能詭隨人 曲折作杞柳 : 『시경·민노民勞』에서 "함부로 남을 따르지 말라"라고 했다. 『맹자』에서 "사람의 본성을 가지고 인의를 행하는 것은 땅버들로 그릇을 만드는 것과 같다"라고 했다.

詩民勞云, 無縱詭隨. 孟子云, 以杞柳爲桮棬.

桓公甕盎癭 : 『장자·덕충부』에서 "옹앙대영[53]이 제환공에게 유세하자 환공이 기뻐하였는데 그 이후로 온전한 사람을 보면 목이 가늘고 길어 이상하게 느껴졌다"라고 했다.

53　옹앙대영 : 항아리만한 큰 혹이 붙어 있는 가공의 인물이다.

莊子德充符篇, 甕㼡大癭說齊桓公, 公悅之而視全人, 其脰肩肩.

楚國不龜手：『장자·소요유』에서 "송나라 사람 중에 손이 트지 않는
약을 만들어 대대로 솜옷 세탁하는 것을 일로 삼는 사람이 있었다. 객
이를 듣고, 그 처방을 백금百金에 사서 오왕에게 유세하였다. 오왕이 그
를 장수로 삼아 겨울에 월나라 사람들과 수전을 벌여 월나라 사람들을
대패시켰다. 오왕은 땅을 갈라 그를 봉해주었다"라고 했는데, 이 구에
서 초나라라고 하였으니 아마도 잘못된 것이다.

莊子第一篇, 宋人有善爲不龜手之藥者, 客得其方, 以說吳王. 越有難, 吳
王使之將. 冬與越人水戰, 大敗越人, 裂地而封之. 今曰楚國, 恐誤.

生涯但如此 那問託婚友：『서경·반경』에서 "진실한 덕을 백성들에게
베풀어서, 친척과 친구들까지 이르게 하라"라고 했다.

書盤庚, 至于婚友.

久陰快夜晴 天文若科斗 村南鬼火寒：두보의 「옥화궁玉華宮」에서 "무덤에
는 도깨비불이 푸르고, 무너진 돌길에 물소리만 애달프구나"라고 했다.

杜詩, 陰房鬼火靑, 壞道哀湍瀉.

村北風虎吼 野人驅鷄豚 縛落堅纒守 劉郎弓石八 猛氣厭馮婦：『맹자』에
서 "진나라 사람 중에 풍부라는 자가 범을 잘 잡았다. 들에 갈 적에 여

러 사람들이 범을 쫓고 있었다. 범이 산모퉁이를 의지하고 있자, 사람
들이 감히 달려들지 못하다가 풍부를 멀리 바라보고는 달려가 맞이하
였다. 풍부가 팔뚝을 걷어붙이고 수레에서 내려오니, 여러 사람들은
모두 이를 좋아하였지만, 선비들은 이를 비웃었다"라고 했다.

孟子曰, 晉人有馮婦者, 善搏虎. 虎負嵎, 莫之敢攖. 望見馮婦, 趨而迎之.
馮婦攘臂下車. 衆皆悅之, 其爲士者笑之.

一試金僕姑 :『좌전·장공 11년』에서 "공이 금복고로 남궁장만을 쏘
았다"라고 했는데, 주에서 "금복고는 화살 이름이다"라고 했다.

左傳莊十一年, 公以金僕姑射南宮長萬. 注, 矢名.

歸飮軟臂酒 :『대당계의』에서 "곽자의가 동주에서 돌아오자, 대종이
대신들에게 조서를 내려 그의 집으로 연각국[54]을 하라고 했다"라고 했
다. 이 구에서는 활을 당겼기에 팔을 펼쳤다고 하였다.

大唐稽疑云, 郭子儀自同州歸, 代宗詔大臣, 就宅作軟脚局. 今挽弓, 故曰
軟臂.

---

54 연각국 : 연각이란 무릎을 편다는 말이다. 당(唐)나라 시대에 먼데 갔다 돌아온
    사람을 위로하기 위하여 잔치를 베푼 것을 연각(軟脚)이라 칭하였다.『당서(唐
    書)』양국충전(楊國忠傳)에, "출타할 때 주는 것은 전로(錢路)라 하고, 돌아온 사
    람을 위로하는 것은 연각(軟脚)이다"라고 했다.

17. 병신일에 동류현에 정박하다
丙申泊東流縣

동류와 건덕 두 현은 모두 지주에 속한다. ○ 원주에서 "세속의 말에 "동류의 **빠른** 나그네가 건덕을 놀라게 한다""라고 했다.

東流建德二縣, 皆隷池州. ○ 元注云, 語曰, 東流速客, 驚動建德.

前日發大雷	어제 대뢰를 출발하니
眞成料虎頭	참으로 호랑이 머리 만지는 듯하네.
今日伐鼓出	오늘 북을 치고 나오는데
棹歌傲陽侯	뱃노래 부르며 양후를 무시하네.
滄江百折來	푸른 강물 백 번 굽이쳐 흘러와
及此始東流	이곳에 이르러 비로소 동으로 흘러가네.
東流會賓客	동으로 내려가면 빈객과 만나리니
建德椎羊牛	건덕에서 양과 소를 몰 것이라.
野語尙信然	시골 말은 아직도 믿을 만하며
小市黃蘆洲	작은 저자에 노란 갈대 섬이네.
唯有采薪翁	다만 늙은 나무꾼이 있는데
經營往來舟	장사하며 배를 오가네.
樗櫪盡斤斧	상수리, 종가시 나무 모두 도끼에 잘리고
山童烟雨愁	민둥산에 이내와 비 덮여 근심스럽네.

【주석】

前日發大雷 眞成料虎頭 : 『장자·도척』에서 "공자가 "저는 말 그대로 호랑이의 머리 쓰다듬고 호랑이의 수염을 얽어뗐으니 하마터면 호랑이에게 먹힐 뻔하였습니다""라고 했다.

莊子盜跖篇, 孔子曰, 丘所謂料虎頭, 編虎鬚, 幾不免虎口哉.

今日伐鼓出 : 『시경·채기』에서 "드러나고 진실한 방숙이여, 전진을 알리는 북을 둥둥 울리며"라고 했다.

詩采芑, 伐鼓淵淵.

棹歌傲陽侯 : 『전국책』에서 "배의 물 새는 곳을 막았다고 해서 양후[55]의 파도를 가볍게 여기면 배는 전복합니다"라고 했다. 굴원의 「애영」에서 "솟구치는 파도를 올라타서, 문득 날아오르니 어디에서 멈추려고 하는가"라고 했다. 이백의 「완월금릉성玩月金陵城」에서 "뱃사공에게 실없이 농담하고, 오만하게 수신 양후를 시끄럽게 부르네"라고 했다.

戰國策, 塞漏舟而輕陽侯之波, 則舟覆矣. 屈原哀郢云, 陵陽侯之汎濫兮, 忽翱翔之焉薄. 太白詩, 譏浪棹海客, 喧呼傲陽侯.[56]

---

55 양후 : 전선상의 파도의 신이다.
56 [교감기] 영원본에는 '太白詩'에 대한 조목의 주가 없다. 전본에는 '讒浪'이 '譏浪'으로 되어 있다.

滄江百折來 及此始東流 東流會賓客 建德椎羊牛 野語尙信然 小市黃蘆洲 唯有采薪翁 經營往來舟 櫧櫪盡斤斧 :「상림부」에서 "진귀한 나무로 사당, 상수리나무, 종가시나무"라고 했는데, '櫧'음은 '歷'과 '諸'의 반절법이다.

　上林賦, 沙棠櫟櫧. 音歷諸.

山童烟雨愁 : 손경자가 "나무를 벌채하고 기를 때를 어기지 않기에 산림이 민둥산이 되지 않는다"라고 했다. 『전한서 · 공손굉전』에서 "산은 민둥산이 되지 않고 연못을 마르지 않는다"라고 했다.

　孫卿子曰, 斬伐養長不失時, 故山林不童. 公孫宏傳, 山不童, 澤不涸.[57]

57　[교감기] 영원본에는 '孫卿子'부터 '澤不涸이'까지의 주가 없다.

18. 석우계 옆의 큰 바위 위에 쓰다

書石牛溪旁大石上

『동안지』에서 "석우동은 삼조산 산곡사의 서북쪽에 있는데, 그곳의 바위 모양이 소가 엎드린 형상이다. 인하여 석우동이라 명명하게 되었다"라고 했다. 애초에 백시 이공린이 황정견이 석우 위에 앉아 있는 모습을 그렸기에 인하여 산곡도인이라 호를 지었는데, 바위 위에 쓴 시에서 "푸른 소가 나를 산곡의 길로 이끄네"라고 했다.

同安志云, 石牛洞在三祖山山谷寺之西北, 其石狀若伏牛, 因以爲名. 初, 李伯時畫魯直坐石牛上, 因此號山谷道人, 題詩石上, 所謂靑牛駕我山谷路也.

鬱鬱窈窈天官宅	울창하고 아늑한 천관의 집
諸峰排霄帝不隔	모든 봉우리는 하늘까지 닿아 천제와 멀지 않네.
六時謁天開關鑰	육시[58]에 염불하러 열쇠를 여는데
我身金華牧羊客	나는 금화에서 양을 치는 나그네.
羊眠野草我世間	양은 들판 풀숲에서 자고 나는 세간에 있어
高眞衆靈思我還	고진한 뭇 신령들이 내가 돌아오길 바라네.
石盆之中有甘露	움푹한 바위 중앙에 감로주가 있어
靑牛駕我山谷路	푸른 소가 나를 산곡의 길로 이끄네.

---

58 육시(六時) : 하루를 여섯으로 나누어 염불과 독경을 하는 시간이다.

【주석】

鬱鬱窈窈天官宅：『황정경』에서 "울창하고 아늑하니 진인의 터로다" 라고 했다. 진인은 즉 하늘의 관리이다.

黃庭經云, 鬱鬱窈窈眞人墟. 眞人卽天官也.

諸峰排霄帝不隔 六時謁天開關鑰 我身金華牧羊客：갈홍의 『신선전』에 서 "황초평이 15살 때 집에서 양을 키우게 하였다. 도사를 따라 금화 산 석실에서 도를 닦았다. 40여 년이 지난 뒤에 형이 찾아와서 양이 어 디 있냐고 물었다. 초평이 "워이! 양들아 일어나라"라고 하니, 이에 흰 돌이 모두 일어나 수만 마리의 양이 되었다"라고 했다.

見上.

羊眠野草我世間 高眞衆靈思我還 石盆之中有甘露 青牛駕我山谷路：유향 의 『열선전』에서 "이이의 자는 백양으로 진나라 사람이다. 은나라 때 에 태어나 주나라의 주하사가 되었다가 수장리로 옮겼으니, 모두 80 여 년이 된다. 후에 주나라 덕이 쇠하자, 이에 푸른 소가 끄는 수레를 타고 떠나 대진으로 들어가 서쪽으로 함곡관을 나왔다. 관의 수령인 윤희가 그가 진인임을 알고서 강권하여 책을 짓게 하니, 『도덕경』상 · 하를 저술하였다"라고 했다.

劉向列仙傳, 李耳字伯陽, 陳人也. 生于殷時, 爲周柱下史, 轉爲守藏史, 積 八十餘年. 後周德衰, 乃乘靑牛車去, 入大秦, 西過關. 關令尹喜, 知其眞人也,乃強使著書, 作道德上下經.

19. 산곡의 큰 바위에 쓰다

題山谷大石

畏畏佳佳石谷水	찰랑거리는 바위 계곡의 시내
礜礜隆隆山木風[59]	씽씽 불어대는 산 숲의 바람.
爐香四百六十載	사백 육십 년 동안 향로를 피웠으니
開山者誰梁寶公	절을 창건한 사람은 누구인가?
	바로 양나라 보공이네.

【주석】

畏畏佳佳石谷水 : '畏'의 음은 '委'이며, '佳'의 음은 '觜'이다. 『장자·제물』에서 "숲이 술렁이고"라고 했는데, 주에서 "거센 바람에 흔들리기 때문이다"라고 했다. 『석음』에서 "'畏'의 음은 '于'와 '鬼'의 반절법이고, '佳'의 음은 '醉'와 '癸'의 반절법이다"라고 했다.

音委 音觜 莊子齊物篇, 山林之畏佳. 注云, 大風之所扇動也. 釋音云, 畏, 于鬼反. 佳, 醉癸反.

礜礜隆隆山木風 : 양웅의 「해조」에서 "타오르는 불길은 다할 때가 있고 울리는 천둥소리도 끊어질 때가 있다"라고 했는데, 주에서 "음음融融은 천둥소리이다"라고 했다.

---

59 [교감기] '礜礜'는 건륭본의 원교에서 "달리 '礐礐'으로 된 본도 있다"라고 했다.

揚雄解嘲云, 炎炎者滅, 隆隆者絶. 注云, 隆隆, 雷聲也.

爐香四百六十載 開山者誰梁寶公 : 대사 보지를 이른다. 『동안지』에서 "비석천은 삼조산 뒤편에 있다. 보공이 금릉에서 석장을 날려 이곳에 와서 산곡사의 터를 살폈는데, 샘이 솟아 나오자 마침내 이 산에 거처하게 되었다"라고 했다. 지금 자수전에 보공의 화상이 있다.

謂寶誌也. 同安志云, 飛錫泉在三祖山後, 寶公自金陵飛錫而至, 以相山谷寺基, 泉爲之湧出, 遂寓此山. 今資壽殿有寶公遺像.

20. 소자평, 이덕수와 함께 탁수각에 오르다

同蘇子平李德叟登擢秀閣

『동안지』에서 "탁수각은 서주 창법사에 있으니, 바로 진영중이 글을 읽었던 곳으로 이곳에서부터 과거에 합격하였다. 황정견이 명명하고 글자를 썼으니, 성중의 누각와 성북의 산수를 난간에 기대어 전부 볼 수 있다"라고 했다.

同安志云, 擢秀閣在舒州彰法寺, 乃陳瑩中讀書處, 自此登第. 黃魯直名而 書之, 城中樓觀與城北山水, 凭欄盡見.

築屋皖公城	환공의 성에 집을 지어서
木末置曲欄	숲속에 굽은 난간을 설치했네.
歲晚對烟景	세모에 연기 피는 경치 바라보니
人家橘柚間	민가는 귤나무 사이에 있네.
獨秀司命峰[60]	홀로 사명봉이 빼어난데
衆口讓高寒	여러 사람들은 높은 한기를 일컫네.
松竹二喬宅	소나무, 대나무 속의 이교의 집
雪雲三祖山	눈과 구름 속의 삼조산.
衰懷造勝境	늘어가는 감회에 승경에 이르니

---

60 [교감기] '獨修'는 원래 '獨香'으로 되어 있었는데 지금 영원본과 전본, 그리고 건 룡본을 따른다. 살펴보건대 고본에는 '獨占'으로 되어 있다.

轉覺落筆難	도리어 붓을 들기 어려움을 느끼네.
蘇李工五字	소무와 이릉은 오언시에 뛰어났으니
屬聯不當慳	연구 지음은 아끼지 마시라.

【주석】

築屋皖公城 木末置曲欄 : 두보의 「북정北征」에서 "나는 이미 물가를 지났는데, 종놈은 아직도 저 숲속에 있구나"라고 했다.

杜詩, 我行已水濱, 我僕猶木末.

歲晚對烟景 人家橘柚間 : 이백의 「추등선성루秋登宣城樓」에서 "인가의 연기에 귤은 차갑고, 가을빛에 오동은 늙어가네"라고 했다.

李白詩, 人烟寒橘柚, 秋色老梧桐.

獨秀司命峰 :『동안지』에서 "사명봉에서 환산쪽으로 2리 정도 가면 구천사명진군사가 있다"라고 했다.

同安志, 司命峰至皖山二里, 有九天司命眞君祠.

衆口讓高寒 : 한유는 「유통군묘지」를 지어 말하길 "여전히 세상 북쪽에서, 그 높은 곳의 차가움을 즐기고 있구나"라고 하였다.

退之作劉統軍碑云, 仍世北邊, 樂其高寒.

松竹二喬宅 : 『동안지』에서 "손책과 주유는 각각 교공의 두 딸을 부인으로 삼았다. 지금 군의 성동쪽에 절이 있는데, 세상에서 전하는 말에 공의 옛날 집이라고 한다"라고 했다.

同安志, 孫策周瑜得橋公二女. 今郡城東有佛廬, 世傳爲公故宅.

雪雲三祖山 : 『찬이』에서 "달리 "이교의 집에 저물녘 비에 내리고, 삼조산에 외론 구름 지나가네"라고 한 본도 있다"라고 했다. ○ 산곡사는 회녕현의 서쪽에 있는데, 삼소승찬 대사의 탑이 있다.

纂異, 一本作暮雨二喬宅, 孤雲三祖山. ○ 山谷寺在懷寧縣西, 有三祖僧璨大師塔.

衰懷造勝境 轉覺落筆難 蘇李工五字 屬聯不當慳 : 『문선』에 이릉과 소무가 주고받은 시가 실려 있는데, 모두 5언시이다. 이를 말하여 두 사람이 소 씨와 이 씨임을 비유하고 있다.

文選李陵蘇武相贈答詩, 皆五字句. 以比二子, 取其同姓.

21. 영귀천에서

靈龜泉上

『동안지』에 이 시가 실려 있는데, 주에서 "영귀천은 환구 도중에 있으니, 주에서 70리 떨어져 있다"라고 했다.

同安志載此詩, 注云, 靈龜泉在皖口中路, 去州七十里.

大靈壽日月	대단히 신령하고 오래된 해와 달이
化石皖公陂	환공의 언덕에 돌로 변했네.
偶無斧斤尋	우연히 정도 찾지 않아
不作宰上碑	무덤가의 빗돌이 되지 않았네.
傾首若有謂	머리를 기울이니 말을 하는 듯한데
指泉來自西	시내를 가리키며 서쪽에서 왔네.
泉甘崖木老	시냇물 달고 벼랑의 나무 늙었는데
坐笑欲忘歸	앉아서 웃으며 돌아갈 줄 모르네.
風流裴通直	풍류의 배송지裴松之여
商略從我嬉	상략은 나를 따라 즐거워하네.
蒔梅盈百科	매화는 많은 소沼를 뒤덮었고
洗石出崛奇	씻긴 바위는 우뚝 솟아 있네.
更約聘石工	석공을 불러 오기로 약속하여
鑱我靈龜詩	나의 「영귀시」를 새겨 넣기로 했네.

舅弟妙學古[61]	외사촌 동생은 옛 것을 잘 배웠는데
亦復古鬚眉[62]	또한 수염과 눈썹도 예스럽네.
卿家北海公	경의 집 북해공은
筆法可等夷	필법이 나란하네.
爲我書斯文	나를 위해 이 글을 써서
要與斗牛垂	두우와 나란히 드리웠으면 하네.

【주석】

大靈壽日月 化石皖公陂 偶無斧斤尋：『좌전·문공 7년』에서 "이는 속
담에서 "그늘을 만들어 보호하는데도 함부로 도끼로 쳐낸다"고 말한
것과 같습니다"라고 했다.

左傳文七年, 諺所謂庇焉而縱尋斧焉者也.

不作宰上碑：왕건의 「북망행北邙行」에서 "시냇가 너럭바위 점점 드물
어지니, 전부 무덤 앞의 양과 범의 석물 되었네"라고 했다. 「영귀천명」
서문의 대략적인 내용을 들어보면 "완구를 출발하여 서쪽으로 40리를
가면 시내가 졸졸 흘러 산길의 어지러운 돌 틈으로 흘러가는데 맑아
바닥이 비치는 소沼를 이룬다. 꼭대기의 큰 바위는 거북이가 기를 끌어
모으는 것 같다"라고 했다. 『공양전』에서 "무덤가 나무가 한 아름이다"

라고 했는데, 그 주注에서 "'재宰'는 무덤이다"라고 했다.

王建詩, 澗底盤陀石漸稀, 盡向墳前作羊虎. 靈龜泉銘, 有序, 其略云, 發皖口而西四十里, 泉淙淙行山徑亂石間, 坎鰲淸徹. 頂有大石, 如龜引氣云云. 宰上, 已見上注.

傾首若有謂 指泉來自西 泉甘崖木老 坐笑欲忘歸 風流裴通直 : 달리 "수염 치렁한 배송지 그윽한 일 좋아하고"라고 된 본도 있다.

一作, 裴髯喜幽事

商略從我嬉 : 『세설신어』에서 "상략 선생의 이름은 달이다"라고 했다.

世說, 商略先生名達.

蔣梅盈百科 洗石出崛奇 : 『문선』에 실린 반악의 「서정부西征賦」에서 "으리으리한 아방궁을 짓고"라고 했다. 한유의 「기최립지寄崔立之」에서 "마음과 자취는 둘 다 우뚝하여"라고 했다.

文選, 創阿房之倔奇.[63] 退之詩, 心跡兩崛奇.

更約聘石工 鑱我靈龜詩 舅弟妙學古 : 원주에서 "외사촌 아우는 이덕수이다"라고 했다. 살펴보건대 한유의 「유자후묘지명」에서 "만년의 묘

---

63 [교감기] 영원본에는 '文選'에 관한 조목의 주가 없다. 전본에는 '倔'이 '崛'로 되어 있다.

에 자후를 장사 지낸 이는 외사촌 아우 노준이다"라고 했는데, "외사촌 아우[舅弟]"라는 말은 대개 여기에서 시작되었다.

元注云, 舅弟, 李德叟. 按韓文柳子厚墓誌云, 葬子厚於萬年之墓者, 舅弟 盧遵. 舅弟之稱, 蓋出於此.

亦復古鬚眉 卿家北海公 : 북해공은 이옹을 이른다.
謂李邕也.

筆法可等夷 : 『한서 · 장량전』에서 "여러 장수들은 옛날 폐하와 대등한 수준에 있었던 자들인데"라고 했다. 두보의 「이거공안移居公安」에서 "우아한 도량은 고원함을 담고, 맑은 흉금은 벗을 비추네"라고 했다.

張良傳, 諸將皆陛下故等夷. 杜詩, 雅量涵高遠, 淸襟照等夷.[64]

---

64   [교감기] 영원본에는 '杜詩' 이하 조목의 주가 없다.

22. 구십사에게 한유의 책을 빌리다. 2수

從丘十四借韓文. 二首[65]

첫 번째 수其一

吏部文章萬世	이부의 문장은 만대에 전해지니
吾求善本編窺[66]	나는 선본을 구해 편집해서 읽었네.
散帙雲牕椔几	구름 창가의 책상에서 빠진 권질은
同安得見丘遲	동안의 구지에게 얻어 보네.

【주석】

吏部文章萬世 吾求善本編窺 散帙雲牕椔几 同安得見丘遲 : 사령운의 「답혜련答惠連」에서 "잃어버린 책은 아는지 물어보네"라고 했다. 이백의 「작춘귀도화암作春歸桃花巖」에서 "구름 창가에서 쉬다가 조네"라고 했다. 「왕희지전」에서 "문하생들의 집을 방문하여 그 책상이 치워져 있으면, 그 자리에서 글을 써 보였다"라고 했다. 『남사·구령국전』에서 "자지 구령국의 문채는 아름답고 빼어났다"라고 했다. 동안은 지금의 서주이다.

謝靈運詩, 散帙問所知. 太白詩, 得憩雲牕眠. 王羲之傳, 詣門生家, 見棐几滑淨, 因書之. 南史丘靈鞠傳, 子遲詞采麗逸. 同安, 今舒州也.

---

65 [교감기] 영원본에는 시의 제목 아래 원주에서 "6언시다"라고 했다.
66 [교감기] '編'은 영원본에는 '徧'으로 되어 있다.

두 번째 수 其二

中有先君手澤	그 중에 선군의 손때 묻은 책 있는데
丹鉛點勘書詩	붉은 붓으로 교감하고 시를 써놓았네.
莫惜借行千里	천리 길 객에 빌려줌을 아끼지 마라
他日還君一鷗	훗날 그대에게 내가 바보임을 돌려주리라.

【주석】

中有先君手澤 : 『예기·옥조』에서 "아버지가 돌아가셨는데 아버지의 책을 읽지 못하는 것은 그 손때가 묻었기 때문이다"라고 했다.

禮玉藻, 父沒而不能讀父之書, 手澤存焉耳.

丹鉛點勘書詩 : 한유의 「추회」에서 "책을 보면서, 붉은 붓으로 일일이 교감함 만 못하네"라고 했다.

退之秋懷詩, 不如觀文字, 丹鉛事點勘.

莫惜借行千里 他日還君一鷗 : 옛 말에 "책을 빌려주는 것도 바보고, 책을 돌려주는 것도 바보다"라고 했는데, 소식과 황정견의 시에서는 '一癡'을 '一鷗'라고 하였다. 자세한 것은 「문치정호조청다장서이시차서목」의 주에 보인다.

古語, 借書一癡, 還書一癡. 蘇黃詩乃作鷗, 詳見聞致政胡朝請多藏書以詩借書目注.[67]

67　[교감기] '詳見' 이하의 부분에서 원래 '聞致政'과 '多藏書以詩' 모두 여덟 글자가
빠졌는데, 본집 권9의 시 제목을 참고하여 보충하였다.

산곡외집시주권제팔(山谷外集詩注卷第八)　293

23. 서주를 떠나 환구로 가는 도중에 지어서 이덕수에게 보내다【『동안지』에서 "환구진은 주에서 80리 떨어져 있다"라고 했다】

發舒州向皖口道中作寄李德叟【同安志云, 皖口鎭去州八】

黑雲平屋簷	먹구름은 지붕 처마와 나란하니
晨夜隔星月	새벽과 밤에 별, 달을 가로 막네.
曉裝商旅前	새벽에 장사치보다 먼저 행장 꾸렸는데
冰底泥活活	얼음 밑의 진흙은 질퍽거리네.
野人讓畔耕	들사람은 길을 양보하는데
蹇馬不能滑	절룩거리는 말은 미끄러워 걷지 못하네.
駝裘惜蒙茸	낙타 갖옷은 털이 헤어졌는데
俱落水塘缺	시내와 못 물 모두 빠져 드러난 듯.
孤材小蝸舍	외로운 마을 작은 와사에서
乞火乾履韤	불을 빌려 신과 버선 말리네.
前登極崢嶸	앞길의 대단히 험준한 곳 오르는데
他日飛鳥没	훗날 나는 새도 없으리라.
寒花委亂草	차가운 꽃은 어지러운 풀 속에 숨고
耐凍鳴風葉	추위 견디며 바람에 잎은 우네.
江形篆平沙	강가에 구불구불 평평한 백사장
分派回勁筆	나뉜 물길은 굳센 붓을 휘돌아나간 듯.
髥弟不俱來	수염 멋진 아우와 함께 오지 못하였는데

得句漫劏剭	얻은 시구만 부질없이 기운이 넘치네.
却望同安城	문득 동안성을 바라보니
唯有松鬱鬱	다만 소나무만 울창하네.
遙知浦口晴	멀리서도 알겠네, 포구가 맑으니
諸峰見明雪	여러 봉우리에 밝은 눈이 보이는 것을.

【주석】

黑雲平屋簷 : 달리 "높다란 구름이 허공을 누르고"라고 된 본도 있다. 이하의 「안문태수행雁門太守行」에서 "먹구름이 짓눌러 성은 곧 무너질 듯하고"라고 했다.

一作崔嵬雲壓空.[68] 李賀詩, 黑雲壓城城欲摧.

晨夜隔星月 曉裝商旅前 冰底泥活活 野人讓畔耕 : 달리 "농사짓는 밭두둑을 침범하네"로 된 본도 있다. 『사기‧제왕세기』에서 "순이 역산에서 농사짓자 역산의 사람들이 모두 밭두둑을 양보하였다"라고 했다. 이선李善의 『문선주』에서 "조자가 "역산의 농부들이 밭두둑을 침범하였는데 순이 가자 밭 가는 자들이 밭두둑을 양보하고, 하빈의 어부들이 모래섬을 다투었는데 순이 가자 물고기 잡으면서 양보하였다""라고 했다.

一作侵畔耕. 史記帝紀, 舜耕歷山, 歷山之人皆讓畔. 文選注云, 朝子曰, 歷

68　[교감기] '壓空'은 고본에는 '墜空'으로 되어 있다.

山農侵畔, 舜往而耕者讓, 河濱漁者爭坻, 舜往而漁者讓.

蹇馬不能滑 駝裘惜蒙茸 : 『좌전』에서 "여우 갖옷의 털이 수북했다"라고 했다.

左傳, 狐裘蒙茸.

俱落水塘缺 孤材小蝸舍 : 『삼국지·초선전』에서 "초선이 일찍이 작은 집을 지었는데, 모양이 달팽이 껍데기 같았다. 그러므로 와우려라 불렀다"라고 했다. 백거이의 「득양계시서得楊繼之書」에서 "궁궐의 봉황지는 삼천 리 떨어져 있고, 와사에서 15년을 숨어 지내네"라고 했다.

三國志焦先傳, 先嘗作小廬, 形如蝸牛殼, 故曰蝸牛廬.[69] 白樂天詩, 鳳池隔絶三千里, 蝸舍沉冥十五春.

乞火乾履韈 : 『한서·괴통전』에서 "솜을 묶어서 불을 빌렸다"라고 했다. 최호의 『여의』에서 "동지에 아낙들은 신발과 버선을 시부모에게 바쳤다"라고 했는데, 이 내용은 『초학기』에도 나온다.

漢蒯通傳, 束縕乞火. 崔浩女儀. 冬至進履韈於舅姑, 見初學記.

---

69 [교감기] '焦先'은 원래 '焦光'으로 되어 있었는데, 지금 전본을 따른다. 살펴보건대 『삼국지·관녕전』 배송지(裵松之)의 주에서 인용한 『위략(魏略)』에서 "초선 등이 둥그런 집을 지었는데 형태가 달팽이 껍질과 비슷하였다. 그러므로 와우려라고 불렀다"라고 했다. 이것이 사용(史容)이 주를 달면서 근거로 삼은 것이다. 그러나 사용의 주의 출처와 인용문의 내용은 다르니 아마도 따로 근거한 바가 있는 듯하다. 또한 영원본에는 이 조목과 아래의 백거이 시의 주가 없다.

前登極崢嶸 : 쟁영崢嶸은 달리 '고한高寒'으로 된 본도 있다.

一作高寒

他日飛鳥没 寒花委亂草 : 두보의 「박모薄暮」에서 "차가운 꽃은 어지러운 풀 속에 숨고, 깃들려는 새는 깊숙한 가지 찾네"라고 했다.

杜詩, 寒花隱亂草, 宿鳥擇深枝.

耐凍鳴風葉 : 달리 "바람 부는 잎 사이에서 추위 견딘, 매화 꽃봉오리 어지럽게 피었네"라고 한 본도 있다.

一作耐凍風葉間,[70] 梅萼零亂發.

江形篆平沙 : 한유의 「성남연구城南聯句」에서 "백사장은 전서로 도장 찍 듯 돌아나가며 평평하네"라고 했다.

退之聯句, 沙篆印廻平.

分派回勁筆 髯弟不俱來 得句漫劀刷 : 달리 "부질없이 기운 찬 시구를 얻었네"라고 한 본도 있다. 양웅의 「감천부」에서 "노반과 공수[71]는 그 새김을 버리고"라고 했는데, 주에서 "기劀는 굵은 칼이고, 궐劂은 굽은

70　[교감기] '凍'은 원래 '東'으로 되어 있었는데, 영원본과 고본, 그리고 전본에 의거하여 고쳤다.

71　노반과 공수 : 노반(魯般)은 노나라 공수반(公輸般)이고, 공수(工倕)는 황제 때 사람으로 모두 뛰어난 장인이다.

끝이다"라고 했다. '剈'와 '劂'은 음이 같으니, '居'와 '衛'의 반절법이다. 이 글자는 『초사』에도 보인다.

一作漫得句奇崛. 甘泉賦, 般倕棄其剞劂. 注云, 剞, 曲刀也, 劂, 曲鑿也. 剞劂同音, 居衛切, 亦見楚辭.

却望同安城 唯有松鬱鬱 : 『문선』에 실린 좌사의 「영사詠史」에서 "시냇가의 울창한 소나무"라고 했다.

選詩, 鬱鬱澗底松.

遙知浦口晴 諸峰見明雪 : 명설明雪은 달리 송설松雪이라 한 본도 있다. 『문선』에 실린 안연지의 「증왕태상贈王太常」에서 "산이 밝아 소나무의 눈을 보네"라고 했다.

一作, 松雪. 選詩, 山明望松雪.

24. 정견이 태화 고을의 수령이 되었으며 여섯 번째 외숙이 안절사로 동안에 나가다가 환공의 시내 입구에서 우연히 만났는데, 비바람에 머물며 열흘 동안 책상을 마주하고 밤에 이야기를 나누면서, 인하여 "누가 알랴! 비바람 치는 밤에, 다시 이렇게 침상에서 마주하며 잘 줄을[誰知風雨夜復 此對牀眠]"72이란 시를 읊었다. 이별한 뒤에 이 시어가 더욱 생각이 나서 10글자를 배치하여 운자로 삼아 여덟 구의 열 수를 지어 외숙에게 보내다

庭堅得邑太和 六舅按節出同安 邂逅於皖公溪口 風雨阻留 十日對榻夜語 因詠誰知風雨夜復此 對牀眠 別後更覺斯言可念 列置十字 字爲八句 寄呈 十首73

동안군은 서주로, 환공산이 있다. 여섯 번째 외숙은 이상을 이르니, 자는 공택이다. 제점회남서로형옥을 맡았다. 제형사는 서주에 있다.

同安郡, 舒州也, 有皖公山. 六舅, 謂李常, 字公擇也. 提黙淮南西路刑獄. 提刑司, 在舒州.

---

72 누가 (…중략…) 줄을 : 위응물의 「시전진원상(示全眞元常)」에 보이는 구절이다.
73 [교감기] '更覺'에서 원래 '更'자가 빠졌었는데, 영원본과 고본, 그리고 건륭본에 의거하여 보충하였다.

첫 번째 수其一

鵠白不以浴	고니는 희어 까마귀가 될 수 없으며
蘭香端爲誰	난초 향기는 분명코 누구를 위해서인가.
外家秉明德	외가는 밝은 덕을 지녔지만
晚與世參差	만년에 세상과 어긋나네.
乖離歲十二	일이 어그러져 헤어진 지 십이 년
會面卒卒期[74]	만나는 것도 바빠 기약하기 어려웠네.
何言濔丘底	어찌 생각이나 했으랴, 첨산 아래에서
玉稻同一炊	옥쌀로 함께 식사할 줄을.

【주석】

鵠白不以浴 : 『장자·천운』에서 "고니는 매일 목욕하지 않아도 희고, 까마귀는 매일 먹칠하지 않아도 검다"라고 했다.

莊子天運篇, 鵠不日浴而白, 烏不日黔而黑.

蘭香端爲誰 : 『공자가어』에서 "난초는 깊은 숲에서 자라는데 사람이 없다고 해서 향기를 내지 않는 것이 아니다"라고 했다.

家語, 蘭生深林, 不以無人而不香.

外家秉明德 晚與世參差 : 한유의 「출문出門」에서 "어찌 감히 숨어서 홀

---

74 [교감기] '卒卒'은 고본에는 '卒少'로 되어 있다.

로 지냄을 좋아하랴, 세상과 실로 어긋나서이네"라고 했다.

退之詩, 豈敢尙幽獨, 與世寔參差.

乖離歲十二 : 도연명의 「답방참군」의 서에서 "사람의 일이란 어그러지기를 잘하는 것이어서 금새 헤어진다는 말을 해야 하게 되었습니다"라고 했다.

淵明答龐參軍詩序云, 人事好乖, 便當語離.

會面卒卒期 : 두보의 「증위처사贈衛處士」에서 "주인은 만나기 어렵다며"라고 했다. 사마천의 「보임소경서報任少卿書」에서 "너무 바빠서 조금의 틈도 나지 않았습니다"라고 했다.

杜詩, 主稱會面難. 司馬遷傳, 卒卒無須臾之間.

何言灊丘底 玉稻同一炊 : 서주에 첨산이 있는데, 달리 천주산이라고도 한다.

舒州有灊山, 一名天柱.

두 번째 수其二

| 滄江渺無津 | 푸른 강은 아득하여 끝이 없는데 |
| 同濟共安危 | 함께 건너며 안위를 같이 하네. |

四海非不廣	사해는 드넓지 않음이 없음을
舅甥自相知	외숙은 스스로 잘 아시겠죠.
孔鸞在榛梅	공작과 난새는 잡목 사이에 있고
鷦鷯亦一枝[75]	뱁새도 작은 가지에 있네.
千里同明月	천리에 밝은 달을 함께 보니
相期不磷緇	서로 만날 날 잊지 마세요.

【주석】

滄江渺無津 同濟共安危 : 『서경·미자微子』에서 "지금 우리 은나라가 장차 멸망하게 되어, 마치 큰 물을 건널 적에 나루터나 물가가 보이지 않는 것처럼 되고 말았다"라고 했다. 『손자』에서 "같은 배를 타고 강을 건너다가 폭풍우를 만나면, 마치 왼손과 오른손처럼 서로 협력을 잘한 다"라고 했다. 이 구는 세상에서의 풍파를 말한다.

書微子云, 若涉大川, 其無津涯. 孫子曰, 同舟濟而遇風, 其相救也, 如左右 手. 言世路風波也.

四海非不廣 舅甥自相知 孔鸞在榛梅 : 사마상여의 「상림부」에서 "공작 과 난새를 쫓고, 준의[76]를 재촉하며"라고 했다. 한유의 「화장십일억작

---

75 [교감기] '亦一'은 원래 '一亦'으로 되어 있었는데 지금 영원본과 고본, 전본과 건 륭본에 의거하여 순서를 바로잡았다.
76 준의 : 봉황과 비슷한 전설 속의 새이다.

행화장십일억작행和張十一憶昨行」에서 "조정에 공작과 난새 모이는데, 어찌 물오리에서 취하랴"라고 했다. 이를 말하여 공택을 비유하였으니 마땅하지 않은 곳에 처함을 말하였다.

上林賦, 遒孔鸞, 促鵷鶵. 退之詩, 明庭集孔鸞. 以喻公擇, 言處非其地.

鷦鷯亦一枝:『장자·소요유逍遙遊』에서 "뱁새가 깊은 숲에 보금자리 만드는 데는 나무 한 가지에 불과하다"라고 했다. 이 말로 자신을 비유하였다.

莊子, 鷦鷯巢於深林, 不過一枝. 此以自喻.

千里同明月:사희일謝希逸의 「월부月賦」에서 "천 리 떨어져 있지만 밝은 달은 함께 한다오"라고 했다.

見上.[77]

相期不磷緇:한유의 「북극증이관北極贈李觀」에서 "바야흐로 금석의 자태이니, 만대에 검거나 닳아지지 않으리"라고 했다. 두보의 「별최이別崔漢」에서 "다만 닳고 검어지지 않으려고 힘썼는가"라고 했다.

韓詩, 方爲金石姿, 萬世無緇磷.[78] 杜詩, 但取不磷緇. 磷緇字, 出論語.

---

77 [교감기] '見上'은 영원본에는 "月賦見上"으로 되어 있었다. 살펴보건대 「월부」에서 "미인은 멀리 있어 소식도 끊겼는데, 천 리 떨어져 있지만 밝은 달은 함께 한다네[美人邁兮音塵絶 隔千里兮共明月]"라고 했다.
78 [교감기] 영원본에는 '韓詩'의 조목에 대한 주가 없다.

세 번째 수其三

少小長母家	어려서 외가에서 자라
拊憐輩諸童	여러 어린 아이들과 보살핌 받았네.
食貧走八方	가난 때문에 팔방으로 내달리며
略已一老翁	벌써 늙은 노인이 되어버렸네.
不能成宅相	외가의 명성을 드날리지 못하고
頗似舅固窮	자못 외숙처럼 곤궁하였네.
何以報嘉德	어찌하면 훌륭한 은덕 갚을까
取琴作南風	거문고 잡고 「남풍가」 부르네.

【주석】

少小長母家 拊憐輩諸童 食貧走八方: 『시경·위풍·맹』에서 "3년 동안 가난하게 먹었네"라고 했다.

衛國風氓, 三歲食貧.

略已一老翁: 위문제의 「여오질서與吳質書」에서 "뜻과 의지는 언제나 다시 옛날과 같을까. 이미 노인이 되었는데, 다만 머리가 세지 않았을 뿐이다"라고 했다.

見上.

不能成宅相: 『진서·위서전』에서 "어려서 아버지를 잃어 외가인 영씨 집에서 자랐다. 영씨가 집을 지었는데 집 자리를 보는 자가 이르기를 "마땅히 귀한 외손이 나온 것이다"라고 했다. 외조모는 위서가 어린 데도 지혜로우니 아마도 그가 맞을 것이라 생각하였다. 위서가 "마땅히 외가를 위하여 집 자리를 본 사람의 말을 이루도록 하겠다'"라고 했다. 『북사』에서 "형안이 그 외질 이회를 칭하기를 "마치 옥구슬을 대하는 것 같다. 택상의 부탁은 응당 이 외질에게 있을 것이다'"라고 했다. 이백의 「별종생고오」에서 "능히 우리 택상을 이룰 것이니, 위양원[79]에 빠지지 않을 것이라"라고 했다.

晉魏舒傳, 少孤, 爲外家寧氏所養. 寧氏起宅, 相宅者云, 當出貴甥. 外祖母以魏氏甥小而慧, 意謂應之. 舒曰, 當爲外家成此宅相. 北史, 邢晏稱其甥李繪曰, 如對珠玉, 宅相之寄, 當在此甥. 李白別從甥高五詩, 能成吾宅相, 不減魏陽元.[80]

頗似舅固窮 : 『논어』에서 "군자는 곤궁을 편히 여겨 도를 지킨다"라고 했다. 『진서 · 하무기전』에서 "환온이 "하무기는 유뢰지의 외질인데, 그 외숙과 대단히 비슷하다'"라고 했다.

論語, 君子固窮. 晉何無忌傳, 桓溫曰, 何無忌, 劉牢之之甥, 酷似其舅.

---

79 양원 : 위서의 자이다.
80 [교감기] 영원본에는 '北史' 이후의 주가 없다. 『북사 · 이회전』을 살펴보면 '當'은 '良'으로 되어 있다. 『이태백집』에는 시의 제목인 '別從甥'의 위에 '贈'자가 있다.

何以報嘉德 取琴作南風：달리 "거문고 연주하며 「남풍가」를 부르네"
라고 된 본도 있다. 『예기』에서 "순 임금이 오현금을 만들어 「남풍가」
를 불렀다"라고 했다.

一作鼓琴歌南風. 禮記, 舜作五絃之琴, 以歌南風.

네 번째 수其四

德人心寂寥	덕스런 사람의 마음은 고요한데
立朝實莊語[81]	조정에 서면 실로 씩씩하게 말하네.
虎節坐山城	호랑이 부절로 산성에 앉으니
孤雲猶能見	외로운 구름을 더 잘 보이네.
文章被甥姪	문장으로 조카들을 가르치고
孝友諧婦女	효성과 우애로 부녀자를 화합했네.
偃息一畝宮	작은 집에서 누워 쉬는데
植梅當歌舞	매화를 심으며 응당 노래하고 춤추네.

【주석】

德人心寂寥 立朝實莊語 : 『장자·천하』에서 "천하 사람들이 혼탁함에
빠져 함께 바른 이야기를 할 수 없다고 생각한다"라고 했다. 이공택은
희녕 초에 태상박사에서 우정언으로 자리를 옮겼는데 신법을 비판하

81　[교감기] '實'은 영원본에는 '實'로 되어 있다.

였다. 활주의 통판이 되어 악주, 호주, 제주 등을 다스렸다가 회서제형으로 옮겼다.

莊子天下篇, 以天下爲沉濁 而不可與莊語. 公擇熙寧初, 自太常博士改右正言, 論新法, 通判滑州, 知鄂湖齊三州, 徙淮西提刑.

虎節坐山城 : 『주례·지관장절』에서 "대개 방국에서 사신의 부절은, 산의 나라로 사신을 보낼 때는 호랑이 부절을 사용한다"라고 했다.

周禮地官掌節云, 凡邦國之使節, 山國用虎節.

孤雲猶能見 文章被甥姪 孝友諸婦女 偃息一畝宮 植梅當歌舞 : 『시경·북산』에서 "어떤 이는 편안히 누워 상에 쉬거늘"이라고 했다. 『예기·유행』에서 "선비는 가로 세로 각각 10보步 이내의 담장 안에서 거주한다"라고 했다.

詩北山, 或偃息在牀.[82] 儒行云, 儒有一畝之宮.

다섯 번째 수其五

江都克家才	강도의 집안을 잘 계승한 인재
萬卷書揷架	만권의 책이 서가에 꽂혀 있네.

---

82 [교감기] 영원본에는 '北山'에 대한 조목의 주가 없다. 『모시정의』를 살펴보니 '偃息'은 '息偃'으로 되어 있다.

願言渠出仕	원컨대 그가 출사하더라도
從舅問耕稼	외숙에게 농사를 여쭤 보라.
誰云瀕老境	누가 노경에 이르렀다고 하는가
此子卽長夜	나는 긴 밤을 지새는구나.
歸歟淼前期	돌아가런다! 아득한 그 날이지만
蒔橘鋤甘蔗	귤을 심고 사탕수수 밭을 매야지.

【주석】

江都克家才 : 『주역·몽괘』에서 "자식이 집안일을 잘하도다"라고 했다.

易蒙卦, 子克家.

萬卷書揷架 : 한유의 「송제갈각送諸葛覺」에서 "업후鄴侯, 李泌의 집에는 장서가 많아, 서가에 삼만 권이 꽂혀 있네"라고 했다.

退之詩, 鄴侯家多書, 架揷三萬軸.

願言渠出仕 從舅問耕稼 誰云瀕老境 : 『예기·곡례』에서 "60세를 '기耆' 라 하니 지시하여 부린다"라고 했다. 『석문』에서 "기耆는 이름이니, 노 경에 이른 것을 의미한다"라고 했다.

曲禮曰, 耆指使. 釋文, 耆, 至也, 至老境也.

此子卽長夜 : 두보의 「견흥遣興」에서 "짧은 베옷으로 긴 밤을 지새우

는구나"라고 했다.

杜詩, 短褐卽長夜.

歸歟森前期 蒔橘鋤甘蔗 : 원주에서 "강도위 이터의 자는 안시이다"라
고 했다.

元注云, 江都尉李攄字安詩.

여섯 번째 수其六

曩窺涉世方	이전에 처세의 방법을 넘겨다보니
白駒且場穀	흰 망아지가 마당의 곡식을 먹는다네.
平生漫歲晚	인생은 부질없이 저물어 가는데
志尙向山木	뜻은 아직도 산속을 향하네.
返身觀小醜	자신을 돌이켜 보니 조금 추한데
眞成覆車犢[83]	참으로 수레 끄는 송아지 같네.
否臧太磊磊	시비는 크게 마음에 걸리니
從此更三復	이후로 더욱 말조심해야지.

【주석】

曩窺涉世方 白駒且場穀 : 『시경·소아·백구』에서 "은자의 희디 흰 백

---

83 [교감기] '眞成'은 건륭본에는 '眞誠'으로 되어 있다.

색 망아지가, 내 마당의 곡식을 먹네"라고 했다.

小雅, 皎皎白駒, 食我場苗.

平生漫歲晩 志尙向山木 : 『장자』에 「산목」이 있는데, 산속의 초목은 재목이 되지 않아야 오랜 수명을 누리는 것을 말하였다.

莊子有山木篇, 言山中之草木, 以不材得終其天年焉.

返身觀小醜 : 『맹자』에서 "자신에 돌이켜 진실되면 더 큰 즐거움이 없다"라고 했다.

孟子, 反身而誠, 樂莫大焉.

眞成覆車犢 : 『진서 · 석계룡전』에서 "석륵의 조카인 석계룡은 어려서 자주 사람에게 활을 쏘았다. 석륵이 백모인 왕 씨에게 아뢰어 죽이자고 하였다. 왕 씨가 "장쾌한 소는 송아지일 때 수레를 부수는 경우가 많으니 너는 마땅히 참아라""라고 했다.

晉書石季龍傳, 快牛爲犢子時, 多能破車. 汝當小忍之.

否臧太磊磊 從此更三復 : 『한서 · 정당시전』에서 "감히 시비를 크게 지적하고 싶지 않습니다"라고 했다. 시의 의미는 즉 품평한 것을 후회하니, 앞으로 말조심하겠다는 것이다.

潢鄭當時傳, 不敢甚斥臧否. 詩意蓋悔其有所評品, 欲三復白圭也.

일곱 번째 수其七

負薪反羊裘	섶을 짊어지고 양갗옷을 뒤집어 입으니
愛表只傷裏[84]	겉을 사랑하여 다만 안을 상하게 하네.
補紉雖云工	깁고 꿰매는 것이 비록 공교롭다 하지만
歲晏安可恃	추운 세모에 어찌 믿을 수 있는가.
洗心如秋天	마음을 가을 하늘처럼 씻어
六合無塵滓	육합에 티끌과 찌끼가 없네.
浮雲風去來	뜬 구름은 바람에 오가는데
在彼不在此	저쪽에 있고 이쪽에 있지 않네.

【주석】

負薪反羊裘 愛表只傷裏 : 『위지』에서 "명제가 제갈량을 격파할 때 포고문에 "제갈량은 갖옷을 거꾸로 입고 섶을 지니 안의 털이 다 떨어졌다""라고 했다. 이 고사는 원래 유향의 『신서』에 나온다. 그 내용을 보면, 즉 "위문후가 나들이를 나갔다가 길에서 갖옷을 뒤집어 입은 채 꼴을 지고 가는 사람을 보고 그 이유를 물으니, 대답하기를 "신은 그 털을 아껴서입니다"라 했다. 문후가 "만약 그 안이 닳게 되면 털이 붙어 있을 곳이 없지 않느냐"라고 했다. 그다음 해에 동양 땅에서 올린 장부에 돈과 베가 열 배나 되었다. 문후가 "이는 길가는 사람이 갖옷을 거꾸로 입고 꼴을 짊어진 것과 다르지 않다. 백성은 더 늘지 않는데 돈은

84　[교감기] '只'는 고본의 원교에서 "달리 '亦'으로 된 본도 있다"라고 했다.

열 배가 늘었으니, 반드시 백성들에게서 취한 것이다'"라고 했다.

魏志, 明帝破諸葛亮, 露布曰, 亮反裘負薪, 裏盡毛殫. 事本出新序, 其詞曰, 魏文侯出游, 見路人反裘而負芻, 問之, 對曰, 臣愛其毛. 文侯曰, 若不知其裏盡而毛無所恃耶. 明年東陽上計錢布十倍, 文侯曰, 此無異夫路人反裘而負芻也, 民不加衆, 而錢十倍, 必取之民也.

補紈雕云工 歲晏安可恃 洗心如秋天 : 『주역·계사전』에서 "성인은 이로써 마음을 씻어 아무도 모르게 은밀한 곳에다 감추어 둔다"라고 했다.

易繫辭云, 聖人以此洗心, 退藏於密.

六合無塵滓 『장자』에서 "상하 사방을 드나들고 온 천하를 유람하다"라고 했다. 진나라 회계의 왕도자가 사중을 희롱하여 "그대는 마음이 맑지 않으면 그만이지, 어찌 일부러 맑디맑은 하늘을 더럽히려고 하는가"라고 했다.

莊子, 出入六合, 遊乎九州. 晉會稽王道子戲謝重曰, 卿强欲滓穢太淸耶.

浮雲風去來 在彼不在此 : 이 작품은 풍자하는 바가 있다.

此篇有所諷

여덟 번째 수其八

阿髯學升堂	멋진 수염에 배움은 경지에 올라
幹母思靡悔	어머니 대신하며 후회 없게 하네.
文成藝桃李	문장은 도리처럼 아름다움을 이뤄
不言行道兌	말하지 않아도 길이 났네.
阿蘇妙言語	아소는 언어에 능숙하여
機警欲無對	기발한 대답은 상대할 이 없네.
子姪何預人	자제와 조카들이 어째서 남 일에 참견하는가
蘭玉要可佩	난초와 옥수를 몸에 차려고 해서이네.

【주석】

阿髯學升堂 : 아염阿髯은 이덕수를 가리킨다.

德叟.

幹母思靡悔 : 『주역 · 고괘』 구이에서 "어머니의 잘못을 바로잡는다"
라고 했다.

蠱九二, 幹母之蠱.

文成藝桃李 不言行道兌 : 『시경 · 대아 · 면』에서 "다니는 길이 통하니"
라고 했는데, 전傳에서 "태兌는 길을 이룬 것이다"라고 했다. 이는 『한
서 · 이광전』 찬의 "도리는 말을 하지 않아도 그 아래 저절로 길이 생긴

다"라는 말을 인용하였다.

大雅綿曰, 行道兌矣. 兌, 成蹊也. 此用李廣贊, 桃李不言, 下自成蹊.

阿蘇妙言語 機警欲無對 子姪何預人 蘭玉要可佩 : 아소阿蘇는 외숙의 어린 아들이다. ○『진서・사서전』에서 "숙부 사안이 일찍이 아들과 조카들을 경계하면서 인하여 말하기를 "너희들은 또한 남의 일에 참여하여 그들을 훌륭하게 만들고자 하느냐"라고 하자, 사현이 "지란과 옥수를 그들의 섬돌과 뜰에서 자라게 하고자 할 따름입니다""라고 했다.

阿蘇, 舅氏幼子. ○ 晉謝舒傳, 叔父安嘗戒約子姪, 因曰, 子弟何預人事, 而正欲其佳. 玄曰, 如芝蘭玉樹, 欲其生於堦庭耳.

아홉 번째 수其九

解衣臥相語	옷을 벗고 누워 이야기 나누는데
濤波夜掀牀	파도는 밤에 침상을 흔드네.
十年身百憂	십 년 사이 온갖 우환 겪고
隒阻心已降	험난함에 마음은 이미 놓아버렸네.
涉旬風更雨	열흘 넘게 비바람 불어 대니
宿昔燭生光	촛불의 빛은 오래되었네.
衾裯無端冷	이불 덮어 춥지 않은데
明月一船霜	밝은 달 비추는 배에 서리 내리네.

【주석】

解衣臥相語 濤波夜掀牀 十年身百憂 險阻心已降 :『시경・권이卷耳』에서 "이윽고 군자를 보았으니, 내 마음 가라앉았네"라고 했다.

詩, 我心則降.

涉旬風更雨 宿昔燭生光 衾裯無端冷 明月一船霜 :『시경・소성』에서 "이불과 홑이불을 가지고 가니"라고 했는데, 주에서 "금衾은 이불이고, 주裯는 홑이불이다"라고 했다. 정현은 "주裯는 침상의 휘장이다"라고 했다.『이아』에서 "도幬는 휘장을 이른다"라고 했다.『초사』에서 "부들자리 풀어서 침대 가에 둘러치고, 아롱진 비단 휘장 벽 모서리에 드리우고"라고 했다. 또한 "붉고 푸른 물총새 고운 깃으로, 덩그렇게 높은 당에 휘장을 꾸미고"라고 했다. 두보의 「송정건送鄭虔」에서 "만날 기약 없어 전별 더디기만"이라고 했다.

詩小星, 抱衾與裯. 注, 衾, 被也. 裯, 單被也. 鄭云, 裯, 牀帳也. 爾雅, 幬謂之帳. 楚辭, 蒻阿拂壁, 羅裯張些. 又云, 翡帷翠幬, 飾高堂些. 杜詩, 邂逅無端出餞遲.

열 번째 수其十

親依爲日淺[85]　　　　친하게 의지한 날이 길지 않은데

85　[교감기] 영원본에는 이 구 아래의 주에서 "『좌전・희공5년』에서 "신이 듣기에 귀

愛不舍我眠	사랑하여 내가 자도록 놔두지 않네.
教我如牧羊	나를 양을 치듯 가르치면서
更著後者鞭	다시 뒤처지면 채찍을 드시네.
得邑邇梅嶺	가까운 매령에 고을을 얻으니
開花向春姸	봄이 되어 꽃이 피면 고우리라.
碌碌幸苟免	녹록하여 다행히도 죽음을 면했으니
稱觴大人前	어머니 앞에 술잔을 올리네.

【주석】

親依爲日淺 : 이밀의 「진정표」에서 "조모와 손자 두 사람이 서로의 목숨이 되어주고 있습니다. 조모 유씨는 올해가 96살입니다. 이는 신이 폐하께 충절을 다할 날은 길지만 조모 유씨의 은혜에 보답할 날은 얼마 남지 않았습니다"라고 했다.

李密陳情表, 母孫二人, 相依爲命. 祖母劉今年九十有六, 是臣盡節於陛下之日長, 報劉之日短也.

愛不舍我眠 : 한유의 「시상」에서 "좌중이 모두 친구인데, 누가 네가 잠들기를 놔두겠는가"라고 했다.

신은 사람이 실로 친하기 어렵습니다. 다만 그 덕을 의지할 따름입니다[左傳僖五年 臣聞鬼神非人實親 惟德是依]'"라고 되어 있으며, 이밀의 「진정표」에 대한 주석은 없다.

退之示爽詩, 座中悉親故, 誰肯舍汝眠.

教我如牧羊 更著後者鞭 : 『장자·달생』에서 "양생을 잘하는 자는 양을
치는 것과 같으니, 뒤쳐진 것을 보면 채찍질한다"라고 했다.

莊子達生篇, 善養生者, 若牧羊然, 視其後者而鞭之.

得邑逦梅嶺 開花向春妍 : 두보의 「곡이역哭李嶧」에서 "해가 짧아지는데
매령을 넘고"라고 했다.

杜詩, 短日行梅嶺.

碌碌幸苟免 稱觴大人前 : 진나라 주의의 모친 이 씨의 자는 낙수이다.
주의 등이 모두 높은 벼슬자리에 올랐다. 일찍이 술상을 마련하였는
데, 낙수는 술잔을 들면서 "나는 처음 장강을 건넜을 때 발을 붙을 곳
이 없었는데, 생각지도 못하게 너희들이 모두 귀하게 되어 나란히 내
눈 앞에 있구나"라 하였다. 이에 둘째 아들 주숭이 일어나 "형 백인은
뜻은 큰데 재주가 부족하고 명성은 높지만 식견이 어두우니 자신을 온
전히 지킬 방도가 없습니다. 저는 성질이 드세고 강직하여 또한 세상
에 용납되지 못합니다. 다만 막내 아노阿奴, 周謨만은 평범하니 마땅히
어머니의 눈앞에 오래 있을 것입니다"라고 했다. 아노는 주모의 어릴
때 자이다. 후에 과연 그 말대로 되었다. 대인은 자신의 어머니를 이르
는 말이다. 후한 범방이 죽음을 당할 때 모친과 이별하면서 "대인께서

는 차마 떨쳐내지 못하는 사랑을 떼어내어 더 이상 슬퍼하지 마십시오"라고 했다. 한유의 「유자후묘지명」에서 "파주는 사람이 살 곳이 못된다. 유몽득에게는 집에 노모도 계시니, 나는 차마 몽득의 어려움을 볼 수 없으며 또한 대인大人, 노모에게 무슨 말로 설명해야 할지 모르겠다"라고 했다. 『한서·회양왕흠전』에서 "왕께서는 어머니를 대함이 더욱 나태합니다"라고 했는데, 주에서 "대인은 자신의 모친을 이르는 말이다"라고 했다.

晉周顗母李氏, 字絡秀. 顗等並列顯位, 嘗置酒, 絡秀舉觴曰, 吾本渡江, 託足無所. 不謂爾等並貴, 列吾目前. 嵩起曰, 伯仁志大而才短, 名重而識暗, 非自全之道. 嵩性抗直, 亦不容於世. 惟阿奴碌碌, 當在阿母目下耳. 阿奴, 謨小字也. 後果如其言. 大人, 自言其母也. 後漢范滂就誅, 與母訣曰, 大人割不忍之愛, 勿增感戚. 韓文柳子厚墓誌, 播非人所居, 而夢得親在堂, 吾不忍夢得之窮, 無詞以白其大人. 漢淮陽王欽傳, 王遇大人益解. 注云, 自稱其母也.

25. 마당산 노망정에 쓰다. 4수

【원주에서 "팽택의 옛날 치소이다"라고 했다】

題馬當山魯望亭 四首【元注云, 彭澤舊治所】

원량 도연명元亮

馬當一曲孤烟	마당산 한 굽이 외로운 연기
人物于今眇然[86]	인물은 지금에 아득하구나.
不見繞籬黃菊	울타리 주변 노란 국화 볼 수 없으니
誰收種秫圭田	누가 규전에 심은 차조를 수확할 것인가.

【주석】

馬當一曲孤烟 : 살펴보건대『심양지』에서 "마당산은 강주 팽택현 서쪽 40리에 있다. 높이는 80장이며, 아래가 보이지 않는다. 상원 수부의 사당을 지어 모시고 있다"라고 했다. 육구몽의 자는 노망으로「마당산명」을 지었다. 그 대략의 내용은, 즉 "태행, 여량, 마당산을 삼험이라고 하는데 그 중 마당이 으뜸이다. 그러나 소인의 음험한 마음만은 못하다"라고 했다. 정자를 노망이라고 한 것은 이런 까닭이다. 인하여 도연명 등 네 사람의 화상을 그렸다.

按尋陽志, 馬當山, 江州彭澤縣西四十里,[87] 高八十丈,[88] 其下無底. 有廟封

86　[교감기] '眇'는 영원본과 전본에는 '渺'로 되어 있다.
87　[교감기] '在'자는 원래 빠져있었는데, 영원본에 의거하여 보충하였다.

爲上元水府. 陸龜蒙, 字魯望, 有馬當山銘. 大概言, 太行呂梁馬當, 合是三險
而爲一, 未敵小人方寸之包藏.[89] 名亭曰魯望, 以此故也. 因畫陶元亮等四人.[90]

人物于今眇然 : 왕희지의 「도하이첩都下二帖」에서 "채공이 마침내 위독
하게 되니 매우 근심스럽다. 지금 인재가 없는데,"라고 했다.

當今人物渺然, 王逸少帖中語也.

不見繞籬黃菊 : 도연명의 「음주飮酒」에서 "동쪽 울타리에서 국화꽃을
따네"라고 했다.

陶詩, 采菊東籬下.

誰收種秫圭田 : 달리 "땅에 절로 벼가 거칠며, 다시 술과 돈을 주는 사
람이 없네"라고 된 본도 있다. 『진서 · 도잠전』에서 "도잠의 자는 원량
이다. 팽택령이 되었을 때 고을에 공전이 있었는데 모두 차조를 심게
하고서 "내가 항상 술에 취했으면 충분하겠다"라고 했다. 처자가 굳이
메벼를 심자고 해서 이에 2경 50묘는 차조를 심고 50묘는 메벼를 심
었다"라고 했다. 규전[91]은 『맹자』에 보인다. 두보의 「증정건」에서 "그

---

88 [교감기] '八十'은 영원본에는 '二十'으로 되어 있으니, 잘못이 있는지 의심스럽다.
89 [교감기] '包'는 영원본에는 '苞'로 되어 있다. 살펴보건대 『전당서』에는 '包'로
    되어 있다.
90 [교감기] '四人'은 영원본과 전본에는 '四人歟'로 되어 있다.
91 규전 : 옛적에 경(卿) · 대부(大夫)에게 주던 전지. 그 수확으로써 제사를 받들었다.

래도 도움 주는 소 사업이, 때때로 술값 주는구나"라고 했다.

一作有地自荒秔稻, 無人更與酒錢. 晉書陶潛傳, 潛字元亮, 爲彭澤令, 在縣公田, 悉令種秫穀, 曰, 令吾常醉於酒, 足矣. 妻子固請種秫, 乃使二頃五十畝種秫, 五十畝種秔. 圭田, 見孟子. 老杜贈鄭虔云, 賴有蘇司業, 時時與酒錢.

양공 적인걸狄梁公

鯨波橫流砥柱	고래 같은 파도가 지주에 횡류하니
虎口活國宗臣	호랑이에 죽을 뻔하다가 나라를 살린 종신이네.
小屈絃歌百里	조금 굽혀 백 리 고을에서 문치文治를 하니
不誣天下歸仁	무고 없었다면 천하가 인으로 돌아갔었으리.

【주석】

鯨波橫流砥柱 : 두보杜甫의 「주출강릉남포舟出江陵南浦」에서 "바다에는 경파가 움직이고"라고 했다. 유몽득의 「영사詠史」에서 "세상의 도의가 무너지는 파도보다 심한데, 나의 마음은 지주산처럼 꿋꿋하네"라고 했다. 『서경·우공』의 주에서 "지주는 섬주 협석현에 있다"라고 했다. 희녕에 현을 폐하여 진으로 삼고 섬현에 예속시켰다. 황하가 나뉘어 흘러 산을 감싸 안고 지나가니 마치 기둥 같다. 당 태종이 이곳에 명을 새겼다".

杜詩, 溟漲鯨波動.[92] 劉夢得詩, 世道劇頹波, 我心如砥柱. 禹貢, 砥柱在陝

州硤石縣. 熙寧廢縣爲鎭, 隸陝縣. 河水分流, 包山而過, 若柱然. 唐太宗勒銘
於此.

虎口活國宗臣 : 『장자 · 도척』에서 "공자가 "저는 말 그대로 호랑이의
머리 쓰다듬고 호랑이의 수염을 얽어냈으니 하마터면 호랑이에게 먹
힐 뻔하였습니다""라고 했다. 『한서 · 숙손통전』에서 "숙손통이 말하기
를 "공은 모릅니다. 저는 거의 호랑이에게 먹힐 뻔했습니다""라고 했
다. 『당서 · 적인걸전』에서 "무후에게 여릉왕을 맞이하여 태자로 세우
라고 힘써 권하면서 "여릉왕을 세우면 천추만세 이후라도 항상 종묘에
서 제향을 받을 것이요, 조카인 무삼사가 태자가 된다면 종묘에서 시
모 옆에 배향되지 않을 것입니다. 무후가 깨닫고서 즉시 방주에서 여
릉왕을 데려왔다""라고 했다. 두보의 「녹두산鹿頭山」에서 "기국공이 기
둥과 주춧돌 같은 자태로, 도를 논하여 나라가 살아났네"라고 했다.

莊子盜跖篇, 幾不免虎口哉.[93] 漢叔孫通傳云, 通自言, 幾不免虎口. 唐狄仁
傑傳, 力勸武后迎廬陵王, 曰, 立廬陵王, 則千秋萬歲後, 常享宗廟. 三思立,
廟不祔姑. 后感悟, 卽日迎王於房州. 杜詩, 冀公柱石姿, 論道邦國活. 漢蕭曹
贊, 爲一代之宗臣.

小屈絃歌百里 : 적인걸은 일찍이 내준신의 무고를 당하여 잡혀서 황

---

92 [교감기] 영원본에는 두시에 대한 주가 없다.
93 [교감기] 영원본에는 장자에 대한 주가 없다.

제의 특명에 의해 옥에 보내졌다가, 이윽고 사형에서 반감되어 팽택령으로 폄적되었는데, 사람들이 그를 위해 살아 있는 사람의 사당을 세웠다.

仁傑嘗爲來俊臣所誣, 捕送制獄, 已承反減死, 貶彭澤令, 人爲置生祠.

不誣天下歸仁 : '소굴小屈'은 달리 '소일小日'로 된 본도 있다. '불무不誣'는 달리 '막언莫言'으로 된 본도 있다.『논어』에서 "하루라도 자신을 이겨 예를 회복한다면 천하가 인으로 돌아갈 것이다"라고 했다.

小屈一作少日, 不誣一作莫言. 論語, 一日克己復禮, 天下歸仁焉.

노공 안진경顔魯公

不見魯公斷石	노공의 끊어진 비석을 볼 수 없으니
誰家爲礎爲杠	뉘 집 주춧돌이나 다리가 되었으리.
筆法錐沙屋漏[94]	필법은 모래밭에 송곳으로 긋거나
	지붕에 비가 새는 듯[95]

---

94 [교감기] 저본에는 원래 이 구가 탈락되어 있었는데, 지금 영원본과 전본, 그리고 건륭본에 의거하여 보충한다. 영원본에는 이 구의 아래 주에서 "제6권「제선(題扇」의 주에 보인다[見第六卷題扇注]"라고 하였다. 건륭본에는 '屋漏'가 '屋壺'로 되어 있다.

95 필법은 (…중략…) 새는 듯 :『법서원』에서 "안진경과 회소가 금오병조 오동((鄔彤)에게 초서를 배웠다. 어떤 이가 묻기를 "장사 장욱(張旭)이 공손대랑의 검무를 추는 것을 보고 내리고 올리며 돌며 오르는 필법을 깨우쳤는데, 병조도 그런

心期曉日秋霜[96]　　　　마음의 기약은 새벽 해나 가을의 서리 같네.

【주석】

不見魯公斷石 誰家爲礎爲杠 : 노공이 길주사마로 폄적되었을 당시에 이 길을 지나갔다. 행적을 적은 비석이 있었는데 남아 있지 않으니, 아마도 그것은 주춧돌로 기둥을 받치거나 혹은 교량이 되었을 것이다. 『맹자』에서 "11월에 걸어 다니는 돌다리가 완성된다"라고 했는데, 주소에서 인용한 『설문해자』에서 "석강石矼은 돌다리이다. 세속에서는 '강杠'이라고 목木변에 쓴다"라고 했다.

魯公當是貶吉州司馬, 時經行此地, 有紀行碑石而不存, 疑其爲礎以薦柱, 或爲橋梁也. 孟子云, 十一月徒杠成. 注疏引説文云, 石矼, 石橋也. 俗作杠從木.

筆法錐沙屋漏 心期曉日秋霜 : 개보 왕안석이 지은 「한위공만시韓魏公挽詩」에서 "마음으로 기약한 것은 뭇 사람들과 절로 달랐고, 골상도 천한 장부가 아님을 알았다오"라고 했다.

心期, 見上.

것이 있습니까"라 하자, 회소가 옛 비녀 다리의 필법으로 대답하였다. 이에 안진경이 "지붕에 물이 샌 흔적과는 어떠한가"라 하자, 회소가 "늙은이가 깨우쳤다"라고 했다. 『서결묵수(書訣墨藪)』에 실린 안노공(載顏魯)이 쓴 「장장사필법(張長史筆法)」에서 "장장사가 "저하남에게 들으니, 붓을 사용할 때에는 마땅히 인(印)이 인주에 찍힌 것과 같이 해야 하며, 붓을 들어 글씨를 쓸 때 송곳으로 모래를 긋듯이 해야 한다""라고 했다.

96　[교감기] '曉月'은 고본과 전본에는 '曉日'로 되어 있다.

노망 육구몽陸魯望

笠澤道人高古	입택호에 도인은 고아하고 옛스러운데
文章白髮蕭條	문장 뛰어난 백발노인 쓸쓸하네.
欲問勒銘遺墨	명을 새긴 유묵을 찾아보는데
應書水府鮫綃[97]	수부의 인어 비단에 썼구나.

【주석】

笠澤道人高古 : 『오군도경』에서 "송강은 달리 입택이라 부른다. 육로
망은 입택의 보리에 거주하였는데, 그가 주를 단 책을 『입택총서』라고
명명하였다"라고 했다. 이백의 「선성청계편」에서 "산 모양은 날마다
고아하고 옛스러우며, 돌 모습은 하늘가로 기울어졌네"라고 했다.

吳郡圖經曰, 松江一名笠澤, 陸魯望居甫里, 號所注書曰笠澤叢書. 李白宣
城靑溪篇, 山見日高古, 石容天傾側.[98]

文章白髮蕭條 : 달리 "문장은 세상이 추워진 뒤에 시드네"라고 된 본
도 있다.

一作, 文章歲寒後彫.

---

97 [교감기] '鮫綃'는 원래 '蚊綃'로 되어 있었는데, 지금 고본과 전본, 그리고 건륭본
을 따른다.
98 [교감기] 영원본에는 이백 시에 대한 주가 없다.

欲問勒銘遺墨 : 즉 「마당명」을 이른다.

卽馬當銘.

應書水府鮫綃 : 좌사의 「오도부」에서 "물속에 들어가 몰래 비단을 짜서 마는데, 연객은 슬퍼하며 구슬 눈물 흘리네"라고 했는데, 주에서 "세속에 전하기를 인어는 물속에서 나와서 사람의 집에 가서 산다. 여러 날 동안 비단을 파고 다니다가 돌아갈 때 주인에게 그릇을 달라고 하는데, 눈물을 흘리면 구슬이 쟁반에 가득하니, 그것을 주인에게 준다"라고 했다.

吳都賦, 泉室潛織而卷綃, 淵客忼慨而泣珠. 注云, 俗傳鮫人從水中出, 曾寓人家, 積日賣綃, 綃卽孚俞也. 臨去索器, 泣而出珠滿盤, 以遺主人.

26. 대고산에 정박하며 짓다

泊大孤山作

원주에서 "경신년 12월에 지었다"라고 했다. ○ 경신년은 원풍 3년이다. 이 해에 태화로 부임하면서 「기이공탁」을 지었는데, 그 서문에서 "원풍 경신년에 태화의 읍재가 되었다"라고 했으니, 이 시는 마땅히 「궁정호」 앞에 있어야 한다. 대고산은 덕화현 동쪽 45리 대강 안에 있다.

元注云, 庚申十二月作. ○ 庚申, 蓋元豊三年也. 是年赴太和, 有寄李公擇詩序云, 元豊庚申得邑太和. 此詩當在宮亭湖詩之前. 大孤山, 在德化縣東四十五里大江中.

匯澤爲彭蠡	호수가 팽려가 되니
其容化鯤鵬	그 모습이 변화여 곤붕이 되었네.
中流擢寒山	중류에 차가운 산이 우뚝하니
正色且無朋	똑바른 자태 짝할 것 없네.
其下蛟龍卧	그 아래 교룡이 누웠으니
宮譙珠貝層	용궁은 구슬과 패옥이 층층이네.
朝雲與暮雨	아침 구름과 저녁 비
何處會高陵	어느 곳이 고당인가.
不見凌波韈	파도 타는 버선을 보지 못하는데
靚妝照澄凝	단장한 여인 맑은 물에 비추네.

空餘血食地	부질없이 제향 받는 곳만 남아
猿嘯枯楠藤	메마른 녹나무 넝쿨에서 원숭이만 우네.
高帆駕天來	높은 돛배 하늘을 향해 달리고
落葉聚秋蠅	떨어진 잎에 가을 파리 모여드네.
幽明異禮樂	이승과 저승에 예악이 다르니
忠信豈其憑	충과 신이라고 어찌 믿을 수 있는가.
風波浩平陸	드넓은 육지에 풍파가 이는데
何況非履氷	어찌 얼음을 밟듯이 하지 않으랴.
安得曠達士	어찌하면 광달한 선비를 얻어
霜晴嘗一登	서리 맑은 날 한 번 올라보려나.

【주석】

匯澤爲彭蠡 : 『서경·우공』에서 "동으로 돌아서 호수를 이뤘으니 이 것이 팽려이다"라고 했다.

書禹貢, 東匯澤爲彭蠡.

其容化鵾鵬 : 『장자·소요유』에서 "북해北海에 곤鯤이란 대어大魚가 있 는데, 크기가 몇천 리인지 모르나 그것이 변화하여 붕鵬이란 새가 되는 데, 그 등이 몇천 리나 되는지 모른다"라고 했다.

見莊子第一篇.

中流擢寒山 正色且無朋 : 『장자』에서 "하늘이 푸른 것은 원래 그런 것
인가"라고 했다. 『시경·초료』에서 "저 군자여, 우람하기 짝이 없구나"
라고 했다. 한유의 「남산유고수행南山有高樹行」에서 "너 어찌 짝할 벗이
없으랴"라고 했다.

莊子, 天之蒼蒼, 其色正耶. 詩椒聊, 碩大無朋. 退之詩, 汝豈無朋匹.

其下蛟龍臥 宮譙珠貝層 : 굴원의 『구가·하백』에서 "붉은 조개 대궐이
여, 구슬 궁전이로다"라고 했다. '초譙'는 성이다.

屈原九歌河伯, 紫貝闕兮珠宮.[99] 譙, 城也.

朝雲與暮雨 何處會高陵 : 송옥의 「고당부」에서 "아침에는 아침 구름
이 되고 저녁에는 내리는 비가 되어"라고 했다.

高唐賦, 旦爲朝雲, 暮爲行雨.

不見凌波襪 : 조식의 「낙신부」에서 "파도를 타고 가볍게 걷는데, 비
단 버선에 먼지가 이네"라고 했다.

洛神賦, 凌波微步, 羅襪生塵.

靚妝照澄凝 : 사마상여의 「상림부」에서 "화장하여 아름답게 꾸미고"

99　[교감기] '河伯'은 원래 탈락되어 있었는데, 『초사』에 의거하여 보충하였다. 또한
　　'河伯' 부분의 '珠'는 '朱'로 되어 있다. 사용(史容)의 주가 잘못된 듯하다.

라고 했다. 구양수의 『귀전록』에서 "강남에 대고산, 소고산이 있는데, 강 속에 우뚝하니 서 있다. 세속에서 와전되어 '孤'를 '姑'라고 한다. 강 가에는 바위 하나가 있는데, 그것을 팽랑기彭浪磯라 부른다. 그러나 와 전되어 팽랑기彭郎磯라 부른다. 즉 팽랑은 소고의 신랑이다. 내가 소고 산을 지날 때 사당의 화상에 한 부인이 그려져 있었는데, 칙령으로 성 모묘라고 현판을 달고 있었다. 어찌 다만 세속에서만 오류를 저지르겠 는가. 동파도 「소고가팽랑」이란 시가 있다. 지금 산곡의 시에도 또한 세속에서 전하는 말을 쓰고 있다"라고 했다. 한유의 「남산南山」에서 "물이 깊고 맑게 괴어 용이 숨어 있는 듯"이라고 했다.

上林賦, 靚妝刻飾. 歐陽歸田錄, 江南有大小孤山, 在江中, 嶷然獨立. 而世 俗轉孤爲姑. 江側有一石磯, 謂之彭浪磯. 遂轉爲彭郎磯. 云, 彭郎, 小姑壻也. 予過小孤山, 廟像乃一婦人, 而敕額爲聖母廟. 豈止俚俗之謬, 而東坡亦有小 姑嫁彭郎之詩. 今山谷詩中, 亦用世俗相傳之語.[100] 退之詩, 凝湛閟陰罿.

空餘血食地 猿嘯枯楠藤 高帆駕天來 : 한유의 「증최립지贈崔立之」에서 "높은 파도가 하늘에 닿아 끝이 없는 듯"이라고 했다.

退之詩, 高浪駕天輸不盡.

落葉聚秋蠅 幽明異禮樂 : 『예기』에서 "밝은 곳에는 예악이 있고 어두 운 곳에는 귀신이 있다"라고 했다.

---

100 [교감기] 영원본에는 구양수 부분에 대한 주가 없다.

禮記, 明則有禮樂, 幽則有鬼神.[101]

忠信豈其憑 : 백거이의 「입협」에서 "한 번 삐끗하면 완전한 배가 없으니, 나의 목숨은 이에 달렸네. 일찍이 들으니 충과 신에 의지한다면, 오랑캐 땅이라도 행할 수 있다고 하였는데"라고 했다. 『양자법언』에서 "어찌 구경九卿과 같은 자리 바라겠는가, 구경을 바라겠는가"라고 했다.

白樂天入峽詩, 一跌無完舟, 吾生繫於此. 常聞仗忠信, 蠻貊可行矣. 揚子, 豈其卿, 豈其卿.[102]

風波浩平陸 何況非履氷 : 『시경·소민小旻』에서 "살얼음을 밟는 듯이 하다"라고 했다.

詩, 如履薄氷.

安得曠達士 霜晴嘗一登 : 두보의 「등자은사탑」에서 "나는 광달한 선비가 아니라, 탑에 오르니 온갖 근심이 일렁이네"라고 했다.

老杜登慈恩寺塔詩, 自非曠士懷, 登玆翻百憂.

---

101 [교감기] 영원본에는 예기에 대한 주가 없다.
102 [교감기] 영원본에는 백거이와 양자에 대한 주가 없다.

27. 낙성사에 쓰다. 4수

題落星寺. 四首

　산곡이 직접 쓴 작품을 보면 앞의 두 수의 제목은 「제낙성사」이며, 세 번째 수의 제목은 「제낙성사풍의헌」이며, 네 번째 수의 제목은 「왕여도순취와풍의헌야반취필제벽간」이다. 또한 촉본의 석각에 첫 번째 수의 제목은 「낙성사승청제시」이며 첫 구는 "천상에서 노닐다가 떨어져"로 되어 있다. 또한 '주음晝吟'은 '주의晝倚'로 되어 있으며, '강감상江撼牀'은 '波撼牀'으로 되어 있다. 두 번째 수의 '밀방蜜房'은 '봉방蜂房'으로 되어 있으며, '유호牖戶'는 '호유戶牖'로 되어 있으며, '청운제기급靑雲梯幾級'은 '허공갱기급虛空更幾級'으로 되어 있다. '수등瘦藤'은 달리 '一藤'으로 된 본도 있다. 석각의 네 번째 수의 제목은 「취서낙성사벽시여유도순동음이승재언醉書落星寺壁時與劉道純同飮二僧在焉」으로 있다. 네 작품은 같은 시기에 지어지지 않았는데, 후인이 여기에서 비슷하다고 함께 모아 놓았다. 그러므로 시어가 중복된 것이 있으니, 그 지어진 시기를 정확하게 지정할 수 없다.

　山谷眞蹟, 前二首題云題落星寺, 第三首題云題落星寺嵐漪軒, 第四首題云往與道純醉卧嵐漪軒夜半取筆題壁間. 又有蜀本石刻, 前一首題云落星寺僧請題詩, 而首句作游空天象有隕墜, 又晝吟作晝倚, 江撼牀作波撼牀, 蜜房作蜂房, 牖戶作戶牖, 靑雲梯幾級作虛空更幾級, 瘦藤作一藤. 而第四首石刻題作醉書落星寺壁時與劉道純同飮二僧在焉. 四詩非同時作, 後人類聚於此, 故詩語有重複, 不可指其歲月.

첫 번째 수其一

星宮游空何時落	별자리 하늘에 유행하다 언제 떨어졌는가
著地亦化爲寶坊	땅에 붙어 변화하여 보방이 되었네.
詩人晝吟山入座	시인은 낮에 산이 자리에 보이는 것 읊고
醉客夜愕江撼牀	취객은 밤에 강이 침상 흔들어 놀라네.
蜜房各自開牖戶	벌통은 각각 스스로 문을 열고
蟻穴或夢封侯王	개미굴은 제후 왕에 봉해지는 꿈을 꾸네.
不知靑雲梯幾級	아지 못게라, 청운의 사다리 몇 단계인 줄
更借廋藤尋上方	다시 메마른 넝쿨 빌려 상방 세계 찾아보네.

【주석】

星宮游空何時落 : 『환우기』에서 "떨어진 별똥이 강주 여산의 동쪽에 있는데, 둘레는 105보이며 높이는 한 길 정도이다"라고 했다.

寰宇記, 落星石在江州廬山東, 周廻一百五步, 高丈許.

著地亦化爲寶坊 : 『화엄합론』에서 "욕계 이상과 색계 이하에서 보방寶坊, 도량을 세우고 모든 인천人天의 대중을 모으고 있다"라고 했다. 낙성사는 팽려호 안에 있다.

寶坊, 見上. 落星寺在彭蠡湖中.

詩人畫吟山入座：백거이의「진중음秦中吟」에서 "높은 집은 넓고도 앞이 탁 트여, 앉아도 누워도 강산이 보이네"라고 했다. 왕우칭의「재범오강再泛吳江」에서 "배를 따르는 새벽 달은 외롭게 밝은데, 자리에서 맑은 산 두어 점 푸르게 보이네"라고 했다.

白樂天詩, 高堂虛且逈, 坐臥見江山. 王禹偁詩, 隨船曉月孤輪白, 入坐晴山數點青.[103]

醉客夜愕江撼牀 蜜房各自開牖戶：『위지』에서 "관로가 상자로 물건을 덮어 놓고서 맞추었는데, 괘가 나왔다. '집의 방이 거꾸로 매달리고 문이 대단히 많다. 이는 벌집이다'"라고 했다. 두보의「추야秋野」에서 "바람 불면 떨어진 잣을 줍고, 날이 추우면 벌통을 따네"라고 했다.

魏志, 管輅射覆, 卦成, 曰家室倒懸, 門戶衆多, 此蠭窠也. 杜詩, 風落收松子, 天寒割蜜房.

蟻穴或夢封侯王：『이문집異聞集』에 실린 순우분淳于棼이 꿈에 괴안국槐安國에 들어갔다는 고사를 이용했는데, 상세한 것은 뒤에 실려 있는「숙관음원宿觀音院」이란 작품의 주注에 보인다.

用異聞集淳于棼夢入大槐安國事, 詳見後宿觀音院詩注.

不知青雲梯幾級：『묵자』에서 "공수반이 구름 사다리를 만들어 송나

라를 공격하였다"라고 했다. 『문선』에 실린 사령운의 「등석문최고정登石門最高頂」에서 "함께 청운의 사다리에 오르네"라고 했다.

墨子, 公輸班爲雲梯, 以攻宋. 文選謝靈運詩, 共登靑雲梯.

更借廋藤尋上方:『유마경』에서 "유마힐이 자리에서 일어나지 않은 채, 모든 대중들 앞에서 보살의 모습으로 변했다. 이때 보살로 변하여 상방上方으로 올라가 중향계衆香界에 이르렀다"라고 했다. 두보의 「산사山寺」에서 "저물녘 방장의 높다란 누각에서"라고 했다.

上方, 見維摩經. 杜詩, 上方重閣晩.

두 번째 수其二

巖巖匡俗先生廬[104]	높디높은 광속 선생의 집
其下宮亭水所都	그 아래 궁정호로 물이 모여드네.
北辰九闕隔雲雨	북신의 아홉 관문은 비구름을 막고
南極一星在江湖	남극의 별 하나 강호에 있네.
相黏蠔山作居室	서로 달라붙은 굴의 산으로 집을 만들었는데
竅鑿混沌無完膚	혼돈의 구멍을 파서 완전한 껍데기가 없네.
萬鼓春撞夜濤湧	밤에 파도 솟구치니 수많은 북을 울려대는 듯

---

104 [교감기] '匡'은 원래 '正'으로 되어 있었는데, 이는 송태조의 휘를 피하여 글자를 고친 것이다. 지금 고본과 전본, 그리고 주의 문장에 의거하여 바로잡는다.

| 驪龍莫睡失明珠 | 검은 용이 명주를 잃을까 잠을 자지 않네.

【주석】

巖巖正俗先生廬：『후한서·군국지』에서 "여강군은 심양이다"라고 했는데, 주에서 "승려 혜원이 지은 『여산기』에서 "심양의 남쪽 물가 궁정호에 광속 선생이란 자가 있었다. 은나라와 주나라 교체 시기에 나와 은둔하여 지냈다. 당시 사람들이 그가 머물던 곳을 선인이 살던 곳이라고 명명하였다. 광속의 자는 군평이다""라고 했다. 『심양기』에서 "광속 선생의 집은 덕화현 남쪽 30리에 있다"라고 했다.

後漢郡國志, 廬江郡尋陽. 注云, 釋慧遠廬山記曰, 尋陽南濱宮亭湖, 有匡俗先生者, 出殷周之際, 隱遁潛居. 時人謂其所止爲仙人之廬, 而命焉. 匡俗字君平. 尋陽記, 匡俗先生廬, 在德化縣南三十里.

其下宮亭水所都：『형주기』에서 "궁정호는 즉 팽려호이다"라고 했다.
荊州記, 宮亭卽彭蠡湖也.

北辰九關隔雲雨：『이아』에서 "북극을 북신이라 부른다"라고 했다. 『초사·초혼招魂』에서 "호랑이와 표범이 천제天帝의 궁궐 문을 지키면서 아래에서 올라오려는 사람들을 물어 해친다"라고 했다.
爾雅, 北極謂之北辰. 九關, 見楚辭.

南極一星在江湖 : 두보의 「송이비서送李祕書」에서 "남극의 별 하나 북두성을 조회하니"라고 했다.

杜詩, 南極一星朝北斗.

相黏蠔山作居室 : 한유의 「초남식」에서 "굴이 서로 붙어 산을 이루는데, 수백 개가 각자 서로 사네"라고 했다. 『영표록이』에서 "호蠔는 바로 굴이다. 처음 바다 섬 주변에서 자라는데 마치 주먹돌 크기 정도였다가 높이가 1~2길 정도까지 점점 자란다"라고 했다. 『유양잡조』에서 "껍데기가 있는 곤충 가운데 다만 굴만이 소금물에서 자란다"라고 했다.

退之初南食云, 蠔相黏爲山, 百十各自生. 嶺表錄異云, 蠔卽牡蠣也, 初生海島邊, 如卷石, 漸長, 有高一二丈者. 雜俎云, 介蟲中, 惟牡蠣是鹹水中生.

竅鑿混沌無完膚 : 『장자·응제왕』에서 "남해의 왕 숙과 북해의 왕 홀이 중앙의 왕인 혼돈의 후의를 보답하자고 상의하였다. "사람은 모두 일곱 개의 구멍이 있어서 보고 듣고 먹고 숨을 쉬는데, 이 혼돈만은 그것이 없으니 시험 삼아 구멍을 뚫어줍시다"라 하고서, 날마도 구멍 하나씩을 뚫으니 칠 일 만에 혼돈이 죽어버렸다"라고 했다.

莊子應帝王篇, 儵與忽謀報渾沌之德, 曰, 人皆有七竅, 以視聽食息, 此獨無有. 嘗試鑿之, 日鑿一竅, 七日而渾沌死.

萬鼓春撞夜濤湧 : 한유의 「농리」에서 "물살이 험악하기 형용할 수 없

는데, 배와 바위가 서로 부딪치는구나"라고 했다.

退之瀧吏詩, 險惡不可狀, 船石相舂撞.

驪龍莫睡失明珠 : 『장자·열어구』에서 "황하 물가에 집이 가난하여 갈대와 쑥대를 짜서 삼태기로 만들어 파는 것을 업으로 삼는 자가 있다. 그 아들이 깊은 물에 자맥질하여 천금의 구슬을 얻었다. 이에 그 아버지가 "천금의 연못은 반드시 깊숙한 물속의 검은 용의 턱 아래에 있는 것이다. 네가 그 구슬을 얻은 것은 분명 용이 자고 있었기 때문이다""라고 했다.

見上.

세 번째 수其三

落星開士深結屋	낙성사의 보살이 깊은 곳에 집을 지어
龍閣老翁來賦詩	용각노옹 와서 시를 지었네.
小雨藏山客坐久	작은 비가 산을 가려 객을 오래 앉아 있고
長江接天帆到遲	긴 강이 하늘에 닿아 돛배는 더디게 이르네.
燕寢淸香與世隔	침실의 맑은 향기 세상과 떨어졌고
畫圖妙絶無人知	그림의 절묘함은 사람들이 알지 못하네.
蜂房各自開戶牖	벌통은 각자 스스로 문을 열고
處處煮茶藤一枝	등나무 가지 아래 곳곳에서 차를 끓이네.

【주석】

落星開士深結屋 : 『능엄경』에서 "발타바리跋陀波羅가 동반同伴 16보살 [開土]과 함께 자리에서 일어나 부처님의 발까지 머리를 조아려 예를 올리고 부처님께 아뢰었다"라고 했다. 두보의 「원도단가元都壇歌」에서 "그 늘진 절벽 초가집에 홀로 사네"라고 했다.

楞嚴經云, 竝其同伴十六開士. 杜詩, 獨在深崖結茅屋.

龍閣老翁來賦詩 : 원주에서 "절의 승려인 택륭이 작은 정자와 편안한 자리를 만들어서 낙성사의 좋은 경치를 감상하게 하였다. 용각노옹은 마땅히 이공택105을 가리킨다. 그는 남강군 건창 사람이다. 여산은 또한 남강의 지역 안에 있으며, 그는 분명히 시를 지었을 것이다. 살펴보건대 원우 3년 8월 병자일에 어사중승 이상이 용도직학사에 임명되었다. 그가 지은 시가 아마도 그 앞에 있을 것이다"라고 했다.

元注云, 寺僧擇隆作晏坐小軒, 爲落星之勝處. 龍閣老翁, 當謂李公擇, 南康軍建昌人, 廬山亦在南康境內, 必有賦詠. 按元祐三年八月丙子, 御史中丞李常充龍圖直學士, 其賦詩當在此前.

小雨藏山客坐久 : 『장자』에서 "산골짜기에 배를 보관하며 연못 속에 산을 보관하고서 단단히 보관했다고 말한다. 그러나 밤중에 힘이 센 자가 그것을 등에 지고 도망치면 잠자는 사람은 알지 못한다"라고 했다.

---

105 이공택 : 이름은 이상(李常), 공택은 그의 자이다. 황정견의 외숙이다.

莊子大宗師篇, 藏舟於壑, 藏山於澤.

長江接天帆到遲 燕寢淸香與世隔 : 위응물의 「군연郡宴」에서 "화려한 창
든 병사들의 호위 삼엄한데, 연회 열린 방에 맑은 향이 어렸네"라고 했다.
韋應物詩, 燕寢凝淸香.

畫圖妙絶無人知 : '묘절妙絶'은 달리 '절필絶筆'로 된 본도 있다. 원주에
서 "승려 택륭은 그림을 매우 잘 그리는데 한산에서 얻은 그림이 가장
뛰어나다"라고 했다.
一作絶筆. 元注云, 僧隆畫甚富, 而寒山拾得畫最妙.

네 번째 수其四

北風吹倒落星寺	북풍이 낙성사에 불어오니
吾與伯倫俱醉眠	내가 백륜과 술에 취해 조네.
螟蛉蜾蠃贏但癡坐	나나니와 애벌레가 다만 멍청하게 앉았는데
夜寒南北斗垂天	차가운 밤 남두, 북두가 하늘에 드리웠네.

【주석】

北風吹倒落星寺 吾與伯倫俱醉眠 : 진나라 유령의 자는 백륜으로, 유도
순을 비유하였다.

晉劉伶字伯倫, 以況劉道純.

螟蛉蜾蠃但癡坐 : 유령의 「주덕송」에서 "두 호걸이 옆에서 모심을 나나니벌과 명충나방의 유충처럼 여겼다"라고 했다. 과리蜾蠃와 명령螟蛉은 본래 『시경』에서 나왔으며, 또한 『양자법언』에도 보인다.

劉伶酒德頌云, 二豪侍側焉, 如蜾蠃之與螟蛉. 蜾蠃螟蛉, 本出詩, 又見揚子.

夜寒南北斗垂天 : 원주에서 "낙성사의 벽에 장난삼아 쓰는데, 당시 유도순과 함께 술을 마셨으며 두 승려가 옆에 있었다"라고 했다.

元注云, 戲題落星寺壁, 時與劉道純俱飲, 二僧在焉.[106]

---

106 [교감기] '俱飲, 二僧在焉'은 원래 '俱在'로 되어 있었는데, 지금 전본과 건륭본을 따른다.

1. 옥경헌
玉京軒

원주에서 "옥경산은 노봉 아래에 있다. 낙성사 승려가 창을 만들어 바라보게 하였다"라고 했다. ○ 살펴보건대 『찬이』에서 "『촉본』에서는 "창산 아래 백옥경, 광성자와 안기생이 찾아와 도를 닦았네. 붉은 구름과 노란 안개가 현관을 누르고, 우레는 불상을 몰아가고 번개는 쓸어버리네. 위에는 천년 만에 돌아온 백학이 있고, 아래에는 만대 시들지 않는 요초가 있네. 들판 승려는 구름에 누워 열린 창을 마주하고, 화로의 향기 피어오르고 햇빛은 환하게 비추네. 논이 승려는 황관이 아니며, 바릿대 하나 나는 새 둥지에 편안하듯 있네. 선인이 옥천을 비는 것 보지 못하니, 자색 하늘의 늙은 야수타에게 물어보네""라고 했다. 또한 산곡이 직접 쓴 글이 있는데, 발어에서 "아침에 일어나 앉아 다시 장구長句를 얻었는데, 급하게 죽여를 타는 바람에 베껴 쓸 겨를이 없었다. 그 후 열두 해가 지났는데 도순은 이미 죽고 없어 눈물이 흐른다. 그러므로 그 시를 써서 초상인에게 보내어 우리 두 사람이 술에 취했던 곳에 돌에 새겨놓으라고 했으니, 훗날 도순과 친하면서 나의 벗인 자들과 그 비석 옆에서 배회하려고 한다. 원우 6년1091 매우 추운

날에 황정견은 쓴다"라고 했다. 원우1086~1094에서 거꾸로 원풍1078~1085

을 계산하면 경신년1080년 이후 12년이다.

元注云, 玉京山在爐峯下, 落星寺僧開軒對之. ○ 按纂異, 蜀本云, 蒼山其下
白玉京, 廣成安期來訪道. 紫雲黃霧鎭玄關, 雷驅不祥電揮掃. 上有千年來歸之
白鶴, 下有萬世不凋之瑤草. 野僧雲臥對開軒, 爐香霏霏日杲杲. 稻田衲子非黃
冠, 一鉢安巢若飛鳥. 莫見仙人乞玉泉, 問取紫霄耶舍老. 又山客有眞蹟, 跋語
云, 將旦起坐, 復得長句, 忽忽就竹輿, 不暇寫. 歲行一周, 道純已凋落, 爲之隕
涕. 故書遺超上人, 可刻石於吾二人醉處. 他日有與予友及道純好事者, 尙徘徊
碑側. 元祐六年大寒, 黃庭堅書. 自元祐逆數元豐, 蓋庚申歲一周也.[1]

蒼山其下白玉京	창산 아래 백옥경
五城十二樓	다섯 성과 열두 누대
鬱儀結鄰常杲杲	울의와 결린이 항상 환하게 비추네.
紫雲黃霧鑲玄關	붉은 구름과 노란 안개가 현관에 덮여 있고
雷驅不祥電揮掃	우레는 불상을 몰아가고 번개는 쓸어버리네.
上有千年來歸之白鶴	위에는 천년 만에 돌아온 백학이 있고
下有萬歲不凋之瑤草[2]	아래에는 만년 시들지 않은 요초가 있네.
野僧雲臥對開軒	들판 승려는 구름에 누워 열린 창을 마주하고
一鉢安巢若飛鳥	바릿대 하나 나는 새 둥지에 편안하듯 있네.

---

1   [교감기] '萬歲'는 영원본과 고본, 전본과 건륭본에는 '萬世'로 되어 있다.
2   [교감기] 영원본에는 '纂異'부터 끝까지 제목 아래의 주가 없다.

北風卷沙過夜窗　　북풍은 모래 말아 밤의 창을 지나고

枕底鯨波撼蓬島　　베개 밑의 고래 파도는 봉래산을 흔드네.

箇中卽是地行仙　　이 안에 바로 지행선이 있으니

但使心閑自難老　　다만 마음 한가로워 스스로 늙지 않네.

【주석】

蒼山其下白玉京 五城十二樓 :『사기·봉선서』에서 "방사가 말하기를 "황제 시대에 5성과 12누대를 지어서 신인을 기다렸으니, 그것을 영년 이라 명명하였다""라고 했다. 이백의 「경난리후經亂離後」에서 "천상의 백옥경은, 열두 누대에 성이 다섯이나 된다네"라고 했다.

史記封禪書, 方士有言, 黃帝時爲五城十二樓, 以候神人, 命日迎年. 太白 詩云, 天上白玉京, 十二樓五城.

鬱儀結鄰常杲杲 :『황정경』에서 "울의와 결린이 서로 잘 보호하네"라 고 했는데, 주에서 "울의는 해를 모는 신선이고, 결린은 달을 모는 신 선이다"라고 했다. 『모시·백혜伯兮』에서 "쨍쨍 해만 비치는구나"라고 했다.

黃庭經云, 鬱儀結鄰善相保. 注云, 鬱儀, 奔日之仙, 結鄰, 奔月之仙. 毛詩, 杲杲出日.[3]

---

3   [교감기] 영원본에는 '毛詩' 이하의 주가 없다. 또한 '出日'은 원래 '日出'로 되어 있
     었는데, 지금 전본을 따르고 아울러『모시·위풍·백혜』에 의거하여 바로잡는다.

紫雲黃霧鏁玄關:『문선』에 실린 왕건王巾의 「두타시비頭陀寺碑」에서 "현관玄關[4]이 깊숙이 잠겨 있지만 감응하며 마침내 통하게 된다"라고 했다.

文選王簡栖頭陀碑碑云, 玄關幽鍵.

雷驅不祥電揮掃 : 한유의 「송이원귀반곡서」에서 "귀신이 수호함이여! 불길한 것을 꾸짖어 금하도다"라고 했다. 두보의 「송장손送長孫」에서 "지난가을 여러 오랑캐가 반란을 일으켰는데, 아직도 깨끗이 소탕하지 못하였네"라고 했다.

韓文送李愿歸盤谷序云, 鬼神守護兮, 阿禁不祥. 老杜詩, 去秋羣胡反, 不得無電掃.

上有千年來歸之白鶴 :『속수신기』에서 "요동의 화표주에 「학가」가 있으니, "정령위가 한 마리 새가 되어, 집 떠난 지 천 년 만에 이제 돌아왔소. 성곽은 의구한데 사람은 모두 바뀌었나니, 신선술 왜 안 배우고 무덤만 이리도 즐비한고""라고 했다.

續搜神記, 遼東華表柱, 有鶴歌曰, 有鳥有鳥丁令威, 去家千歲今來歸. 城郭猶是人民非, 何不學仙塚纍纍.

下有萬世不凋之瑤草 : 강엄의 「향로봉」에서 "요초가 참으로 대단히

---

4   현관(玄關) : 현묘(玄妙)한 도(道)로 들어가는 문이다.

붉네"라고 했는데, 주에서 "옥같은 지초를 말한다"라고 했다. 두보의 「증이백贈李白」에서 "앞으로 요초[5]를 주울 것이네요"라고 했다. 이백의 「파릉행송별灞陵行送別」에서 "위에는 아직 꽃 피지 않은 고목이 있고, 아래에는 마음 아프게 하는 봄풀이 있네"라고 했다.

江淹香爐峯詩, 瑤草正翕
. 注云, 玉芝也. 老杜詩, 方期拾瑤草. 李太白詩, 上有無花之古樹, 下有傷心之春草.[6]

野僧雲臥對開軒 : 두보의 「유용문봉선사遊龍門奉先寺」에서 "구름에 누우니 옷이 시원하네"라고 했다.

杜詩, 雲臥衣裳冷.

一鉢安巢若飛鳥 : 『전등록』에 도오화상의 「일발가」가 있다.

傳燈錄, 有道吾和尙一鉢歌.

北風卷沙過夜窗 枕底鯨波撼蓬島 : 이백의 「유소사有所思」에서 "흰 파도는 산처럼 잇달아 봉래산에 거꾸러지네"라고 했다. 또한 「횡강사橫江詞」에서 "온갖 시내 휘돌아나가는 곳에 동해의 고래 동에서 다가오네"라고 했다.

---

5   요초 : 강엄의 「여산시(廬山詩)」에서, "요초는 참으로 붉네.(瑤草正翕
)"이라 하였다. 이선(李善)이 주를 내면서, "요초는 옥지(玉芝)다"라 하였다.
6   [교감기] 영원본에는 '李太白詩' 이하의 주가 없다.

太白詩, 白波連山倒蓬壺. 又云, 海鯨東蹙百川回.

簡中卽是地行仙 但使心閑自難老 : 『능엄경』 8권에 십선종[7]이 있는데
지행선은 그중의 하나이다.

楞嚴經第八卷有十仙種名, 地行仙其一也.

---

7   십선종(十仙種) : 십선종은 지행선(地行仙), 비행선(飛行仙), 유행선(遊行仙),
    공행선(空行仙), 천행선(川行仙), 통행선(通行仙), 도행선(道行仙), 조행선(照行
    仙), 정행선(靜行仙), 절행선(絶行仙) 등이다. 지행선은 중생들이 약 먹는 일을
    견고하게 지켜 쉬지 않아서 먹는 도가 원만하게 이루어지는 것을 이른다.

2. 치정둔전의 유공이 은거하던 집을 지나며

過致政屯田劉公隱廬

유환의 자는 응지로 균주 사람이다. 진사에 올라 영상의 수령이 되었다. 강직하여 굽히지 않다가 벼슬을 버리고서 여산의 남쪽에 거주하였으니 당시 나이가 쉰 살이었다. 구양수가 그를 위해 「여산고」를 지었다. 살펴보건대 『촉본』에 「배유응지화상」이 있는데, 숭녕 원년에 지은 것으로 편차하였다. 당시 산곡은 형주에서 악주로 들어갔는데, 육로로 가서 평향에 이르렀다. 돌아오는 길은 균양의 예장에서 산길로 동림의 태평관을 경유하여 강주로 갔다. 애초에 남강을 지나지 않았으며, 또한 도순이 이미 원우 전에 죽었는데, 시 안에서 "소자는 공의 어짊과 비슷하다"는 구가 있으니, 이 시는 원풍에 지어진 것이 틀림없다.

劉渙字凝之, 筠州人. 擧進士, 爲潁上令. 以剛直不屈棄官, 家于廬山之陽, 時年五十. 歐陽公爲作廬山高. 按蜀本拜劉凝之畫像詩, 置之崇寧元年, 時山谷自荊入岳, 遵陸至萍鄕, 回途自筠陽豫章山行, 由東林太平觀至江州. 初不經南康, 且道純已卒於元祐前, 而詩中有少子似公賢之句, 則是詩作於元豐無疑.[8]

---

8 [교감기] 영원본에는 '按蜀本'부터 '無疑'까지의 문장이 이와 다르다. 아래에 기록하여 참고하도록 한다. "숭녕 원년에 산곡이 형남에서 악주와 악주를 거쳐 홍주의 분녕으로 돌아갔다가 마침내 원주의 평사로 가서 그의 형 원명을 찾아뵈었다. 이 내용은 「향평청벽기」에 보인다. 강주로 돌아와서 집안 식구들과 만났다. 이 시는 평향에서 강주로 갈 때 도중에 지은 것이니, 아마도 유응지의 집에 남강군에 있었을 것이다. 「제낙성사」의 네 수는 아마도 이와 같은 시기에 지었을 것이다[崇寧元年 山谷自荊南經岳鄂歸洪之分寧 遂往袁州萍鄕省其兄元明 見於萍鄕廳

兒時拜公牀	어릴 때 공을 평상에서 인사드리니
眼碧眉紫煙	눈은 푸르고 눈썹에 자색의 안개가 피었네.
舍前架茅茨	집은 띠로 얽어놓고
爐香坐僧禪	향로 피워 승려처럼 좌선하였네.
女奴煮罌粟	여자 종은 양귀비 탕을 끓이고
石盆瀉機泉	물레방아 샘물 길어 돌 동이에 쏟아내었네.
今來掃門巷	이제 와서 문과 골목 쓰는데
竹間翁蛻蟬⁹	대 길에 옹의 자취가 없네.
堂堂列五老	당당하다! 늘어선 오로봉이여
勝氣失江山	강산은 빼어난 기운 잃었네.
石盆爛黃土	돌 동이에 황토가 어지러우며
茅齋薪壞椽	띠집은 잡초 우거지고 서까래는 무너졌네.
女奴爲民妻	여자 종은 민가의 아내가 되었다가
又瘞蒿里園	또 호리의 정원에 묻혔네.
當年笑語地	그 당시 웃고 떠들던 곳
華屋轉朱欄	화려한 집에 붉은 난간을 둘렀었지.
課兒種松子	아이놈에게 소나무를 심게 하였으니
傘蓋上參天¹⁰	너른 가지가 위로 하늘까지 닿았네.

壁記 還至江州 與其家相會 此詩當是自萍鄕往江州經途所作 蓋凝之家於南康軍也 題
落星寺四首 必有同此時作者]."

9　[교감기] '竹間'은 고본에는 '竹門'으로 되어 있다.
10　[교감기] '上參天'은 고본의 원교에서 "달리 '高參天'으로 된 본도 있다"라고 했다.

投策數去日	산가지 던지며 떠나는 날 헤아려보니
木行天再環	세성이 하늘을 두 번 돌았네.
先生古人風	선생은 고인의 풍모에
鐵膽石肺肝	철석같은 담과 마음 지녔지.
眼前不可意	눈앞의 일 마음에 들지 않아
壯日掛其冠	젊은 날 그 관을 걸었네.
解衣廬君峯	여군봉에서 옷을 벗고
洗耳瀑布源	폭포의 샘물에서 귀를 씻었네.
霧豹藏文章	안개속의 표범은 문양을 감추는데
驚世時一斑	때로 무늬 조금에 세상이 놀라네.
衆人初易之	중인이 처음엔 쉽게 여기는데
久遠乃見難	오래 지나면 비로소 어려움을 아네.
憶昔子政在	생각건대 옛날 자정이 있을 때
爲翁數解顔	어른 위해 자주 웃게 하였지.
五兵森武庫	다섯 무기 무기고에 삼엄하고
河漢落舌端	은하수가 혀끝에서 떨어지네.
王陽已富貴	왕양은 이윽고 부귀해져도
塵冠不肯彈	관의 먼지를 기꺼이 털지 않네.
呻吟刊十史	신음하며 『십사』를 지었는데
凡例墨新乾	범례의 먹이 막 말랐네.
宰木忽拱把	무덤의 나무가 문득 한 아름이 되는데

相望風隊寒	바라보니 바람 부는 묘도가 차갑네.
百楹書萬卷	많은 기둥에 책은 만 권인데
少子似翁賢	도순은 어른처럼 어질구나.

【주석】

兒時拜公牀 : 『후한서·마원전』에서 "일찍이 마원이 병이 났다. 부마인 양송이 와서 문안하면서 그만 침상 아래에서 절을 올렸는데, 마원은 답례하지 않았다"라고 했다. 또한 『촉지·방통전』의 주에서 "제갈공명이 매번 방덕공의 집에 이르면 홀로 평상 아래에서 절을 하였다"라고 했다.

後漢馬援傳, 嘗有疾, 梁松來候之, 獨拜牀下. 又龐公傳注, 諸葛孔明每至德公家, 獨拜牀下.

眼碧眉紫煙 : 『조정사원』에서 "선종의 초조인 달마는 눈이 푸른색을 띠었다. 그러므로 대사를 칭하여 벽안이라 하였다"라고 했다.

祖庭事苑, 初祖達磨, 眼有紺青之色, 故稱祖曰碧眼.

舍前架茅茨 爐香坐僧禪 女奴煮罌粟 : 소식[11]의 「귀의흥歸宜興」에서 "동자는 능히 양귀비 탕을 끓이고"라고 했다.

杜詩, 童子能煎罌粟湯.[12]

11　소식 : 본문과 주에서 두보의 시라고 하였으나. 이 시는 소식의 시이다.

石盆瀉機泉 : 한유의 「성남연구」에서 "물 흐르는 힘으로 방아를 움직여"라고 했다. 『장자·천지』에서 "나무에 구멍을 뚫어 기계를 만들고 뒤쪽은 무겁게 앞쪽은 가볍게 하면 흐르듯이 물을 떠낼 수 있습니다. 그 기계 이름은 두레박이라고 합니다"라고 했다.

退之聯句云, 機春瀄潺力. 莊子天地篇, 鑿木爲機, 後重前輕, 挈水若抽, 其名爲槹.

今來掃門巷 : 두보의 「견흥遣興」에서 "3년을 비워두고 찾지 못했네"라고 했다.

杜詩, 三年門巷空.

竹間翁蛻蟬 : 한유의 「사자연」에서 "문에 들어서니 보이는 것은 없고, 갓과 신발은 매미가 허물 벗은 듯"이라고 했다.

退之謝自然詩, 入門無所見, 冠屨同蛻蟬.

堂堂列五老 : 『환우기』에서 "오로봉은 여산의 동쪽에 있다. 높은 벼랑이 우뚝 솟아 있는데, 마치 다섯 사람이 서로 좇으며 줄을 지어 선 모습과 같다"라고 했다.

寰宇記云, 五老峯在盧山東, 高崖突出, 如五人相逐羅列之狀.

---

12 [교감기] 영원본에는 두시에 대한 조목의 주가 없다.

勝氣失江山 石盆爛黃土 茅齋薪壞椽 女奴爲民妻 又瘞蒿里園 :『한서·무오자전』에서 "「광릉여왕가」에서 "호리가 부름이여! 성곽을 지나는구나""라고 했는데, 주에서 "호리는 죽은 사람이 사는 마을이다"라고 했다.

漢武五子傳, 廣陵厲王歌曰, 蒿里召兮郭門閱. 注云, 死人里也.

當年笑語地 華屋轉朱欄 : 조식의 「공후인箜篌引」에서 "살아서는 화려한 집에서 살더니, 죽어서는 산언덕으로 돌아갔구나"라고 했다.

曹子建詩, 生存華屋處.

課兒種松子 傘蓋上參天 :『문선』에 실린 조식의 「송응씨送應氏」에서 "가시나무가 하늘까지 닿았다"라고 했다.

文選曹子建詩, 荊棘上參天.

投策數去日 木行天再環 :『상서·고령요』에서 "세성은 목의 정기이다. 세성은 12년에 한 번씩 하늘을 돈다"라고 했다. "어릴 때부터 공의 평상에서 절을 올렸네"라는 때부터 지금까지 24년이 되었다. 아마도 산곡은 어릴 때 일찍이 유응지에게 절을 올렸는데, 원풍 경신년 그가 은거했던 집을 지나갈 때는 하늘이 두 번 돌았다. 산곡은 이 때 나이 36살인데, 유응지에게 절을 올렸을 때는 12살이었다. 아마도 어렸을 때 예장에서 남강에 간 것으로 보인다.

尙書考靈耀云, 歲星, 木精也. 歲星十二歲一周天. 自兒時拜公牀, 至是二十四年矣. 恐是山谷兒時嘗拜凝之, 至元豊庚申歲過其隱廬, 蓋天再環矣. 山谷是年三十六, 則拜凝之時, 年十二. 必少時自豫章至南康也.[13]

先生古人風 鐵膽石肺肝 : 피일휴는 송광평을 칭하여 쇠와 바위 같은 마음이라고 하였는데, 이 내용은 피일휴의 「도화부서」에 보인다. 『문선』에 실린 조식의 「삼량시」에서 "슬프도다! 마음이 아프구나"라고 했다.

皮日休稱宋廣平, 鐵腸石心, 見日休桃花賦序. 文選曹子建三良詩, 哀哉傷肺肝.

眼前不可意 壯日掛其冠 解衣廬君峯 : 살펴보건대 『세설신어』에서 원공遠公, 혜원법사이 여산에 있을 때의 일을 말하면서 인용한 『예장구지』에서 "여속의 자는 군효로 본래 성은 광이며 하나라 우임금 후손인 동야왕의 아들이다. 진나라 말기 백월의 족장이 오예와 함께 한나라가 천하를 안정시킨 것을 도왔는데, 동야왕은 군중에서 죽었다. 한나라는 여속을 언양의 남작에 봉하고 자부茲部를 식읍으로 하사하였으며 여군이라는 인장을 주었다. 그러므로 세상에서 그 산을 여산이라 부른다"라고 했다. 『세설신어』에서 인용한 혜원법사의 『여산기』에서 "여산에 광속선생의 집이 있다"라고 했다.

按世說言遠公在廬山事, 引豫章舊志曰, 廬俗字君孝, 本姓匡, 夏禹苗裔野王之子. 秦末, 百越君長與吳芮助漢定天下, 野王亡軍中. 漢封俗鄡陽男, 食邑

---

13 [교감기] 영원본에는 '恐是' 이하의 주가 없다.

於玆, 印曰廬君, 故世謂廬山. 又引遠法師廬山記, 有匡俗先生廬.[14]

洗耳瀑布源:『장자』에서 "요가 허유에게 천하를 양보하니 소부가 듣고서 귀를 씻었다"라고 했다. 이백의 「여산폭포」에서 "향로봉에 햇빛 비쳐 보랏빛 이내 어리는데, 멀리서 바라보니 폭포가 긴 시내에 걸렸네. 물줄기 나는 듯 곧바로 삼천 길을 떨어지니, 은하수가 구중 하늘에 떨어지는 듯"이라고 했다.

莊子, 堯讓天下於許由, 巢父聞之而洗其耳. 李白廬山瀑布詩云, 日照香爐生紫煙, 遙看瀑布掛長川. 飛流直下三千尺, 疑是銀河落九天.

霧豹藏文章 驚世時一斑:『열녀전』에서 "도답자의 아내가 말하기를 "남산南山에 붉은 표범이 있는데, 안개비 내리는 열흘 동안 사냥하러 내려오지 않는 것은 그 털을 윤택하게 하여 표범의 무늬를 만들기 위함이다. 그러므로 몸을 숨겨 해를 멀리한 것이다"라고 했다.

見上.

衆人初易之 久遠乃見難 : 한유의 「답이고서」에서 "이르러 본 뒤에야 알 수 있고, 실천해 본 뒤에야 어려움을 알 수 있으니"라고 했다.

---

14 [교감기] '豫章舊志'에서 '先生廬'까지의 내용 가운데 '之子秦末百越君長與吳芮'의 열한 글자가 원래 빠져 있었으며, 또한 '鄔'은 원래 '鄡'로 되어 있었으며, '印'은 원래 '卽'으로 되어 있었는데, 지금 영원본과 전본을 따르고 아울러『세설신어·규잠(規箴)』유호표의 주에 의거하여 보충하고 바로잡았다.

退之答李翺書, 及之而後知, 履之而後難耳.

憶昔子政在 爲翁數解顔 : 유향의 자는 자정으로, 도원을 비유하였다.
도원의 이름은 서로, 응지의 아들이다. 『열자』에서 "노상老商이 비로소
한 번 얼굴을 풀고 웃었다"라고 했다.

劉向字子政, 以比道愿也. 道愿名恕, 凝之之子. 列子云, 老商始一解顔而笑.

五兵森武庫 : 『주례·하관·사병』의 오순의 주에서 "오병은 과戈, 수
殳, 극戟, 추모酋矛, 이모夷矛 등이다"라고 했다. 『진서·두예전』에서 "조
야에서 칭송하여 두무고라 불렀으니, 갖추지 않은 것이 없음을 말한
다"라고 했다. 도원은 박학하고 기억력이 좋았다. 『진서·배해전』에서
"종회를 만나면 마치 삼엄한 무기고를 참관할 때 다만 창이 앞에 있는
것 같다"라고 했다.

周禮夏官司兵, 五盾注, 戈殳戟酋矛夷矛.[15] 晉杜預傳, 號曰杜武庫, 言其無
所不有也. 道愿博學強記. 裴楷傳, 目鍾會云, 如觀武庫森森, 但見矛戟在前.

河漢落舌端 : 『장자·소요유』에서 "견오가 연숙에게 묻기를 "나는 접
여에게 이야기를 들으니 크기만 하고 합당하지 않으며 가기만 하고 돌
아올 줄 모른다고 합니다. 나는 그 말이 놀랍고 두려웠지만, 그 말은
은하수와 같아서 끝이 없고 현실과 크게 멀어서 인정에 가깝지 않았습

---

15 [교감기] 영원본에는 '周禮'에 관한 조목의 주가 없다.

니다'"라고 했다. 『한시외전』에서 "군자는 세 가지 끝을 피해야 하니,
문사의 붓끝을 피해야 하고 무사의 칼끝을 피해야 하고 변사의 혀끝을
피해야 한다"라고 했다.

莊子第一篇, 肩吾問於連叔曰, 吾聞言於接輿吾, 驚怖其言, 猶河漢而無極
也. 韓詩外傳, 君子避三端, 避文士之筆端, 避武士之鋒端, 避辯士之舌端.

王陽已富貴 塵冠不肯彈:『한서』에서 "왕길의 자는 자양으로 공우와
벗이다. 세상에서는 왕길을 왕양이라 칭한다. 왕길이 벼슬에 나아가자
공우도 벼슬에 나아가기 위해 먼지 묻은 관을 털었다"라고 했다. 도원
와 왕안석은 오랫동안 사귀었다. 왕안석이 도원을 수삼사조례에 두려
고 했는데 사양하고 나아가지 않았다. 인하여 마땅히 장요순의 방법을
회복하고 재물과 이익을 우선시하지 말라고 하였으나 왕안석은 그 말
을 쓰지 않았는데, 화는 내지 않았다. 여회가 죄를 얻고서 등주자사로
좌천되자 도원이 왕안석을 보고서 "공이 사람들의 구설수에 오르는 것
은 그 이유를 깊이 생각하지 않아서입니다"라고 하고는 법령이 대중의
마음에 들지 않는 이유를 조목조목 말하고서 옛날 제도를 회복하면 구
설수는 절로 멈출 것이라고 하였다. 이에 왕안석이 화를 내자 마침내
서로 절교하게 되었다. 도원은 부모가 연로하다는 핑계를 대고 남강으
로 돌아갔으며 감주세관의 자리를 얻어서 부모를 봉양하였다.

漢書, 王吉字子陽, 與貢禹爲友, 世稱王陽, 在位, 貢禹彈冠. 道愿與王介甫
有舊, 介甫欲引道愿修三司條例, 辭不就. 因言宜恢張堯舜之道, 不應以財利

爲先, 介甫不能用, 亦未之怒也. 及呂誨得罪, 知鄧州, 道愿見介甫曰, 公所以致人言, 蓋亦有所未思. 因爲條陳所更法令不合衆心者, 宜復其舊, 則議論自息. 介甫怒, 遂與之絶. 道愿以親老, 遂告歸南康, 乞監酒稅以就養.

呻吟刊十史 凡例墨新乾 : 도원은 『십국기년』 42권을 지었다. 두예의 『춘추경전집해서』에서 "좌씨전에서 "무릇凡"이라는 말로써 시작해서 일의 예例를 말한 것은 모두 나라를 다스리는 일반적인 제도이다"라고 했다. 또한 "오로지 좌구명의 전을 연구하여 경문을 해석하였기 때문이다. 경문의 조관은 반드시 전에서 나오고, 전의 의례는 모두 전체로 귀결한다"라고 했다. 두보의 「팔애시 · 증이옹」에서 "각자 깊은 바람을 채우고 돌아가는데, 여러 체재에 맞게 갖추었네"라고 했다.

道愿著十國紀年四十二卷. 杜預春秋經傳集解序云, 其發凡以言例, 皆經國之常制. 又云, 修丘明之傳以釋經. 經之條貫, 必出於傳, 傳之義例, 總歸諸凡. 老杜八哀詩贈李邕云, 各溝深望還, 森然起凡例.

宰木忽拱把 : 『장자 · 인간세』에서 "송나라에 형지라는 곳이 있는데, 개오동나무, 잣나무, 봉나무가 잘 자랐다. 나무 둘레가 한두 줌 이상 되면 원숭이 매어두는 말뚝을 찾는 사람이 와서 베어갔다"라고 했다. 『공양전』에서 "진백秦伯이 정나라를 습격하려 하자, 백리자와 건숙자가 간諫했다. 진백이 노하여 "그대들과 나이가 같은 자들은 모두 죽어 묘 위의 나무가 이미 한 아름이나 되었다""라고 했는데, 주에서 "재宰

는 무덤이다"라고 했다.

莊子人間世云, 宋有荊氏者, 宜楸柏桑, 其拱把而上者, 求狙猴之杙者斬之.
宰木, 見上.

相望風隧寒 : 『좌전·은공 원년』에서 "영고숙이 "만약 땅을 파서 황
천에 이르러 무덤 길을 파서 서로 만난다면 그 누가 그렇지 않았다고
하겠습니까""라고 했는데, 주에서 "수隧는 지금의 묘도墓道와 같다"라고
했다.

左傳隱元年, 潁考叔曰, 若闕地及泉, 隧而相見, 其誰曰不然. 注云, 隧, 若
今延道.

百楹書萬卷 少子似翁賢 : 소자는 도순을 이른다.

少子謂道純也.

3. 수성관 도사 황지명이 소은헌을 열어주니 태수 서공이 쾌헌이라고 썼다. 정견은 구를 모아 읊었다

壽聖觀道士黃至明開小隱軒 太守徐公爲題曰快軒 庭堅集句詠

　　홍각범[16]의 『냉재시화』에서 "산곡이 성저에 있을 때 「도사쾌헌」이란 시를 지었는데, 붓을 적셔서 곧바로 완성하였다. 그 대략에 "북창 아래에서 시를 읊조리고 시를 지으니, 만 마디 말이 한 잔 술에 미치지 못하네. 원컨대 푸른 하늘이 변하여 된 한 장의 장지를 얻었으면"이라고 했다. 그 고아한 운을 상상해보면 그 기운이 하늘에 닿을 것 같다"라고 했다. 그러나 각범이 이 시어가 어떤 수준을 지닌 사람의 말인 줄을 알아서 쉽게 품평하겠는가. 성저는 낙성만이니, 이미 위의 주에 보인다. 산곡이 집구를 백가의[17]라고 했는데, 이 편은 거의 이백 한 사람의 시구를 모았으며 간간이 다른 사람의 시구 조금을 모아 작품을 완성하였다. 이백의 「고풍」에서 "금화산의 양을 키우는 아이, 바로 자양의 나그네로다"라고 했으며, 「양양가」에서 "노자 주걱이며 앵무 잔이여, 백년 삼만 육천 일을, 날마다 삼백 잔을 기울이네. 한 푼 들이지 않고 산 청풍명월 속에서, 옥산처럼 혼자 쓰러질 뿐 남이 밀어서가 아니라네"라고 했으며, 「촉도난」에서 "얼음 언 절벽을 구르는 돌에 만학이

16　홍각범 : 법명이 혜홍(惠洪)이다.
17　백가의 : 원래 여러 집에 부탁하여 모은 천조각을 꿰매 만든 옷이란 의미인데, 이처럼 여러 시인들의 구를 모아 지은 시라는 의미이다.

우레처럼 울리네"라고 했다. 「한야독작」에서 "북창 아래에서 시를 읊조리고 시를 짓는데, 만 마디 말이 술 한 잔 가치가 못되네"라고 했으며, 「산중대작」에서 "산 꽃이 피어 두 사람이 대작하는데, 한 잔 한 잔 또 한 잔"이라고 했으며, 「여산요」에서 "여산은 남두성 근처에서 빼어나게 솟았는데, (…중략…) 은하수는 삼석량에 거꾸로 걸렸네"라고 했으며, 「송두명부」에서 "높은 데 올라 멀리 가는 객을 보내니 내 마음도 열리네"라고 했으며 「악부·공무도하」에서 "흰 이빨 설산 같은 큰 고래가 있어"라고 했다. 『문선』에 실린 강엄의 「의휴상인擬休上人」에서 "계수桂水는 하루에 천 리를 간다 하니, 여기에 내 평생의 마음 실어 보낼까"라고 했다. 『고악부·나부행』에서 "태수가 남쪽에서 오다가, 다섯 말을 세우고 머뭇거리네"라고 했다. 여동빈의 「칠언七言」에서 "한 알의 좁쌀 속에 세계가 들어있고, 두 되들이 솥 안에 천지를 끓이네"라고 했다.

洪覺範冷齋夜話云, 山谷在星渚賦道士快軒詩, 點筆立就. 其畧曰, 吟詩作賦北窗裏,[18] 萬言不及一杯水, 願得靑天化作一張紙. 想見其高韻, 氣摩雲霄也. 覺範安知此爲何人語, 而遽評品耶.[19] 星渚, 卽落星灣, 已見上注. 山谷以集句爲百家衣, 而此篇專取太白一家, 畧間他人數言以成章也. 太白古風云, 金華牧羊兒, 乃是紫陽客. 襄陽歌云, 鸕鷀杓, 鸚鵡盃, 百年三萬六千日, 一日

---

18 [교감기] '北窗'은 원래 '比窗'으로 되어 있었는데, 영원본과 전본, 그리고 건륭본을 따라 고친다.
19 [교감기] '遽'는 원래 '處'로 되어 있었는데, 영원본과 전본, 그리고 건륭본을 따라 고친다.

須傾三百盃. 淸風明月不用一錢買, 玉山自倒非人摧.[20] 蜀道難云, 砯崖轉石
萬壑雷. 寒夜獨酌云, 吟詩作賦北窓裏, 萬言不直一杯水. 山中對酌云, 兩人對
酌山花開, 一杯一杯復一杯. 盧山謠云, 盧山秀出南斗傍, 銀河倒掛三石梁. 送
竇明府云, 登高送遠形神開. 樂府云, 有長鯨白齒若雪山. 選詩云, 桂水日千
里, 因之平生懷. 古樂府羅敷行, 使君從南來, 五馬立踟躕. 呂洞賓詩云, 一粒
粟中藏世界, 二升鐺內煮乾坤.

金華牧羊兒	금화산의 양치는 아이
一粒粟中藏世界	낱알 한 개에 세계가 감추어 있네.
使君從南來	태수가 남쪽에서 와서
淸風明月不用一錢買	청풍명월을 한 푼 들이지 않고 사네.
鸕鶿杓	노자 주걱
鸚鵡杯	앵무 잔
一杯一杯復一杯	한 잔 한 잔 또 한 잔
玉山自倒非人推	옥산을 스스로 넘어져 남이 밀추지 않았네.
盧山秀出南斗傍	노산은 남두성 옆에 빼어나게 솟았는데
登高送遠形神開	높은 데 올라 먼 나그네 보내니 내 마음도 열리네.
銀河倒挂三石梁	은하수는 삼석량에 거꾸로 매달리고
砯崖轉石萬壑雷	얼음 언 절벽 구르는 돌에

---

20 [교감기] '摧'는 영원본과 전본, 그리고 건륭본에는 '推'로 되어 있다.

만학이 우레처럼 울리네.

吟詩作賦北窓裏　　　북창 아래에서 시를 읊조리고 짓는데

安得靑天化作一張紙　어찌하면 푸른 하늘이 장지 한 장으로 변할까.

有長鯨白齒若雪山　　흰 이빨 설산 같은 큰 고래가 있는데

我願因之寄千里　　　나는 고래 통해 천리 멀리 부치고 싶네.

4. 수레를 세우고 사람을 보내 후산의 진덕방 집을 찾아보게 하다

駐輿遣人尋訪後山陳德方家

江雨濛濛作小寒	강의 비가 부슬부슬 내려 소한이 되고
雪飄五老髮毛斑	눈은 오봉산에 날리며 머리털도 희끗희끗.
城中咫尺雲橫棧	성안의 가까운 거리 구름이 잔도에 걸려 있고
獨立前山望後山	앞산은 홀로 우뚝한데 후산을 바라보네.

【주석】

江雨濛濛作小寒 雪飄五老髮毛斑 : 『환우기』에서 "오로봉은 여산의 동쪽에 있다. 높은 벼랑이 우뚝 솟아 있는데, 마치 다섯 사람이 서로 좇으며 줄을 지어 선 모습과 같다"라고 했다.

五老峯, 見上.

5. 이부인이 그린 「언죽」에 쓰다

題李夫人偃竹

이부인은 산곡의 이모로 이공택의 누이이다. 소나무와 대나무, 나무와 바위를 잘 그렸는데, 미불의 『화사』에 보인다.

李夫人, 山谷之姨母, 公擇之妹. 善臨松竹木石, 見米芾畫史.

孤根偃蹇非傲世	축축 늘어진 외론 뿌리 세상을 오시함도 아니며
勁節癯枝萬壑風	굳센 마디의 여윈 가지 만학에 바람이 이네.
閨中白髮翰墨手	규중의 백발 부인 그림에 노련하니
落筆乃與天同功	붓을 대면 곧바로 하늘과 공력이 같네.

【주석】

孤根偃蹇非傲世 : 『당서·두심언전』에서 "높은 재주를 믿고 세상을 오시傲視하였다"라고 했다.

唐杜審言傳, 恃才高以傲世.

勁節癯枝萬壑風 閨中白髮翰墨手 落筆乃與天同功 : 당나라 이하의 「고헌과高軒過」에서 "하늘도 다 못한 조화를 붓으로 돕네"라고 했다.

唐李賀詩, 筆補造化天無功.

6. 장우직이 개원사에서 벽에 그린 그림을 보고 지은 시에 차운하며, 아울러 이덕소에게 편지 삼아 보내다
次韻章禹直開元寺觀畫壁兼簡李德素

우직의 자는 사공으로 일찍이 소장을 올려 신법에 대해 비판하다가 홍주로 좌천되었다. 시의 의미를 자세히 살펴보면 산곡은 아직 태화에 도착하여 집에 거처하기 전에 지은 것이다.

禹直字嗣功,[21] 嘗以上書言新法, 羈管洪州. 詳詩中語意, 山谷未赴太和家居時作.

丹靑古藏壁	옛날 벽에 그린 그림
風雨飽侵食	비바람에 많이 색이 바랬네.
拂塵開藻鑒	먼지 털고 감상하면서
志士淚霑臆	지사는 눈물이 가슴을 적시네.
靈山遠飛來	영은산이 멀리서 날아왔는데
不可以智測	지식으로 추측할 수 없네.
龍神湛回向	용신이 담담하게 감싸 돌며
擁衛立劍戟	검과 창이 서서 에워싸 지키네.
依稀吳生手	오도원의 솜씨와 비슷하니
旌旆畧可識	깃발을 대략 알 수 있네.

---

21 [교감기] '字嗣功'은 건륭본의 원교에서 "달리 '名嗣功'으로 된 본도 있다"라고 했다.

鴻濛挿樓殿	아득하게 누대와 전각에 꽂혀 있는데
毫髮數動植	아주 작은 동물과 식물을 헤아릴 수 있네.
廣牀瞻二聖	넓은 평상에 두 성인을 볼 수 있고
有衆拱萬億	억만 명의 대중은 공손하네.
飛行湊六合	육합으로 날아다니다가
攬取着一席	한 자리를 정하여 앉았네.
人人開生面	사람 사람마다 얼굴이 살아 있는 듯
絶妙推心得	절묘함은 마음으로 깨달은 듯.
李侯天機深	이후는 천기가 깊어
指黠目所及	손으로 가리키면 눈으로 보네.
三生石上夢	삼생석 위에서 꿈꾸며
天樂鳴我側	하늘의 음악이 나의 곁에서 울리네.
幽尋前日事²²	전날의 일을 조용히 찾는데
晦明忽復易	유명幽明간에 문득 더욱 쉽네.
章生南溟鵬	글에선 남쪽 바다 붕새가 나오는데
籠檻鎖六翮	새장에 멀리 나는 새가 갇혀 있네.
能同寂寞遊	능히 적막에서 노님과 같으니
濁酒聊放適	탁주로 에오라지 취하며 즐기네.
西風葉蕭蕭	서풍에 잎이 부스스 떨고
蟋蟀依牆壁	귀뚜라미 담장 벽에 붙어 있네.

---

22 [교감기] ‘事’는 건륭본에는 ‘寺’로 되어 있다.

家無萬金産	집에 만금의 재산이 없으며
四鄰碓聲急	이웃의 다듬이 소리 다급하구나.
藜羹傲鼎食	명아주 국 먹으며 거하게 먹는 이를 오시하고
藍縷亦山立	남루하지만 또한 산처럼 우뚝 섰네.
並船有歌妹	나란한 배에선 노래하는 기생 있어
粉白眉黛黑	흰 분 바르고 눈썹 검게 칠했네.
期公開顔笑	공이 환하게 웃길 바라며
醉語雜翰墨	취하고 떠들며 붓을 들어 보네.
不須談俗事	세속의 일은 이야기 말거늘
祇令人氣塞	다만 사람의 기운을 막히게 하니까.

【주석】

丹靑古藏壁 風雨飽侵食 拂塵開藻鑒 : 두보의 「上韋左相」에서 "공평하게 인사를 추천하였고"라고 했다.

老杜詩, 持衡留藻鑑.

志士淚霑臆 : 두보의 「애강두哀江頭」에서 "서글픈 마음에 눈물은 가슴을 적시는데"라고 했다.

老杜云, 人生有情淚霑臆.

靈山遠飛來 不可以智測 : 임안현 영은산에 비래봉이 있다. 안원헌의

『여지지』에서 "진나라 함화 원년에 서천의 승려 혜리가 "이 안에 천축국의 영취산이 작은 봉우리가 있으니 언제 날라 왔는지 모르겠다""라고 했다.

臨安靈隱山有飛來峯. 晏元獻輿地志云, 晉咸和元年, 西天僧慧理曰, 此是中天竺國靈鷲山之小嶺, 不知何年飛來.

龍神湛回向 : 『능엄경』에 십회향[23]이 있다.

楞嚴經, 有十回向.

擁衛立劍戟 依稀吳生手 旌旆畧可識 : 두보의 「알현원황제묘謁玄元皇帝廟」에서 "선배 화가 중에, 오도원이 화단을 주름잡았네"라고 했다. 또한 "면류관은 모두 뛰어나게 아름답고, 깃발은 전부 바람에 나부끼네"라고 했다. 또한 「구수자적창이驅豎子摘蒼耳」에서 "음식의 맛을 돋우는 귤과 같네"라고 했다.

老杜云, 畫手看前輩, 吳生遠擅場. 又曰, 冕旒俱秀發, 旌旆盡飛揚. 又云, 依稀橘奴跡.

鴻濛揷樓殿 : 장형의 「사현부」에서 "하늘 높은 곳의 혼돈을 넘어, 거

---

23 십회향 : 제31위에서 제40위까지를 가리킨다. 10행위(行位)를 마치고, 다시 지금까지 닦은 자리(自利)·이타(利他)의 여러 가지 행을 일체 중생을 위하여 돌려주는 동시에 성불하는 것으로 나아가 깨닫는 경계[悟境]에 도달하려는 지위이다.

꾸로 비치는 빛을 타고 높이 올라가네"라고 했다. 두보의 「영추작」에
서 "동쪽 산 기운차게 하늘로 솟았는데, 궁전은 꼭대기에 있네"라고 했
다. 또한 「악록산도림이사행」에서 "법당 기둥은 적사호에 꽂혀 있네"
라고 했다.

張衡思玄賦, 踰濛汜於巖冥兮, 貫倒景而高厲.[24] 老杜靈湫作云, 東山氣濛
鴻, 宮殿居上頭. 又嶽麓山道林二寺行云, 殿脚揷入赤沙湖.

毫髮數動植 : 『주례 · 대사도』에서 "그곳의 동물은 털이 있고, 그곳의
식물은 조물[25]이 있다"라고 했다. 두보의 「팔월십오야八月十五夜」에서
"다만 가을 터럭을 헤아려보고 싶네"라고 했다.

周禮大司徒, 其動物宜毛物, 其植物宜阜物, 杜詩, 直欲數秋毫.[26]

廣袤瞻二聖 有衆拱萬億 : 『시경 · 주송周頌 · 풍년豊年』에서 "또한 높은
곳집이 만이며 억이며 천억이거늘"이라고 했다.

詩云, 萬億及秭.

飛行湊六合 : 『장자』에서 "육합의 안에 대해서 성인은 논하기만 하고
시비를 따지지 않고, 육합의 밖에 대해서는 성인은 그냥 두고 논하지

---

24 [교감기] 영원본에는 '張衡'에 관한 조목의 주가 없다. 또한 『문선 · 사현부』에는
   '濛'이 '虎'으로 되어 있으며, '巖'이 '岩'으로 되어 있다.
25 조물 : 떡갈나무나 밤나무를 이른다.
26 [교감기] 영원본에는 '杜詩'에 관한 조목의 주가 없다.

않는다"라고 했다.

莊子, 六合之內, 聖人論而不議, 六合之外, 聖人存而不論.

攬取着一席 人人開生面 : 두보의 「단청인」에서 "능연각의 공신 그림 안색이 바랬는데, 장군이 붓을 대자 살아 있는 얼굴 같았네"라고 했다.

老杜丹靑引, 凌煙功臣少顏色, 將軍下筆開生面.

絶妙推心得 : 『장자』에서 "마음으로 깨우치고 손으로 응하게 한다"라고 했다. 『세설신어』에서 "채옹蔡邕이 조아비에 쓰기를 "절묘한 좋은 글이다""²⁷라고 했다.

莊子, 得之心, 應之手.²⁸ 世說, 曹娥碑題云, 絶妙好辭.

李侯天機深 : 『장자·대종사』에서 "그 기욕이 깊은 자는 천기가 얕다"라고 했다. 두보의 「유소부신화산수장기劉少府新畫山水障歌」에서 "유 소부는 천기가 정밀한데"라고 했다.

莊子大宗師篇, 其嗜欲深者, 其天機淺. 杜詩, 劉侯天機精.²⁹

---

27 절묘한 좋은 글이다 : 채옹은 비석의 뒤에 누런 비단과 어린 부인 및 딸의 자식과 부추 절구[黃絹幼婦外孫韲臼]"라고 했는데, "절묘한 좋은 글[絶妙好辭]"임을 말한다. '황견(黃絹)'은 색이 있는 실[色絲]이므로 '절(絶)'자가 되고 '유부(幼婦)'는 소녀(少女)이므로 '묘(妙)'자가 되고 '외손(外孫)'은 딸의 아들[女子]이므로 '호(好)'자가 되고 '제구(韲臼)'는 매운 것을 받아들이는 것[受辛]이고 매운 것을 받아들이면 '사(辭)'자가 된다.
28 [교감기] 영원본에는 '莊子'에 대한 조목의 주가 없다.

指點目所及 : 두보의 「송공소보送孔巢父」에서 "아득한 곳 가리키니 돌아갈 길이로다"라고 했다.

杜詩, 指點虛無是征路.

三生石上夢 : 『감택요』에 승려 원택의 일을 기록하였다. "원택이 노래하기를 "삼생석 위의 옛 친구의 혼백, 달보고 노래하던 옛 일 말하지 마시오. 나를 만나러 먼 길 온 것은 미안하지만, 몸은 달라졌어도 성품만은 그대로라오""

甘澤謠記圓澤事云, 圓澤歌曰, 三生石上舊精魂, 賞月吟風不要論. 慚愧情人遠相訪, 此身雖異性長存.

天樂鳴我側 : 이백의 「등와관각登瓦官閣」에서 "지리한 비에 꽃 떨어지고, 요란한 하늘 음악 울리네"라고 했다. 또한 「동림사」에서 "허공엔 하늘 향기 가득하고, 하늘의 음악 계속 울려 퍼지네"라고 했다.

太白登瓦官閣詩,[30] 漫漫雨花落, 嘈嘈天樂鳴. 又東林寺詩, 天香生虛空, 天樂鳴不歇.[31]

幽尋前日事 : 한유의 「남계시범南溪始泛」에서 "그윽한 경치 갈수록 많

---

29 [교감기] 영원본에는 '杜詩'에 대한 조목의 주가 없다.
30 [교감기] '閣'은 원래 '間'으로 되어 있었는데, 영원본과 전본, 그리고 건륭본에 의거하여 바로잡는다.
31 [교감기] 영원본에는 '東林寺'에 대한 조목의 주가 없다.

으니"라고 했다.

退之詩, 幽事隨去多.

晦明忽復易 章生南溟鵬:『장자』에서 "북쪽 바다에 물고기가 있는데, 변하여 새로 되니 그 이름이 붕이다. 바다 기운이 움직여 큰바람이 일 때 장차 남쪽 바다로 날아가려 한다"라고 했다.

莊子, 北溟有魚, 化而爲鳥, 其名爲鵬, 海運則將徙於南溟.

籠檻鎖六翮:『한시외전』에서 "기러기와 고니는 한 번 날면 천 리를 가는데, 믿는 것은 여섯 개의 강한 깃털뿐이다"라고 했다.

韓詩外傳, 鴻鵠一擧千里, 所恃者六翮耳.

能同寂寞遊 濁酒聊放適:『문선』에 실린 혜강의 「여산거원절교서與山巨源絶交書」에서 "탁주 한 잔, 거문고 한 곡조면 나의 바람은 끝입니다"라고 했다.

文選嵇叔夜書, 濁酒一盃, 彈琴一曲, 志願畢矣.

西風葉蕭蕭 蟋蟀依牆壁:「월령」에서 "늦여름에 귀뚜라미가 벽에 거한다"라고 했다.

月令, 季夏蟋蟀居壁.

家無萬金産 : 한유의 「증장적贈張籍」에서 "그를 가리켜 축하하기를, 이는 만 금이나 값진 자식이라 하네"라고 했다.

退之詩, 指渠相賀言, 此是萬金産.

四鄰碪聲急 : 두보의 「추흥秋興」에서 "백제성 높이 밤중에 다듬이 소리 울려 퍼지네"라고 했다.

杜詩, 白帝城高急暮碪.[32]

藜羹傲鼎食 : 『공자가어』에서 "자로子路가 공자를 보고 "옛날에 제가 부모님을 모실 때에 항상 명아주 나물과 콩밥을 먹었는데, 부모님을 위해 백리 밖에서 쌀을 지고 왔습니다. 부모님께서 돌아가신 뒤에 남쪽 초楚나라로 유세하러 갈 때는 따르는 수레가 백 대나 되고 쌓아놓은 곡식이 만 종鍾이나 되고 자리를 포개 놓고 앉고 솥 여러 개를 벌여놓고 먹었는데도 명아주 나물과 콩밥을 먹고 부모님을 위해 쌀을 지고 싶어도 그럴 수 없었습니다"라 했다"라고 했다. 한유의 「송혜사」에서 "주머니에 한 푼의 돈도 없으니, 부자가 가난한 처지가 되었네"라고 했다.

見上. 退之送惠師云, 囊無一金資, 翻爲富者貧.

藍縷亦山立 : 『좌전·선공 12년』에서 "잡목으로 만든 수레를 타고 남루한 옷을 입으셨으며"라고 했다. 『악기』에서 "방패는 들고 산처럼 움

---

32 [교감기] 영원본에는 '杜詩'에 대한 조목의 주가 없다.

직이지 않고 섰던 것"이라고 했다. 『예기·옥조』에서 "산처럼 의연하게 서서 가야할 때 가며"라고 했다. 즉 이 구는 비록 가난하지만 산처럼 움직이지 않음을 말한다.

左傳宣十二年, 篳路藍縷. 樂記, 總干而山立. 玉藻, 山立時行. 言雖貧而不動如山也.

並船有歌妹 粉白眉黛黑 : 『회남자』에서 "얼굴에 흰 분을 바르고 눈썹을 검게 칠한다"라고 했다. 한유의 「송이원귀반곡서送李愿歸盤谷序」에서 "얼굴에 흰 분을 바르고 눈썹을 푸르게 칠한다"라고 했다.

淮南子云, 粉白黛黑. 韓文云, 粉白黛綠.

期公開顔笑 醉語雜翰墨 不須談俗事 祇令人氣塞 : 왕희지의 「도하이첩都下二帖」에서 "채공이 마침내 위독하게 되니 매우 근심스럽다. 지금 인재가 없는데 이처럼 아프니 사람으로 하여금 기운을 떨어뜨리게 한다"라고 했다. 『당서』에서 "환관인 전령자가 조서를 위조하여 맹소도를 죽였는데, 그 일을 듣는 자들은 기운이 막혀서 감히 말을 하지 못하였다"라고 했다. 이는 원풍 연간의 정치를 말한다.

淳化帖王羲之書云, 而艱疾若此, 令人短氣. 唐書, 田令孜矯詔殺孟昭圖, 聞者氣塞而不敢言. 此言元豊之政.

7. 풍성에서

豊城

원주에서 "정자에 위공 이덕유李德裕의 「검지부」와 백부 장선의 「석제기」가 있다"라고 했다. ○ 풍성은 바로 홍주의 속읍이다. 홍주는 지금의 융흥부이다.

元注云, 亭上有李衛公劍池賦, 世父長善石隄記. ○ 豊城乃洪州屬邑, 洪今爲隆興府.

豊城邑巖巖	풍성의 고을은 높고 높은데
水種六萬戶	물이 육만 호를 모여들게 했네.
石隄眠長虹	바위 제방에 긴 무지개 졸고
輟棹日沈霧	해가 안개에 가려 노질도 멈추네.
令君政有聲	현령의 정치는 명성이 나고
新亭延客步	새 정자는 길손의 걸음을 맞이하네.
淚落世父碑	백부의 비에서 눈물을 흘리며
心傾文饒賦	마음은 문요의 부에 쏠리네.
憶昔兩神兵	옛날의 두 보검을 회상해보고
埋玉思武庫	옥을 묻으며 무고를 생각하네.
寒光射漢津	싸늘한 빛이 은하수를 쏘는데
兩賢紆一顧	두 어진 이를 굽어 한 번 돌아보네.

張公拆中台	장화공은 중태성이 갈라져 죽게 되고
木拱孔章墓	공장 묘의 나무는 한 아름이 되었네.
不能從兒嬉[33]	어린놈들과 희롱하지 않는데
歲晩龍蛇去	한 해가 저무니 용과 뱀이 떠나네.
空餘寒泉泓	차가운 샘물만 부질없이 남았는데
因雨長蛙鮒	비로 인해 개구리, 두꺼비가 자라네.
鉛刀藏寶室	납 칼을 보배로운 방에 감춰두니
萬世同此度	만세에 이런 나쁜 법은 같구나.

【주석】

豊城邑巖巖 : 『시경·노송』에서 "태산이 높고 높은데, 노후가 이를 바라보네"라고 했다.

詩云, 泰山巖巖.

水種六萬戶 石隄眠長虹 : 『조야첨재』에서 "조주의 석교는 바라보면 초승달이 구름에서 나온 듯, 긴 무지개가 시냇물을 마시는 것 같았다"라고 했다.

朝野僉載, 趙州石橋, 望之如初月出雲,[34] 長虹飮澗.

---

33 [교감기] '從'은 영원본에는 '伴'으로 되어 있다.
34 [교감기] '望之'는 전본에는 '望之如'로 되어 있으니, 의미가 더 잘 통한다. 또한 영원본에는 이 조목의 주가 없다.

輟棹日沈霧 : 두보의 「불매不寐」에서 "어둑어둑 달은 안개에 가리고, 반짝거리는 달빛은 누대에 가깝네"라고 했다.

杜詩, 翳翳月沈霧, 暉暉星近樓.

令君政有聲 新亭延客步 淚落世父碑 : 진나라 양호의 공적을 잊지 못해 양양의 백성이 현산에 양호의 비석을 세웠다. 이것을 보는 사람은 울지 않은 적이 없었다. 그래서 두예杜預가 이 비석을 타루비墮淚碑라고 했다.

晋羊祐, 襄陽百姓於峴山立碑, 望其碑者, 莫不流涕. 杜預因名墮淚碑.[35]

心傾文饒賦 : 이덕유의 자는 문요로 「검지부」를 지었다. 그 부의 서에서 "병진년 초여름에 나는 풍성에 이르러 강가에서 배를 멈추었다. 검을 묻는 곳으로 연못이 있다는 것을 들었다. 사람이 검을 버리고 떠나는 것에 감회가 일이 이 부를 짓는다"라고 했다.

李德裕字文饒, 有劍池賦云, 丙辰孟夏, 予屆途豊城, 弭楫江渚. 聞埋劍之地, 則有池存焉. 感人亡劍去, 因爲此賦云.[36]

憶昔兩神兵 : 『한서 · 주아부전』에서 "군사에 관한 일이란 신비스럽고 비밀스러운 것인데"라고 했다. 장협張協의 「칠명」의 주에서 "검은

---

35 [교감기] 영원본에는 '晋羊祐'에 대한 조목의 주가 없다. 살펴보건대 이 일은 『진서』 34권 「양호전」에 보인다.
36 [교감기] 영원본에는 '劍池賦'에 대한 조목의 주가 없다.

능히 천하를 위협하므로 신병이라 이른다"라고 했다. 『남사·심경지전』에서 "문제가 북침할 때 심경지가 열흘 동안 통솔하여 안팎이 정돈되니, 당시에 모두 신병이라 불렀다"라고 했다. 두보의 「송영주이판관送靈州李判官」에서 "조만간 중흥의 군주에게 하례할 것이니, 막강한 군대가 삭방에서 일어날 것이라"라고 했다.

周亞夫傳, 兵事上神密. 張景陽七命注曰, 劒能威天下, 故謂之神兵. 南史沈慶之傳, 文帝北侵, 慶之處分旬日, 內外整辦, 時皆謂神兵. 杜詩, 近賀中興主, 神兵動朔方.

埋玉思武庫:『진서·유량전』에서 "장차 장사지내려고 하는데 하충이 탄식하면서 "흙 속에 옥수를 묻으니 사람의 슬픈 마음이 어찌 그치리오""라고 했다. 『진서·두예전』에서 "조야에서 칭송하여 두무고라 불렀으니, 갖추지 않은 것이 없음을 말한다"라고 했다.

晉庾亮傳, 埋玉樹於土中. 武庫, 見上.

寒光射漢津:『이아』에서 "석목성析木星을 진津이라 이르니 기성과 두성 사이의 은하수 나루이다"라고 했다.

爾雅, 析木謂之津, 箕斗之間, 漢津也.

兩賢紆一顧 張公拆中台: 두보의 「봉송소주이장사奉送蘇州李長史」에서 "별이 중태성의 자리에서 갈라져"라고 했는데, 주에서 "중태성이 갈라지니

장화가 죽임을 당하였다"라고 했다.

杜詩, 星拆台衝地. 注, 中台星拆, 張華見誅.[37]

木拱孔章墓 不能從兒嬉 : 한유의 「송장도사送張道士」에서 "또 아첨하여
웃으며 말하지 않으며, 어린놈들과 희롱하지 않네"라고 했다.

退之送張道士詩, 又不媚笑語, 不能伴兒嬉.

歲晚龍蛇去 空餘寒泉泓 因雨長蛙鮒 鉛刀藏寶室 萬世同此度 :『진서 · 장
화전』에서 "두성과 우성 사이에 항상 붉은 기운이 있었다. 장화가 예
장의 뇌환을 맞이하여 물으니, 뇌환이 "보검의 정기가 위로 하늘에 비
친 것이니 예장의 풍성에 있습니다"라 하였다. 곧바로 뇌환을 풍성현
령으로 삼았다. 뇌환이 현에 도착하여 옥의 터를 파서 4길 정도 땅속
으로 파들어 갔을 때 두 검이 나왔다. 둘 다 글씨가 쓰여 있었는데, 하
나는 용천이요 다른 하나는 태아였다. 하나는 장화에게 보내고 하나는
자신이 찼다. 장화가 죽임을 당하자 검의 소재를 알 수가 없었다. 뇌환
이 죽자 자화가 칼을 차고 가다가 연평진을 경유하게 되었는데, 칼이
문득 허리춤에서 뛰어 강물로 떨어졌다. 사람을 시켜 물속으로 잠수하
여 찾게 하니, 다만 두 마리 용을 보았는데 각각 길이가 두어 길이나
되었다. 장화의 작은 아들 장위가 중태성의 자리가 갈라진 것을 보고
장화에게 자리에서 물러날 것을 권하였는데, 장화는 따르지 않았다가

---

37 [교감기] 영원본에는 '杜詩'의 조목에 대한 주가 없다.

일어나기 어렵게 되었다"라고 했다. 뇌환의 자는 공장으로『수경·감수주』에 보인다. 작품 말미에 가의의 「조굴원부弔屈原賦」에서 "막야를 무디다고 하고 납으로 만든 칼을 예리하다고 한다"는 뜻을 사용하였다.『이소경』에서 "어찌하여 이런 나쁜 법을 고치지 않는가"라고 했다.

張華傳, 斗牛之間, 常有紫氣. 華邀豫章雷煥問之, 煥曰, 寶劍之精, 上徹於天, 在豫章豊城. 卽補煥爲豊城令. 煥到縣, 掘獄基, 入地四丈餘, 得一石函, 中有雙劍, 並刻題, 一曰龍泉, 一曰太阿. 送一與華, 留一自佩. 華誅, 失劍所在. 煥卒, 子華指劍行, 經延平津, 劍忽於腰間躍出墮水. 使人入水取之, 但見兩龍, 各長數丈. 華少子韙, 以中台星拆勸華遜位, 華不從而難作. 雷煥字孔章, 見水經穎水注. 篇末用賈誼賦莫耶爲鈍, 鉛刀爲銛之意.[38] 離騷經云, 何不改此度也.

38　[교감기] '篇末'은 원래 '篇末'로 되어 있었는데, 잘못 간행된 것이다. 지금 여러 교정본을 따라 바로잡는다.

8. 소가협을 올라가다

上蕭家峽

玉筍峯前幾百家	옥사봉 앞에 이삼백 가구
山明松雪水明沙	산은 소나무 눈으로 밝고
	물은 모래밭으로 밝네.
趁虛人集春蔬好	시장에 가니 사람이 모여 봄 채소는 신선하고
桑菌竹萌煙蕨芽	오디 따고 죽순 캐며 고사리 익히네.

【주석】

玉筍峯前幾百家 山明松雪水明沙 : 안연지의 「증왕태상贈王太常」에서 "뜰이 어두워지니 들판 그늘에 덮인 것을 알고, 산이 밝음에 소나무 눈이 쌓인 것을 보네"라고 했다.

文選顏延年詩, 庭昏見野陰, 山明望松雪.

趁虛人集春蔬好 桑菌竹萌煙蕨芽 : 달리 "시장에 사람이 모이니 이내 속에 말소리 들리고, 삼태기를 메고 돌아오니 고사리가 있네"라고 했다. 유종원의 「유주」에서 "푸른 대로 소금을 싸서 골짝 손님에게 주고, 연잎에 밥을 싸서 시장 사람에게 주네"라고 했는데, 원주에서 "허虛는 시장이다"라고 했다. 『환우기』에서 "길주 여릉현에 옥사산이 있다"라고 했다. 도가서인 『복지기』에서 "이 산은 땅이 기름져서 농사에 좋고

난리를 피할 수 있다"라고 했다. 상균桑菌은 오디이다. 『시경』에서 "나의 뽕나무 오디를 먹네"라고 했다. 『이아』에서 "순筍 대나무 싹이다"라고 했다. 산곡이 일찍이 「관화觀化」 제1수에서 "고사리가 이미 어린이 주먹만 하네"라고 했다.

一作趁虛人在煙中語,[39] 荷蓧歸來有蕨芽. 柳子厚柳州詩云, 靑箬裹鹽歸洞客,[40] 綠荷包飯趁虛人. 元注云, 虛, 市也. 寰宇記, 吉州廬陵縣玉笥山. 道書福地記云, 此山地肥美, 宜穀辟兵. 桑菌, 桑椹也. 詩, 食我桑椹. 爾雅, 筍, 竹萌. 山谷嘗有詩云, 蕨芽已作小兒拳.

---

39 [교감기] 고본의 구절 끝의 원주에서 "'一作'은 달리 '晚年本云'으로 된 본도 있다"라고 했다.
40 [교감기] '箬裹'는 원래 '若裏'로 되어 있었는데, 지금 영원본과 전본을 따르고 아울러 『유종원집』에 의거하여 바로잡는다.

9. 하씨와 소씨 두 집안

何蕭二族

西漢功名相國多	서한의 공명은 상국이 가장 많고
南朝人物數諸何	남조의 인물로 여러 하씨를 꼽네.
向來富貴喧天地	이전부터 부귀로 천지를 진동하고
亦有文章在澗阿	또한 문장도 은거하는 곳에서 떨쳤네.

【주석】

西漢功名相國多 南朝人物數諸何 : 상국은 소하를 이른다. 『남사·하상
지전』에서 "하상지는 여강 첨현 사람이다. 자제와 조카, 손자 등 전기
에 전하는 자가 여덟 명이다"라고 했다.

相國, 謂蕭何也. 南史何尙之傳, 廬江灊人, 子孫弟姪, 附傳者八人.

向來富貴喧天地 亦有文章在澗阿 : 『시경·고반考槃』에서 "시냇가에서 은
거하네", "언덕에서 은거하네"라고 했다.

澗阿, 見上.

10. 위부인의 제단

魏夫人壇

獨掃蛾眉作遠山	홀로 누에 눈썹 먼 산처럼 그리고
春風瑤草照朱顔	봄바람의 요초에 붉은 얼굴 비추네.
我來欲問許玉斧	내가 허옥, 허부를 찾아보고 싶은데
二十四峯如髻鬟	스물네 봉우리 쪽 찐 머리 같구나.

【주석】

獨掃蛾眉作遠山 : 탁문군의 눈썹은 진해서 눈화장을 그리지 않아도 항상 먼 산과 같다. 두보의 「괵국부인虢國夫人」에서 "눈썹만 살짝 그려 지존을 알현하네"라고 했다.

卓文君眉色不加黛飾, 常如遠山.[41] 杜詩, 淡掃蛾眉朝至尊.

春風瑤草照朱顔 : 두보[42]의 「증이백贈李白」에서 "앞으로 요초를 주울 것이네요"라고 했다.

李白詩, 方期拾瑤草.[43]

---

41 [교감기] 영원본에는 탁문군에 관한 조목의 주가 없다.
42 아래 본문에 이백으로 되어 있으나, 이 시의 작자는 두보이다.
43 [교감기] 영원본에는 이백에 관한 조목의 주가 없다.

我來欲問許玉斧 二十四峯如瞽鬖 : 『환우기』에서 "무주 임천현 서북쪽 6리 이백 보쯤에 위부인의 제단이 있다"라고 했다. 『신선내전』에서 "부인은 진나라 사도 위서의 딸로 호군 장사 허목에게 법을 전하였다. 허목의 아들 허옥과 허부는 모두 하늘로 올라가 신선이 되었다"라고 했다. 위응물의 「녹화가」에서 "세상이 혼탁하여 내려오지 않음이여, 어찌 옥과 부의 집에 오지 않는가"라고 했다.

寰宇記, 撫州臨川縣西北六里二百步, 有魏夫人壇. 神仙內傳, 夫人, 晉司徒舒之女, 傳法于護軍長史許穆, 穆子玉斧皆昇仙. 韋應物綠華歌云, 世涇濁兮不可降, 胡不來兮玉斧家.[44]

---

44 [교감기] 영원본에는 위응물에 관한 조목의 주가 없다.

11. 매복이 은거하던 곳

隱梅福處45

吳門不作南昌尉	오문졸46은 남창위를 버렸으니
上疏歸來朝市空	상소하다가 돌아가니 조정이 텅 비었네.
笑拂巖花問塵世	웃으면서 바위 꽃을 어루만지며
	진세를 묻는데
故人子是國師公	고인의 아들이 바로 국사공이라네.

【주석】

吳門不作南昌尉 上疏歸來朝市空 : 도연명의 「귀전원거歸田園居」에서 "한 세대만 지나면 세상이 바뀐다더니"라고 했다.

淵明詩, 一世異朝市.

笑拂巖花問塵世 故人子是國師公 : 『한서』에서 "매복의 자는 자진으로 구강현 수춘 사람이다"라고 했다. 『환우기』에서 "홍주 남창현에 매복 지가 있다. 매복이 이곳에 연꽃을 심으면서 탄식하기를 "삶은 나를 해 쳤고 벼슬은 나의 질곡이 되었고 형체는 나의 욕이 되었고 지식은 나

---

45 [교감기] 건륭본의 원교에서 "『정화록(精華錄)』에서는 '매복이 은거하던 곳[梅 福隱居]'로 되어 있다"라고 했다.
46 오문졸 : 매복은 왕망이 정권을 찬탈하자 오시문졸(吳市門卒)이라고 자호하였 다고 한다.

의 독이 되었다"라 하고는 이에 남창위를 버렸다. 처자를 떠나 홍애산
에 들어가 도를 깨우쳐 신선이 되었다. 대대로 사람의 모습으로 나타
났는데 어떤 사람이 옥사산에서 그를 만나기도 하였다"라고 했다. 시
의 의미는 매복은 유향과 원성 연간에 벼슬하여 자주 상소하여 직간하
였으니 그런 모습은 서로 비슷한데 유향의 아들인 유흠은 이름을 유수
로 바꾸고 왕망이 나라를 찬탈하자 국사가 되었음을 말하고 있다. 이
런 일들은『한서 · 왕망전』에 보인다.

漢書, 梅福字子眞, 九江壽春人. 寰宇記, 洪州南昌縣, 有梅福池. 福歎曰,
生爲我酷, 仕爲我梏, 形爲我辱, 智爲我毒. 於于是棄南昌尉, 去妻子, 入洪崖
山, 得道爲神仙, 代代有人, 或於玉笥山中逢見. 詩意謂梅福與劉向皆仕元成
間, 數上疏直諫, 亦畧相似, 而向之子歆改名秀, 王莽簒位, 歆爲國師, 後事皆
在莽傳.

12. 소자운의 집

蕭子雲宅

郁木坑頭春鳥呼	도목갱 입구에 봄새는 지저귀고
雲迷帝子在時居	구름에 가려 황제의 자손이 거처하였네.
風流掃地無尋處	풍류는 씻은 듯 사라져 찾을 수 없고
只有寒藤學草書	다만 차가운 등나무엣 초서를 배우네.

【주석】

郁木坑頭春鳥呼 雲迷帝子在時居 風流掃地無尋處 只有寒藤學草書 : 『남사』에서 "남제南齊 고제의 자손인 자운의 자는 경교로 초서와 예서를 잘 썼다. 스스로 이르기를 "원상 종요鍾繇와 일소 왕희지王羲之를 본받아서 조금 그 자체를 변화시켰다"라고 했다. 동양 태수의 지방관이 되었는데 백제국에서 건업으로 사람을 보내 글씨를 요구했다. 자운이 마침 고을로 가기 위해 배를 띄워 장차 출발하려고 하였는데, 그들이 30보쯤 앞에서 배를 바라보고 절을 하며 앞으로 다가왔다. 자운이 사람을 보내 까닭을 물으니, 답하기를 "시중의 척독의 아름다움은 멀리 해외까지 전해져 오늘 이렇게 구하러 왔으니 훌륭한 글씨를 써 주십시오"라고 했다. 자운이 3일 동안 배를 멈추고서 30장 정도 써서 주고서 수백만의 금화를 얻었다"라고 했다. 『옥사산기』에서 "소자운이 이곳에 와서 살고 있었는데, 어떤 사람이 그에게 "동북쪽에 도목갱이란 골짜

기가 있는데 시냇물이 동에서 흘러와 오래 거처할 만하다"라고 하니,
자운이 마침내 이사하여 거처하였다. 후에 온 집안이 골짜기 안에 숨
어서 어디로 갔는지 알 수가 없었다. 그 지명이 도목암이다. 대력 초기
에 도사 사수통이 이 산에 40년을 거처하였다. 후에 어떤 사람을 만났
는데, 그 사람이 사소통을 끌고 가서 집터를 보여주니, 마침내 집을 지
어 거처하였다. 장경 초기에 그 사람이 도목갱에 들어갔다가 겹 사립
문의 집을 보게 되었다. 잠깐 있다가 푸른 옷을 입은 동자가 수통을 불
러 들어가니, 한 사람은 자색 수술의 높은 관에 칼을 차고 당의 왼쪽에
서 있었고, 한 사람은 푸른 수술의 흰 관을 쓰고 당의 오른쪽에 서 있
었다. 동자가 "왼쪽 분은 소군이고 오른쪽 분은 매군입니다"라 하니,
바로 매복이었다"라고 했다. 이 기는 『태평어람』에 자세히 보인다. '郁
木坑頭'는 마땅히 '都木坑'으로 써야 한다. 이백의 「증위시어황상贈韋侍
御黃裳」에서 "봄빛 땅에서 다 사라지면"이라고 했는데, '소지진掃地盡'이
란 글자는 본래 양웅의 「우렵부」에서 나왔다. 즉 "군사들이 깜짝 놀라
니, 바람이 들판을 휩쓸고 지나가네"라고 했다. 안사고는 주에서 "남김
없이 쓸어가 버렸다는 의미이다"라고 했다.

南史, 齊高帝孫子雲, 字景喬, 善草隷. 自云, 效鍾元常王逸少, 而微變字體.
出爲東陽太守, 百濟國使人至建業求書. 逢子雲爲郡, 維舟將發, 望船三十許
步, 行拜行前. 子雲遣問之, 答曰, 侍中尺牘之美, 遠流海外, 今日所求, 唯在
名迹. 子雲停船三日, 書三十紙與之, 獲金貨數百萬. 玉笥山記曰, 蕭子雲來棲
止,⁴⁷ 有人謂曰, 東北有洞曰都木坑, 水自東注, 可以久居. 子雲遂徙家居之,

後全家隱洞中, 不知所之. 其地名都木巖也. 大曆初, 有道士謝修通, 居此山四十年, 後遇人引行, 見宅基, 遂結庵居之. 長慶初, 入都木坑, 見一宅重扉, 須臾有靑衣童子招修通入, 見一人紫綬戎冠, 佩劍立堂之左, 一人碧綬素簡, 立堂之右. 童子曰, 左者蕭君, 右者梅君. 卽梅福也. 此記詳見太平御覽. 郁木坑頭,⁴⁸ 當作都木坑. 掃地, 見上.

---

47 [교감기] '蕭'는 원래 '肅'으로 되어 있었으며, '止'는 원래 '正'으로 되어 있었으며 아래로 연결되어 있었다. 지금 영원본과 전본, 그리고 건륭본을 따르고 아울러 『태평어람』41권 「옥사산」에 의거하여 바로잡는다.

48 [교감기] '郁木'은 원래 '郁水'로 잘못 간행되어 있었는데, 지금 영원본과 전본을 따라 고친다.

13. 진나라를 피한 열 사람
避秦十人

九眞承詔上龍胡	구진이 조서 받들어 용의 수염 올라탔는데
盡是驪山所送徒	모두 여산으로 보내진 도형 받은 사람이라.
惟有鄧公留不去	다만 등공만이 남아 떠나지 않았으니
松根搘鼎煮菖蒲	소나무 뿌리로 솥을 버티고 창포를 끓였네.

【주석】

九眞承詔上龍胡 :『사기·봉선서』에서 "용 한 마리가 턱수염을 늘어뜨려 황제를 맞이하였다. 이에 황제가 올라타자 뭇 신하들과 후궁들 70여 명이 그 뒤에서 용에 올라탔다"라고 했다. 살펴보건대『한서·김일제전』에서 "김일제가 망하라의 목을 잡고 대전 아래로 내던졌다"라고 했는데, 주에서 "호胡는 목이다"라고 했다.『상서』의 서에서 "조서를 받들어 전을 짓게 되었다"라고 했다.

史記封禪書, 有龍垂胡䫇, 下迎黃帝, 黃帝上騎, 羣臣從者七十餘人. 按漢金日磾傳, 搑胡投莽何羅殿下. 注, 胡, 頸也. 尚書序云, 承詔作傳.

盡是驪山所送徒 惟有鄧公留不去 松根搘鼎煮菖蒲 :『한서·고제기』에서 "유방이 정장亭長이 되어 현을 위해 도형徒刑을 받은 무리를 여산으로 호송하였다"라고 했다.

漢高紀，爲縣送徒驪山.

14. 노란 참새

黃雀

牛大垂天且割烹⁴⁹	하늘에 드리운 큰 소를 베어서 끓이니
細微黃雀莫貪生	자잘한 노란 참새의 목숨을 탐하지 마라.
頭顱雖復行萬里	머리는 비록 다시 만 리를 가지만
猶和鹽梅傅說羹	오히려 조미료를 섞어 부열의 국이 되리니.

【주석】

牛大垂天且割烹 : 『장자·소요유』에서 "그 날개는 하늘의 구름을 드리운 듯하였다"라고 했다. 『맹자』에서 "사람들의 말에 이윤伊尹이 맛있는 요리를 만들어 탕湯 임금에게 등용되려고 했다고 하는데 그런 일이 있습니까?"라고 했다.

莊子逍遙篇, 其翼若垂天之雲. 以割烹要湯, 見孟子.

細微黃雀莫貪生 頭顱雖復行萬里 : "그대들의 머리는 잘려서 곧 만 리 밖으로 옮겨질 것이다"라는 말은 『삼국지·원소전』에 보인다. 왕안석이 일찍이 이 고사를 사용하여 스무 글자의 오언시를 지어서 임강에 부임하는 여망지를 전송하였으니, 즉 "노란 참새가 머리가 있어, 멀리 만 리길 떠난다네.⁵⁰ 상상해보니 그대 수령으로 나가면, 잠시나마 뇌물

49　[교감기] '割烹'은 영원본에는 '烹隔'으로 되어 있다.

이 멈춰질 것이라"라고 했다.

卿頭顧方行萬里, 見袁紹傳. 王荆公嘗用此事, 作二十字送呂望之赴臨江
云, 黃雀有頭顧, 長行萬里餘. 想因君出守, 暫得免苞苴.

猶和鹽梅傅說羹:『서경·열명』에서 "내가 만일 국을 조리하려 하거
든 그대가 소금과 매실이 되어 달라"라고 했다.

和羹, 見尙書說命.

---

50 노란 참새가 (…중략…) 떠난다네 : 노란 참새로 비유되는 여망지가 조정에 있으
면 죽음을 당할 것인데 지방관으로 가면 죽음을 당할 일은 없을 것이라는 의미이
다. 『시인옥설』에서 "어진 이를 사랑하고 뇌물을 억제함이 모두 이 시에 갖춰져
있다"라고 했다.

15. 관사에 도착하니 고향으로 돌아갈 생각이 깊이 일어. 2수

【관사에 도착했다는 것은 태화에 막 도착한 것을 이른다. 이후의
작품은 모두 태화에서 지은 것이다】

到官歸志浩然二絶句【到官盖初至太和也, 此後皆太和所作】

첫 번째 수其一

雨洗風吹桃李淨	비가 씻고 바람이 불어 도리가 깨끗하며
松聲聒盡鳥驚春	소나무 소리 시끄러운데 새가 봄을 알리네.
滿船明月從此去	밝은 달빛 가득한 배로 이곳에서 떠나고픈데
本是江湖寂寞人	본래 강호의 쓸쓸한 사람이었나니.

【주석】

雨洗風吹桃李淨 : 몽득 유우석의 「재유현도관再遊玄都觀」에서 "복사꽃
은 씻은 듯 사라지고 야채 꽃만 피었네"라고 했다.

劉夢得詩, 桃花淨盡菜花開.

두 번째 수其二

| 鳥烏未覺常先曉[51] | 까마귀 깨기 전에 항상 새벽에 먼저 일어나 |
| 筍蕨登盤始見春 | 죽순과 고사리가 상에 오르니 |

---

51 [교감기] '鳥烏'는 고본에는 '鳥鳴'으로 되어 있다.

비로소 봄을 아네.

斂手還他能者作 　손을 거두고 돌아간다면 능한 자가 오리니

從來刀筆不如人 　이전부터 낮은 관리는 사람만 못하였네.

【주석】

烏烏未覺常先曉 筍蕨登盤始見春 : 새벽에 까마귀가 아직 울기 전에 먼저 일어났다가 이윽고 죽순과 고사리를 보고서 비로소 봄이 깊은 것을 알게 되었다. 고을을 다스리는 노고가 이와 같음을 말한다.

曉鴉未鳴而先起, 因見筍蕨, 始知春深. 言作邑之勞如此也.

斂手還他能者作 從來刀筆不如人 : 『한서・조참전』에서 "진나라 도필의 아전에서 일어났다"라고 했는데, 안사고는 "도끼는 글씨를 파내는 것이다. 옛날에 문서를 작성할 때 사용하였으니, 아전들이 모두 도와 붓을 가지고 다녔다"라고 했다. 『한서・진탕전』에서 "도필리에 머물러 있었다"라고 했는데, 안사고는 "도필은 낮은 관리를 이른다"라고 했다.

漢書參傳, 起秦刀筆吏. 師古曰, 刀, 所以削書, 古者用簡牒, 故吏皆以刀筆自隨也. 陳湯傳, 挫於刀筆. 師古曰, 刀筆謂吏.

16. 길주의 승천원 청량헌에 쓰다

題吉州承天院清凉軒

菩薩淸涼月	청량산의 달 아래의 보살
遊於畢竟空	필경공에서 노시네.
我觀諸境盡	내가 보건대, 모든 경계가 다하니
心與古人同	마음이 옛사람과 같네.
僧髮侵眉白	스님의 머리칼은 눈썹에 흘러내려 희고
桃花映竹紅	복사꽃은 대나무에 붉게 비추네.
儻來尋祖意	혹시 와서 조사의 뜻을 찾는다면
展手似家風	가풍처럼 손을 펼쳐 보이네.

【주석】

菩薩淸涼月 : 소식의 「차운답장천각次韻答張天覺」에서 "불상을 태운 단하 노선사와 비슷하니, 또한 청량산의 백호 스님에게 예를 올리네"라고 했는데, 주에서 "청량산은 만보살이 거처하는 곳이다"라고 했다.

東坡詩, 亦如訶佛丹霞老, 却向淸涼禮白毫. 注, 淸涼山萬菩薩所在.[52]

遊於畢竟空 : 『유마경』에서 "필경공[53]에 대해 희롱하여 논하지 말라"

---

52 [교감기] 영원본에는 동파시에 대한 조목의 주가 없다.
53 필경공 : 일체의 유위법과 무위법이 필경에는 공(空)이 된다는 뜻이다. 일체의

라고 했다. 그러므로 『능엄경』에서 "만약 밝음과 어둠을 떠나면 보는 것이 결국 공합니다"라고 했다.

維摩經云, 無戲論畢竟空. 故楞嚴經若離明暗見畢竟空.

我觀諸境盡 心與古人同 僧髮侵眉白 桃花映竹紅 儻來尋祖意 展手似家風:
『전등록』에서 "남악의 양선사가 숭산의 안국사安國師에게 묻기를 "달마 조사가 서쪽에서 온 까닭은 무엇입니까"라 하자, 안국사가 "어찌하여 자기의 생각을 묻지 않느냐""라고 했다.

傳燈錄, 南岳讓禪師問嵩山安, 如何是祖師西來意. 安曰, 如何不問自已意.

유(有)는 공(空)이 되고, 일체의 유가 공이 된다는 것까지도 공(空)이라는 것이다. 상대적인 공이 아니고 절대적인 부정의 공이다.

17. 양자의 「문견증」에 차운하여 답하다

次韻答楊子聞見贈

金盤厭飫五候鯖	금 소반의 오후탕을 실컷 먹고
玉壺澆潑郎官淸	옥병의 낭관청을 따르네.
長安市上醉不起	장안의 저자에서 술에 취해 일어나지 않는데
左右明粧奪目精	좌우에 곱게 화장한 미녀에 눈을 빼앗기네.
結交賢豪多杜陵	교유하는 어진 호걸들은
	두릉의 인사가 많은데
桃李成蹊臥落英	도리는 길을 이뤄 떨어진 꽃잎에 누워있네.
黃綬今爲白下令	노란 인끈은 지금 백하의 수령이 되었으니
蒼顔只使古人驚	해쓱한 얼굴은 벗을 놀라게 하네.
督郵小吏皆趨版	독우와 낮은 관리에게
	모두 홀을 들고 달려가니
陽春白雪分吞聲	「양춘」, 「백설」 부질없어 소리 삼키네.
楊君靑雲貴公子	양군은 청운의 귀공자
歎嗟簿領困書生	장부에 곤궁한 서생을 탄식하네.
贈我新詩甚高妙	나에게 새 시를 주니 대단히 고묘하니
淚斑枯笛月邊橫	눈물에 얼룩진 마른 피리 달빛 아래 불어보네.
文章不直一杯水	문장은 다만 한 잔의 술만 못하니
老矣忍與時人爭	늙어가며 차마 당대 사람들과 다투랴.

江城歌舞聊得醉　　강가 성의 노래와 춤으로 에오라지 취하니
但願數有美酒傾　　다만 좋은 술잔 자주 기울이길 바라네.
莫要朱金繮縛我　　붉은 인끈 금인장으로 나를 속박하지 말라
陸沈世上貴無名　　세상에 숨어지내며 무명을 귀하게 여기네.

【주석】

金盤厭飫五侯鯖 : 서한의 누호婁護가 다섯 제후들이 보내준 음식을 섞어서 잡탕을 해서 먹었다. 이에 세상에서 누호를 '오후탕'이라고 불렀다는 이야기가 『서경잡기』에 보인다.

五侯鯖, 見上.

玉壺澆潑郎官淸 :『국사보』에서 "술로는 영의 부수와 오정의 약하와 영양의 토굴춘과 검남의 요춘과 경성의 하막릉과 낭관청이 있다"라고 했다. 이백의 「전유주준행前有一樽酒行」에서 "옥병의 맛 좋은 술 허공처럼 맑네"라고 했다.

國史補云, 酒則郢之富水, 烏程之若下, 滎陽之土窟春, 劍南之燒春, 京城之蝦蟆陵郎官淸. 李白詩, 玉壺美酒淸若空.[54]

長安市上醉不起 : 두보의 「음중팔선기飲中八仙歌」에서 "이백은 술 한 말에 시가 백 편, 장안 저자의 술집에서 곯아떨어지네"라고 했다.

---

54 [교감기] 영원본에는 이백시에 대한 조목의 주가 없다.

老杜云, 李白一斗詩百篇, 長安市上酒家眠.

左右明粧奪目精 : 양형의 「소실산묘비」에서 "빛이 찬란함이여! 시력
을 빼앗아가네"라고 했다. 한유의 「이화」에서 "고요하고 깨끗하며 밝
게 단장하여 받든 이가 있는 듯"이라고 했다. 송옥의 「고당부」에서 "검
은 나무 겨울에도 꽃이 피어 환하게 빛나서 사람의 눈빛을 빼앗네"라
고 했다. 송옥의 「신녀부」에서 "자세히 보면 사람의 눈빛을 빼앗아가
네"라고 했다.

楊炯少室山廟碑, 光照耀兮奪目.[55] 退之李花詩云, 靜濯明粧有所奉. 目精,
見上.

結交賢豪多杜陵 : 반고의 「서도부」에서 "향리의 호방하고 의협심 많
은 유협들이 서로 사귀어 무리를 이뤄 그 안을 내달린다. 장안의 사방
을 둘러보다가 가까운 고을을 내달리니 남쪽으로는 두릉과 패릉이 보
이고 북쪽으로는 오릉이 보인다. 재주가 출중한 사람이 많은 지역으로
벼슬하는 사람이 나오는 곳이다"라고 했는데, 주에서 "선제는 두릉에
장사지내고 문제는 패릉에 장사지냈다"라고 했다.

班孟堅西都賦云, 鄉曲豪擧遊俠之雄. 連交合衆, 馳騖乎其中. 若乃觀其四
郊, 浮遊近縣, 則南望杜霸, 北眺五陵. 英俊之域, 紱冕所興. 注云, 宣帝葬杜
陵, 文帝葬霸陵.

---

55 **[교감기]** 영원본에는 양형에 대한 조목의 주가 없다.

桃李成蹊臥落英 : 사마상여의 「상림부」에서 "드리운 나뭇가지는 무성하고, 꽃잎은 나부끼며 떨어지네"라고 했다.

上林賦, 垂條扶疏, 落英幡纚.

黃綬今爲白下令 : 원주에서 "태화현은 옛날 백하현이었다"라고 했다. ○『한서·주박전』에서 "자사는 노란 인끈 찬 이들을 살펴보지 않습니다"라고 했는데, 안사고는 "승과 위는 직급이 낮아 모두 노란 인끈을 찬다"라고 했다.

元注云, 太和縣古白下. ○ 漢朱博傳云, 刺史不察黃綬. 師古曰, 丞尉職卑, 皆黃綬.

蒼顏只使古人驚　督郵小吏皆趨版 :『진서·도잠전』에서 "도잠이 팽택령이 되었다. 본래 간결하게 행동하고 자존심이 높아서 사사로이 상관을 섬기지 않았다. 군에서 독우를 보내 현에 이르자 아전이 아뢰기를 "응당 대를 차고 뵈어야 합니다"라고 하자, 도잠은 한탄하며 "나는 오두미 때문에 허리를 굽혀 향리의 소인을 쩔쩔매며 섬길 수 없다"라고 하고는 인끈을 풀어버리고 현을 떠났다"라고 했다. 추판趨版은 손으로 수판을 잡고 달려감을 이른다. 황정견의 「환가정백씨還家呈伯氏」에서 "힘써 수판[56] 들고 여양성에 갔다가, 다시 기약 어겨 꾸짖음 받았네"라고 했다. 한유의 「증최립지贈崔立之」에서 "조정에도 가는 못하는 법관이

56　수판(手版) : 상아로 만든 홀(笏)인데, 조현(朝見) 때 손에 드는 것이다.

라 속상해하지 마오, 부윤 좇아다니는 적위보단 낫지 않소"라고 했는데, '추趨'자는 대개 이 시의 의미를 취하였다.

晉陶潛傳, 潛爲彭澤令. 素簡貴, 不私事上官, 郡遣督郵至縣,[57] 吏白, 應束帶見之. 潛歎曰, 吾不能爲五斗米折腰, 拳拳事鄕里小人. 解印去縣. 趨版, 謂執手版而趨. 手版, 見上. 退之詩, 勿嫌法官未登朝, 猶勝赤縣長趨尹. 趨字, 盖取此義.

陽春白雪分呑聲 : 『문선』에서 "송옥이 초왕의 물음에 답하기를 "영중에서 노래를 부르는 객이 있었는데 처음에는 「하리」와 「파인」을 부르자 나라 안에 따라 부르는 자가 수천 명이었습니다. 그가 「양아」와 「해로」를 부르자 나라 안에 따라 부르는 자가 수백 명이었습니다. 그가 「양춘」과 「백설」을 부르자 따라 부르는 자가 수십 명에 불과했습니다. 곡조가 높고 어려울수록 따라 부르는 자가 더욱 적었습니다"라고 했다. 이백의 「고풍」에서 "영의 나그네 「백설가」 부르니, 울리는 소리 푸른 하늘에 퍼지네. 이 노래 불러본들 헛된 일이니, 세상천지에 그 누가 전하랴. 「파인」을 부르자, 따라 부르는 이 수천 명이네. 소리 삼키며 무슨 말을 할 것인가, 탄식하며 부질없이 슬퍼할 뿐"이라고 했다. 강엄의 「한부」에서 "한을 머금고 소리를 삼키지 않음이 없네"라고 했다. 포조의 「화행로난」에서 "마음이 목석이 아니니 어찌 느낌이 없으리오만,

---

57 [교감기] '縣'은 영원본에는 '邑'으로 되어 있다. 살펴보건대 『진서 · 도잠전』에서는 '縣'으로 되어 있다.

소리 삼키고 머뭇거리며 감히 말하지 않노라"라고 했다. 두보의「취가
행醉歌行」에서 "울음 삼키고 주저하는데 눈물이 흘러내리네"라고 했다.

李白古風, 郢客吟白雪, 遺響飛青天. 徒勞歌此曲, 舉世誰能傳. 試爲巴人
唱, 和者乃數千. 呑聲何足道, 歎息空悽然.[58] 江淹恨賦, 莫不飮恨而呑聲. 鮑
明遠和行路難, 心非木石豈無感, 呑聲躑躅不敢言.[59] 杜詩, 呑聲躑躅涕淚零.

楊君靑雲貴公子 : 유령의「주덕송」에서 "귀한 집의 자제"라고 했다.

劉伶酒德頌云, 貴介公子.

歎嗟簿領困書生 : 『문선』에 실린 유정劉楨의「잡시雜詩」에서 "장부 속
에 파묻혀 있으니"라고 했는데, 이선의 주에서 "부령簿領은 문서 장부
에 기록하는 것이다"라고 했다. 『장자주』에서 "령領은 기록이다"라고
했다.

文選劉公幹詩, 沈迷簿領書. 李善曰, 簿領謂文簿而記錄之. 莊子注曰, 領,
錄也.[60]

贈我新詩甚高妙 淚斑枯笛月邊橫 : 『술이기』에서 "순이 창오산에 이르

---

58 [교감기] 영원본에는 이백에 대한 조목의 주가 없다.
59 [교감기] 영원본에는 포조에 대한 조목의 주가 없다.
60 [교감기] '沈'은 원래 '況'으로 되어 있었으며, '注'는 원래 '記'로 되어 있었는데,
    지금 전본을 따르고 아울러 『문선』 29권 유정의 「잡시」 및 이선의 주에 의거하여
    바로잡는다. 또한 영원본에는 이 조목의 주가 없다.

러 죽자, 두 왕비가 흘린 눈물에 대를 적셔 무늬가 모두 얼룩지게 되었다"라고 했다. 당의 고병이 지은 「제이비묘」에서 "당시 구슬 눈물 많이 흘렸거늘, 지금까지도 대는 여전히 얼룩졌네"라고 했다.

述異記, 舜至蒼梧, 二妃淚下沾竹, 文悉爲之斑. 唐高騈題二妃廟, 當時珠淚垂多少, 直到如今竹尙斑.

文章不直一杯水 : 이백의 「한야독작寒夜獨酌」에서 "북창 아래에서 시를 읊조리고 시를 짓는데, 만 마디 말이 술 한 잔 가치가 못되네"라고 했다.

太白云, 吟詩作賦北窗裏, 萬言不直一杯水.

老矣忍與時人爭 江城歌舞聊得醉 但願數有美酒傾 莫要朱金纏縛我 陸沈世上貴無名 : 양웅의 『법언』에서 "붉은 인끈을 차고 금인金印을 품은 제후의 즐거움"이라고 했다. 『노자』에서 "무명이 만물의 시작이다"라고 했다. 또한 "도는 항상 이름이 없다"라고 했다. 이백의 「행로난行路難」에서 "빛을 숨기고 세상과 뒤섞여 無名을 귀하게 여길지니, 어찌하여 고고함을 밝은 달에 비기는가"라고 했다.

楊子法言, 紆朱懷金之樂. 老子曰, 無名, 萬物之始. 又曰, 道常無名. 李白詩, 含光混世貴無名, 何用孤高比月明.[61]

---

61 [교감기] 영원본에는 이백에 대한 조목의 주가 없다.

18. 치정 호조청이 장서를 많이 지니고 있음을 듣고서 시를 지어 서목을 빌리다

聞致政胡朝請多藏書以詩借書目

萬事不理問伯始	만사가 다스려지지 않으면 백시에게 물어보니
藉甚聲名南郡胡	대단한 명성 날린 남군의 호광이라.
遠孫白頭坐郎省	흰머리 먼 자손은 상서성 낭관인데
乞身歸來猶好書	물러나기 바래 귀향하여도
	여전히 책을 좋아하네.
手抄萬卷未閣筆	손수 만 권을 베껴 붓을 놓지 않는데
心醉六經還荷鋤	육경에 심취하여 책을 끼고 김을 매네.
願公借我藏書目	원컨대 공은 나에게 장서의 목록을
	빌려주시오
時送一鴟開鏁魚	때로 뚜껑 연 한 병 술 보내 드리리다.

【주석】

萬事不理問伯始 : "만사가 다스려지지 않았거든 백시에게 물어보라, 천하의 중용은 호공에게 있나니"라는 말은 『후한서 · 호광전』에 보이는데, 호광의 자는 백시이다.

萬事不理問伯始, 天下中庸有胡公. 見後漢胡廣字伯始傳.

藉甚聲名南郡胡 : 『한서·육가전』에서 "명성이 대단하다"라고 했다. 호광은 남군 화용 사람이다.

名聲藉甚, 見陸賈傳. 胡廣, 南郡華容人.

遠孫白頭坐郎省 : 채질의 『한관전직』에서 "상서낭이 아뢰어 성중을 흰 가루로 벽을 칠했다"라고 했다.

蔡質漢官典職云, 尙書郎省中以胡粉塗壁.

乞身歸來猶好書 手抄萬卷未閣筆 :『전략』에서 "왕찬의 재주가 이미 논변에 뛰어나 매번 조정에서 임금에게 의견을 올릴 때 경상들은 붓을 놓고서 감히 글을 쓰지 못하였다"라고 했다. 『당서·유지기전』에서 "붓을 놓고 서로 바라보기만 하고, 붓을 입에 머금고 결정하지 못하였다"라고 했다.

典略, 王粲才旣高辨, 每朝廷奏議, 卿相閣筆, 不敢措手.[62] 唐劉知幾傳云, 閣筆相視, 含毫不斷.

心醉六經還荷鉏 : "열자가 그를 보고 심취하였다"라는 말은 『열자』에 보인다. 왕통王通의 『중설』에서 "마음은 육경에 취한 듯, 눈은 사해를 경영하듯"이라고 했다. 상림은 "본성이 학문을 좋아하여 경전을 끼고 밭 갈고 김을 맨다"라고 했다.

---

62 [교감기] 영원본에는 전략에 관한 조목의 주석이 없다.

列子見之而心醉, 見列子. 中說云, 心若醉六經, 目若營四海. 常林性好學, 帶經耕鉏.[63]

願公借我藏書目 時送一鷗開鏁魚 : 옛말에 "책을 빌려주는 것도 바보고, 책을 돌려주는 것도 바보다"라고 했는데, 어떤 이는 '바보[癡]'는 마땅히 '술단지[甀]'로 지어야 한다고 하였다. 『설문해자』에서 "甀의 음은 絺이다"라고 했는데, 주에서 "술동이이다"라고 했다. 살펴보건대 『집운』의 '치甀'자 주에서 "옛날에 책을 빌릴 경우, 책을 빌릴 때 술 한 동이를 주고 책을 돌려줄 때 술 한 동이를 주었다"라고 했다. 유독 소동파와 황정견은 시에서 '치鷗'라고 하였다. 동파는 「화도증양장사和陶贈羊長史」에서 "두 병의 술을 가지지 않는다면, 어찌 한 수레의 책을 빌릴 수 있을까"라고 했다. 산곡도 「종구십사차한문從丘十四借韓文」에서 "천리 길 객에 책 빌려줌을 아끼지 마라, 훗날 그대에게 한 병 술로 돌려주리라"라고 했다. 진관도 「차운송리중次韻宋履中」에서 "『춘명퇴조록』를 이어야 하니, 빌려 보고서 응당 한 병 술을 보내드리리라"라고 했다. 이는 양웅의 「주잠」에 보이는 내용을 인용한 것인데, 「주잠」에서 "술단지는 모난 데 없이 매끄럽고 배가 불룩한 호리병 같아서 하루 종일 술을 담아둘 수 있고 사람들이 술을 사갈 수 있네"라고 했다. 이에 안사고는 "가죽 주머니에 술을 담는 것으로 지금의 치이등이다"라고 했

---

63 [교감기] '常林'부터 '耕鋤'는 살펴보건대 『열자』나 『중설』에 보이지 않으며 『삼국지·상림전』의 주에 보인다.

다. 『지전록』에서 "문의 열쇠를 반드시 물고기 모양으로 하는 것은 눈을 감지 않고 밤을 지키는 의미를 취한 것이다"라고 했다. 의산 이상은의 「남당南唐」에서 "화려한 배를 양쪽 강기슭에 대고, 물고기 열쇠의 겹문을 여네"라고 했다.

古語, 借書一癡, 還書一癡. 或謂癡當作瓻. 說文云, 瓻, 音絺. 注, 酒器. 按集韻瓻字注云, 古以借書, 借書餽酒一瓻, 還書亦餽酒一瓻. 獨蘇黃詩乃作鴟. 東坡云, 不持兩鴟酒, 肯借一車書. 山谷又有詩云, 莫惜偕行千里, 他日還君一鴟. 秦少游亦云, 知續春明退朝錄, 借觀當奉一鴟還. 盖用揚雄酒箴, 鴟夷滑稽, 腹大如壺. 盡日盛酒, 人復借酤. 師古曰, 革囊盛酒, 卽今鴟夷膝也. 芝田錄云, 門鑰必以魚者, 取其不瞑目守夜之義. 李義山詩, 鷁舟繫兩岸, 魚鑰啓重關.[64]

64　[교감기] 영원본에는 이상은의 시에 대한 조목의 주가 없다.

19. 남안 수령 유조산에게 희롱하여 주다

戱贈南安倅柳朝散

柳侯風味晩相見	운치 넘치는 유후를 만년에 만나니
衣袂頻薰荀令香	옷깃에는 순욱의 향기가 자못 퍼지네.
桃李能言妙歌舞	기녀는 능히 말하니 가무가 뛰어난데
樽前一曲斷人腸	술동이 앞에 한 곡조 사람의 애간장을 녹이네.
洞庭歸客有佳句	동정으로 돌아가는 나그네
	아름다운 시구 짓는데
庾嶺梅花如小棠	대유령의 매화는 작은 감당나무 같네.
乘興高帆少相待	흥을 타서 돛대 올리느라 잠시 마주하니
淮湖秋月要傳觴	회호의 가을 달에 모름지기 술잔 건네네.

【주석】

柳侯風味晩相見 衣袂頻薰荀令香 : 『양양기』에서 "계화 유홍劉弘이 이르기를 "순욱이 사람의 집에 이르면 앉은 자리에 삼일 동안 향기가 난다""라고 했다. 이 내용은 「관왕주부도미」의 주에 자세히 보인다.

襄陽記, 劉季和云, 荀令君至人家, 坐席三日香. 詳見觀王主簿酴醾詩注.

桃李能言妙歌舞 : 『한서·이광전』의 "도리는 말을 하지 않는다"는 말을 빌려 구사했으니, 즉 『한서·이광전李廣傳』의 찬贊에서 "복숭아 오얏

은 말을 하지 않지만, 그 아래 절로 길이 생긴다"라고 했다.

借使李廣傳桃李不言.

樽前一曲斷人膓 : 유우석이 사공 이신李紳의 잔치 자리에서 「두위낭杜
韋娘」이란 시를 지었으니, "곱게 머리카락 빗질하여 궁녀처럼 화장하
고, 봄바람에 노래 부르는 두위낭. 사공은 자주 보아 별일 아니지만,
강남 자사의 애간장은 끊어진다네"라고 했다. 이에 이신은 그 기녀를
유우석에게 주었다.

劉禹錫於李司空坐上賦詩曰, 鬢鬟梳頭宮樣粧, 春風一曲杜韋娘. 司空見慣
渾閑事, 斷盡江南刺史膓. 李因以妓贈之.

洞庭歸客有佳句 : 『옥대신영』에 실린 양나라 유운의 「강남곡」에서
"동정호에서 돌아가는 나그네, 소상강에서 벗을 만나네"라고 했다. 또
한 『문선』에도 보인다.

玉臺新詠, 有梁柳惲江南曲云, 洞庭有客歸, 瀟湘逢故人. 亦見文選.

庾嶺梅花如小棠 : 『백시육첩白氏六帖』에서 "대유령大庾嶺 꼭대기에 매화
가 있는데, 남쪽 가지의 꽃이 떨어지면 북쪽 가지에서는 꽃이 핀다"라
고 했다. 『시경』에서 "무성한 감당나무를"이라고 했는데, 전에서 "소
백이 감당나무 아래에 집을 지었다"라고 했다. 『모시정의』에서는 "곽
박이 "지금의 두리杜棃이다""라고 했으며 또한 "두杜는 붉고 당棠이 흰

것이 바로 당이다. 그렇다면 흰 것은 당이 되고 붉은 것은 두가 된다"
라고 했으니, 마땅히 매화를 비유한 것이다.

庾嶺, 見上. 詩, 蔽芾甘棠. 箋云, 召伯舍甘棠之下. 正義, 郭璞曰, 今之杜
棃. 又曰, 杜赤棠白者棠. 然則其白者爲棠, 其赤者爲杜. 宜以比梅也.[65]

乘輿高帆少相待 淮湖秋月要傳觴：『문선』에 실린 장형의 「남도부」에
서 "총명하고 재주 있고 민첩하니, 작위를 받으며 술잔을 전해 받네"라
고 했다.

文選南都賦, 偎才齊敏, 受爵傳觴.

65　[교감기] '比'는 원래 잘못 '北'으로 되어 있었는데, 지금 전본과 건륭본을 따른다.
　　또한 영원본에는 『모시정의』에 관한 조목의 주가 없다.

20. 괴안각에 쓰다【서문을 함께 쓴다. 동선은 건주에 속한다. 산곡이 태화에서 남안에 시험을 감독하러 갈 때 건주를 지나면서 지은 작품이다】

題槐安閣【并序. 東禪屬虔州, 山谷自太和考試南安過虔州】66

　　동선의 승려인 진문이 침실의 동편에 작은 전각을 지어놓고 양생의 도구를 좌우에서 취하여 넉넉하였다. 그는 비록 중천대와 백상관[67]에 대해 들었지만 부러워하는 마음이 없었다. 내가 괴안각이라 명명하고 시를 지었다. 대저 공명을 움켜잡고 한 시대를 풍미하는 것은 개미집 과는 차이가 있을 것이다. 그러나 개미집을 비루하게 여기고 높다란 태산을 우러러보는 것은 세속의 견해를 벗어나지 못하는 것이다.

　　東禪僧進文, 結小閣於寢室東, 養生之具, 取諸左右而足. 彼雖聞中天之臺, 百常之觀, 蓋無慕嫽之心.68 予爲題曰槐安閣而賦詩. 夫據功名之會, 以嫽嬈 一世, 其與蟻丘, 亦有辨乎. 雖然, 陋蟻丘而仰太山之崇嶇, 猶未離乎俗觀也.

【주석】

　　東禪僧進文 結小閣於寢室東 養生之具 取諸左右而足 彼雖聞中天之臺 百常 之觀 : 『문선』에 실린 장형의 「서경부」에서 "지름이 백 상인 줄기가 우뚝 하네"라고 했는데, 주에서 "열여섯 자를 상常이라고 한다"라고 했다.

66　[교감기] 영원본에는 '東釋' 이하의 주석이 없다.
67　중천대와 백상관 : 중천대는 유향의 『신서(新書)』에 보인다. 백상관은 한나라 때 의 누대이다.
68　[교감기] '慕嫽'는 전본에는 '嫽慕'로 되어 있다.

文選西京賦, 徑百常而莖擢. 注云, 倍尋曰常.[69]

盖無艷慕之心 予爲題曰槐安閣而賦詩 夫據功名之會 以嫮嫭一世 其與蟻
丘亦有辨乎 雖然 陋蟻丘而仰太山之崇崛 猶未離乎俗觀也 : 순우분이 대괴
안국의 꿈을 꾼 것은 「숙관음원」에 자세하니,[70] 즉 『이문집異聞集』에 남
가태수南柯太守 순우분淳于棼의 일이 실려 있는데, 다음과 같다. "순우분
이 병이 났는데, 꿈에 두 사자를 보았다. 그 두 사자는 순우분을 데리
고 집의 남쪽에 있는 오래된 홰나무 구멍 속으로 들어갔다. 앞쪽으로
수십 리를 가니 큰 성이 있었고 문루門樓에 "대괴안국大槐安國"이라고 쓰
여 있었다. 괴안국의 왕은 자신이 딸 요방瑤芳을 순우분의 아내로 삼게
했으며, 순우분을 남가 군수로 삼았다. 순우분은 그 고을을 이십 년 동
안 다스렸는데, 단라국檀蘿國이 침범해 왔고 왕의 명으로 인해 순우분이
가서 토벌했으나 패하고 말았다. 순우분의 아내가 병으로 죽자, 왕은
순우분에게 "잠시 고향으로 돌아가는 것이 좋겠소"라 했다. 이에 순우
분이 수레에 올라 길을 갔는데, 잠시 후 하나의 구멍을 빠져나오자 고
향 마을이 보였다. 그 문으로 들어가 보니 자신의 몸이 처마 아래 누워
있는 것이 보였다. 이에 처음처럼 잠에서 깨어났다. 꿈속에 한 순간이
마치 일생을 보낸 듯하여, 드디어 두 객을 불러, 옛 홰나무 아래 구멍

---

69 [교감기] 영원본에는 문선에 관한 조목의 주가 없다.
70 「숙관음원」에 자세하니 : 이 내용은 권3의 「차운자첨증왕정국(次韻子瞻贈王定
國)」에 자세하다.

을 찾아보았다. 큰 구멍을 보니 훤히 뚫려 있고 흙이 쌓여 있었는데 성곽이나 대전의 모습이었다. 개미 몇 곡斛이 그 가운데 숨어서 모여 있었다. 가운데에 작은 누대가 있었고 두 마리의 큰 개미가 거기에 거처했는데, 곧 괴안국의 도읍이었다. 또 다른 구멍 하나를 파고 들어가 곧장 남쪽 가지 위로 오르니 또한 토성의 작은 누대가 있었으니, 이것이 바로 남가군이다. 집에서 동쪽으로 1리쯤 가니, 계곡 옆에 큰 박달나무가 있었고 등나무 넝쿨이 박달나무를 칭칭 감고 있었다. 그 옆에는 개미굴이 있었으니, 이것이 단라국이 아니겠는가"

淳于棼夢大槐安國, 詳見宿觀音院詩注.[71]

曲閣深房古屋頭	굽은 전각 오래된 건물의 깊은 방에
病僧枯几過春秋	병든 승려 메마른 안석에 기대 봄가을을 보내네.
垣衣蛛網蒙窗牖	이끼와 거미줄이 창가를 뒤덮었는데
萬象縱橫不繫留	만상은 종횡으로 늘어져 붙잡아 두지 않네.
白蟻戰酣千里血	흰개미 한창 싸울 때 천 리에 피를 흘리고
黃粱炊熟百年休	노란 기장밥 불 땔 때 백 년이 흘러갔네.
功成事遂人間世	인간 세상에서 공이 이뤄지고 일이 성취되면
欲夢槐安向此遊	괴안국 꿈을 꾸며 이곳에서 노닐리라.

---

71 [교감기] 영원본에는 '淳于棼'에 관한 조목의 주가 없다.

【주석】

曲閣深房古屋頭 病僧枯几過春秋 垣衣蛛網蒙窗牖 : 『본초강목』에서 "이 끼는 달리 석야라고 부른다"라고 했다. 또한 "담장에 있는 것을 원의라 고 하고 시냇가 돌 위에 있는 것을 척리라고 부른다"라고 했다.

本草, 垣衣一名昔邪. 又云, 在牆垣謂之垣衣, 在水中石上謂之陟釐.

萬象縱橫不繫留 : 가의의 「복조부」에서 "마치 매어 있지 않은 배처럼 떠다니며"라고 했다.

賈誼鵩鳥賦, 汎乎若不繫之舟.

白蟻戰酣千里血 : "단라국이 정벌하러 오니 왕명 순우분에게 명령하 여 치게 하였으나 패배하였다"는 내용은 또한 괴안국에 관한 일이다. "진나라와 초나라가 언릉에서 전투를 벌였는데 전투가 한창일 때 자반 이 목이 말라 물을 찾았다"는 내용은 『회남자』에 보이는데, 즉 "사마자 반이 목이 말라 물을 찾았는데 곡양谷陽이 술이 담긴 잔을 내주었다. 자 반이 "물려라! 술이다"라고 하니, 곡양이 "술이 아니고 물입니다"라 하 였다. 자반은 술을 즐겨서 달게 여겼으므로 물리치지 못하고 마셔 취 하고 말았다. 결국 전투를 하지 못하고 돌아와 왕에게 죽임을 당했다" 라고 했다.

檀蘿國來伐, 王命蒡征之, 敗績. 亦槐安國事也. 晉楚戰於鄢陵, 戰酣之時, 子反渴而求飮. 見淮南子.

黄粱炊熟百年休 : 『이문집異聞集』에서 "도사인 여옹呂翁이 한단邯鄲 길가의 여관에서 묵었다. 소년인 노생盧生이 빈곤을 한탄했는데, 말을 마치자 졸음이 몰려왔다. 당시 주인은 황량 밥을 짓고 있었는데, 여옹이 품속을 뒤적이다가 베개를 꺼내어 노생에게 주었다. 베개의 양 끝에는 구멍이 있었다. 노생은 꿈속에서 구멍을 통해 어떤 집에 들어가서 50년을 부귀를 누리다가 늙고 병들어 죽었다. 기지개를 켜고 잠에서 깨어나 둘러보니 여옹이 곁에 있었으며 주인이 짓던 황량 밥은 아직 익지 않았다"라고 했다. 왕안석의 「여경천즐회회與耿天騭會話」에서 "한단에서 40년 동안 꿈을 꾸니, 노란 기장밥이 익기를 기다릴 때라네"라고 했다.

炊黃粱未熟, 見上. 王荆公詩, 邯鄲四十餘年夢, 相對黃粱欲熟時.[72]

功成事遂人間世 : 『노자』에서 "공을 이루고 명성을 떨치면 몸은 물러나야 하는 것이 하늘의 도이다"라고 했다. 「인간세」는 『장자』 편명이다.

老子, 功成名遂身退, 天之道. 人間世, 莊子篇名.

---

72 [교감기] 영원본에는 '王荆公'에 대한 조목의 주가 없다.

21. 여홍범이 「불합속인」으로 청사의 벽에 두 절구를 써 놓으니, 그 시에 차운하여 화답하다

洪範以不合俗人題廳壁二絶句 次韻和之

여홍범의 이름은 변이다. 산곡이 원풍 4년에 태화에서 남안군으로 가서 시험을 감독하였는데, 도중에 공상을 경유하였다. 홍범은 당시에 공주군 연연으로 있었는데, 그와 시를 수창하였다. 그러므로 시에 "남강군의 참군"이라는 구가 있다. 남강은 바로 공주의 군 이름이다. 「답홍범이수」와 「기」라는 작품은 모두 이때 지어졌다.

余洪範名卞. 山谷元豊四年自太和往南安軍考試, 經行贛上. 洪範時爲贛州郡掾, 與之唱和, 故有南康郡下參軍之句. 南康卽贛州之郡名. 有答洪範二首, 寄一詩, 皆此時作.[73]

첫 번째 수其一

寂寥吾道付萬世	쓸쓸한 우리 도를 만대에 부치는데
忍向時人覓賞音	차마 당대 사람 속에서 지음을 찾을까.
搔首金城西萬里	만 리 떨어진 금성의 서쪽에서 머리를 긁적이는데
樽前從此嘆人琴	술동이 앞에서 이제 사람과

---

73 [교감기] 영원본에는 시의 제목 아래 주가 없다.

거문고를 탄식하네.

【주석】

寂寥吾道付萬世 忍向時人覓賞音 : "장기를 두면서 (정신을 집중하느라) 발꿈치를 들고, 음악을 들으면서 (박자를 맞추려고) 손뼉을 치는 자 가운데 혹시 음을 알고[知音] 장기의 도를 아는 자가 있을 것입니다"라는 말은 조식의 「구자시표」에 보인다. "내가 비록 기夔나 사광師曠은 아니지만 현의 소리를 듣고 음을 감상하면 우아한 곡조 정도는 족히 알 수가 있소"라고 한 것은 『오지·주유전』에 보인다. 산곡의 문집에 「답명략」에서 "말라버린 오동나무 속에는 거미줄이 가득하니, 어찌 사람들 향해 감상하라고 하랴"라고 한 것은 모두 종자기와 백아의 고사를 사용하였다.

臨博而企竦, 聞樂而竊抃者, 或有賞音而識道也. 見曺子建求自試表. 聞絃賞音, 見吳志周瑜傳. 集中答明畧云, 枯栅滿腹生蛛網, 忍向時人覓淸賞. 皆用鍾期伯牙事.

搔首金城西萬里 樽前從此嘆人琴 : 원주에서 "덕점이 홍범을 가장 잘 안다"라고 했다. 서덕점이 죽은 일은 뒤의 「화답위도보」의 주에 자세히 보인다. 『진서·왕휘지전』에서 "왕헌지가 죽자 왕휘지가 상에 달려 갔으나 곡은 하지 않았다.[74] 곧바로 영상에 올라가 헌지의 거문고를 연

---

74 왕헌지가 (…중략…) 않았다 : 왕휘지는 왕희지의 다섯 번째 아들이고 왕헌지는

주하였으나 오래되어도 곡조가 이뤄지지 않았다. 탄식하면서 "오호라! 자경은 사람도 거문고도 모두 죽었구나'"라고 했다. 백거이의 「제원미지문」에서 "거문고와 붓이 둘 다 끊어졌으니 바로 오늘인가보다. 이에 사람과 거문고가 모두 죽는 변고가 생겼다"라고 했다.

元注云, 德占最知洪範. 徐德占死事見後和答魏道輔詩注. 晉王徽之傳, 獻之卒, 徽之奔喪, 不哭. 直上靈牀, 取獻之琴彈之, 久而不調, 歎曰, 嗚呼, 子敬人琴俱亡. 白樂天祭元微之文, 絃筆兩絕, 其今日乎. 乃人琴俱亡之變也.

두 번째 수其二

埋沒高才築釣間[75]	높은 재주 성 쌓고 낚시함에 묻혀버리니
風雲未會要鯢桓	고래가 풍운을 만나지 못하였기 때문이네.
南康郡下參軍耳	고작 남강군의 참군일 따름인데
付與紅塵白眼看	세속의 띠끌을 주면 백안으로 바라보네.

【주석】

埋沒高才築釣間 : 두목의 「화청궁華清宮」에서 "성 쌓는 이와 낚시꾼을 때에 맞게 기용하네"라고 했으니, 부열과 태공을 이른다. 한유의 「대배사사관표」에서 "고종이 성을 쌓은 곳에서 부열을 등용하였고 주나

일곱 번째 아들이다. 그의 자는 자경이다.
75　[교감기] 영원본에는 '間'은 '聞'으로 되어 있다.

라 문왕은 낚시하는 여망을 등용하였다"라고 했다.

杜牧之, 築釣乘時用. 言傳說太公也. 韓文公代裴相辭官表, 高宗登傳說於版築, 周文用呂望於釣屠.[76]

風雲未會要鯢桓　南康郡下參軍耳　付與紅塵白眼看 : 『장자・응제왕應帝王』에서 "고래가 이리저리 헤엄치는 깊은 물도 연못이며, 고요히 멈추어 있는 깊은 물도 연못이며, 흘러가는 깊은 물도 연못이니, 연못에는 아홉 가지의 유형이 있다"라고 했다. 『진서・완적전阮籍傳』에서 "완적은 자기 눈을 청안靑眼과 백안白眼으로 곧잘 만들면서 예속禮俗에 물든 선비를 보면 백안으로 대했다"라고 했다.

鯢桓, 靑白眼, 並見上.

---

76 [교감기] 영원본에는 '韓文公'에 대한 조목의 주가 없다.

22. 공상을 떠나면서 여홍범에게 부치다

發贛上寄余洪範

산곡이 직접 쓴 글씨에 제3연은 "홍의의 미녀가 술을 여러 손님에게 따라주고, 맑은 밤중 이야기는 구주에 내놓을만하네"라고 했다. 또한 사람 이름을 써놓았으니, 즉 "왕성지, 유성보, 주도보, 위백수, 여홍범, 서적도, 서치허, 마고도, 동선혜노"라고 했다. 또한 시 한 수를 써 놓았으니, "재주와 기운을 지닌 혜노는, 삼십 년을 오갔네. 솔바람은 기나긴 해를 감싸고, 시구는 곧 깊은 참선이라. 수많은 시내와 산속, 장안의 대로변. 서로 만나 이야기를 나누고픈데, 이 달은 이별할 때 둥그네"라고 했다. 인하여 여기에 주를 단다.

山谷眞蹟, 第三聯却作紅衣傳酒傾諸客, 淸夜中談誇九州. 又有題名云, 王誠之柳誠甫周道甫魏伯殊余洪範徐適道徐致虛馬固道東禪惠老, 及詩一首云, 惠老有才氣, 往來三十年. 松風沉永日, 詩句卽深禪. 萬水千山裏, 長安大道邊. 相逢欲留語, 此月別時圓. 因附注此.[77]

二川來集南康郡	두 강이 흘러와 남강군에 모이는데
氣味相似相和流	물맛이 서로 비슷해 잘 섞여 흐르네.
木落山明數歸鴈	잎이 져서 산이 밝은데
	두어 마리 돌아가는 기러기

---

77 [교감기] 영원본에는 제목 아래의 주가 없다.

鬱孤欄楯繞深秋	울고대의 난간을 휘도는 깊은 가을.
胷中淳于吞一石	도량 넓은 순우곤은 한 말을 마시고
塵下庖丁解十牛	먼지 아래 포정은 열 마리 소 해체하네.
他日欲言人不解	훗날 말하려 하여도 남들 알지 못할 것이니
西風散髮掉扁舟[78]	서풍에 머리 풀어헤치며 작은 배 젓네.

【주석】

二川來集南康郡 : 건주는 공현을 다스린다. 당나라 무덕 연간에는 건주였으며 천보 연간에는 남강군이었다. '이천二川'은 공수와 장수를 이르니, 모두 북쪽으로 흘러 공현에서 합쳐져 대강으로 유입된다. 소흥 23년에 공주라 고쳤다.

虔州治贛縣, 唐武德曰虔州, 天寶曰南康郡. 二川, 謂貢水章水, 皆北流合于贛縣, 流入大江. 紹興二十三年, 改作贛州.

氣味相似相和流 : 백거이의 「장한가」에서 "돌아본 얼굴에는 피눈물이 섞여 흐르네"라고 했다.

白樂天長恨歌, 回看血淚相和流.[79]

木落山明數歸鴈 鬱孤欄楯繞深秋 : 울고대는 건주에 있다.

---

78 [교감기] '掉'는 고본과 전본, 그리고 건륭본에는 '棹'로 되어 있다.
79 [교감기] 영원본에는 '白樂天'에 관한 조목의 주가 없다.

鬱孤臺, 在虔州.[80]

臏中淳于呑一石 : 『사기』에서 "순우곤이 "신은 한 되를 마셔도 취하고 한 말을 마셔도 취합니다""라고 했다.

史記, 淳于髠一石亦醉.

塵下庖丁解十牛 : 『장자음의』에서 "요리사는 그 이름이 정丁이다"라고 했다. 『관자』에 쇠백정에 관한 내용이 보이는데, 그는 하루아침에 아홉 마리의 소를 해체한다. 또한 『한서·가의전』에서 "쇠백정이 하루아침에 열두 마리의 소를 해체하여도 칼날이 무디지 않으니, 찌르고 가르는 것이 뼈와 근육의 조직에 맞게 해체하기 때문입니다"라고 했다. '진하塵下'는 아마도 '필하筆下'인 듯하다.

莊子音義, 庖人, 丁其名也. 管子有屠牛坦, 一朝解九牛. 又賈誼傳, 屠牛坦一朝解十二牛, 而芒刃不頓者, 所排擊剝割, 皆衆理解也.[81] 塵下, 疑是筆下.

他日欲言人不解 西風散髮掉扁舟 : 혜강의 「유정幽情」에서 "바위산에서 산발하노라"라고 했다.

嵇叔夜詩, 散髮巖岫.

---

80 [교감기] 영원본에는 '在虔州' 아래에 또한 보주(補注)가 있으니, "건주와 길주는 이웃 고을이다. 아마도 산곡이 태화에서 벼슬을 그만두고 덕평으로 갔을 때인 듯하다"라고 했다.
81 [교감기] 영원본에는 '又賈誼'부터 '理解也'까지의 주가 없다.

23. 원명의 운자에 차운하여 자유에게 보내다
次元明韻寄子由[82]

　산곡의 형 천림의 자는 원명이다. 그가 지은 「기자유」에서 "종정에 새길 만한 공명은 관고에 머물러 있고, 조정에서 활약할 문한으로 풍연을 읊네"라고 했으니, 관고官庫는 감균주염주세를 이른다. 소철은 균주에 있을 때 「동헌기」를 지었는데, 원풍 3년 2월에 지은 것이다. 이 해 경신년에 산곡은 태화의 수령이 되었는데, 신유년에 관사에 도착하였다.

　山谷兄天臨字元明, 寄子由詩云, 鍾鼎功名淹管庫, 朝廷翰墨寫風煙. 管庫謂監筠州鹽酒稅也.[83]　子由在筠有東軒記, 實元豊三年十二月作. 是歲庚申, 山谷得邑太和, 辛酉到官.

半世交親隨逝水	15년 사귄 시간 물처럼 흘러갔는데
幾人圖畫入凌烟	몇 사람의 초상이 능연각에 들어갔는가.
春風春梨花經眼	봄바람에 봄 배꽃이 눈앞을 지나가고
江北江南水拍天	강북과 강남의 물이 하늘까지 일렁이네.
欲解銅章行問道	구리 인장 풀고서 떠나 길을 묻고픈데

82　[교감기] 고본에는 이 시 앞에 황대림의 「봉기자유(奉寄子由)」와 소철의 「봉답원명(奉答元明)」을 첨부하고 뒤에 산곡의 차운시를 싣고 있다.
83　[교감기] '監'은 원래 '鹽'으로 되어 있었는데, 영원본에 의거하여 바로잡았다.

定知石友許忘年　　석우가 망년지교 허락함을 잘 알겠네.

脊令各有思歸恨　　할매새는 각각 귀향을 그리는 한을 지니고

日月相催雪滿顚　　해와 달은 서로 재촉하는데

　　　　　　　　　　눈은 머리에 가득하네.

【주석】

半世交親隨逝水 : 『논어』에서 "공자가 시냇가에서 "가는 것은 이와 같구나. 밤낮을 쉬지 않도다""라고 했다. 유정의 「증오관중랑장贈五官中郞將」에서 "시간이 가는 것은 물이 흐른 것 같으니, 결국 헤어지게 됨을 슬퍼하네"라고 했다. 노동의 「탄작일嘆昨日」에서 "백년이 지나감이 흐르는 물 같네"라고 했다.

論語, 子在川上曰, 逝者如斯夫. 不舍晝夜. 劉楨詩, 逝者如流水, 哀此邃分離. 盧仝詩, 百年逝過如流川.[84]

幾人圖畵入凌烟 : 『당서』에서 "정관 연간에 공신의 초상화를 능연각에 걸었다"라고 했다.

唐書, 貞觀中, 功臣圖形凌煙閣.

春風春梨花經眼 江北江南水拍天 : 한유의 「제임롱사題臨瀧寺」에서 "바다 기운 어둑하고 물이 하늘을 치네"라고 했다.

84　[교감기] 영원본에는 '不舍'부터 '流川'까지의 주가 없다.

韓詩, 海氣昏昏水拍天.

欲解銅章行問道 :『한관의』에서 "현령의 녹봉은 오백 석이며 구리 인
장에 검은 인끈을 찬다"라고 했다. "구리 인장을 풀고 싶다"는 말에서
태화에 있으면서 지은 것을 알 수 있으니, 이하 네 수는 같은 시기에
지었다.

漢官儀, 縣令秩五百石, 銅章墨綬. 欲解銅章, 可見太和作, 四首同時.[85]

定知石友許忘年 :『문선』에 실린 반악의 「금곡집작시金谷集作詩」에서
"의기투합하여 석우[86]에게 주노니"라고 했다.『양사 · 문사전文士傳』에
서 "예형禰衡과 공융孔融이 서로 너라고 부르는 친구가 되었는데, 예형
의 나이는 20세였고 공융의 나이는 50세였다. 공융이 예형의 뛰어난
재주를 존경하여 망년의 벗을 삼은 것이다"라고 했다.

石友, 忘年, 並見上.

脊令各有思歸恨 日月相催雪滿顚 : 두보의 「기두위寄杜位」에서 "전란에
더욱 먼지가 눈에 들어오고, 머리카락은 눈처럼 하얗게 세었겠지"라고
했다. 이 구는 즉 피차가 모두 형제를 그리워하는 생각을 지니고 있으
니, 마치 할미새가 언덕에 있는 것[87]과 같다.

---

85 **[교감기]** '太和作'은 영원본에는 '太和將滿作'으로 되어 있다.
86 석우(石友) : 반악의 벗인 석숭(石崇)을 말한다.

杜詩, 干戈況復塵隨眼, 鬢髮還應雪滿頭.[88] 言彼此皆有兄弟之思, 如脊令在原也.

---

87 할미새가 언덕에 있는 것 : 『시경·상체(常棣)』에서 "할미새가 언덕에 있으니, 형제가 어려움을 구하도다"라고 했다. 이 작품은 환난을 당하여 형제가 서로 구원하는 것을 노래하고 있다.

88 [교감기] 영원본에는 '杜詩'에 관한 조목의 주가 없다.

24. 다시 차운하여 자유에게 답하다

再次韻奉答子由

蠆尾銀鈎寫珠玉　　　전갈 꼬리 은 갈고리로 주옥을 그려 놓는데

剡藤蜀繭照松烟　　　섬계의 등나무 촉의 견지에 송연먹이 비치네.

似逢海若談秋水　　　가을 강물 이야기하는 해약을 만난 듯하니

始覺醯雞守甕天　　　비로소 등애가 항아리에 갇힌 것을 깨닫네.

何日靑揚能覯面　　　언제나 훤칠한 눈과 이마의 얼굴 보려나

只今黃落又凋年　　　지금 누런 잎 지니 또 해가 저무네.

萬錢買酒從公醉　　　만전으로 술을 사서 공을 따라 취하는데

一鉢行歌聽我顚　　　바릿대 들고 노래하는

　　　　　　　　　　나의 목소리 들어보시오.

【주석】

蠆尾銀鈎寫珠玉 : 『법서원法書苑』에서 "삭정素靖의 초서는 당대 제일로,

"은 갈고리 전갈 꼬리"라고 불리었다"라고 했다.

見上.[89]

剡藤蜀繭照松烟 : 당의 서원여는 「조섬등문」을 지었다. 『법서요록』에

서 "왕희지는 잠견지[90]와 서수필[91]로 『난정집』의 서문을 썼다"라고 하

89　[교감기] 영원본에는 '見上'이 "삭정의 글이 위에 보인다"라고 했다.

였다.

唐舒元興有弔剡藤文. 繭紙, 見上.

似逢海若談秋水 : 『장자·추수』에서 "북해의 신 약若이 "천지 안에 있는 사해를 헤아려보면 큰 창고에 있는 좁쌀과 같지 않겠습니까""라고 했다.

莊子秋水篇, 見上.

始覺醯雞守甕天 : 『장자·전자방』에서 "공자가 "내가 대해 온 도는 마치 항아리 속의 등에 같은 거였다. 노자 선생께서 이 항아리 뚜껑을 열어주지 않았다면 나는 천지의 위대한 참모습을 알지 못했을 것이다""라고 했다. 두보의 「봉증태상장기奉贈太常張垍」에서 "호랑이 그리려다 잘못 개를 그리니, 미천한 분수 바로 등에 같네요"라고 했다.

莊子田子方篇, 孔子曰, 丘之於道, 其猶醯雞歟. 微夫子之發吾覆也, 吾不知天地之大全也. 杜詩, 謬知終畫虎, 微分是醯雞.[92]

何日靑揚能覿面 : 『시경·국풍·용풍·군자해로』에서 "그대의 맑고 흰칠한 미목眉目이며, 흰칠하고 얼굴이 풍만하도다"라고 했는데, 주에

---

90 잠견지(蠶繭紙) : 누에고치로 만든 비단 종이이다.
91 서수필(鼠鬚筆) : 쥐의 수염털로 만든 붓이다.
92 [교감기] 영원본에는 '杜詩'에 대한 조목의 주가 없다.

서 "청淸은 보는 것이 청명한 것이고, 양揚은 눈썹 위가 넓고 두각이 풍
만한 것이다"라고 했다. 『시경·노풍·의차』에서 "그 이마 시원하고"
라고 했는데, 주에서 "이마가 넓은 것이다"라고 했다. 또한 "아름다운
이마여, 아름다운 눈이 맑구나"라고 했는데, 주에서 "눈 위가 명名이 되
고 눈 아래가 청이 된다"라고 했다. 또한 "눈과 이마가 아름답네"라고
했다.

鄘國風君子偕老云, 子之淸揚, 揚且之顔也. 注云, 淸, 視淸明也. 揚, 廣揚
而頭角豊滿. 魯國風猗嗟云,[93] 抑若揚兮. 注, 揚, 廣揚. 又云, 猗嗟名兮, 美目
淸兮. 注, 目上爲名, 目下爲淸. 又云, 淸揚婉兮.

只今黃落又凋年 : 『예기·월령』에서 "늦가을에 초목이 누렇게 떨어진
다"라고 했다. 한무제의 「추풍사」에서 "초목이 누렇게 떨어짐이여! 기
러기는 남쪽으로 돌아가네"라고 했다. 『문선』에 실린 포조의 「무학부」
에서 "짙은 음기가 숙살의 기를 떨치는 계절, 급한 햇살에 해가 저물어
가네"라고 했다.

月令, 季秋草木黃落. 漢武帝秋風辭, 草木黃落兮鴈南歸. 文選舞鶴賦, 窮
陰殺節, 急景凋年.

萬錢買酒從公醉 : 두보의 「음중팔선가飮中八仙歌」에서 "좌상 이적지는

---

93 [교감기] '魯國風' 아래의 시는 살펴보건대 「제풍(齊風)」에서 인용하였으니, 원
    주가 편명을 잘못 인용하였다.

하루 유흥비로 만전이나 탕진하며, 큰 고래가 강물 들이키듯 술 마시
는데”라고 했다.

　杜詩, 左相日興費萬錢, 飮如長鯨吸百川.

　一鉢行歌聽我顚：『전등록』에서 “도오화상은 「일발가」를 지었다”라
고 했다.

　傳燈錄, 道吾和尙有一鉢歌.

25. 다시 차운하여 자유에게 보내다

再次韻寄子由

想見蘇耽携手僊	상상해보면, 소탐은 신선과 손을 맞잡았는데
靑山桑柘冒寒烟	청산의 뽕나무는 차가운 이내에 덮였네.
騏驎墮地思千里	기린은 태어나자마자 천 리를 생각하는데
虎豹憎人上九天	호표는 구천에 오르는 사람을 해치네.
風雨極知雞自曉	비바람에 닭이 새벽임을 알리는데
雪霜寧與菌爭年	눈과 서리가 어찌 조균과 세월을 다투랴.
何時確論傾樽酒	언제나 술잔 기울이며 이야기 나눌까
醫得儒生自聖顚	의서에서 유생은 자신을 성스럽다하는
	병에 대해.

【주석】

想見蘇耽携手僊 : 『신선전』에서 "소선공이란 자는 계양 사람이다. 수십 마리의 백학이 그의 집 문 앞에 내려앉았다. 그들은 모두 멋진 소년들로 변하였다. 드디어 은하수로 올라가 떠났다. 후에 백학이 고을의 성 동북쪽의 누대 위에 내려앉았다. 어떤 사람이 활을 잡고 쏘자, 학은 발톱으로 누대의 편액을 긁어 검게 써 놓은 것 같았다. "성곽은 그대로 인데 사람은 아니로다. 삼백 갑자에 한 번 돌아왔으니, 내가 바로 소군이다. 그대는 왜 나를 쏘는가"'라고 했다. 또한 일설에 "소탐이란 자는

계양 사람이다. 젊어서 지극한 효성으로 칭송을 받았다. 처음 집을 떠날 때 "올해 큰 돌림병이 돌아 대략 절반은 죽을 것이다. 집안의 우물물을 마시면 아무런 탈이 없을 것이다"라 하였는데 참으로 말한 것처럼 되었다"라고 했는데, 이 말은 『동선전』에서 나왔다. 두 내용에서 보이는 마을과 행한 일이 대략 비슷하니 선공이 바로 소탐임을 알 수 있다.

神仙傳, 蘇仙公, 桂陽人. 漢文帝時得道仙去, 後有白鶴來止郡城東北樓上. 人或挾彈彈之, 鶴以爪攫樓板, 似漆書云, 城郭是, 人民非. 三百甲子一來歸, 吾是蘇君彈何爲. 又一說, 蘇耽者, 桂陽人也. 少以至孝著稱. 初去時云, 今年大疫, 死者略半. 家中井水, 飮之無恙. 果如所言. 出洞仙傳. 所載鄕里及行事, 大槩皆同, 可見仙公卽蘇耽也.

靑山桑柘冒寒烟 騏驎墮地思千里 : 『운서』에서 "기린은 흰말과 비슷한 모습에 검은 등을 지녔다"라고 했다. 부현傅玄의 「예장행」에서 "남아는 가문을 담당하기에, 태어나면서 위풍당당하네"라고 했다.

韻書曰, 騏驎, 白馬黑脊. 傅休奕豫章行云, 男兒當門戶, 墮地自生神.

虎豹憎人上九天 : 송옥의 「초혼」에서 "혼이여! 돌아오라, 그대 하늘에 오르지 마시오. 상제上帝의 문에 버티고 선 호랑이와 표범, 올라오는 사람들 물어 죽이네"라고 했다.

宋玉招魂云, 魂兮歸來, 君無上天些. 虎豹九關, 啄害下人些.

風雨極知雞自曉 : 『시경·정풍·풍우』에서 "비바람 스산하니, 닭이 꼬끼오하고 우네"라고 했다.

鄭國風, 風雨淒淒, 雞鳴喈喈.

雪霜寧與菌爭年 : 『장자·소요유』에서 "조균朝菌[94]은 한 달을 알지 못하고 쓰르라미는 봄, 가을을 알지 못한다. 이것이 짧은 수명의 예이다"라고 했다. 두목의 「제위문정」에서 "쓰르라미는 눈서리를 기약할 수 없으며, 어진 이는 속세의 선비를 지혜롭게 만들기 어렵네"라고 했다. 이 구의 의미는 즉 "서리와 눈을 맞고 견디는 소나무와 잣나무가 어찌 조균과 길고 짧음을 비교하랴"라는 것이다.

莊子逍遙篇, 朝茵不知晦朔, 蟪蛄不知春秋, 此小年也. 杜牧題魏文貞, 蟪蛄寧與雪霜期, 賢哲難教俗士知. 詩意謂松柏冒霜雪, 豈與朝菌較脩短耶.

何時確論傾樽酒 醫得儒生自聖顚 : 원주에서 "『소문』에서 나온 말이다"라고 했다. 지금 살펴보니 『난경』의 59번째 난에서 "광병狂病과 전병癲病은 어떻게 구별하는가. 광병은 스스로 고상하고 현명한 줄 알며, 스스로 총명한 줄 알며, 스스로 오만하게 행동하며, 미친 듯이 웃고 노래 부르기를 좋아한다"라고 했다.

元注云, 出素問. 今按難經五十九難曰, 狂癲之病, 何以別之. 自高賢也, 自

---

94 조균(朝菌) : 음습한 퇴비 위에 아침에 생겨났다가 햇빛을 보면 말라 버리는 버섯을 말한다.

辨智也, 自貴倨也, 妄笑好歌樂也.

26. 앞의 시에 차운하여 일곱 번째 형에게 올리다

次韻寄上七兄

學得屠龍長縮手	용 잡는 법을 배웠으나 오랫동안 손이 묶이고
鍊成五色化蒼烟	오색 돌을 제련하였으나
	푸른 연기로 변하였네.
誰言遊刃有餘地	누가 말하는가, 칼날을 놀리면 여유롭다고
自信無功可補天	하늘을 메울 공이 없다고 스스로 믿네.
啼鳥笑歌追暇日	새가 지저귀니 웃고 노래하며
	한가로운 때를 추억하고
飽牛耕鑿望豊年	소를 먹이며 밭 갈고 우물 파서 풍년을 바라네.
荷鋤端欲相隨去	호미 들고 형을 따르고 싶으니
邂逅靑雲恐疾顚	높은 벼슬에서 만나면 빨리 넘어질까 두렵네.

【주석】

學得屠龍長縮手 : 『장자』에서 "주평만은 용을 죽이는 방법을 지리익에게 배우는데 천금의 가산을 탕진하고 나서야 재주를 이뤘지만 그것을 써먹을 곳이 없었다"라고 했다.

屠龍, 見上.

鍊成五色化蒼烟 : 『열자 · 탕문』에서 "천지도 또한 사물입니다. 사물

에는 부족함이 있습니다. 그러므로 옛날 여와씨는 오색의 돌을 제련하여 모자라는 곳을 메웠습니다"라고 했다.

列子湯問篇, 天地亦物也, 物有不足, 故昔者女媧氏鍊五色石, 以補其闕.

誰言遊刃有餘地: "그 공간이 넓고 넓어서 칼을 놀릴 때 절로 여유가 있게 마련이다"라는 말은『장자』에서 포정이 소를 해체하는 것을 말한 것인데 여기서는 용을 잡는 것에 대해 말하였다. 이백의 「서구증강릉재敍舊贈江陵宰」에서 "칼날을 놀리는 게 여유가 있어서"라고 했다.

恢恢乎, 其於遊刃必有餘地矣. 此莊子言庖丁解牛, 今以言屠龍. 李白詩, 投刃有餘地.⁹⁵

自信無功可補天: 돌을 제련함을 말한다.

言鍊石也.

啼鳥笑歌追暇日 飽牛耕鑿望豊年:『제왕세기』에서 "요임금 시기에 천하가 대단히 화평하였다. 노인이 땅을 두드리면서 노래를 부르니 보는 이가 감탄하면서 "위대하도다! 임금의 덕이여"라고 하자, 노인이 "내가 해가 뜨면 일어나고 해가 지면 쉬며, 우물을 파서 마시고 밭을 갈아서 먹는데, 임금이 나에게 해 준 것이 무엇이냐"라고 했다.

帝王世紀, 老人擊壤于道曰, 吾鑿井而飲, 耕田而食, 帝何力於我哉.

---

95 [교감기] 영원본에는 '李白詩'에 대한 조목의 주가 없다.

荷鋤端欲相随去 邂逅青雲恐疾顚 : 높은 자리는 실로 빨리 엎어지고, 맛 있는 음식은 실로 독이 들어있다"라는 말은 『국어·주어』 하에 보인다.

高位實疾償, 厚味實腊毒. 見國語周語下.

27. 일곱 번째 형의 「산여탕」에 화운하다

和七兄山蔌湯

厨人淸曉獻瓊糜	요리사가 맑은 새벽 경옥 죽을 내오니
正是相如酒渴時	참으로 사마상여 술로 소갈병 앓을 때.
能解飢寒勝湯餠	허기와 추위를 해결함에 국수가 제일인데
略無風味笑蹲鴟	맛좋은 토란이 없어 웃을 수 없네.
打窗急雨知然鼎	창가 때리는 소나기처럼 솥을 끓이고
亂眼晴雲看上匙	눈을 어지럽히는 구름에서
	숟가락 올라옴은 보네.
已覺塵生雙井椀	속세에서 쌍정차 맛을 보니
濁醪從此不須持	막걸리는 이제부터 가지고 다니지 않으리.

【주석】

厨人淸曉獻瓊糜 : 『이소경』에서 "경옥 가루를 빻아 양식을 만들리라"
라고 했다.

見上.

正是相如酒渴時 : 『한서‧사마상여전』에서 "항상 소갈병을 앓았다"라
고 했다. 두보[96]의 「장정역樟亭驛」에서 "술에 소갈병 걸려 맑은 강물 좋

---

96 두보 : 작자는 만당의 시인인 위장(韋莊)이다.

아하네"라고 했다.

司馬相如傳, 常有消渴病. 杜詩, 酒渴愛江淸.

能解飢寒勝湯餠 : 속석의 「병부」에서 "한겨울 맹렬한 추위에 새벽에 몰
려드네. 콧물이 코 안에서 얼고 입 밖으로 입김이 어렸네. 허기를 채우고
덜덜 떨림을 해결하는데 국수가 최고라네"라고 했다.

束晳餠賦曰, 玄冬猛寒, 淸晨之會. 涕凍鼻中, 霜凝口外. 充虛解戰, 湯餠爲最.

略無風味笑蹲鴟 : 『한서·화식전』에서 "문산 들판에는 토란이 나오기
때문에 죽을 때까지 굶주리지 않는다"라고 했는데, 주에서 "준치蹲鴟는
토란이다"라고 했다. 『세설신어』에서 "큰 흉년에도 굶주리지 않으니
촉에는 토란이 있기 때문이다"라고 했다.

漢貨殖傳, 下有蹲鴟, 至死不飢. 注謂芋也. 世說, 大飢不飢, 蜀有蹲鴟.[97]

打窓急雨知然鼎 亂眼晴雲看上匙 已覺塵生雙井椀 : 쌍정차는 홍주의 분
녕에서 나온다.

雙井茶, 出洪州分寧.

濁醪從此不須持 : 두보의 「회일심최즙이봉晦日尋崔戢李封」에서 "막걸리
의 지극한 이치"라고 했다.

---

97 [교감기] 영원본에는 '世說'에 관한 조목의 주가 없다.

杜詩, 濁醪有妙理.

28. 원명 형과 지명 아우의 「구일상억」에 같은 운자를 써서 화답하다. 2수

同韻和元明兄知命弟九日相憶. 二首

산곡이 직접 쓴 이 시에 초고본에 "만겹 구름 속에 외롭게 나는 기러기, 다만 소리만 들리고 몸은 보이지 않네. 문득 노란 국화 꺾어 서글프게 바라보며, 더욱 청신한 시구를 전하네"라고 했는데, 마지막 구는 "부모 받들고 돌아가 백륜건을 만드네"라 하면서 방주에 "고쳤다"라고 했다. 금본은 '남북南北'은 '南渡'로 되어 있고, '형제兄弟'는 '摹寫'로 되어 있고, '老作'은 '晚作'으로 되어 있으며, 다음 작품은 '田隣'은 '隣田'으로 되어 있다.

山谷有此詩草木眞蹟云, 萬重雲裏孤飛鴈, 只聽歸聲不見身. 却把黃花同悵望, 寄傳詩句更淸新. 末句奉親歸製白綸巾, 傍注, 改. 今本南北作南渡, 兄弟作摹寫, 老作改晚作. 次篇田鄰作鄰田.[98]

첫 번째 수其一

革囊南渡傳詩句	가죽 주머니에 남쪽으로 건너 시구를 전하니
摹寫相思意象眞	서로 그리워하는 생각을 참되게 그려내었네.
九日黃花傾壽酒	중구일 국화주에 장수를 기원하고

幾回靑眼望歸塵	돌아오는 먼지를 몇 번이나 바라보았던가.
蚤爲學問文章誤	일찍 학문과 문장으로 몸을 망치고
安得田園可溫飽	어찌하면 전원으로 돌아가 따습고 배불러
晚作東西南北人	만년에 동서남북으로 떠도는 사람이 되었네.
長抛簪紱裹頭巾	머리 싸맬 두건과 상투, 인끈을 오래 버릴까.

【주석】

革囊南渡傳詩句 摹寫相思意象眞 九日黃花傾壽酒 幾回靑眼望歸塵 蚤爲學問文章誤 : 두보의 「봉증위좌승奉贈韋左丞」에서 "비단옷 귀공자 굶어 죽을 일 없지만, 관 쓴 선비는 몸을 많이도 망치네요"라고 했다.

杜詩, 紈袴不餓死, 儒冠多誤身.

晚作東西南北人 : 『예기·단궁』 상에서 "공자가 "나는 동서남북으로 떠 도는 사람이다""라고 했다. 고적의 「인일기두이십유」에서 "초라한 몸 도리어 이천석 녹을 받으니, 동서남북으로 떠돌이 그대에게 부끄럽네" 라고 했다.

檀弓上, 孔子曰, 丘也, 東西南北之人也. 高適人日寄杜二拾遺詩, 龍鍾還 忝二千石, 愧爾東西南北人.[99]

---

99 [교감기] 영원본에는 '高適'에 대한 조목의 주가 없고, 별도로 보주가 있으니 "이 또한 덕평으로 갈 때 지은 것이다"라고 했다.

安得田園可溫飽 長抛簪紱裹頭巾 : 『후한서·황보규전』에서 "물러나서도 따뜻하게 입고 배불리 먹으며 생명을 온전하게 유지할 수 없었습니다"라고 했다.

後漢皇甫規傳, 退不得溫飽以全命.

두 번째 수其二

萬水千山厭問津[100]	많은 강과 산에서 실컷 나루를 묻고
芭蕉林裏自觀身	숲속 파초에서 내 몸을 살펴보네.
鄰田雞黍留熊也	이웃은 닭과 기장으로 웅야를 붙잡고
風雨關河走阿秦	비바람 속에 관하를 아진은 가네.
鴻鴈池邊照雙影	못가의 기러기 쌍쌍이 비추고
脊令原上憶三人	들판의 할미새에 세 사람을 추억하네.
年年獻壽須歡喜	해마다 장수 축원하며 기뻐하는데
白髮黃花映角巾	백발의 각건에 노란 국화가 비추네.

【주석】

萬水千山厭問津 芭蕉林裏自觀身 : 『유마경』에서 "이 몸은 파초와 같으니 속은 비어 차지 않았다"라고 했다. 또한 "몸을 관찰해보건대 몸은 병을 떠나지 않는다"라고 했다.

---

100 [교감기] '萬水'는 영원본에는 '萬里'로 되어 있는데, 아마도 잘못인 것 하다.

維摩經, 是身如芭蕉, 中無有堅. 又云, 又復觀身, 身不離病.

鄰田雞黍留熊也:『논어』에서 "닭을 잡고 기장밥을 지어 대접하였다"
라고 했다.

論語, 殺雞爲黍而食之.

風雨關河走阿秦 : 웅야와 아진은 당시 산곡 형제의 어렸을 때의 자이
다. 산곡은 형제가 다섯 사람으로, 대림, 정견, 숙헌, 숙달, 중웅이다.
중웅은 즉 「묘지」에서 말한 '비웅'이며 「대서」에서 말한 아웅으로, 이
시에서 말하는 웅야이다. 아진은 대개 미뤄 짐작할 수 있다.

熊也, 阿秦, 當時山谷兄弟小字. 山谷兄弟五人, 大臨, 庭堅, 叔獻, 叔達,
仲熊. 仲熊, 卽墓誌所謂非熊, 代書一篇所謂阿熊, 而今詩所謂熊也. 阿秦, 盖
可類推.

鴻鴈池邊照雙影 脊令原上憶三人 : 형제 가운데 두 사람은 모여 있고,
나머지 세 사람은 떨어져 있다.

兄弟中兩人相聚, 而三人別去也.

年年獻壽須歡喜 白髮黃花映角巾 :『진서·양호전』에서 "종제 양수에
게 준 편지에서 "장차 변방을 평정한 뒤에는 마땅히 각건을 쓰고 동쪽
으로 길을 떠나 고향으로 돌아갈 것이다""라고 했다. 『진서·왕도

전』에서 "원규元規, 庾亮가 만약 온다면 나는 바로 각건을 쓰고 집으로 돌아갈 것이다"라고 했다. 두보의 「남린南鄰」에서 "금리 선생이 오각건을 쓰고"라고 했다. 백거이의 「백일가만百日假滿」에서 "병이나 가벼운 각건으로 바꿔 쓰니 좋구나"라고 했다.

晋羊祜傳, 與從弟琇書曰, 旣定邊事, 當角巾東路歸故里. 王道曰, 元規若來, 吾便角巾還第.[101] 杜詩, 錦里先生烏角巾. 白樂天詩, 病喜頭輕換角巾.

---

101 [교감기] '王導'부터 '角巾'까지 영원본에는 이 조목의 주가 없다.

29. 대신 짓다

代書

阿熊去我時	아웅이 나를 떠날 때
秋暑削甘差	가을 더위가 꺾여 조금 시원하였네.
離別日月除	이별 뒤 세월은 흘러
蓮房倒箭軨	연방이 화살통처럼 뒤집어졌네.
得書報平安	편지를 받으니 편안하다고 하는데
肥字如栖鴉	깃든 까마귀처럼 글자가 뭉툭하네.
汝才躍鑢金	너의 재주는 풀무에서 뛰는 쇠와 같아
自必爲鏌鋣	스스로 막야가 되겠다고 기약했네.
窮年抱新書	해가 다하도록 『신서』를 안고서
挽條咀春葩	조목마다 봄날 꽃술 씹듯 하네.
弄筆不能休	붓을 희롱하여 쉬지 않으니
屈宋欲作衙	굴원과 송옥이 심부름꾼이네.
屈指推日星	손가락을 굽혀 세월을 헤아려보며
許身上雲霞	구름, 노을에 오르리라고 자부하였네.
安知九天關	어찌 알았으리, 높은 하늘 관문에
虎豹守夜乂	호랑이, 범이 야차처럼 지킬 줄을.
視田操豚蹄[102]	밭을 보는데 돼지 다리를 잡고서

---

102 [교감기] '視田'은 전본과 건륭본에는 '祝田'으로 되어 있다.

持狹所欲奢	조금의 제수로 많은 것을 바라네.
文章六經來	문장은 육경에서 오니
汗漫十牛車	열 마리 소가 땀을 흘리며 수레 끄네.
譬如觀滄海	비유하면 드넓은 바다를 보는 것과 같아
細大極龍鰕	크고 작은 용과 새우가 모두 담겨 있네.
古人以聖學	옛사람은 성학을 한다고
未肯廢百家	백가의 학문을 폐하지 않았네.
舊山木十圍	옛 산의 나무는 열 아름으로
齋堂綠陰遮	재실은 녹음으로 가렸네.
紅稻香盂飯	홍도로 지은 사발의 밥은 향기롭고
黃雞厭食鮭	노란 개구리 질리도록 먹었네.
摩挲垂腴腹	늘어진 아랫배를 문지르며
頗復讀書耶	자못 책을 읽고 있는가.
念汝齒壯矣	생각건대, 너는 나이가 젊어
無婦助烹茶	차를 끓여줄 부인이 없구나.
父兄亦憐汝	부형도 너를 가련하게 여겨
須兒牧犬豭	개와 돼지 칠 종놈을 보내네.
且伐千章木[103]	또한 천 그루 나무를 베어
贈行當馬檛	말채찍 앞에 떠날 때 주네.
贏糧果後時	뒤쳐져서 식량과 과일을 싸니

---

103 [교감기] '木'은 고본에는 '材'로 되어 있다.

定隨八月槎	참으로 팔월의 뗏목을 따르네.
覺民在林中[104]	각민은 숲속에 있으니
丁丁聞兎罝	쩡쩡 토끼그물 박는 소리 들리네.
奉身甚和友	행동 조심하여 벗들과 화합하고
幹父辦咄嗟	부친을 계승하여 짧은 시간도 노력하네.
臺源吟松籟	대원은 소나무 바람에 읊조리고
先生岸巾紗	선생은 오사모를 벗어 던졌네.
留客醉風月	풍월에 취해 객은 머무르고
盤筯供柔嘉	소반의 음식은 부드럽고 맛있네.
仍工朱絲絃	붉은 실의 먹줄로 똑바로 쳐서
洗心拂奇邪	마음을 씻어 잘못됨을 떨쳐내네.
孤臣發楚調	외로운 신하는 초사를 노래하는데
傾國怨胡笳	나라 기울인 호가 부르며 원망하네.
把筆學周皷	붓을 잡고 주나라 석고문을 배우는데
不爲蓬生痲	쑥밭에 자란 삼이 되지 못하네.
字形錐畫沙	글자의 모양은 송곳으로 모래밭에 긋는 듯
詩書乃宿好	시서는 본래부터 좋아했네.
元明祖師禪	원명은 조사처럼 참선하는데
妙手發琵琶	오묘한 솜씨로 비파를 연주하네.
已無富貴心	이미 부귀할 마음이 없으며

104 [교감기] '中林'은 전본에는 '林中'으로 되어 있다.

鼓吹一池蛙	연못이 개구리처럼 음악을 연주하네.
天民服農圃	각민은 농사를 짓는데
頗復秋斂賒	자못 가을 수확을 외상으로 갚네.
下田督未耘	밭으로 내려가 김을 맸나 감독하고
入嶺按新畬	고개로 들어가 밭들을 살펴보네.
悉力輸王賦	힘을 다해 왕의 공물 바쳤는데
至今困生涯	지금은 생계가 곤궁하네.
知命叔山徒	숙산처럼 절룩이는 운명인데
爐香嚴佛花	향초 태우니 불화가 엄연하네.
惟思苾芻園	필추의 동산을 생각하며
脫冠着袈裟	관을 벗고 가사 입었네.
起家望兩季[105]	두 아우에게 집안 일으킬 기대하니
佩金躡朝韡	금인장 차고 조정에 올랐네.
嘉魚在南國	맛난 물고기는 남국에 있으니
宗廟薦鱣鯋	종묘에 생선을 올리네.
我爲萬夫長	나는 많은 백성들의 수령이지만
朝論不齒牙	조정의 논의에 오르지 못하였네.
刺頭簿領中	장부에 골몰하여
蚤虱廢搔爬	이가 있어도 긁을 틈이 없네.
世累已纆縛	세상 일이 이미 얽매였고

---

105 [교감기] '兩季'는 원래 '雨李'로 되어 있었는데, 영원본과 전본에 의거하여 고쳤다.

官箴易疵瑕	관가의 법은 허물 잡히기 쉽네.
何時煙雨裏	언제나 이내와 빗속에서
驅羊入金華	양을 몰며 금화산으로 들어갈까.
遣奴迫王事	종놈 보내 왕사를 다그치니
不暇學驚蛇[106]	놀란 뱀을 따라할 틈도 없네.

【주석】

阿熊去我時 : 산곡의 「비웅묘지명」에서 "중웅은 그 이름이요 비웅은 그의 자로, 선친의 어린 아들이다"라고 했다. 『한서·외척전』에서 "누이가 나를 떠나 서쪽으로 갈 때 나와 전사에서 이별하였지"라고 했다.

山谷有非熊墓銘云, 仲熊其名, 非熊其字, 先大夫之幼子. 漢外戚傳, 竇廣國曰,[107] 姊去我西時, 與我訣傳舍中.

秋暑削甘差 : 위문제의 「여오질서」에서 "단 오이가 맑은 샘에 떠있었다"라고 했다.

魏文帝與吳質書, 浮甘瓜於淸泉.

離別日月除 : 『시경·실솔』에서 "해와 달은 흘러가네"라고 했다.

---

106 [교감기] 고본의 원교에서 "'學'은 달리 '草'로 된 본도 있다"라고 했다.
107 [교감기] '竇廣國'은 원래 '竇廣德'으로 되어 있었다. 살펴보건대 『한서』 97권 「외척전상」에서 '德'은 '國'으로 되어 있기에 지금 이에 의거하여 바로잡는다.

詩, 日月其除.

蓮房倒箭靫 : 치靫는 화살통이다.

靫, 箭室也.

得書報平安 肥字如栖鵶 : 노동의 「첨정」에서 "들으니 책상 위에서 먹을 갈아, 늙은 까마귀처럼 시서를 검게 칠한다지"라고 했다.

玉川子添丁詩, 忽來案上統墨汁, 塗抹詩書如老鵶.

汝才躍鑪金 自必爲鏌鋣 : 『장자』에서 "지금 위대한 대장장이가 쇠를 녹이는데, 그 쇠가 펄펄 뛰면서 "나는 반드시 막야검鏌鋣劍[108]이 되겠다"라고 한다면, 대장장이는 반드시 이를 상서롭지 못한 쇠로 여길 것이다"라고 했다.

莊子大宗師篇, 今大冶鑄金, 金踊躍曰, 我且必爲鏌鋣. 大冶必以爲不祥之金.

窮年抱新書 : 『신서』는 왕안석의 경학을 이른다. 동파의 「차운진관수재견증」에서 "종횡으로 맞닥뜨린 것이 가하지 않음이 없으니, 그대는 『신서』보다 새로워도 두렵지 않으리"라고 했다.

新書, 謂王氏經學. 東坡次韻秦觀秀才見贈詩, 縱橫所値無不可, 如君不怕新書新.[109]

---

108 막야검(鏌鋣劍) : 춘추(春秋)시대 오(吳)나라의 간장(干將)이 만든 명검이다

挽條咀春葩 : 한유의 「진학해」에서 "향기 물씬한 아름다운 문장에 젖고 그 꽃술을 입에 머금고 씹어서"라고 했다. 또한 「취증장비서醉贈張秘書」에서 "동야는 세속을 경동시키니, 하늘의 꽃이 아름다운 향기 토해내네"라고 했다.

退之進學解, 含英咀華. 又詩云, 東野動驚俗, 天葩吐奇芬.

弄筆不能休 :『문선』에 실린 위문제의『전론』에서 "부의는 반고에 대해 백중지간일 뿐인데, 반고는 그를 하찮게 여겨서 그의 아우 반초에게 주는 편지에서 "부의가 붓을 잡으면 스스로 멈출 줄 모른다""라고 했다.

文選典論云, 傅毅之於班固, 伯仲之間也, 而固小之. 與弟超書曰, 武仲下筆, 不能自休.

屈宋欲作衙 :『당서 · 두심언전』에서 "항상 사람들에게 말하기를 "나의 문장은 굴원과 송옥을 불러다가 심부름꾼으로 삼을 만하다""라고 했다.

唐杜審言傳, 常語人曰, 吾文章當得屈宋作衙官.

屈指推日星 : 손가락을 구부려 날을 헤아린다는 말은 『한서 · 진탕전』에 보인다.

---

109 [교감기] 영원본에는 '東坡'에 관한 조목의 주가 없다.

屈指計其日, 見陳湯傳.

許身上雲霞 : 두보의 「자경부봉선현自京赴奉先縣」에서 "몸 허락은 어찌 그리 어리석은가"라고 했다. 「비웅묘지명」에서 "선대부께서 해와 달, 날과 일로서 살펴보고 역상이 길하고 상서롭다고 하였다. 비웅도 스스로 그 운명을 믿어서 "내가 태어난 날은 신에 있고 달은 묘에 있으며 해는 경오년이니 천지가 합하여 끝내 부귀할 것이다""라고 했다.

杜詩, 許身一何愚. 墓銘云, 先大夫以歲月日時參伍, 以曆象爲吉祥, 非熊亦自恃其命曰, 我生日在申辰在卯歲庚午, 天地合, 終富貴.

安知九天關 虎豹守夜叉 : 『초사·초혼招魂』에서 "호랑이와 표범이 천제天帝의 궁궐 문을 지키면서 아래에서 올라오려는 사람들을 물어 해친다"라고 했다. 노동의 「억금아산심산인憶金鵞山沈山人」에서 "야차夜叉[110]가 낮에도 관문을 열지 않노니, 한밤중 초제醮祭 지낼 때 문 연다오"라고 했다. 동파 소식의 「화소동년희증가수수재和邵同年戲贈賈收秀才」에서 "옥천자玉泉子는 언제나 금빛 궁궐에 들려나, 대낮에도 문 닫고 야차가 지키고 있으니"라고 했다.

虎豹九關, 夜叉守門. 並見上.[111]

---

110 야차(夜叉) : 불법(佛法)을 수호하는 여덟 신장(神將) 중 하나이다.
111 [교감기] 영원본에는 "노동의 시에서 '하늘 문 아홉 겹 까마득히 높아, 맑은 허공에 황금퇴를 깎아 내었네. 야차(夜叉)가 낮에도 관문을 열지 않노니, 한밤중 초제(醮祭) 지낼 때 문 연다오[盧仝詩 天門九重高崔嵬 淸空鑿出黃金堆 夜叉當晝不啓

視田操豚蹄 持狹所欲奢 :『사기·순우곤전』에서 "신이 동쪽에서 돌아오면서 길가에서 풍작을 비는 사람을 보았습니다. 돼지 다리 하나에 술 한 잔을 들고서 빌기를 "높고 좁은 땅에서는 수확이 바구니에 가득하고 낮고 습기가 많은 밭에서도 수확이 수레에 가득하며 오곡이 무성히 익어서 집에 넘쳐나게 하소서"라고 합니다. 신이 보기에 그 사람이 손에 지닌 것은 그렇게 적은데 바라는 바는 너무 많았습니다. 그러므로 웃었습니다"라고 했다.

史記淳于髡傳, 臣從東方來, 見道傍有禳田者. 操一豚蹄, 酒一盂, 而祝曰, 甌窶滿篝, 汙邪滿車. 五穀蕃熟, 穰穰濟家. 臣見其所持者狹, 而所欲者奢, 故笑之.

文章六經來 汗漫十牛車 :『한서·예관전』에서 "큰 집에서는 소와 수레로, 작은 집에서는 지고이고 와서 조세를 내었다"라고 했다. 유종원이 지은 「육문통묘표」에서 "그 저서의 엄청남이란 소장하면 거물을 꽉 메우고 꺼내어 운반하면 수레를 끄는 마소가 땀을 흘린다"라고 했다. 이백의 「증왕력양贈王曆陽」에서 "글씨는 천 마리 토끼털 붓을 닳아 없앴고, 지은 시는 두 마리 소 허리까지 찼네"라고 했다.

漢兒寬傳, 大家牛車, 小家擔負. 柳子厚作陸文通墓表, 其爲書, 處則充棟宇, 出則汗牛馬. 李白詩, 書禿千兎毫, 詩裁兩牛腰.[112]

闕, 夜半醮祭夜半開]"로 되어 있다.
112 [교감기] 영원본에는 '柳子厚'부터 '牛腰'까지의 주가 없다.

譬如觀滄海 細大極龍鰕 : 한유의 「악어문」에서 "조주는 대해가 남쪽에 있다. 고래, 붕새와 같이 큰 것과 새우, 게 같이 작은 것을 모두 받아들인다"라고 했다.

退之鰐魚文云, 潮之州, 大海在其南. 鯨鵬之大, 鰕蟹之細, 無不容歸.

古人以聖學 未肯廢百家 舊山木十圍 齋堂綠陰遮 紅稻香盂飯 :『유마경』에서 "화보살化菩薩이 바릿대 가득한 향기로운 음식으로 유마힐에게 주었다"라고 했다.

維摩經, 化菩薩以滿鉢香飯與維摩詰.

黃雞厭食鮭 :『남사·유고지전』에서 "임방이 희롱하기를 "누가 유랑을 가난하다고 하는가. 항상 27종의 규채를 먹는 걸""[113]이라고 했다. '鮭'는 물고기로, 음은 '鞋'이다. 이 운자에 들어갈 글자가 아니다. 아마도 식외食蛙인 듯하다. 살펴보건대『도경본초』에서 "개구리 가운데 등에 노란 무늬가 있는 것이 있다"라고 했으며, 또한 "달리 수계라고 부른다"라고 했다.

---

113 임방이 (…중략…) 먹는 걸 : 규채는 생선과 채소 반찬을 범칭한 말이다. 남제(南齊) 때의 문신 유고지(庾杲之)가 본디 청빈하여 먹는 것이라고는 오직 '부추김치[韭葅]', '삶은 부추[瀹韭]', '생부추[生韭]' 등 잡채(雜菜)뿐이므로, 임방(任昉)이 그를 희롱하여 위에서처럼 말하였다. 27종이란 곧 구(韭)의 음이 구(九)와 같으므로, 세 종류의 부추 나물을 3×9=27로 환산하여 말한 것인데, 유고지는 실상 세 종류의 부추만을 먹었을 뿐 규채는 없었지만, 임방이 장난삼아 그에게 많은 종류의 규채를 먹는다고 하였다.

食鮭, 見上. 鮭, 魚也, 音鞋, 不在此韻. 疑是食蛙. 按圖經本草, 蛙有背作黃文者. 又云, 一名水雞.

摩挲垂腴腹:『한시외전』에서 "물고기가 입이 크고 아랫배가 늘어지면 다른 물고기들이 두려워한다"라고 했다. 대개 배가 늘어진다고 말하면 모두 물고기를 가리킨다. 그러나 유독 왕충의『논형』에서 "요임금은 건어처럼 마르고 순임금은 포처럼 마르고 걸과 주는 뱃살이 한 자 넘게 늘어졌다"라고 했다.

韓詩外傳, 魚之侈口垂腴者, 魚畏之. 凡言腹腴, 皆魚也. 獨王充論衡云, 堯若腊, 舜若腒, 桀紂之君, 垂腹尺餘.

頗復讀書耶 念汝齒壯矣 無婦助烹茶 父兄亦憐汝 須兒牧犬豭:『좌전』에서 "정나라 장공이 졸로 하여금 수퇘지를 내게 하고 행렬로 하여금 개와 닭을 내놓게 하였다"라고 했다. 포조의「대동무음代東武吟」에서 "지팡이에 기대어 닭과 돼지를 기르네"라고 했다.

左傳, 使卒出豭, 行出犬雞. 鮑明遠詩, 倚杖牧雞豚.

且伐千章木:『한서·화식전』에서 "목재 일천 장章"이라고 했다.

漢貨殖傳, 木千章

贈行當馬檛:『문선』에 실린 마융의「장적부長笛賦」에서 "그 위에 구멍을 뚫어 통하게 하고 말의 채찍 모양으로 만들어 휴대하기 쉽게 만들었다"라고 했는데, 주에서 "과蕅는 말의 채찍이다"라고 했다.

文選馬融笛賦云, 剡其上孔通洞之, 裁以當蕅使易持. 注云, 蕅, 馬策也.

贏糧果後時 : 『사기·이사전』에서 "밥을 말 등에서 해 먹어도 오히려 늦을까 두렵다"라고 했다.

史記李斯傳, 躍馬贏糧, 唯恐後時.

定隨八月槎 : 장화의 『박물지』에서 "옛말에 "은하수는 바다와 통한다"고 한다. 근래 바닷가에 사는 어떤 사람이 해마다 8월이면 그 시기를 잃지 않고 뗏목을 타고 오갔다. 이 사람이 기이한 뜻이 있어서 뗏목 위에 나는 듯한 누각을 세우고 식량을 실은 다음 그 뗏목을 타고 떠났다. 열흘 동안은 여전히 별과 달과 해를 볼 수 있었으나 그 후로는 아득하고 멍하여 낮과 밤을 구분할 수 없었다. 10여 일 정도 지나 문득 어느 곳에 도착하였는데 성곽의 모습이 있고 그 안에 집들이 빽빽하게 있었다. 멀리서 바라보니, 궁중에 베 짜는 여인들이 많았다. 한 사내가 물가에 소를 끌고 와서 머물며 물을 먹이는 것을 보았다. 소 끄는 사내는 깜짝 놀라며 묻기를 "어떻게 이곳에 왔소"라 하자, 그 사람은 자초지종을 자세히 말하고서 "이곳이 어디냐"라고 물었다. 그 사내가 "그대가 돌아가 촉군에 이르러 엄군평을 찾아가게 되면 알게 될 것이오"라 하였다. 돌아와 군평에게 물으니, 대답하기를 "모년 모월 모일에 객

성이 견우성을 침범했는데, 그 해와 달을 헤아려보면 참으로 이 사람
이 은하수에 도착했던 때로구나"'라고 했다. 두보의 「추흥」에서 "원숭
이 울음 세 번 들으면 눈물이 흐르는데, 8월의 봉명 사신을 헛되이 따
랐네"라고 했다.

張華博物志云, 舊說天河與海通. 近世有人居海渚, 年年八月有浮槎, 去來
不失期. 人有奇志, 立飛閣於槎上, 多齎糧, 乘槎而去. 十餘日中, 猶見星月日
辰, 自後茫茫忽忽, 亦不覺晝夜. 十餘日, 奄至一處, 有城郭狀屋舍甚嚴.[114] 遙
望宮中多織婦, 見一丈夫牽牛渚次飲之. 牽牛人驚問曰, 何由至此. 此人具說
來意, 并問, 此是何處. 答曰, 君還至蜀郡, 訪嚴君平則知之. 及歸, 問君平, 對
曰, 某年月日有客星犯牽牛宿, 計其年月, 正此人到天河時也. 杜甫秋興詩, 聽
猿實下三聲淚, 奉使虛随八月槎.[115]

覺民在林中 : 문집 안의 「자설」에서 "아우 중감은 온화하고 공손하며
문장을 잘하였다. 내가 그의 자를 각민이라 하였다"라고 했다.

集中字說云, 弟仲堪, 溫恭而文, 庭堅字之曰覺民.

丁丁聞兎罝 : 『시경』에서 "촘촘하게 짜인 토끼그물, 말뚝 박는 소리
쩡쩡"이라고 했다. 또한 "촘촘하게 짜인 토끼그물, 숲속에 말뚝 박네"
라고 했다.

---

114 [교감기] '狀'은 원래 '伏'으로 되어 있었는데, 영원본과 전본에 의거하여 고친다.
115 [교감기] 영원본에는 '杜甫'에 대한 조목의 주가 없다.

詩, 肅肅兎罝, 椓之丁丁. 又云, 肅肅兎罝, 施于中林.

奉身甚和友 幹父辦咄嗟：『주역』에서 "아들이 아버지의 일을 계승한다"라고 했다. 『진서·석숭전』에서 "손님을 위해 팥죽을 대접하면서한 번 호흡하는 사이에 마련하게 하였다"라고 했다. 살펴보건대 『문선』에 실린 조식의 「증백마왕표贈白馬王彪」에서 "스스로 돌아봐도 쇠나돌이 아니니, 꾸짖고 소리 지름에 마음만 슬프네"라고 했는데, 주에서인용한 『설문해자』에서 "'咄'은 꾸짖음이요, '嗟'는 크게 소리 지름이다. 말하자면 사람 목숨이 꾸짖고 소리치는 사이에 달려 있다는 것이다"라고 했다. '咄'의 음은 '丁'과 '兀'의 반절법이요, '嗟'의 음은 '子'와'夜'의 반절법이다. 한나라 말기에 이런 말이 있었는데, 진에 이르러와전되어 돌차咄嗟가 되었다.

易云, 幹父之蠱. 晉石崇傳, 爲客作豆粥, 咄嗟便辦. 按文選曹子建詩, 自顧非金石, 咄嗟令心悲. 注引說文云, 咄, 叱也. 嗟, 大呼也. 言人命在叱呼之間.咄, 丁兀切, 嗟, 子夜切. 漢末有此語, 至晉而訛爲咄嗟也.

墓源吟松籟：문집 안의 「차운십구숙대원」에서 "듣자니 대원이 사는곳, 잡초 호미질 해 삼경이 통했다네"라고 했다.

集中有次韻十九叔墓源詩云, 聞道墓源境, 鉏荒三徑通.

先生岸巾紗：두보의 「북린北鄰」에서 "흰 머리싸개는 강기슭에서 벗어

던졌네"라고 했다. 왕안석의 「차오씨여자운次吳氏女子韻」에서 "손릉의
서쪽 굽이에서 오사모를 내던지고"라고 했다.

杜詩, 自幘岸江皐. 王荊公詩, 孫陵西曲岸烏紗.[116]

留客醉風月 盤飣供柔嘉 : 한유의 「원유연구遠遊聯句」에서 "들 채소는 부
드러운 새잎을 따고"라고 했다. 『시경・증민蒸民』에서 "중산보의 덕은,
유순하고 아름다움이 법칙이 된지라"라고 했는데, 여기서 '유가柔嘉'
두 글자를 따왔다.

退之詩, 野蔬拾新柔. 詩, 柔嘉維則. 此摘其字.

仍工朱絲絃 : 『문선』에 실린 포조[117]의 「백두음白頭吟」에서 "곧기는 붉
은 실로 꼰 먹줄 같고"라고 했다.

文選陸士衡詩, 直如朱絲絃.

洗心拂奇邪 : 『예기・제의』에서 "비록 기행과 사행이 있어도 다스리
지 않는 자는 미천하다"라고 했다.

禮記祭義, 雖有奇邪而不治者, 則微矣.

孤臣發楚調 : 굴원의 초사를 이른다.

---

116 [교감기] 영원본에는 '杜詩'와 '王荊公'에 대한 조목의 주가 없다.
117 포조 : 원문에는 육기의 시라고 하였으나, 이 시의 작자는 포조이다.

謂屈原楚詞.

傾國怨胡笳 : 세상에 전하는 말에 「호가십팔박」은 채염이 지은 것이라고 한다. 『한서·이부인전』에서 "이연년이 노래를 부르기를 "북방에 미녀가 있는데, 절세가인으로 둘도 없네. 한 번 웃으면 온 성이 기울고, 두 번 웃으면 온 나라가 기울어지네""라고 했다.

世傳胡笳十八拍, 蔡琰所作. 傾國, 見漢書李夫人傳.

把筆學周皷 : 봉상의 「석고문」은 세상에서 주 선왕 때 지은 것이라고 전한다.

鳳翔石皷文, 世傳周宣王時作.

不爲蓬生麻 : 『설원』에서 "쑥이 삼 사이에 자라면 붙들지 않아도 곧게 된다"라고 했다.

說苑, 蓬生麻中, 不扶自直.

字形錐畫沙 : 『서결묵수書訣墨藪』에 실린 안노공顔魯公이 쓴 「장장사필법張長史筆法」에서 "장장사가 "저하남에게 들으니, 붓을 사용할 때에는 마땅히 인印이 인주에 찍힌 것과 같이 해야 하며, 붓을 들어 글씨를 쓸 때 송곳으로 모래를 긋듯이 해야 한다""라고 했다.

見上

詩書乃宿好 : 도연명의 「칠월야행七月夜行」에서 "시서는 본래부터 무척 좋아했고, 숲속 둘러봐도 속된 뜻이 없네"라고 했다.

淵明詩 詩書敦宿好 林園無俗情.

元明祖師禪 : 산곡의 형 대림의 자는 원명이다.

山谷兄大臨字元明.

妙手發琵琶 已無富貴心 鼓吹一池蛙 : 『남사·공규전孔珪傳』에서 "문정門庭의 잡초를 제거하지 않아 그 안에서 개구리들이 울어대었다. 어떤 사람이 "진번이 되고 싶은가"[118]라 묻자, 공규는 "나는 이 개구리의 울음소리를 양부兩部[119]의 음악 연주로 삼겠다"고 했다"라고 했다.

孔蛙池蛙, 見上注.[120]

天民服農圃 頗復秋斂賒 : 천민은 아마도 각민 곤중을 가리키는 듯하다. 『주례·천부』에서 "시장에서 팔리지 않아 백성들의 생활이 어려우

---

118 진번이 되고 싶은가 : 진번은 동한 시대 활약한 인물로 이응(李膺)과 함께 환관의 발호를 척결하려다가 도리어 살해된 인물이다. 그의 집안 뜰에 풀이 무성하므로 어떤 사람이 까닭을 묻자 "대장부가 마땅히 천하를 청소할 것이지, 어찌 집안이나 청소한단 말인가"라고 했다.

119 양부(兩部) : 본디 입부(立部)와 좌부(坐部) 양부로 나누어 연주하는 악기 연주를 말한다. 여기에서는 곧 개구리의 울음소리를 양부의 음악 연주에 비유한 것이다.

120 [교감기] 영원본에는 '見上注' 대신 "南史孔珪傳云, 門庭之內, 草萊不剪, 中有蛙鳴. 或問之曰, 欲爲陳蕃乎. 答曰, 我以此當兩部鼓吹"로 되어 있다.

면 이를 거두어서 가격으로 산다. 외상으로 가져가는 자는 제사의 경우 열흘을 넘어서는 안 된다'라고 했다.

天民, 疑是覺民昆仲.[121] 周禮泉府, 歛市之不售, 貨之滯於民用者, 以其賈買之. 凡賖者, 祭祀無過旬日.

下田督未耘 入嶺按新畬：『시경·주송·신공』에서 "또 무엇을 구하는가, 새로 일군 밭은 어떠한가"라고 했는데, 주에서 "밭이 2년 된 것을 신新이라고 하고 3년 된 것을 여畬라고 한다"라고 했다.

周頌臣工云, 亦又何求, 如何新畬. 注云, 田二歲曰新, 三歲曰畬.

悉力輸王賦 至今困生涯：『장자』에서 "우리 삶은 끝이 있다"라고 했다.

莊子, 吾生也有涯.

知命叔山徒：『장자·덕충부』에서 "노나라에 형벌로 다리가 잘린 숙산무지라는 사람이 공자를 찾아왔다"라고 했다. 지명은 산곡의 아우로 이름은 숙달이다. 다리를 절기 때문에 이렇게 비유하였다.

莊子德充符篇, 魯有兀者, 叔山無趾. 知命, 山谷弟, 名叔達, 足蹇, 故以爲喻.

爐香嚴佛花：『원각경』에서 "마음 꽃이 밝게 피어"라고 했다.

圓覺經云, 心花發明.

惟思苾芻園 : 범어인 비구는 달리 필추라고도 한다. 『존승경』에서 "승려를 필추라고 부르니, 필추는 풀로 다섯 가지 의미를 지닌다. 첫 번째는 살면서 해를 배반하지 않고, 두 번째는 겨울과 여름에 항상 푸르며, 세 번째는 본성이 부드럽고, 네 번째는 향기가 멀리까지 진동하며, 다섯 번째는 넝쿨이 곁으로 퍼진다. 불도의 제자들은 또한 그렇게 해야 하니 그러므로 승려를 필추라 부른다"라고 했다.

梵語比丘, 或曰苾芻. 尊勝經, 號僧曰苾芻, 此物草也, 而有五義. 一生不背日, 二冬夏常靑, 三體性柔軟, 四香氣遠騰, 五引蔓傍布. 爲佛徒弟亦然, 故以爲名.

脫冠着袈裟 : 범어의 가사는 부정색을 이름이니 즉 괴색탁하고 우중충한 색으로 옷을 물들인 것이다.

梵語袈裟, 此云不正色, 卽壞色染衣也.

起家望兩季 : 『한서·유림전』에서 "공안국은 『고문상서』를 가지고 있었는데, 그는 이것을 금문으로 해석하여 자신의 집을 일으켰다"라고 했다.

漢儒林傳, 孔氏有古文尙書, 孔安國以今文讀之, 因以起其家.

佩金踢朝鞾 嘉魚在南國 : 『시경·소아·남유가어』는 현자와 함께 즐거움을 누린 시이다.

小雅南有嘉魚, 樂與賢也.

宗廟薦鱣鯊:『시경소아·어려』는 만물이 풍성하고 많아서 신명에게 고할 수 있음을 찬미한 시다. 그 시에서 "물고기가 통발에 걸렸으니, 자가사리와 모래무지라네"라고 했다.

小雅魚麗, 美萬物盛多, 可以告於神明矣. 魚麗于罶, 鱣鯊.

我爲萬夫長:『서경·함유일덕』에서 "만인의 어른 되는 사람을 통하여 그 나라의 정치를 볼 수 있다"라고 했으니, 만호 고을을 다스리게 됨을 말한다.

書咸有一德, 萬夫之長, 可以觀政. 言爲萬戶縣也.

朝論不齒牙:『남사·사조전』에서 "사조는 인재를 장려하기 좋아하여 "선비가 명성이 아직 수립되지 못하면 응당 모두 함께 장려하여 완성시켜줘야 하니, 아낌없이 치아 사이에서 충분히 의논하여야 한다"'라고 했다. 한유의 「이화李花」에서 "돌아보건대 나는 기꺼이 치아 사이에 놓일 수가 없었네"라고 했다.

南史謝朓傳, 朓好獎人才曰, 士子聲名未立, 應共獎成, 無惜齒牙餘論. 退之詩, 顧我未肯置齒牙.

刺頭簿領中 蚤虱廢搔爬 : 유종원의 「동유원장술구언同劉院長述舊言」에서

"중산中散, 혜강은 이에 부질없이 긁어대고"라고 했다. 이는 『문선』에 실린 혜강의 「절교서」에서 "본래 이가 많아서 쉬지 않고 긁어대는데 응당 관복을 뚫어댄다"라고 했다.

柳子厚詩, 中散蝨空爬. 盖用文選嵇康絶交書, 性復多蝨, 爬掻無已, 而當襄以章服.

世累已纒縛 官箴易疵瑕 : 『좌전·양공 4년』에서 "위강이 융적과 화평을 논하면서 "옛날 주나라 신갑이 태사가 되었을 때 백관에 명하여 관직마다 왕의 잘못을 경계하는 말을 짓게 하였습니다""라고 했다. 『좌전·희공 7년』에서 "너는 이익만 추구하여 나에게서 취해 가고 나에게 요구하였으나 나는 너를 허물하지 않는다"라고 했다.

左傳襄四年, 魏絳論和戎云, 昔周辛甲之爲太史也, 命百官, 官箴王闕. 僖七年, 楚文王謂申侯曰, 予取予求, 不汝疵瑕.

何時煙雨裏 驅羊入金華 : 갈홍의 『신선전』에서 "황초평이 15살 때 집에서 양을 키우게 하였다. 도사를 따라 금화산 석실에서 도를 닦았다. 40여 년이 지난 뒤에 형이 찾아와서 양이 어디 있냐고 물었다. 초평이 "워이! 양들아 일어나라"라고 하니, 이에 흰돌이 모두 일어나 수만 마리의 양이 되었다"라고 했다.

黃初平牧羊金華山, 見上.

遺奴迫王事 不暇學驚蛇 : 『진서·위항전』에서 "장백영이 못에서 글씨 쓰는 것을 공부하니 못물이 모두 검어졌다. 붓을 잡으면 반드시 해서를 썼는데, 달리 "바빠서 겨를이 없는 초서"라고 불리었다"라고 했다. 『법서요록』에서 "왕희지가 초서에 대해 스스로 말하기를 "빠르기가 마치 놀란 뱀이 길이 아닌 곳을 내달리는 것 같다"라고 했다.

晉衛恒傳, 張伯英臨池學書, 池水盡黑. 下筆必爲楷, 則號忽忽不暇草書. 法書要錄, 羲之自叙草書云, 疾若驚蛇之失道.

30. 쌍간사. 2수【절은 태화현의 안에 있다】

雙澗寺. 二首【寺在太和境內】

첫 번째 수其一

二水犇犇鳴屋除	두 시내 내달려 집 앞 섬돌을 울리고
松林落日吼烏菟	솔 숲 지는 해에 호랑이 울부짖네.
老僧更有百歲母	노승은 다시 백세 된 모친 있으니
白髮身爲反哺烏	백발에도 몸소 까마귀처럼 음식 마련하네.

【주석】

二水犇犇鳴屋除 : 한유의 「남전승청기」에서 "물은 줄줄 섬돌을 따라 소리 내며 흐른다"라고 했다.

韓文藍田丞廳記, 水潏潏循除鳴.

松林落日吼烏菟 : 『좌전』에서 "초나라 사람들은 호랑이를 오도라고 부른다"라고 했다.

左傳, 楚人謂虎爲烏菟.

老僧更有百歲母 白髮身爲反哺烏 : 속석의 「보망시」에서 "시끄러운 저 숲의 까마귀, 새끼에게 먹이를 받아먹네"라고 했는데, 주에서 인용한 「소아」에서 "매우 검은데 커서 어미에게 먹이를 먹이는 것이 바로 까

마귀이다"라고 했다. 두보의 「봉송이십삼구奉送二十三舅」에서 "가벼운 익주의 바람을 밀치는 그림자, 숲의 까마귀 어미 먹이는 소리"라고 했다.

束晳補亡詩, 嗷嗷林烏, 受哺於子. 注引小雅, 純黑而反哺者, 烏也.[122] 杜詩, 舟鷁排風影, 林烏反哺聲.

두 번째 수其二

山陜江深屋翠崖	산은 골지고 강은 깊은데
	푸른 절벽에 집을 지어
夜鐘聲自甕中來	밤의 종소리는 독안에서 울려나오네.
長松偃蹇蒼龍卧	긴 소나무 서려 푸른 용이 누운 듯
六月澗泉轟怒雷	유월의 시내는 우르릉 번개가 쳐대네.

---

122 **[교감기]** 영원본에는 '束晳'부터 '烏也'까지의 주가 없다. 살펴보건대 원래 '束晳'부터 '注引'까지 여섯 글자가 빠져 있었고, '受'는 '反'으로 '小'는 '爾'로 되어 있었다. 지금 전본을 참고하고 아울러 『문선』19권 속석의 「보망시」와 이선의 주에 의거하여 바로잡는다.

31. 잠에서 깨어
睡起

柿葉鋪庭紅顆秋	감나무 잎에 붉은 과실 뜰에서 익어가는 가을
薰爐沈水度衣篝	침수향 화로에 옷을 대그릇에 쬐네.
松風夢與故人遇	솔바람 부는 꿈속에서 고인과 만나
同駕飛鴻跨九州	함께 나는 기러기 타고 구주를 넘나드네.

【주석】

柿葉鋪庭紅顆秋 薰爐沈水度衣篝 : 『설문해자』에서 "구篝는 대그릇이니, 옷에 향내를 입힐 수 있다"라고 했다.

說文曰, 篝, 笿也, 可薰衣.

松風夢與故人遇 同駕飛鴻跨九州 : 『문선』에 실린 곽박의 「유선시」에서 "적송자와 하늘로 놀러 가니, 기러기 몰아 자색 구름에 오르네"라고 했다. 이백의 「고풍古風」에서 "광성자에 미치지 못하나니, 구름에 올라 사뿐히 기러기를 타네"라고 했다.

文選郭璞遊仙詩, 赤松臨上遊, 駕鴻乘紫煙. 李白詩, 不及廣成子, 乘雲駕輕鴻.[123]

---

123 [교감기] 영원본에는 이백에 관한 조목의 주가 없다.

32. 주원옹이 길주 사법청을 닫고 예부의 시험에 가는 것을 전송하다

奉送周元翁鎖吉州司法廳赴禮部試[124]

염계 주돈이의 두 아들은 주수와 주도이다 주수의 자는 계노인데 후에 원옹으로 고쳤다. 주도의 자는 통노인데 후에 차원으로 고쳤다. 산곡이 태화현에 있을 때, 원옹은 길주사법을 맡고 있었는데, 원풍 5년 황상이 맡았던 과거에 합격하였다. 이 시는 그 당시 예부로 시험보러 갈 때 지은 것이다. 후에 차원도 원우 3년 이상령이 맡았던 과거에 합격하였다. 원옹은 사봉원외랑으로 벼슬을 마쳤고 차원은 휘유각시제로 벼슬을 마쳤다. 문집 안에 원옹 및 차원과 창화한 시가 모두 열 편이다.

周敦頤濂溪二子壽燾. 壽字季老, 後改元翁. 燾字通老, 後改次元. 山谷在太和, 元翁任吉州司法, 至元豊五年於黃裳牓登第. 此詩, 卽送其赴禮部試也. 後次元亦於元祐三年李常寧牓登第. 元翁終司封員外郎, 次元終徽猷閣待制. 集中與元翁及次元唱和詩凡十篇.

| 江南江北木葉黃 | 강남과 강북에 나뭇잎이 누런데 |
| 五湖歸鴈天雨霜 | 오호에 돌아가는 기러기 하늘에 |

---

124 [교감기] 영원본에는 제목 아래의 주에서 "산곡의 발미를 살펴보건대 원옹의 이름은 수라고 하였다[按山谷跋尾 元翁名壽]"라고 했다.

서리가 내리네.

繫船湓城秣高馬 　　분성에 배를 대고 높은 말에 꼴을 먹이며

客丁結束女縫裳[125] 　　나그네는 짐을 묶고 여자는 옷을 꿰매네.

貢書登名徹未央 　　바치는 책에 이름을 올려
　　　　　　　　　　 미앙궁에 전해졌으니

不比長卿薄游梁 　　사마상여가 양에서 노니는 것에
　　　　　　　　　　 뒤지지 않으리.

南山霧豹出文章 　　남산 안개속의 표범은 무늬를 드러내니

去取公卿易驅羊 　　공경을 얻기를 양을 몰 듯 쉽게 하리라.

與君初無一日雅 　　그대와 처음엔 하루의 면식도 없었지만

傾蓋許子如班揚 　　수레를 기울여 반고와 양웅처럼
　　　　　　　　　　 그대 허여했네.

囚拘官曹少相見 　　벼슬에 얽매어 만나는 날이 적었는데

忽忽歲晩稼條場 　　어느덧 세모의 타작마당을 치울 때라네.

一盃僚友喜多在 　　한 잔 술을 벗과 즐기니 기쁨이 많은데

謝守不見空澄江 　　수령 사조는 보이지 않아
　　　　　　　　　　 부질없이 강물만 맑네.

澄江如練明橘柚 　　맑은 강은 비단 같고 귤은 밝으며

萬峯相倚摩清蒼 　　수많은 봉우리 서로 기대어
　　　　　　　　　　 푸른 하늘에 닿았네.

---

125 [교감기] '丁'은 고본에는 '子'로 되어 있다.

暮堂醺醺客被酒	저물녘 집에 객은 술에 취해 기분이 좋으니
艷歌聒醉燭生光	사랑 노래에 시끄럽게 취하며 촛불은 빛나네.
椎鼓發船星斗白	북을 울리며 배를 출발하니 북두성은 환한데
明日各在天一方	내일 각각 하늘 끝에 있으리라.
寒鴉滿枝二橋宅	차가운 까마귀는 이교의 집 가지에 가득하고
樽前顧曲憶周郎	술동이 앞에서 노래 들으며 주유를 떠올리네.
鱸魚斫膾蔗爲漿	농어를 회로 썰고 사탕수수로 단물 내었는데
恨君不留誰與嘗	그대 머물지 않아 아쉬우니
	뉘와 함께 맛볼 것인가.
殿前春風君射策	대궐 앞의 봄바람에 그대 과거 합격할 것인데
漢庭諸公必動色	한나라 조정 제공들이 반드시 감탄할 것이네.
故人若問黃初平	벗이 만약 황초평을 묻는다면
將作金華牧羊客	장차 금화산에서 양을 치는 나그네가 되리라.

【주석】

江南江北木葉黃 : 『초사』에서 "동정호는 물결치며 나뭇잎은 떨어지네"라고 했다.

楚詞, 洞庭波兮木葉下.

五湖歸鴈天雨霜 : 『후한서・외효전』에서 "범려范蠡가 조각배를 타고 강호를 떠다니면서"라고 했다. 두보의 「기한간의寄韓諫議」에서 "푸른 단

풍 붉게 물들고 하늘에선 서리 내리네"라고 했다.

後漢隗囂傳, 范蠡乘扁舟於五湖. 杜詩, 靑楓葉赤天雨霜.

繫船湓城秣高馬 : 분성은 강주이다. 즉 이곳에서부터 육로로 간다는 말이다. 『문선』에 실린 안연지顏延之의 「자백마부赭白馬賦」에서 "아침에는 유주와 연주에서 말 털을 쓸고, 저녁에는 형주와 월에서 꼴을 먹이네"라고 했다. 한유의 「송이원귀반곡서送李愿歸盤谷序」에서 "나의 수레에 기름 치고 나의 말에 꼴을 먹여"라고 했다.

湓城, 江州也, 言自此陸行. 文選馬賦, 旦刷幽燕, 晝秣荆越. 退之云, 膏吾車兮秣吾馬.

客丁結束女縫裳 : 『시경·위풍魏風·갈구葛屨』에서 "곱고 고운 여자의 손이여, 가히 치마를 지을 만하도다"라고 했다.

詩葛屨云, 摻摻女手, 可以縫裳.

貢書登名徹未央 : 한유의 「복지부」에서 "어찌 한 번 과거에 이름을 올리지 못하였는가, 일찍이 그 빠진 것을 보충하지 못했구나"라고 했다. 『한서·고제기』에서 "소하가 미앙궁을 짓고 동궐과 북궐을 세웠다"라고 했는데, 안사고는 "미앙전은 비록 남향을 하고 있지만 상서, 주사, 알현하는 무리들은 모두 북궐에 모인다. 공거와 사마도 또한 북궐에 있으니, 대개 북궐은 정문이 되는데, 또한 동문과 동궐을 세운 것은 기

운으로 누르려고 하기 때문이다"라고 했다.

退之復志賦, 豈不登名於一科兮, 曾不補其遺餘. 漢高帝紀, 蕭何治未央宮, 立東闕北闕. 師古曰, 未央殿雖南向, 而上書奏事謁見之徒, 皆詣北闕. 公車司馬亦在北, 蓋以北闕爲正門. 而又有東門東闕, 以厭勝之術也.[126]

不比長卿薄游梁 : 사마상여가 병을 핑계로 관직을 버리고 양나라로 가서 문객으로 노닐었다는 말이 본전에 나온다. 양은 곧 변경이다.

司馬長卿病免, 客遊梁, 見本傳. 梁, 卽汴京也.

南山霧豹出文章 : 유향의 『열녀전』에서 "도답자가 도 지역을 다스린 지 3년이 되었는데, 명성은 들리지 않고 집안의 재산만 세 배로 늘었다. 그의 아내가 간하기를 "남산에 검은 표범이 사는데, 안개가 끼거나 비가 내리면 7일 동안 먹이를 먹으러 내려오지 않으니, 그것은 그 털을 윤택하게 하여 표범의 무늬를 만들기 위함입니다. 개와 돼지는 음식을 고르지 않고 먹어서 그 몸을 살찌우지만 앉아서 죽음을 기다릴 뿐입니다"라고 했다.

見上注.

去取公卿易驅羊 : 두목의 「시아의」에서 "원컨대 너 문을 나서거든, 양을 몰 듯 벼슬을 잡기를"이라고 했다.

---

126 [교감기] 영원본에는 '立東闕'부터 '術也'까지의 주가 없다.

杜牧示阿宜云, 願汝出門去, 取官如驅羊.

與君初無一日雅 : 『한서·곡영전』에서 "곡영이 왕봉에게 편지를 보내 사례하기를 "하루 정도 만난 정분과 좌우의 소개도 없습니다"라고 했다.

漢谷永傳, 永奏書謝王鳳曰, 永無一日之雅, 左右之介.

傾蓋許子如班揚 : 『공자가어』에서 "공자가 담에 가다가 길에서 정자를 만나 수레의 덮개를 기울이며 이야기를 나눴다"라고 했다. 반은 반고를 양은 양웅을 이른다.

家語, 孔子之郊, 遭程子於塗, 傾蓋而語. 班, 謂固, 揚謂雄也.

囚拘官曹少相見 : 가의의 「복조부」에서 "어리석은 선비는 세속에 매어 군색함이 죄수와 같다"라고 했다.

鵩鳥賦, 愚士繫俗, 窘若囚拘.

忽忽歲晚稼滌場 : 『시경·칠월』에서 "시월에는 타작마당을 치운다"라고 했다.

詩七月云, 十月滌場.

一盃僚友喜多在 謝守不見空澄江 澄江如練明橘柚 : 사조의 「만등삼산晚登三山」에서 "지는 노을은 흩어져 비단을 이루고, 맑은 강은 비단처럼

깨끗하네"라고 했으며, 또한 선성의 수령을 하면서 지은 「사왕진안謝王晉安」에서 "남쪽에 한창인 귤나무"라고 했다. 이백의 「금릉월하음金陵月下吟」에서 "맑은 강물 비단처럼 깨끗한 것을 아니, 사람으로 하여금 길이 사조를 생각하게 하네"라고 했다.

謝眺詩云, 餘霞散成綺, 澄江淨如練. 玄暉宣城守云, 南中榮橘柚. 李白詩, 解道澄江淨如練, 令人長憶謝玄暉.[127]

萬峯相倚摩淸蒼 暮堂醺醺客被酒 : 『한서』에서 "고조가 술에 취하여 밤중에 좁은 길의 늪지로 가던 중에"라고 했다.

漢書, 高祖被酒夜徑澤中.

艷歌聒醉燭生光 : 한유의 「단경가」에서 "긴 등잔대의 사랑의 노래 미인을 비추네"라고 했다. 전집의 「청송종유적완가」에서 "급한 곡조는 취객을 놀라 일어나게 하네"라고 했는데, '괄취聒醉'라는 글자를 두 번 사용하였다. 살펴보건대『춘명퇴조록』에서 "태종이 모시는 신하에게 "후당의 장종은 술에 담박하여 정나라 음악과 호악의 합주를 들으면 귀가 시끄럽다고 하고서 밤중부터 새벽까지 쉬지 않았다""라고 했다. 산곡은 대개 이런 뜻을 취하였다.

韓退之短檠歌, 長檠艷歌照珠翠.[128] 前集聽宋宗儒摘阮歌云, 促絃聒醉驚

127 [교감기] 영원본에는 '李白詩'에 대한 조목의 주가 없다.
128 [교감기] 영원본에는 '韓退之'에 대한 조목의 주가 없다.

客起. 兩用此字.[129] 按春明退朝錄云, 太宗嘗謂侍臣曰, 後唐莊宗湛飲, 以鄭聲與胡部合奏, 謂之聒帳. 自昏達旦不息. 山谷盖取此意.

椎鼓發船星斗白：주가 위에 보인다.

見上.

明日各在天一方：두보의 「성도부成都府」에서 "가는 길에 산천이 바뀌더니, 어느새 하늘 한 모퉁이에 왔구나"라고 했다.

杜云, 我行山川異, 忽在天一方.

寒鴉滿枝二橋宅 樽前顧曲憶周郎：『오지・주유전』에서 "나이 24살에 오중에서 모두 그를 주랑이라 불렀다. 손책을 따라 완성을 공격하여 함락한 뒤에 교공의 두 딸을 얻었는데 모두 국색이었다. 손책은 큰딸을 취하고 주유는 작은딸을 취하였다. 주유는 젊어서부터 음악에 조예가 깊어 비록 술을 여러 잔 마셨어도 연주가 틀린 부분이 있으면 반드시 알았으며 알고 나면 반드시 그쪽을 돌아보았다. 그러므로 당시 속요에 "곡이 틀리면, 주랑이 돌아본다네""라고 했다. 『환우기』에서 "교공정은 서주 회녕현 북쪽에 있는데, 완수와 1리 떨어져 있다"라고 했다. 『동안지』에 실린 「교공정기」에서 "노인들에게 들으니 교공이 옛날

---

129 [교감기] '兩'자 원래 '雨'로 되어 있었는데, 잘못 간행된 것이다. 영원본과 전본에 의거하여 고쳤다.

살았던 곳이라고 한다"라고 했다.

吳志周瑜傳, 時年二十四, 吳中皆呼爲周郞. 從孫策攻皖城拔之.[130] 得橋公
兩女, 皆國色也. 策自納大橋, 瑜納小橋. 瑜少精意於音樂, 雖三爵之後, 其有
闕誤, 瑜必知之, 知之必顧. 故時人謠曰, 曲有誤, 周郞顧. 寰宇記云, 橋公亭
在舒州懷寧縣北,[131] 隔皖水一里. 同安志有橋公亭記云, 聞之耆耋, 橋公之舊
居也.

鱸魚斫膾蔗爲漿 : 『후한서 · 좌자전』에서 "좌자가 사공 조조가 연회를
베푼 자리에 있었는데, 조조가 "오늘의 고아한 모임에 진수성찬이 대
략 갖추어졌으나, 부족한 것은 오의 송강에서 나는 농어이다"라 하였
다. 이에 원방元放, 좌자이 "그것을 잡을 수 있습니다"라 하고는 이윽고
구리 대야를 구하여 물을 담더니 낚싯대에 미끼를 끼우고 대야에서 낚
시질하였다. 잠깐 사이에 농어 한 마리를 건져내더니, 또 미끼를 끼우
고 물에 던져 곧바로 다시 농어를 잡아내었는데, 모두 세 척이 넘었다.
조조가 눈앞에서 회를 뜨게 하여 참여한 사람들이 넉넉하게 먹었다"라
고 했다. 두보의 「진정進艇」에서 "차와 단물을 되는 대로 가져오니, 오
지그릇이 옥항아리에 뒤지지 않네"라고 했다.

後漢左慈傳, 在司空曹操坐, 操曰, 今日高會, 珍羞略備, 所欠吳松江鱸魚

---

130 [교감기] '攻'은 원래 '政'으로 되어 있었는데, 형태가 비슷하여 오류가 발생하였
다. 영원본과 전본에 의거하여 고쳤다.
131 [교감기] '北'은 원래 '此'로 되어 있었는데, 형태가 비슷하여 오류가 발생하였다.
영원본과 전본에 의거하여 고쳤다.

耳. 元放曰, 此可得也. 因求銅盤貯水, 以竹竿餌釣於盤中, 須臾引出一鱸魚. 又餌鉤沈之, 須臾復引出, 皆長三尺餘. 操使目前膾之, 周浹會者. 蔗漿, 見上.

恨君不留誰與嘗 殿前春風君射策 漢庭諸公必動色 : 문방 유장경劉長卿의 「전소낭중부윤주서」에서 "우리 소공이 이 지역의 자사로 와서 5년 동안 다스리니, 한나라 조정의 여러 공들이 바야흐로 아름다운 관직으로 대하였다"라고 했다. 여화가 지은 「유공신도비」에서 "무거운 나쁜 기운을 다시 쓸어버리고 지역을 지켜 환하게 소생시켰네. 이로 말미암아 한나라 조정의 여러 공들이 비로소 그의 절개를 무겁게 여겼네"라고 했다. 두보의 「희위언위쌍송도가戱韋偃爲雙松圖歌」에서 "자리의 모든 이 신묘함을 감탄하네"라고 했다. 『한서·유림전儒林傳』의 찬贊에서 "책문策文을 짓는[132] 시험 과목을 만들어 이로써 관록官祿을 권면했다"라고 했다.

劉文房餞蕭郎中赴潤州序, 我蕭公建隼此地, 化行五年, 漢庭羣公方待以美職. 呂和撰劉公神道碑, 重氛再廓, 閭境昭蘇. 由是漢庭諸公, 始重其節.[133] 杜詩, 滿堂動色嗟神妙. 射策, 見上.

故人若問黃初平 將作金華牧羊客 : 이백의 「고풍古風」에서 "금화산에서 양 치던 아이, 바로 그가 자색 구름 타는 신선이네"라고 했다. 갈홍의

---

132 책문(策文)을 짓는 : '사책(射策)'은 대책(對策)에 응시하는 것을 말한다.
133 [교감기] 영원본에는 '劉文房'부터 重其節'까지 주가 없다.

『신선전』에서 "황초평이 15살 때 집에서 양을 키우게 하였다. 도사를 따라 금화산 석실에서 도를 닦았다. 40여 년이 지난 뒤에 형이 찾아와서 양이 어디 있냐고 물었다. 초평이 "워이! 양들아 일어나라"라고 하니, 이에 흰돌이 모두 일어나 수만 마리의 양이 되었다"라고 했다.

太白詩, 金華牧羊兒, 廼是紫煙客. 黃初平, 見上.[134]

---

134 **[교감기]** 영원본에는 "神仙傳曰, 皇初平年十五, 家使牧羊. 有道士將至金華山, 四十餘年, 其兄初起求得之, 問羊何在. 初平叱叱羊起, 白石皆起, 成羊數萬頭"로 되어 있다.

33. 윤보의 집에서 술을 마시다

飮潤父家

황악의 자는 윤보로 회계 사람이다. 후에 이름을 육으로 자를 무달로 바꿨다. 산곡은 그와 같은 종족이라 하여 「자서」를 지어주었다. 당시 그는 길주 사리로 있었는데, 두 사람은 동갑이었다.

黃渥字潤父, 會稽人, 後更名育, 字懋達. 山谷以同宗, 爲作字序. 時爲吉州司理, 與之同寅.[135]

齋閤寒麝薰	차가운 재실에 사향 향기 피어오르고
書帙映斜景	서질에 석양빛이 비추네.
偶來樽俎同	우연히 와서 함께 술을 마시는데
延此笑言頃	나를 맞이하여 웃고 이야기하네.
宮線添尺餘	해는 한 자쯤 길어졌는데
朝來日未永[136]	아침이 와도 해는 뜨지 않네.
一醉解語花	해어화에 한 번 취하니
萬事畫地餠	만사가 땅에 그린 떡과 같네.
要似虎頭癡	모름지기 호두처럼 어리석어야 하니
何須樗里瘦	어찌 저리자의 지낭智囊이 필요할까.

---

135 [교감기] 영원본에는 제목 아래에 주가 없다.
136 [교감기] '朝來'는 영원본에는 '朝市'로 되어 있다.

【주석】

齋閤寒斀薰 書帙映斜景 : 두보의 「영죽」에서 "푸른빛이 책에 비치는 저녁에"라고 했다.

老杜詠竹云, 色侵書帙晚.

偶來樽俎同 延此笑言頃 宮線添尺餘 : 『형초세시기』에서 "진, 위 때 궁중에서 붉은 선으로 해 그림자를 측정하였는데, 동지 이후로는 해 그림자가 날마다 일선분씩 길어진다"라고 했다. 두보의 「지일견흥至日遣興」에서 "곤궁하여 시름하는 때를 누가 생각해 주려나, 나날이 근심은 한 가닥 실만큼 커져가네"라고 했다.

荊楚歲時記, 宮中以紅線量日影, 至日日添一線. 杜詩, 何人錯忍窮愁日, 愁日愁隨一線長.

朝來日未永 一醉解語花 : 『개원천보유사』에서 "당 현종 때 태액지에 천엽백련화가 활짝 피었다. 한 번은 현종이 귀척들과 주연을 베풀고 그 꽃을 완상하다가 좌우 신하들에게 양귀비楊貴妃를 가리켜 보이며 이르기를, "어찌 말할 줄 아는 나의 이 꽃만이야 하겠느냐""라고 했다.

開元天寶遺事, 太液池千葉白蓮開, 帝與貴戚燕賞, 指貴妃曰, 爭如我解語花.

萬事畫地餠 : 『위지 · 노육전』에서 "천거할 때 허명이 있는 사람을 취하지 말라. 허명은 마치 먹을 수 없는, 땅바닥에 그려 놓은 떡과 같다"

라고 했다. 백거이의 「매견여남이랑每見呂南二郎」에서 "매실을 바라보기
만 하는 대각의 노신은 갈증을 풀어주지 못하고, 떡만 그리는 상서는
굶주림을 구원할 수 없네"라고 했다.

魏志盧毓傳, 詔曰, 選擧莫取有名, 名如畫地作餠, 不可啖也. 白樂天詩, 望
梅閣老無妨渴, 畫餠尙書不救飢.[137]

要似虎頭癡　何須樗里癭 : 호두는　고개지를　이른다. 『진서·고개지
전』에서 "고개지는 재주가 뛰어나고 그림이 뛰어나고 대단히 어리석
었다"라고 했다. 『사기·저리자전』에서 "저리자는 말이 유창하고 지혜
가 많아서 "지혜주머니"라고 불리었다"라고 했다. 「고개지전」에는 호
두라는 호칭이 보이지 않는다. 동파의 「증이도사贈李道士」에서 "누가 호
두가 어리석인 사람이 아님을 아는가"라고 했는데,[138] 주에서 "고개지
는 일찍이 호두장군을 지냈다"라고 했다. 살펴보건대 장언원의 『명화
기』에서 "개지의 젊었을 때 자는 호두이다"라고 했다. 「저리자전」에
"혹이 있다"는 말은 없다. 아마도 지낭을 혹이라고 한 것인가. 『백씨육
첩·질문』에서 "지혜 주머니와 혹이 달린 여자가 있었다"라고 했는데,
주에서 "지낭과 숙류는 모두 혹이다"라고 했다.

虎頭, 顧愷之也. 晉書本傳云, 愷之才絶畫絶癡絶. 史記樗里子傳, 滑稽多

[교감기] 영원본에는 '白樂天'에 관한 조목의 주가 없다.

138 동파의 (…중략…) 했다 : 아래 주에 "有癡虎頭字"라고 하였는데, 이런 시구는 보
　　이지 않고 이와 비슷한 시구가 「증이도사」에 보인다.

智, 秦人號曰智囊. 愷之傳, 無虎頭之稱. 東坡詩, 有癡虎頭字. 注謂, 顧愷之嘗爲虎頭將軍.[139] 按張彦遠名畫記, 愷之小字虎頭. 樗里傳不言癭. 豈謂知囊爲癭乎.[140] 白氏六帖疾門, 有智囊宿瘤. 注, 並癭也.

---

139 [교감기] 영원본에는 '東坡詩'부터 '將軍'까지의 주가 없다.
140 [교감기] '豈謂' 구절은 원래 탈락되어 있었는데, 지금 영원본에 의거하여 보충하였다.

34. 앞의 시에 차운하여 윤보에게 보내다

次韻寄潤父141

昏昏迷簿領	정신이 어질하도록 장부에서 헤매고
勿勿貴晷景142	다급하니 촌음이 귀하네.
嘗盡身百憂	일찍이 몸에 온갖 근심 많았는데
迄無田二頃	물러나 두 마지기 밭도 없네.
喜從吾宗遊	우리 종씨 따라 노니 즐거우니
九里河潤永	황하가 9리를 적시듯 은혜롭네.
呼兒跪酒樽	아이 불러 술동이 따르게 하고
戒婦饌湯餅	부인에게 국수를 내오게 하네.
老夫何取焉	노부에게 무엇을 취하겠는가
君悅甕盎癭	그대 옹앙대영처럼 못난이를 좋아해 주네.

【주석】

昏昏迷簿領 : 한유의 「제임롱사題臨瀧寺」에서 "바다 기운 어둑하고 물은 하늘을 치네"라고 했다. 유정劉楨의 「잡시雜詩」에서 "장부 속에 파묻혀 있으니, 현기증이 나서 절로 혼미해지네"라고 했다.

---

141 [교감기] '前'자는 원래 탈락되어 있었는데, 영원본의 목록과 고본에 의거하여 보충하였다. 살펴보건대 이 시는 「음윤보가(飮潤父家)」시의 운자를 차운하였다.
142 [교감기] '勿勿'은 고본에는 '匆匆'으로 되어 있다.

昏昏, 簿領, 見上.

勿勿貴晷景 :『안씨가훈』에서 "세간에서는 편지에다 곧잘 '물물勿勿'
이라고 일컫고는 하는데, 서로 본받아 이와 같이 쓰면서도 그 유래는
알지를 못한다. 더러는 터무니없게도 이것이 '홀홀忽忽'과 같은 자인데
획을 갖추지 않았을 뿐이라고 말하는 이들도 있다.『설문해자』를 살펴
보건대 "물勿이란 향촌에서 세우는 기로, 깃대의 자루와 깃발의 세 가
닥 술을 상징한 자형이니, 이것으로 백성들의 일을 재촉했던 까닭에
다급하면 '물물勿勿'이라고 일컬은 것이다"라고 하였다. 그러므로 급한
것을 '물물'이라 칭한다.『설문해자』에서 또한 "귀晷는 해 그림자이다"
라고 했다.『주례·지관』에서 "대사도는 토규의 법으로 땅의 깊이를
측량하고 해 그림자를 바로하여 천지의 한가운데를 찾으면 그곳이 중
국이다"라고 했다. 한유의 「추회」에서 "근심하면서 시간을 보내는데,
세월이 마치 튀는 공과 같네"라고 했다. '귀貴'자는 아마도 '費'자의 잘
못인 듯하다.

顏氏家訓, 世中書翰, 多稱勿勿. 相承如此, 莫知其由. 或有妄言此忽忽之
殘缺耳. 案說文, 勿者, 州里所建之旗也. 象其柄及三游之形, 所以促民事. 故
忽遽者稱勿勿. 說文又曰, 晷, 日影也. 周禮地官曰, 大司徒以土圭之法測土
深, 正日景, 以求地中. 退之秋懷詩, 憂愁費晷景, 日月如跳丸. 貴字, 疑是費.

嘗盡身百憂 :『좌전』에서 "진 문공은 어렵고 험난한 일을 실컷 겪었

다"라고 했다.

左傳稱晉侯險阻艱難, 備嘗之矣.

迄無田二頃:『사기·소진전』에서 "나에게 낙양의 성곽 안에 있는 밭 2
경을 주었었다면, 어찌 여섯 나라 재상의 인끈을 찰 수 있었겠는가"라고
했다.

蘇秦傳, 使我有雒陽負郭田二頃, 吾豈能佩六國相印乎.

喜從吾宗遊 九里河潤永:『장자』에서 "정鄭나라 사람 완緩이 유자儒者
가 되어, 황하의 물이 연안 9리의 땅을 적셔주듯이 그의 은택은 친가
와 외가 및 처가 삼족三族에게 미쳤다"라고 했다.

見上.

呼兒跪酒樽 戒婦饌湯餠: 두보의 「병후과왕의음病後過王倚飲」에서 "안방
의 부인 불러 몸소 상 차리라 하네"라고 했다. 유몽득의 「송장관送張盥」
에서 "나는 좌중의 상객이 되어, 젓가락 들어 국수를 먹네"라고 했다.

杜詩, 喚婦出房親自饌. 劉夢得云, 我作坐上客, 引箸擧湯餠.

老夫何取焉 君悅甕盎瘻:『장자·덕충부』에서 "옹앙대영[143]이 제환공
에게 유세하자 환공이 기뻐하였는데 그 이후로 온전한 사람을 보면 목

---

143 옹앙대영: 항아리만한 큰 혹이 붙어 있는 가공의 인물이다.

이 가늘고 길어 이상하게 느껴졌다"라고 했다. 한유의 「악양루岳陽樓」
에서 "잔물결도 성냄을 멈추지 않아, 항아리가 울 듯 귀를 시끄럽게 하
네"라고 했다.

甕盎大瘦, 見上. 退之詩, 餘瀾怒不已, 喧聒鳴甕盎.[144]

---

144 **[교감기]** 영원본에는 '退之詩'에 대한 조목의 주가 없다.

35. 술을 보내며 주법조에게 앞의 운자를 사용하여 지은 시를 주다【길주사법 주원옹이다】

送酒與周法曹用前韻.[145]【吉州司法周元翁也】

遙知謝法曹	멀리서 알겠네, 사 법조는
詩句多夏景	시구에 여름 풍경이 많음을.
聞道學書勤	듣기에 글씨를 부지런히 배워
墨池方一頃	사방 한 마지기 못이 검게 되었다고 하네.
大字苦未遒[146]	큰 글씨는 아직 굳세지 못해 괴롭고
小字逼智永	작은 글씨는 지영에 다가섰네.
我有何郎樽	나에게 하랑의 술동이가 있으니
淸江醞玉餠[147]	맑은 강에서 누룩으로 빚을 것이네.
還書及斗數	편지와 함께 두어 말 보내니
與君酌楠癭[148]	그대에게 녹나무 옹이 잔으로 따라 주네.

【주석】

遙知謝法曹 : 『남사』에서 "사혜련은 팽성 왕의강의 법조행참군이 되

---

145 [교감기] '前韻'은 고본에는 '贈潤父韻'으로 되어 있다.
146 [교감기] '苦'는 고본에는 '甚'으로 되어 있다. 또한 영원본에는 이 구 아래에 주가
     없다.
147 [교감기] '醞'은 고본에는 '醯'로 되어 있다.
148 [교감기] '楠'은 영원본에는 '南'으로 되어 있다.

었다"라고 했다.

南史, 謝惠連爲彭城王義康法曹行參軍.

詩句多夏景 聞道學書勤 墨池方一頃 : 왕희지의 「여인서」에서 "장지는 못가에서 글씨를 연습하여 못물이 모두 검어졌다"라고 했다. 『법서요록』에 실린 내용도 앞의 것과 같은데, 다만 석각으로 유명한 손과정의 『서보』에서 "장지는 정밀하게 연습하여 못물이 모두 검어졌다"라고 했으니, 마땅히 비판碑版[149] 글씨를 말한다. 임천에 왕희지의 묵지가 있는데, 자고 증공이 일찍이 지은 기記가 『진서·왕희지전』에 보인다.

王羲之傳, 曾與人書云, 張芝臨池學書, 池水盡黑. 法書要錄所載一同, 唯石刻孫過庭書譜云, 張精熟, 池水盡墨. 當以碑板爲正. 臨川有王逸少墨池, 曾子固作記, 見本集.

大字苦未遒 : 위문제의 「여오질서」에서 "공간 유정劉楨은 빼어난 기운이 있으나 다만 아직 굳세지 못할 따름이다"라고 했다. 유효표의 「광절교론」에서 "운각에 명성이 높지 않다"라고 했다.

魏文帝與吳質書曰, 公幹有逸氣, 但未遒耳. 劉孝標廣絶交論, 聲未遒於雲閣.

小字逼智永 : 『법서요록』에서 "진나라 영흔사의 승려 지영은 회계 사람이다. 그는 멀리 왕희지를 스승으로 삼아 그의 서예를 면밀히 연구

---

149 비판 : 비석의 탁본인 비첩(碑帖)을 이른다.

하여 그의 해서와 초서를 따랐다"라고 했다. 장호의 「고한상인高閑上人」
에서 "왕희지의 법이 끊어지지 않았지만, 승려 지영의 서체를 궁구하
기 어려워라"라고 했다.

法書要錄, 陳永欣寺僧智永, 會稽人. 遠祖逸少, 歴紀專精, 眞草唯命. 張祐
詩, 不絶羲之法, 難窮禪智流.[150]

我有何郎樽 淸江醞玉餠 還書及斗數 與君酌楠廮 : 옥병은 누룩을 이른
다. 『한서·사마천전』에서 "그의 단점을 비난하여 죄를 만들어내니"라
고 했는데, 안사고는 "얼糵은 누룩[麴糵]의 얼자와 같다. 제나라 사람들
은 누룩 떡을 매媒라고 부른다"라고 했다. '환서급두수還書及斗數'에는 아
마도 오탈자가 있는 듯하다. 『신당서』에서 "무유서는 왕공이 나무 옹
이로 만든 잔을 주면 사용하지 않았다"라고 했다. 동파의 「동정춘색부
洞庭春色賦」에서 "등나무 옹이로 만든 잔으로 술을 따르고"라고 했다.

玉餠, 謂麴也. 司馬遷傳云, 媒糵其短. 師古曰, 糵如鞠糵之糵, 齊人謂鞠餠爲
媒.[151] 還書及斗數, 疑有舛誤. 武攸緒, 王公遺以廮杯. 東坡賦, 酌以廮藤之樽.

---

150 [교감기] 영원본에는 '張祐詩'에 대한 조목의 주가 없다.
151 [교감기] '鞠'은 전본에는 『한서·사마천전』을 따라 '麴'으로 되어 있다. 살펴보건
    대 두 글자는 통용하니, 이후로 다시 나오면 주를 달지 않는다.